AF623815

# घरौंदा

# घरौंदा

मनु शर्मा

प्रभात प्रकाशन, दिल्ली™
ISO 9001:2000 प्रकाशक

प्रकाशक • **प्रभात प्रकाशन**
४/१९ आसफ अली रोड,
नई दिल्ली-११०००२
सर्वाधिकार • सुरक्षित
संस्करण • २०१८
मूल्य • चार सौ पचास रुपए
मुद्रक • नरुला प्रिंटर्स, दिल्ली

**GHARAUNDA** *novel* by Manu Sharma ₹ 450.00
Published by Prabhat Prakashan, 4/19 Asaf Ali Road, New Delhi-2
e-mail: prabhatbooks@gmail.com ISBN 978-81-7315-628-1

# पुरोवाक्

तीन उपन्यासों की श्रृंखला का यह पहला उपन्यास है। कालखंड लगभग १९३० से आरंभ होता है। कथा एक पाँच-छह वर्ष के बालक का पीछा करती है; जैसे-जैसे बालक बड़ा होता चलता है, वैसे-वैसे कथा भी आगे बढ़ती है। भित्ति में वाराणसी है—तब यह बनारस था, धीमी गति से आगे बढ़ता बनारस।

बालक का शिशुत्व धीरे-धीरे पंख खोलता है। उसके मन की कोरी पटिया पर वक्त की परछाईं पड़ती चलती है। बदलती परिस्थितियों के साथ उसके रंग भी बदलते चलते हैं। चिड़ियों के बच्चों की तरह फुदक-फुदककर जीवन की हर स्थिति का वह स्पर्श करता है और उसके प्रभाव का अनुभव भी।

उसके मन पर पड़े प्रभाव का मनोवैज्ञानिक चित्रण उपन्यासकार का अभिप्रेत है।

इस बदलाव में प्रकृति की भी अपनी भूमिका है। एक गरीब परिवार इस थरथराते जाड़े को कैसे भोगता है? झिलगी खाट और फटी गुदड़ी के नीचे पड़े और खाँसते व्यक्ति का उसके एकमात्र बालक पर कैसा प्रभाव पड़ता है? उसका एक चित्र है इस उपन्यास में।

''कटकटाता जाड़ा था। संध्या का दीप बहुत पहले ही जल चुका था। माँ ने आज अँगीठी में काफी कंडे जला रखे थे। चारपाई के सिरहाने आले पर जलती मिट्टी के तेल की ढिबरी अपनी मद्धिम रोशनी बिखेर रही थी। बीच-बीच में उजली खपरैल से टपकती चाँदनी दीपक के उदास प्रकाश पर एक दाग लिख देती थी। सर्दी के भय से दरवाजा बंद था। बाहर धरती का कलेजा कँपाती बर्फीली हवा बह रही थी। आकाश में तारे ठिठुरे पड़े थे।''

पिता की यह स्थिति है, पर बाल-सुलभ स्वभाव इसे महज कुतूहल की दृष्टि से देखता है। माँ की असामान्य सिसकन भी उसे सामान्य लगती है। उसकी जिज्ञासा केवल इतना पूछती है—क्या बात है माँ?...और माँ केवल चुप रहती है और अपने आँसू पोंछ लेती है।

बालक भी चुप हो जाता है। उसका मन तो वही है न, जो मिट्टी के घरौंदे बनाता है। कुछ बच्चे उससे मिलकर खेलते हैं और मन भर जाने पर उसे लात मारकर तोड़ भी देते हैं। 'खेल खतम, पैसा हजम' चिल्लाते हुए अपने-अपने घरों को चल देते हैं।

घरौंदे बनाने और मिटानेवाले बालक जग्गू को क्या मालूम कि उसके सामने एक घरौंदा टूट रहा था।

जग्गू ही इस उपन्यास का नायक है, जो आगे चलकर काल की ठोकरें खाता हुआ 'जयनाथ' बन जाता है।

जीवन के इन परिवर्तनों के साथ इस उपन्यास में समाज के बदलते परिवेश के भी अनेक चित्र हैं—जैसे मुहल्ले के आपसी मनमुटाव, अंग्रेजों का कुशासन और उनका अत्याचार, सांप्रदायिक दंगे आदि।

जग्गू के शैशव का प्रतीक है यह 'घरौंदा'।

## : एक :

उन दिनों मैं बालक था, कदाचित् छह या सात वर्ष का। सृष्टि एक अबूझ पहेली थी और मैं उसके लिए चलता-फिरता, हँसता-बोलता, रोता-गाता एक खिलौना। चिड़ियों के बच्चों की तरह स्वच्छंद फुदक-फुदककर दाने और चारे के साथ संसार के दुःख-सुख एवं राग-विराग का भी स्पर्श कर लेता था; किंतु मुझ पर उसका प्रभाव पानी पर बनी उन लकीरों की ही भाँति रहता, जिनका बनना और मिटना न बुद्धि स्वीकार करती है और न अनुभव।

मन की कोरी पटिया पर मेरी प्रकृति ने जो अनेक स्मृति-चित्र बनाए थे, वे भी बालू पर निर्मित उन चिह्नों की तरह थे, जिनका जीवन हवा के एक गहरे झोंके तक ही सीमित रहता है। एक, दो—अनेक, परिस्थितियों के कितने झोंके आए और चले गए, कदाचित् मैं उन्हें गिन नहीं सकता। मानस-पटल पर कितनी रेखाएँ बनीं और मिटीं, इसका हिसाब क्या? किंतु बड़े ध्यान से, स्मृति की उन लंबी अँगुलियों के स्पर्श से उस समय की बनी एकाध रेखा की गहराई का अब भी अनुभव हो जाता है। कुछ चित्र सामने आते हैं—धुँधले-धुँधले। यदि इन्हें रंगों से न भरूँ तो शायद आप समझ न सकेंगे।

सागर के वक्ष पर कितनी लहरें उभरीं और मिट गईं, कोई भी जलयान क्या इसका हिसाब रख सकता है? पर ऐसी हर लहर, जो उसके सिर पर से निकल जाती है, किसी भी पोत के लिए इतिहास बन जाती है। सचमुच, वह मेरे इतिहास का पहला अध्याय लिखा गया था—आँसुओं से भीगा-भीगा, आहों में झुलसा-झुलसा।

कटकटाता जाड़ा था। संध्या का दीप बहुत पहले ही जल चुका था। माँ ने आज अँगीठी में काफी कंडे जला रखे थे। चारपाई के सिरहाने आले पर जलती मिट्टी के तेल की ढिबरी अपनी मद्धिम रोशनी बिखेर रही थी। बीच-बीच में उजड़ी खपरैल से टपकती चाँदनी दीये के उदास प्रकाश पर एक दाग लिख देती थी। सर्दी के भय से दरवाजा बंद था। बाहर धरती का कलेजा कँपाती बर्फीली हवा बह रही थी। आकाश में तारे ठिठुर रहे थे।

झिलँगी चारपाई पर मेरे पिताजी बीमार पड़े थे। वह बहुत दिनों से बीमार थे। उन्हें खाँसी और बुखार था। काफी दुर्बल हो गए थे। उनकी वह दशा अब भी मेरी आँखों के सामने है—केवल अस्थि-पंजर, जीर्ण-जर्जर। शुष्क रूखी चमड़ी के भीतर से झाँकती उनके सीने की ठठरियाँ कागज में लपेटी दियासलाई की तीलियों से बने किसी फ्रेम जैसी मालूम पड़ती थीं। उससे निकलती साँसें जब रह-रहकर खरखरातीं, तब ऐसा ज्ञात होता जैसे संघर्ष से चूर ये तीलियाँ चरमरा रही हों।

ओफ! कैसी विचित्र थीं वे आँखें—गढ़े में धँसी, राख के ढेर से दबी बुझती हुई चिनगारी की तरह। सचमुच, उस दिन मुझे पिताजी पता नहीं कैसे लग रहे थे। मैंने कई बार उन्हें गौर से देखा। मेरी माँ भी कुछ विशेष घबराई हुई मालूम हो रही थीं।

मुझे अच्छी तरह याद है, पिताजी की खाट के नीचे अँगीठी रखी थी। रह-रहकर माँ का ध्यान उसपर चला जाता था। अँगीठी के आस-पास लटकते सुतली के टुकड़ों को माँ बराबर खोंसती जाती थीं—कहीं आग न लग जाए। कभी उसी अँगीठी पर पुराने चिथड़ों को गरम करके माँ पिताजी के पैर सेकतीं। कभी करवट बदलते समय पिताजी के शरीर पर से हटे पुराने कंबल को वे ठीक करतीं, कभी जब उनका गला खरखराता तो चम्मच से उसमें पानी डालतीं और कभी बड़ी घबराहट से एकटक पिताजी के चेहरे की ओर देखतीं। माँ की वे उदास आँखें मुझे जीवन भर नहीं भूलतीं, जैसे उनमें सागर उमड़ रहा था और माँ पता नहीं कैसे उसे ढकेल देती थीं। केवल दो-चार बूँदें ही छलककर बाहर चली आती थीं।

मैं देख रहा था, माँ उस समय काफी परेशान थीं। वह क्या करें, जैसे वह ठीक सोच नहीं पा रही हों। कभी वह पिताजी का पैर सहलातीं, कभी अचानक सिर की ओर बढ़तीं और उनका मस्तक सहलातीं, उनकी खरखराती साँसों में अपनी ठंडी साँस मिलाते हुए बड़ी वेदना से बोल पड़तीं, "हे भगवन्!"

"जग्गू की माँ।" इसी बीच पिताजी ने कहा।

"कहिए।" माँ पिताजी के चेहरे की ओर झुकीं। पिताजी ने अपने काँपते शिथिल हाथों से माँ के बाएँ हाथ की हथेली पकड़ ली और धीरे से सीने पर रख लिया। माँ चारपाई के और पास खिसक आईं और बोलीं, "कहिए, क्या बात है?"

पिताजी कुछ क्षणों तक एकटक ऊपर की ओर देखते रहे, जैसे उनकी दृष्टि झीने खपरैल के छिद्रों से पार आकाश में दूर—बहुत दूर—कहीं कुछ खोज रही हो। इसी बीच उन्हें हलकी खाँसी आई, फिर माँ का हाथ छोड़कर करवट बदलते हुए उनके मुख से केवल इतना निकला—"कुछ नहीं।"

उन्होंने यह करवट कुछ झटके से ली थी। उनका सिर तकिए के नीचे चला आया। सिरहाने पड़ी तुलसी की माला गालों के नीचे आ गई। माँ ने उसे हटाना चाहा।

पिताजी ने मना कर दिया।

पिताजी धार्मिक प्रवृत्ति के आदमी थे। संस्कृत के अनेक ग्रंथों का उन्होंने सात्त्विक अध्ययन किया था। बीमारी की हालत में भी तुलसी की माला, गीता, रामायण का गुटका तथा महादेवजी पर चढ़ा बेल-पत्र सदा उनके सिरहाने रहता था। जब तक शक्ति चलती रही, उनका जप चलता रहा। जब एकदम शिथिल हो गए तब भी वे इन्हें मस्तक से लगाते रहे। इस समय भी वे इन प्रिय और पवित्र वस्तुओं को एक क्षण के लिए भी अलग नहीं करना चाहते थे।

धीरे-धीरे उनकी साँसें तेज होती गईं। गले की खरखराहट भी काफी बढ़ गई। उन्होंने आहिस्ता से, बड़ी तकलीफ के साथ एक करवट और ली। अब उनके चेहरे पर दीये की रोशनी साफ पड़ रही थी। वे व्याकुल दिखाई पड़ रहे थे। माँ का एक हाथ पिताजी का सिर सहला रहा था और दूसरा उनकी छाती पर था। माँ एकटक पिताजी को देख रही थीं और पिताजी माँ को। मैं माँ के पीछे चुपचाप खड़ा था।

पिताजी टूटे स्वर में बोले, ''जग्गू की माँ, जीवन भर मैंने तुम्हें कष्ट ही दिया।'' शायद वह कुछ और कहना चाहते थे कि माँ जोर से सिसकने लगीं। आँखों का बाँध टूट गया। वह पिताजी की छाती पर सिर रखकर सिसकती रहीं।

मैं उस समय कुछ भी न समझ सका। माँ क्यों रोने लगीं? पिताजी ने उन्हें कुछ कहा भी तो नहीं। पिताजी की आँखें डूबती चली जा रही हैं। क्या बात है? तबीयत भी तो अच्छी मालूम होती है। खाँसी, जो पहले जोर-जोर से आती थी, वह अब धीरे-धीरे आती है।

मैं माँ को झकझोरकर पिताजी के सीने पर से उठाते हुए बोला, ''अम्मा, क्यों रोती हो? देखो, बाबूजी तो अब अच्छे हो रहे हैं।''

माँ की सिसकन अब और भी तेज हो गई। मैं घबराया। मैंने झट पिताजी का हाथ छुआ। वह ठंडा था। मैं पुनः बोला, ''देखो, बुखार भी तो नहीं है।''

इस बार पिताजी ही बोले। उनकी आवाज काँपती हुई और मंद थी। वे कह रहे थे, ''जग्गू की माँ, जरा जग्गू की ओर देखो।''

माँ उठकर बैठ गईं।

वे रुक-रुककर लड़खड़ाती जबान से बोलते ही गए, ''कर्मों का फल तो हमें भोगना ही पड़ेगा, चाहे हम हँसकर भोगें या रोकर।''

माँ भी कदाचित् कुछ कहना चाहती थीं, पर सिसकियों के कारण वह कुछ बोल न सकीं। उस समय पिताजी ने संस्कृत का एक श्लोक भी कहा था, जिसे मेरी माता जीवन भर दोहराती रहीं—

मृत्यो न किंचिच्छक्यस्त्वमेको मारयितुं बलात्।
मारणीयस्य कर्माणि तत्कर्तृणीति नेतरत॥ (—योगवाशिष्ठ)

—हे मृत्यु! तू स्वयं अपनी शक्ति से किसी को मार नहीं सकती। मनुष्य किसी दूसरे कारणों से नहीं, स्वयं अपने कर्मों से ही मारा जाता है।

बस यह अंतिम आवाज थी मेरे पिताजी की। इसके बाद मैंने उनकी बोली नहीं सुनी।

गले की खरखराहट अब हिचकियों में बदलने लगी थी। माँ अब और भी घबराई हुई मालूम पड़ रही थीं। फिर अचानक कोठरी के दक्षिणी कोने में गड़ा मेरा गोलक खोदने लगीं। मैंने केवल कुतूहलवश पूछा था—"क्या है, माँ?" पता नहीं क्या सोचकर माँ रुक गईं। पुनः वह दीये के पास आईं और जल्दी से एक कान का टप उतारा। उनके कान में एक ही टप था। एक पहले ही मालूम नहीं कहाँ वह दे आई थीं।

वह मुझसे बोलीं, "देख, बाबूजी के सिरहाने बैठ। जब-जब इन्हें हिचकी आए, इनके मुख में एक चम्मच गंगाजल डाल देना। मैं डॉक्टर लेकर जल्दी ही आती हूँ।" इतना कहकर माँ बाहर चली गईं। उनकी आवाज काफी नम थी। मैं सिरहाने की ओर पिताजी के पास बैठ गया।

किंतु माँ कुछ ही क्षणों बाद पुनः लौट आईं, जैसे वह कुछ कहना भूल गई हों। वह बड़ी गंभीरता से मुझे समझाते हुए बोलीं, "देख, तू पास मत बैठ। पैर की ओर दूर बोरे पर बैठना। जब पिताजी को हिचकी आवे तब आकर मुख में जल डालना और फिर वहीं जाकर बैठ जाना।"

"क्यों, माँ? मुझे यहाँ बैठने दो न। मैं कुछ नहीं करूँगा। बाबूजी को चुपचाप सोने दूँगा।" मैंने विनय के स्वर में कहा। पर माँ कुछ जोर से सिसक पड़ीं। वह दोनों हाथों से अपना मुँह छिपाती बाहर चली गईं।

कुछ देर बाद कमरे का बंद दरवाजा पुनः खटका। मैंने मुड़कर देखा, रामकली दादी थीं।

रामकली दादी हमारे घर के पास ही रहती थीं। हम लोगों को बहुत चाहती थीं। उनके घर में हनुमानजी का एक छोटा सा मंदिर था। बाबूजी उसमें पूजा करने जाते थे। उन्हीं के साथ मैं भी जाता था। वह हमारा बड़ा खयाल रखती थीं। आए दिन कुछ-न-कुछ खाने को देती थीं। कभी-कभी कपड़े भी देती थीं। इस समय लगता है, माँ ने ही उन्हें यहाँ भेज दिया है।

उन्होंने आते ही मुझसे चारपाई से दूर हटकर बोरे पर सोने के लिए कहा, पर मेरी आँखों में नींद कहाँ? मैं पिताजी से जरा भी अलग नहीं होना चाहता था, मानो कोई प्रच्छन्न चुंबकीय शक्ति मुझे खींचकर उनकी छाती पर सुला देना चाहती थी। फिर भला

रामकली दादी की बात मैं कैसे मानता! मैं दादी का विरोध करनेवाला ही था, पर कह नहीं सकता, कैसे मौन रह गया और वहाँ से चुपचाप हट गया।

दादी वहाँ बैठकर पिताजी के मुख में जल डालने लगीं।

दादी ने उनका सिर हिलाकर पुकारा भी—"पंडितजी!"

पिताजी नहीं बोले।

मुझे दादी की मूर्खता पर मन में बड़ा क्रोध आया। वह पिताजी को क्यों जगा रही हैं? किंतु मैं कुछ नहीं बोला। यदि वह फिर जगातीं तो मैं अवश्य विरोध करता।

थोड़ी देर बाद डॉक्टर को लेकर माँ आ गईं। डॉक्टर ने पिताजी को देखने के पहले कोठरी में चारों ओर नजर दौड़ाई और बड़ी गंभीरता से बोला, "क्या इसी कमरे में आप लोग रहते भी हैं?"

"जी हाँ!" माँ ने कहा।

"यह तो ठीक नहीं। इसी में खाना बनाना-खाना, मरीज के साथ बच्चे को लेकर तीन प्राणियों का रहना खतरनाक है। खैर!" इतना कहकर डॉक्टर ने अपना आला निकाला और पिताजी की छाती पर लगाकर देखने लगा।

अम्मा और रामकली दादी बड़ी उत्सुकता से देख रही थीं। जैसे वह डॉक्टर से सुनना चाहती थीं कि घबराने की कोई बात नहीं है।

किंतु देखने के बाद डॉक्टर एक गंभीर निःश्वास छोड़कर रह गया, कुछ नहीं बोला।

"ठीक ही है।" उसने ठंडी साँस लेकर कहा। फिर वह आला बैग में रखते हुए बोला, "और किसी दवा की जरूरत नहीं है। जो मेरे यहाँ से पीने की दवा आई है, वह देती चलिए। भगवान् पर भरोसा रखिए।"

"उमेद क्या है, डॉक्टर साहब?" माँ ने बड़ी व्याकुलता से पूछा।

"उम्मीद क्या! जब तक साँस तब तक आस।" इतना कहकर डॉक्टर चलने को हुआ। माँ ने उन्हें कुछ फीस देनी चाही। डॉक्टर ने नहीं लिया। "खैर, फिर ले लूँगा।" उन्होंने कहा।

इसके बाद वे एक क्षण भी नहीं रुके और चले गए। फीस न लेने के कारण माँ और घबराईं। वह रामकली दादी के कंधे पर सिर रखकर पुनः रोने लगीं।

दादी बोलीं, "घबराओ मत, बहू। इस समय धीरज रखने से काम चलेगा। भाग्य में जो लिखा होगा, वह तो होकर ही रहेगा। पंडितजी के कान के पास बैठकर राम नाम कहो।"

माँ रह-रहकर जैसे काँप जाती थीं। खाट के सिरहाने बैठकर राम नाम लेने लगीं। बीच-बीच में वह यह चौपाई भी दोहराती जाती थीं—

दीन दयाल बिरिदु संभारी। हरहु नाथ मम संकट भारी॥
दीन दयाल…

□

सुबह जब मैं उठा, तब अपने को महँगू दादा के घर में पाया। महँगू दादा का घर हमारे घर से थोड़ी ही दूरी पर था। अकसर हम लोग संध्या को खेलते-खेलते यहाँ तक चले आते थे। दादा के घर के सामने बहुत बड़ा मैदान था और उसके पश्चिमी किनारे पर था एक बड़ा पीपल। इसी वृक्ष के नीचे संध्या होते ही हमारी मंडली जुटती थी; किंतु इस समय काफी सवेरा था। पीपल के ऊपरी सिरे पर धूप आ गई थी। मैदान में एक भी आदमी नहीं था। केवल दो-चार गायें चर रही थीं।

मेरे सोकर उठते ही महँगू दादा की पतोह मेरे पास आई। उस समय घर में उसके अतिरिक्त और कोई नहीं था। वह मुझसे बड़े प्रेम से बोली, "क्यों बेटा, जाग गए?"

"हाँ, मैं घर जाऊँगा।" छूटते ही मैंने कहा। मैं कुछ समझ नहीं पा रहा था कि यहाँ कैसे चला आया। आश्चर्य ने मेरी व्यग्रता को और अधिक बढ़ा दिया था। मैं वहाँ एक क्षण भी रुकना नहीं चाहता था।

"नहीं बेटा, इतनी जल्दी घर जाकर क्या करोगे? देखो, तुम्हारे दादा दूध लेने गए हैं। आते ही होंगे। गरम-गरम लिट्टियाँ लगा देती हूँ, खाकर जाना।"

कुछ समय के लिए मैं बिस्तर पर चुपचाप बैठा रहा। देखने में अत्यंत शांत तथा स्थिर था, किंतु मेरा मस्तिष्क बड़ी तेजी से चक्कर काट रहा था। मेरी दशा उस तेज चलते चक्र के समान थी, जो अगणित चक्कर काटने पर भी अडिग दिखाई देता है।

वह फिर अपना बरतन मलने चली गई; किंतु मैं अधिक देर उस स्थिति में रह न सका। अचानक मैं बिस्तर से उठा। "मुझे भूख नहीं है, मैं घर जा रहा हूँ।" इतना कहते हुए ब[illegible] झटके के साथ बाहर आया।

वह पुकारती रह गई।

मैं घर की ओर लपका चला आ रहा था। कंबल की गेठुरी में लिपटा रामभरोसे कहीं जाता दिखाई दिया। उसने मुझे रोका। बड़े प्रेम से मेरा हाथ पकड़कर कुछ क्षणों तक बड़ी गंभीरता से मुझे देखता रहा। मैंने सोचा, कदाचित् वह कोई विशेष बात कहने वाला है। किंतु सारी सहानुभूति अपने स्वर में उड़ेलकर वह बोला, "क्यों बेटा, तुम्हारे बाबूजी की क्या तबीयत खराब थी?"

"भकऽऽ…" और मैं उसका हाथ छुड़ाकर भाग गया।

मेरे अबोध मन को यह बड़ा बुरा लगा कि इतनी साधारण सी बात के लिए उसने इतनी गंभीरता क्यों दिखाई। कुछ दूर जाने के बाद मैंने फिर पीछे मुड़कर देखा। रामभरोसे अब भी खड़ा होकर मुझे देख रहा था। फिर वह बड़े अफसोस से कुछ बुदबुदाया, जिसे

मैं सुन न सका।

आगे चलने पर शिवालय के मोड़ के पास बीरू के कुएँ पर कुछ औरतों की भीड़ दिखाई पड़ी। सब पानी भरने आई थीं। मुझे देखते ही जैसे उनके स्वरों में बाढ़-सी आ गई। सबने मुझे पुकारा : किसी ने चिल्लाकर, किसी ने इशारे से।

पर मैं नहीं रुकूँगा। यह महँगू दादा बड़ा खराब है। मुझे सोते-सोते अपने घर में उठा लाया। माँ बिगड़ रही होंगी। अब तो उनके मंदिर जाने का समय भी हो गया। बाबूजी की देखभाल कौन करेगा? …और ये सारी औरतें—क्या इन्हें मालूम नहीं कि मेरे बाबूजी बीमार हैं? फिर ये क्यों बुलाती हैं? ये सब बहुत गंदी हैं। मैं बिना इधर-उधर देखे दौड़ा, आगे बढ़ा। ऐसा लग रहा था जैसे कोई मुझे अपने घर की ओर बड़ी तेजी से खींच रहा है।

उन्हीं औरतों में से एक की आवाज सुनाई दी—"कैसा गुलाब के फूल-सा है बेचारा। आह, पंडितजी की 'गिरस्थी' उजड़ गई!"

उसका एक शब्द भी मेरी समझ में नहीं आया।

जगेस्सर के चबूतरे के पास से ही मेरे घर का दरवाजा दिखाई देने लगा। वहाँ भीड़ लगी थी। काफी आदमी इकट्ठे थे। कुछ औरतों के रोने की आवाज सुनाई दे रही थी। गली में कुछ लोग बाँस की सीढ़ी की तरह कुछ बना रहे थे। यह सबकुछ मेरे लिए कुतूहलपूर्ण तथा अजीब था। मेरी अनुभव की आँखों के समक्ष यह दृश्य अपनी संपूर्ण नवीनता लेकर आया था। मैं तो एक ऐसा अबोध पाठक था, जिसके समक्ष अभी सृष्टि की पुस्तक का पहला ही पृष्ठ आया था और वह भी अत्यंत विषम। उसका प्रत्येक अक्षर मुझे विचित्र-सा मालूम हो रहा था।

मैं शीघ्र ही अपने द्वार पर आया। भीतर रोती औरतों की आवाज अब और भी तेज सुनाई पड़ रही थी। मुझे साफ पता चला, मेरी माँ भी रो रही हैं। हे भगवान्! यह कितनी दर्दनाक चीख थी!

जैसे मेरा तन-मन, अंग-अंग अपने में नहीं था। ऐसा लग रहा था जैसे पीछे से कोई प्रबल आँधी मुझे ढकेल रही है। मैं उसी में, उसी झोंके से भीतर घुसा। दरवाजे पर कई लोग थे।

उन्होंने मुझे रोकने की कोशिश की। कल्लू चाचा ने रामू को पुकारकर कहा, "बेटा, जग्गू को लेता जा, कहीं घुमा ला।"

"अरे नहीं यार, रहने तो दो। एकमात्र संतान है। कंधा लगा देगा, बाप की आत्मा तर जाएगी।" यह दूसरे व्यक्ति की आवाज थी, जिसे मैं नहीं पहचानता था।

यह सब भी मेरी समझ से बहुत दूर था। मैं तो जिज्ञासा एवं कुतूहल का एक पिंड मात्र था, जिस पर न तो दुःख की कालिमा ठहरती थी औन सुख की उज्ज्वलता।

मेरा अस्तित्व राग-विराग से दूर—क्यों, क्या और कैसे तक ही सीमित था।

मैंने भीतर झाँककर देखा, चौक में बाबूजी सो रहे थे। बाल बनानेवाला मुसाफिर सफेद कपड़ा फाड़कर उन्हें लँगोटी पहना रहा था। फिर भी पिताजी जाग नहीं रहे हैं। क्या बात है? एकदम नंगी जमीन पर पिताजी को लिटा दिया गया है। कैसी हैं माँ? कल रात को तो उन्होंने बाबूजी को कंबल और रजाई सबकुछ ओढ़ाया था। ऊपर से अँगीठी की आग भी थी, पर इस समय तो वह एकदम नंगे हैं, ठंडी जमीन पर। क्या उन्हें जाड़ा नहीं लग रहा होगा? बाल भी काफी भीगे हैं। कहीं उन्हें किसी ने नहलाया तो नहीं है? …क्या डॉक्टर ने यही सब बताया है? जरूर इससे उन्हें कुछ फायदा हुआ होगा। खाँसी भी तो नहीं सुनाई देती। एकदम शांत, चुपचाप पड़े हैं। पसली की एक-एक हड्डी आसानी से गिनी जा सकती है। …पर बोलते नहीं! माँ इतनी रो क्यों रही हैं? वह पछाड़ खा-खाकर जमीन पर गिरती हैं। कभी अपना सिर पटकती हैं। हाथ पटक-पटककर तो उन्होंने अपनी सारी चूड़ियाँ तोड़ डाली हैं। क्या हो गया है उन्हें? वह रामकली दादी की भी बात नहीं मानतीं…। मेरी समझ में कुछ भी नहीं आ रहा था। मेरा मस्तिष्क चकरा रहा था। मेरी तबीयत बहुत ही घबरा रही थी; पर मैं चुप था, जैसे शांत ज्वालामुखी, जो अंतर में अपरिमित आग छिपाए रहता है।

रामकली दादी भी रो रही थीं, फिर भी वह माँ को समझाती हुई बोलीं, ''बहू, धीरज से काम लो, जग्गू का मुँह देखो।''

माँ की निगाह अब मुझ पर पड़ी। वह मेरी ओर चीखती हुई दौड़ीं और मैं उनकी ओर खिंच गया। वह मुझे सीने से चिपकाकर रोती रहीं। मैं भी रोने लगा, क्योंकि सभी रो रहे थे। अब मुझे ऐसा लग रहा था कि कोई विशेष बात अवश्य हो गई है।

थोड़ी देर बाद मुसाफिर तेल की कुप्पी हाथ में लेकर मुझसे बोला, ''लो बेटा, बाबूजी के सिर में तेल तो लगा दो।''

थप-थप-थप। मैं बाबूजी के सिर पर अच्छी तरह तेल थपथपाने लगा। जब कभी मैं इस प्रकार तेज थपथपाता तब पिताजी शीघ्र ही 'बस बेटा' कहकर मुझे रोक देते, किंतु इस बार वे कुछ नहीं बोले।

मुसाफिर यदि मुझे न रोकता तो मैं थपथपाता ही रहता। उस समय कदाचित् ही वहाँ कोई रहा हो, जिसने मुझे देखकर आह न भरी हो। 'हाय रे बेचारा—क्या जाने कि क्या हो गया?'

अंत में जब बाबूजी को लोग नए सफेद कपड़े में लपेटकर बाहर ले आए और उस बाँस की सीढ़ी पर बाँधने लगे, तब एक बार, केवल एक बार मेरा मन पीड़ा से चीख उठा। मैं दौड़कर कल्लू चाचा के पास गया और गिड़गिड़ाकर बोला, ''चाचा, इतना कसकर रस्सी मत बाँधो। बाबूजी की देह दुखने लगेगी।''

कल्लू चाचा की आँखें डबडबा आईं, जैसे वह कुछ बोल ही नहीं पा रहे थे। फिर भी, बड़ी कोशिश कर उन्होंने कहा, "नहीं बेटा, अब कुछ भी नहीं दुखेगा।"

इसके बाद रामभरोसे दादा और कल्लू चाचा में कुछ बातचीत हुई। उसमें वहाँ के और लोग भी शामिल थे। मैं केवल इतना समझ रहा था कि बातें मेरे ही संबंध में हो रही हैं, क्योंकि बार-बार मेरा नाम आता था। अंत में केवल इतना ही सुनाई पड़ा कि जग्गू से दाग दिलाना ठीक नहीं। वंशीधर पंडित ही ठीक पड़ेंगे।

वंशीधर पंडित को मैं चाचा कहता था।

पुनः कल्लू चाचा ने मुझसे कहा, "बेटा, बाबूजी के पैरों पर माथा टेककर अंतिम आशीर्वाद ले ले।" इतना कहते ही उनका गला भर आया।

मैंने अपना सिर पिताजी के चरणों पर रख दिया।

पुनः लोगों ने अरथी उठाई। मैंने भी एक हाथ लगाया—'राम नाम सत्य है, राम··· ।'

माताजी के लाख रोने-चिल्लाने पर भी बाबूजी को लोग कंधे पर लादकर ले चले।

"देख रामू, जग्गू को बहलाते रहना। इसे कुएँ पर ही स्नान करा देना।" यह आवाज कल्लू चाचा की थी।

रामू मुझे ले कंपनी बाग की ओर बढ़ा। उन दिनों चाय का इतना प्रचार नहीं था। सन् १९३० का जमाना था। ब्रुकबांड के प्रचारक सड़क के किनारे पटरी पर ग्रामोफोन बजाकर मुफ्त चाय पिलाते थे और चाय की पुड़िया बेचते थे। रामू मुझे लेकर उसी ओर मुड़ा। मैं भी आश्चर्यचकित इस गानेवाले यंत्र को देखता रहा। वहाँ धीरे-धीरे अच्छी-खासी भीड़ हो गई।

बाल-मन भी कितना सरल तथा स्निग्ध होता है। उसपर कोई भी छाया अधिक देर तक नहीं टिकती। मैं भी वहाँ के वातावरण में उलझ गया। चाय की मीटी तथा गरम चुस्की ने मुझे भुला दिया। पिताजी की अरथी किधर गई, पता नहीं। ग्रामोफोन गा रहा था—'किसे करता तू मूरख प्यार, प्यार, प्यार, तेरा कौन है?'

इस घटना के बाद मेरी माँ का दिल जैसे टूट-सा गया। वह दिन में जलती उस निष्प्रभ दीपशिखा के समान थीं, जो वायु के एक हलके झोंके से ही काँप उठती है। कोई भी जरा सी बात हो जाती तो माँ की आँखें चूने लगतीं।

अभी कल की बात है। हम लोग रामकली दादी के यहाँ गए थे। रमेश चाचा का गौना आया था। दादी फूली नहीं समा रही थीं। वहाँ मुहल्ले की और भी औरतें तथा बच्चे थे। दरवाजे पर शहनाई बज रही थी। बाहर बैठक में बहुत से आदमी बैठे थे। उनमें मैं बहुतों को जानता हूँ। कुछ ने तो मुझे बुलाया भी, पर मैं उधर नहीं गया। एक

बार वंशीधर चाचा मुझे गोद में उठाकर जबरदस्ती ले आए, पर मैं शीघ्र ही छुड़ाकर भाग आया। पता नहीं क्यों, अब मैं एक क्षण के लिए भी माँ से अलग होना नहीं चाहता था। मैं दिन में सदा उनके पीछे-पीछे लगा रहता। रात में उनके सीने से लगकर सो जाता। मैं तो माँ की उस छाया की तरह था, जो प्रकाश में साथ-साथ चलती है और अंधकार में स्वयं उसमें सिमटकर विलीन हो जाती है।

बाहर दालान में बैठी औरतें ढोलक पर गा रही थीं। कहीं से भूल-भटककर वहाँ एक गौरैया आ गई थी। उसे पकड़कर किसी ने रोशनाई में रँग दिया था। बेचारी उड़ भी नहीं पा रही थी। बाल-मंडली उसी पर जुटी थी। उन्हीं बाल-साथियों से पता चला कि अभी दूल्हा-दुलहिन मठिया पूजने जाएँगे। मेरा मन भी उस लँगड़ी गौरैया की भाँति फुदकने लगा। मैं माँ के पास आया।

माँ कड़ाही से पूड़ियाँ निकाल रही थीं। मैंने बड़ी विह्वलता से कहा, "अम्मा-अम्मा, दूल्हा-दुलहिन मठिया पूजने जाएँगे। सभी औरतें उनके साथ जाएँगी। क्या तुम भी चलोगी?"

माँ मेरी विह्वलता पर बहुत हलके से मुसकराईं। फिर अचानक न जाने क्या हो गया कि वह बिलकुल गंभीर हो गईं। जैसे किसी ने बड़ी निर्दयता से उनकी मुसकराहट छीन ली हो।

केवल पूड़ी बेलती महरिन ने कहा, "नहीं बेटा, माँ नहीं जाएँगी। तुम दादी के साथ चले जाना।"

"क्यों?" मुझे इस डेढ़ अक्षर के प्रश्न का उत्तर चाहिए था। किंतु वहाँ की तीनों औरतें एक-दूसरे को देखती हुई मौन थीं। विवश होकर मेरी जिज्ञासा भी उनकी मूकता के साथ हो गई। मैं चुपचाप वहीं बैठ गया। कभी मैं जलती आग की ओर देखता, कभी अपनी माँ की ओर और कभी पूड़ी बेलती उन मजदूरिनों की ओर; किंतु मेरे प्रश्न का उत्तर कहीं भी नहीं था।

थोड़ी देर बाद मैंने देखा—रमेश चाचा दूल्हा बनकर दालान में आए। वे पीले हलके रंग का ढीला-लंबा कुरता पहने थे। सिर पर साफा बँधा था। कंधे पर था चमकता रेशमी दुपट्टा। मस्तक पर तिलक तथा गले में सोने और मोतियों की कई मालाएँ सुशोभित थीं। सचमुच रमेश चाचा बहुत अच्छे लग रहे थे,…और पीछे-पीछे थी उनकी दुलहिन। हाय राम, कितनी अच्छी चमकती साड़ी पहने और दुपट्टा ओढ़े थी। कपड़े में तो एकदम छिप-सी गई थी। तिस पर भी औरतों ने उसे चारों ओर से घेर लिया था। केवल हाथ की अँगुलियाँ ही दिखाई दे रही थीं और अँगुलियों में थीं कई नगवाली चमकती अँगूठियाँ।

मैं रमेश चाचा को देखते ही चिल्ला उठा, "अरे अम्मा! देख, चाचा दूल्हा बने हैं।"

पूड़ी बेलती दोनों औरतें काम छोड़कर बाहर निकल आईं। उनके पीछे माँ भी थीं। उनकी अँगुली पकड़कर मैं फुदकने लगा। औरतों ने गाना आरंभ किया—

“मैया द्वारे हरियर पीपर
लाल ध्वजा फहरानी,
महरानी क लाल हिंडोला।”

इस वातावरण का माँ पर बहुत गहरा प्रभाव पड़ा। वह कुछ क्षणों के लिए स्वयं भूल-सी गईं। वह सभी के उल्लास और प्रसन्नता में विभोर थीं। वह अन्य औरतों के साथ आगे बढ़ीं।

तब तक पता नहीं किधर से रामकली दादी चली आईं। उन्होंने माँ को संबोधित करके कहा, “बहू, सुहाग की बात है। घर में चली जाओ। ऐसा न हो, कहीं तुम्हारी छाया पड़ जाए।”

दादी की बोली ने माँ के मन पर गहरा आघात किया। वह चोट से तिलमिला उठीं, जैसे सीने में दबी ज्वाला एकदम भड़क पड़ी, जिसके घने धुएँ ने माँ का मस्तिष्क घेर लिया। अब उनके सामने कुछ भी नहीं था—केवल था कड़वाहट से भरा व्यथा का घना धुआँ। अब वह एक क्षण के लिए भी वहाँ रुक न सकीं। पहाड़ी नदी की भाँति पछाड़ खाती हुई आगे बढ़ीं।

उनकी वेदना गरज रही थी। उसका हाहाकार मूक था।

मैं भी उनके साथ रसोईघर में चला आया। आँचल में मुँह छिपाए माँ बहुत देर तक रोती रहीं।

मैं सच कहता हूँ, उस समय मेरी समझ में कुछ भी नहीं आया कि माँ क्यों रो रही हैं। दादी ने तो उनसे कुछ भी नहीं कहा। बाहर आने के लिए मना किया था, इसमें रोने की क्या बात? माँ तो मुझे बहुत सी जगह जाने से रोकती हैं, पर मैं तो ऐसा नहीं करता।

□

अनुभव के मार्ग पर मेरे जीवन के नन्हे-नन्हे चरण किसी प्रकार आगे बढ़े। आहों के तूफान और आँसुओं की बरसात में लथपथ उस हर डगर की एक कहानी थी—उदासी के बाग में उगते हुए नए फूल की कहानी।

मेरे जीवन की कली धीरे-धीरे पंख खोल रही थी और वह भी उस समय जब उपवन झंझा के कठिन थपेड़ों में बुरी तरह फँस गया था और वे ही थपेड़े मेरे जीवन को गति व दिशा देने लगे।

माँ अपने सधे-सधाए ढंग से कभी आँचल में छिपाकर, कभी कलेजे से लगाकर और कभी देवी-देवताओं को मनाकर—मेरी रक्षा के लिए प्रयत्न करती रहीं।

जहाँ एक ओर तूफान में जलते दीपक की तरह मेरा जीवन चंचल एवं संघर्षरत था, वहीं दूसरी ओर मेरी आत्मा परिस्थितियों से निरंतर जूझकर हिमालय की तरह दृढ़ एवं अडिग होती जा रही थी।

मेरी माँ को अब अधिक समय अपनी जीविका के लिए देना पड़ता था। वह बहुत सवेरे ही, जब मैं सोता रहता था, उठ जाती थीं। नित्य-कर्म से निवृत्त होकर बीरू के कुएँ पर पानी लेने के लिए चली जाती थीं। गली के बंबे पर उस समय इतनी भीड़ रहती कि घंटों पानी के लिए रुकना पड़ता था। वहाँ समय बरबाद करना वह ठीक न समझती थीं, अतएव दूर होने पर भी वह कुएँ से बड़े सवेरे ही पानी लाती थीं।

फिर घर की कच्ची जमीन पर नारियल के सींकदार झाड़ू से साफ कर गोबर से लीपती थीं। इसके बाद वह बरतन मलने बैठ जाती थीं। तब तक दिन काफी निकल आता था। इसी के आस-पास मेरी नींद टूटती थी। मुझे ठीक याद है, अभी मैं बिस्तर पर करवट बदलता ही रहता था कि गली में बंबइया मिठाई बेचनेवाले उस लँगड़े बूढ़े की घंटी सुनाई पड़ जाती थी।

सोकर उठते ही माँ मेरा हाथ-मुँह धोतीं और बासी रोटियाँ गुड़ से खाने को देती थीं। सवेरे-सवेरे मैं तरकारी या अचार से रोटियाँ खाना पसंद नहीं करता था।

खा-पीकर मैं उधर महँगू दादा के घर के सामनेवाले बड़े मैदान में खेलने निकल जाता और इधर माँ नहा-धोकर पूजा पर बैठ जाती थीं।

पूजा में उन्हें अधिक समय लगता था। वह बहुत देर तक जप करती रहतीं—पूरी दत्तचित्त होकर। आँखें बंद कर उपासना में इतनी तन्मय हो जाती थीं कि उन्हें बाहरी संसार का कुछ भी ध्यान नहीं रहता था।

उस दिन सवेरे मैं खेलने नहीं गया। पूजा के समय माँ के पास ही बैठा। मैंने देखा, माँ आँखें मूँदकर माला जप रही हैं। आरती का दीप अभी-अभी बुझा है। हलका चक्करदार धुआँ छोड़कर दीप का गुल भी राख हो गया। बतासे में खोंसी धूपबत्ती भी आधी जल चुकी है। 'बाल गोविंदा' के सामने भोग की कटोरी में बरफी का एक टुकड़ा पड़ा है, जिसे चुहिया कुतर-कुतरकर भाग जाती है। अजीब बात है, चुहिया की इतनी हिम्मत कि हम लोगों के रहते हुए भी वह इतनी ढिठाई करे।

मैंने एक बार देखा, दो बार देखा—अनेक बार देखा। आखिरकार मुझसे रहा नहीं गया। मैंने मुँह से 'हिस' की आवाज करते हुए हाथ उठाया। चुहिया रानी नौ दो ग्यारह। इतना होने पर भी माँ को कुछ पता नहीं चला। वह तो उस समय उस समाधिस्थ तपस्विनी की भाँति थीं, जिसका दीन-दुनिया से कोई मतलब न हो।

उनकी आँखें वैसी ही बंद थीं, बाल गोविंदा वैसे ही बैठे थे। कटोरी में बरफी वैसे ही पड़ी थी। सबकुछ पूर्ववत् ही था, किंतु मैं पूर्ववत् रह न सका। मेरे छोटे से तन

में छिपा हुआ बालक अपने स्वाभाविक लोभ में मचल पड़ा। मैं उठा बिलकुल चुपचाप और बरफी झटककर घर से सीधे चंपत।

गली में बच्चे मिट्टी का घरौंदा बना रहे थे। चंपो मिट्टी सान रही थी और जवाहिर अपनी कल्पना की दीवारें उठा रहा था। वहाँ दो-चार लड़के और थे, जिनका नाम मुझे ठीक-ठीक याद नहीं आता।

मुझे देखकर दूर से ही जवाहिर चिल्लाया, ''अरे जग्गू, देख, हम लोगों का घरौंदा बन रहा है। इसमें एक ओर मेरा गुड्डा रहेगा, दूसरी ओर चंपो की गुड़िया।''

''और मेरा गुड्डा किस कोठरी में रहेगा?'' बालकों में से एक बोला।

''तुम्हारा गुड्डा इसमें नहीं रहेगा। यह हमारा और चंपो का घरौंदा है।'' जवाहिर ने कहा।

''तुम्हीं दोनों का कैसे है? मैंने भी मिट्टी चाली है।'' बालक बोला।

''और मैं बंबे से पानी भर-भरकर लाया हूँ।'' आवाज दूसरे बालक की थी।

''इससे क्या होता है? हम लोग इसे बना जो रहे हैं।'' चंपो ने कहा।

''बनाने से क्या होता है? इसमें हमारी मेहनत नहीं लगी है?'' दोनों बालक एक साथ बोले।

अब घरौंदा बनाने का काम हलका पड़ा और विवाद बढ़ चला। धीरे-धीरे झगड़े की स्थिति उत्पन्न हो गई। एक ओर जवाहिर और चंपो तथा दूसरी ओर तगड़े-तगड़े तीन लड़के। मैं तो जवाहिर की तरफ से ही बोल रहा था, किंतु मेरे मन में यह बात बार-बार उठती थी कि गलती हमीं लोगों की है। हम लड़के गलती कर सकते हैं, किंतु हमारा मन गलती नहीं कर सकता। माँ कहती हैं, बच्चों के मन में भगवान् बसता है तो मन भला कैसे गलती कर सकता है! वह तो सत्य कह रहा था। झगड़ा बंद करो और लड़कों से समझौता कर लो।

पर जवाहिर माननेवाला नहीं था। पराजय के समय मन जितनी सरलता से सत्य को गले लगा लेता है उतनी ही आसानी से वह मान और शान की वेदी पर उसका बलिदान भी करने को उद्यत हो जाता है। जवाहिर के सामने भी इस समय शान का प्रश्न था। उसे सत्य से कोई मतलब नहीं।

इधर रगड़ा चल ही रहा था कि उधर हमीद भी अपनी नटखट गोल लेकर आ धमका। अपने स्वभाव के अनुसार पहले इस गोल के लोगों ने हल्ला मचाना शुरू किया और फिर आव देखा न ताव, उस अधूरे घरौंदे पर एक लात दे मारी।

''खेल खतम, पैसा हजम!'' सबके सब चिल्ला पड़े।

कदाचित् एक क्षण के लिए जवाहिर और चंपो को थोड़ा दुःख हुआ होगा, फिर तो वे भी उसी हो-हल्ले में शामिल हो गए—''खेल खतम, पैसा हजम। खेल···ख···''

क्योंकि बच्चों को मिट्टी का संसार बसाने में जितना आनंद आता है, उससे कम आनंद उन्हें उसे उजाड़ने में नहीं आता। वास्तव में वे बनाते बात के बिगाड़ने के लिए। उनके इस निर्माण और विनाश के उद्देश्य में कोई विशेष अंतर नहीं होता। हर स्थिति में आनंद की प्राप्ति होती है।

मिट्टी का अधूरा वह घरौंदा, चंपो और जवाहिर की कल्पना का वह महल अब अलादीन के महल की तरह गायब हो गया था और बची थी थोड़ी सी गीली व चिपचिपी मिट्टी।

□

थोड़ी ही देर बाद मैंने देखा, माँ मुझे खोजने गली में आ रही हैं। मैं हँसता-फुदकता उनकी ओर बढ़ा। मैं कोई चोर थोड़े ही था, जो उनसे छिपता। मैंने तो माँ को छकाया है, खूब परेशान हुई होंगी वह। देखो, वह क्या सोचती होंगी? कहाँ भाग गया?

कितना विचित्र होता है बचपन! अब सोचता हूँ कि बरफी लेकर भागने में आखिर लाभ क्या था? माँ का एकमात्र पुत्र मैं ही था। पूजा समाप्त होने के बाद वह उसे मुझे ही देतीं। फिर किस आनंद की अवतारणा के लिए मैंने ऐसा किया? इसका कोई भी उत्तर आज का मेरा प्रौढ़ मस्तिष्क नहीं दे सकता। केवल इतना ही कहा जा सकता है कि वह नटखट जग्गू की बदमाशी थी। किंतु बच्चों को परिपक्व दृष्टि से देखना उनके प्रति सबसे बड़ा अन्याय करना है। जग्गू तो अंततोगत्वा जग्गू है, जिसकी हर क्रिया आंतरिक आनंद और मस्ती से प्रेरित है, भले ही आपकी नजर में वह बदमाशी दिखाई देती हो। ...खैर।

"चल घर में, सवेरा हुआ और खेलना सिद्ध।" माँ मेरा हाथ पकड़कर दरवाजे की ओर चल पड़ीं।

"अम्मा, आज भोग नहीं दोगी क्या?" इतना कहकर मैं जोर से हँस पड़ा और उनका दाहिना हाथ पकड़कर झूलने लगा।

"अच्छा, यह तेरी ही बदमाशी है, अब समझी!"

मैं हँसता ही रहा। माँ बनावटी क्रोध से मुझे देखती रहीं। उनकी आँखों में एक ओर बनावटी क्रोध की उष्णता थी तो दूसरी ओर स्नेह की तरलता।

बच्चे संसार को भले ही ठीक न समझ सकें, पर उनकी बुद्धि अपनी माताओं को समझने में कभी नहीं चूकती। मैं अब समझ रहा था कि माँ मुझे नहीं बिगड़ेंगी। अतएव मैं दृढ़ता प्रकट करते हुए अपनी स्वाभाविक मुसकराहट में पूछने लगा, "अम्मा, भगवान् तो कभी नहीं खाते, तब तुम भोग क्यों लगाती हो?"

मुझे ठीक याद नहीं आता कि इस प्रश्न के उत्तर में क्या कहा था माँ ने। किसी बात के सिलसिले में मैं फिर बोला, "तुम्हें मालूम है या नहीं—भगवान् का भोग चुहिया

खाती है, अम्मा।''

''धुत!'' मुझे डाँटकर वह चुप हो गईं।

''हाँ-हाँ, अम्मा! मैंने देखा था, चुहिया खा रही थी। भगवान् कैसा विचित्र है, वह उसे रोकता भी नहीं!'' मैंने अपनी बात पर और जोर दिया।

इस बार माँ कुछ तीखे स्वर में बोलीं, ''चल हट, व्यर्थ की बकवास मत कर—स्लेट निकालकर पहाड़ा लिख।'' इतना कहकर वह झटके से उठीं और रामकली दादी के यहाँ हनुमानजी का पूजन करने चली गईं।

बड़े लोगों के पास झिड़कना एक ऐसी वस्तु है, जिससे वे बच्चों पर बड़ी सरलता से आक्रमण करते हैं। क्षण में उन्हें धराशायी कर देते हैं। वे हार मानकर चुप हो जाते हैं। जब कभी बच्चा तर्क करने की चेष्टा भी करता है, तब यही झिड़कना ढाल बनकर उन भोले-भाले मधुर तर्कों के तीरों को चूर-चूर कर डालती है। और आश्चर्य की बात तो यह है कि हर बड़ा-बूढ़ा बच्चों को झिड़कना अपना जन्मसिद्ध अधिकार समझता है।

इस समय मुझे भी इसी अधिकार का दुरुपयोग कर चुप करा दिया गया था, वरना मैं अभी बहुत कुछ कहता।

थोड़ी देर बाद माँ लौटीं। उन्होंने मुझे गुड़ तथा चने का प्रसाद दिया और प्यार से बोलीं, ''देख बेटा, मैं बारह-एक तक आ जाऊँगी। तब तक तुम सुमेर चाचा की दुकान पर रहना। बदमाशी मत करना। स्लेट और किताब ले ले। उनसे पूछ-पूछ कर पढ़ना, अच्छा!''

मैंने सिर हिलाकर स्वीकृति दी।

माँ ने घर में ताला बंद किया और प्यार का एक मधुर चुंबन लेकर अपने काम पर चली गईं।

उन दिनों मैंने स्कूल का मुँह नहीं देखा था। सुमेर चाचा के यहाँ जाकर पढ़ता था।

सुमेर चाचा मुहल्लेवालों में 'सुमेर साव' के नाम से प्रसिद्ध था। वह जाति का बनिया था। यों तो परचून की ही उसकी दुकान थी, पर रोज की जरूरत की अधिकांश चीजें मुहल्लेवालों को उसकी दुकान पर मिल जाती थीं। साबुन, तेल, बीड़ी, तंबाकू, क्रोसियो से बीननेवाला धागा, लड़कियों के बालों में लगाने की पिन, लेमन ड्रॉप, चीनी की दूसरी प्रकार की मिठाइयाँ, सोन पापड़ी, गुलाब-पट्टी, मूँगफली आदि दुनिया भर की चीजें वह बेचता था। बूढ़े से लेकर बच्चे तक हर उम्र के और हर प्रकार के लोग उसके ग्राहक थे। वह नकद-उधार हर तरह का सौदा करता था।

बच्चे उसकी दुकान पर अधिक मँडराते थे। बात यह थी कि बच्चे जब भी कोई सामान खरीदने आते थे तो वह उन्हें कभी सोन पापड़ी और कभी गुलाब-पट्टी का एक

छोटा सा टुकड़ा मुफ्त दे देता था। मुफ्त की मिठाइयों का प्रलोभन बच्चों को उसकी दुकान की ओर खींचता था, जैसे मोक्ष का प्रलोभन भक्तों को मंदिरों की ओर खींचता है।

माँ जब सुबह खाना बनाने कोठी जाती थीं तो वह मुझे खिला-पिलाकर, घर में ताला बंद कर सुमेर चाचा के यहाँ पहुँचा देती थीं। शाम को भी वह ऐसा ही करती थीं। मैं अपनी स्लेट और पहली पोथी लेता था और उसकी दुकान में बैठकर पढ़ता था। मेरे साथ सुमेर चाचा की छोटी लड़की भी पढ़ती थी—चंपो।

सुमेर चाचा बड़ा अच्छा आदमी था। मेरे पिताजी का दोस्त था। मुझे याद है, जब मेरे पिताजी मरे थे तो वह फूट-फूटकर रोया था। माँ ने एक दिन बताया कि तुम्हारे जन्म के समय हम लोग सुमेर साव के ही मकान में रहते थे। तब से हमारा-उसका पारिवारिक संबंध हो गया था।

माँ सुबह की गई बारह-एक बजे दोपहर तक घर लौटती थीं। वह आते समय सुमेर चाचा की ओर से निकलती थीं। उन्हें देखते ही मैं दुकान से कूदकर उनसे लिपट जाता था, मध्याह्न में जैसे छाया वस्तु से लिपट जाती है।

वह मुझे प्यार का एक मधुर स्पर्श देतीं, तब मैं उनके हाथ से बाँस की पुरानी डोलची ले लेता। इस डोलची में दो-चार पराँठे होते और थोड़ी सी तरकारी। माँ को यह कोठी में जलपान करने के लिए मिलता था। वह उसे लेती आतीं। हम दोनों की दोपहर इसी पर कट जाती।

मैं उनके पीछे-पीछे फुदकता चलता। मैं बिलकुल आपे में न रहता। कुछ दूर निकल जाने पर कभी-कभी सुमेर चाचा की आवाज सुनाई देती, ''अरे जग्गू, तू अपनी स्लेट और पोथी तो लेता जा।''

पर मुझे अब लौटना बिलकुल पसंद नहीं आता। मैं और तेजी से आगे बढ़ने को होता। सुमेर चाचा हँसते हुए कहता, ''अब गइया आय गइल, बछरुवा के पकड़ब मुश्किल हौ।''

माँ भी सुमेर चाचा की इस बात पर हँसने लगतीं। कभी-कभी वह लपककर उसकी दुकान पर आतीं और पोथी तथा स्लेट लेकर लौटतीं। अधिकांशतः वे वस्तुएँ उसकी दुकान पर ही रह जाती थीं। शाम को तो मुझे उसके यहाँ जाना ही होता था।

जाड़ों में पाँच बजे तक और गरमियों में पाँच-साढ़े पाँच तक माँ पुनः खाना बनाने कोठी जाती थीं। ...और संध्या को फिर मैं सुमेर चाचा के यहाँ पहुँचा दिया जाता।

फिर करीब सात-आठ बजे जब माँ लौटतीं तो मुझे वहाँ से लिवा आती थीं।

□

फागुन के दिन थे। जाड़ा दम तोड़ चुका था। दो-चार दिनों में होली पड़ने वाली थी।

सूरज ढलते ही लड़कों का झुंड-का-झुंड होली की फूहड़ गाली गाता हुआ मुहल्ले में घूमने लगता था। कभी-कभी सुमेर चाचा की आँखें बचाकर मैं भी उनमें निकल जाता था। मुझे ठीक से गाली गाना नहीं आता था और न मैं उस समय उन गालियों का मतलब ही समझता था। मैं तो केवल उन लोगों के स्वर में स्वर मिलाता था। मुझे उस चिल्लाहट में बड़ा मजा आता था।

ज्यों ही सुमेर चाचा को मेरे झुंड में निकल जाने का पता चलता, वे शीघ्र ही मुझे खोज निकालने के लिए व्याकुल हो जाते।

आज भी उन्हें जल्दी ही सफलता मिल गई। वे मुझे दुकान पर लाकर समझाते हुए बोले, "देख जग्गू, तुम्हारा इन गंदे लड़कों के साथ जाना और गाली बकना ठीक नहीं है। मैं तुम्हें बार-बार समझाता हूँ, पर तुम मानते नहीं हो।"

मैं चुप था, पर मेरा मन कह रहा था—मैं जाऊँगा, जरूर जाऊँगा। जब सब लड़के जाते हैं तब मुझे ही क्यों रोका जाता है? चाचा क्यों नहीं उन सबको मना करते? मैं जाऊँगा। मुझे उनके साथ हल्ला मचाने में मजा आता है।

फिर मैंने मन-ही-मन सोचा—चंपो तो नहीं जाती। उसका जी ही नहीं करता जाने को या चाचा उसे रोक लेते हैं। चाची बेचारी तो बड़ी सीधी है। वह चंपो को बड़ा प्यार करती है। वह भला उसे क्यों रोकेगी!

चाचा मुझे समझा-बुझाकर चुप हो गया। मुझे प्यास लगी थी। मैं चुपचाप पानी पीने घर में चला आया। चंपो की माँ कहीं गई थी। इस समय चंपो अकेली थी। वह मुझे देखते ही बोली, "तुम कहाँ चले गए थे? चाचा बहुत घबरा रहे थे!" चंपो अपने पिताजी को चाचा ही कहती थी।

मैं कुछ बोला नहीं, पर भंगिमा ने बता दिया कि मैं कहाँ था।

"जब चाचा मना करते हैं तब तुम क्यों जाते हो?" उसने पुनः पूछा।

"मुझे बड़ा अच्छा लगता है।"

"पर उन लोगों के साथ जाना गंदा काम है।"

"क्या वे सब गंदा काम करते हैं?"

"हाँ।"

"तब उनके माता-पिता उन्हें क्यों नहीं रोकते?"

"यह तो नहीं मालूम।"

"फिर चाचा हमें क्यों रोकते हैं?"

चंपो चुप थी। उसकी इच्छा थी कि मैं इस संबंध में चाचा से ही बात करूँ, पर मेरी हिम्मत ही नहीं पड़ रही थी।

मैंने चंपो से ही पूछा, "तेरा मन उन लोगों के साथ चलने को नहीं करता क्या?"

"करता है।"

"तब तू क्यों नहीं चलती?"

"लड़कियाँ गंदा काम नहीं करतीं।" चंपो मुसकराई।

"अच्छा जी, तो लड़के ही गंदा काम करते हैं। बड़ी बनी हैं अच्छा काम करनेवाली—एँ-एँ…।" मैं उसे मुँह चिढ़ाता हुआ बाहर की ओर निकल गया।

इस समय दुकान में मँगरू सामान खरीदने आया था। वह उधार खरीदनेवाला स्थायी ग्राहक है।

मँगरू अपने साथियों के साथ सग्गड़ खींचता है। सग्गड़ भी उसका अपना नहीं है। चार आने रोज पर किराए पर लेता है और विश्वेश्वरगंज की अनाज मंडी में एक स्थान से दूसरे स्थान तक वह अनाज के बोरे को लादकर पहुँचाता है।

सवेरे आठ बजते ही ये लोग बाजार चले जाते हैं और दिन ढलते-ढलते घर लौटते हैं। इनकी छोटी सी खपरैल की कोठरी में संध्या होते ही हलचल शुरू हो जाती है। कोई बरतन मलने लगता है, कोई चूल्हा पोतता है, कोई झाड़ू लगाता है और मँगरू सुमेर की दुकान पर दाल, चावल व आटे के लिए पहुँच जाता है।

आज सामान देने के बाद सुमेर चाचा ने कहा, "मँगरू, इधर महीने भर से तुमने हिसाब नहीं दिया है। अब बहुत उधार चढ़ गया है।"

"हाँ सावजी, जल्दी ही दूँगा।"

"देखो, तुम्हारा जल्दी कब होता है।" सुमेर चाचा अन्यमनस्क होकर बोला।

मँगरू कुछ झेंपता हुआ चुप-सा हो गया। उसे मालूम है कि सुमेर सबको उधार नहीं देता और जिस पर विश्वास कर सौदा देता है, उससे जल्दी तगादा भी नहीं करता। इसी से तगादे ने मँगरू के आत्मसम्मान को हलका सा झटका दिया। वह मन मारकर रह गया।

इसी बीच सुमेर चाचा ने दो बीड़ियाँ एक साथ सुलगाईं। एक उसने मँगरू को दी, दूसरी स्वयं पीने लगा।

बीड़ी के पहले कश के साथ ही चाचा बोला, "मँगरू भैया, तगादे का माख मत मानना। क्या करूँ? दुकान का बड़ा पैसा उधार में फँस गया है।"

"अरे सावजी, इसमें माख मानने की क्या बात है?" मँगरू विनम्र स्वर में बोलता रहा, "क्या करूँ सावजी, मेरा भी हाथ इधर बुधनी की माँ की बीमारी से दब गया था, नहीं तो अब तक मैं जरूर हिसाब चुकता कर देता।" वह बीड़ी का जोर का कश लेकर पुनः कहता गया, "उमेद है कि होली पर हमारा भी हिसाब बाजार से मिल जाएगा, तब मैं कुछ-न-कुछ अवश्य दूँगा।"

"होली पर?" सुमेर चाचा जोर से हँसा, "अरे यार, त्योहार पर हिसाब लेकर

होलिका जगाने गाँव निकल भागोगे—तब भला मेरी सुधि कहाँ आएगी!''

"हो सकता है, इस बार गाँव जाना न हो।'' मँगरू ने कुछ सोचते हुए कहा।

"क्यों?''

"आपको मालूम नहीं कि इस बार होली और मुहर्रम साथ-साथ पड़ रहे हैं।''

"हाँ, पड़ तो रहे हैं! लगता है, दंगा होगा।''

"होगा नहीं, जोरों से होगा। ठाकुर कह रहा था, कोइला बाजार में मुसलमानों ने बड़ी जमकर तैयारी की है।''

"तभी सुलेमान आज महीने भर का राशन ले गया है।'' सुमेर साव बोलता रहा, "जब मैंने उससे पूछा कि इस बार इतना ज्यादा राशन क्यों ले रहे हो, बड़े मियाँ? तब उसने बड़ी गंभीरता से कहा था—सोचता हूँ, अब इकट्ठा ही खरीद लिया करूँ, महीने भर की छुट्टी हो जाएगी। कौन रोज-रोज की झंझट मोल ले!''

"अच्छा, लगता है, सुलेमान भी मुहल्ला छोड़ने की तैयारी कर रहा है।'' मँगरू बोला।

"पर उसे तो कोई डर है नहीं। यह सही है कि पूरे मुहल्ले में दो-चार घर ही मुसलमानों के हैं, बाकी सब हिंदू हैं; पर सुलेमान की तो सभी हिंदुओं से मेल-मुहब्बत है।''

"हाँ, है तो भला आदमी। उसे कोई डर तो नहीं मालूम होती। लेकिन आदमी के दिमाग का क्या ठिकाना?'' इतना कहकर मँगरू उठा और राम-राम करता हुआ चला गया।

□

काफी अँधेरा हो गया था। यह मेरे काम दिखाने का समय था। थोड़ी देर बाद चाचा ऊँचे स्वर में बोला, "क्यों जग्गू, तुमने नकल लिख ली? चलो, दिखाओ अपनी स्लेट।''

मैंने अभी पूरा नहीं लिखा था। केवल एक ओर की आधी स्लेट भरी थी। चाचा की आवाज सुनते ही मैं सकपकाया। कुछ बोला नहीं। केवल चुपचाप आकर खड़ा हो गया।

मेरी ओर से चंपो ही बोली, "अभी जग्गू भैया का काम पूरा नहीं हुआ है।''

"और तुमने पूरा किया?''

"नहीं, मेरा भी अधूरा है।'' चंपो ने कहा।

"जग्गू तो गंदा हो गया है। वह गंदे लड़कों के साथ गली में गालियाँ बकता हुआ घूमता है। वह काम पूरा करे, चाहे न करे, पर तुमको तो अपना काम पूरा करना चाहिए था।'' इसके बाद सुमेर चाचा की दृष्टि मेरी ओर घूमी—"देखो, आज मैं तुम्हारी

माँ से साफ-साफ कह दूँगा कि तुम्हारा लड़का कुछ भी नहीं पढ़ता है, दिन भर मटरगश्ती करता है। इसको मेरे यहाँ भेजने की कोई जरूरत नहीं है।''

मैं एकदम चुप था। मेरी आँखें डबडबा आईं।

सुमेर चाचा डाँटता रहा—''इतने बड़े विद्वान् के पुत्र होकर तुम्हें शर्म नहीं आती? तुम पढ़ने से जी चुराते हो।''

अब मैं सिसकने लगा। चंपो चुपचाप मुझे देखती रही। हर बार जब उसके पिताजी मुझे डाँटते थे, तब वह मुझे निर्दोष सिद्ध करने का प्रयत्न करती थी; किंतु इस बार क्यों चुप थी? क्या वह यह नहीं कह सकती थी कि इसमें जग्गू का कोई दोष नहीं है। हमीद आया था, वह जग्गू की किताब उठा ले गया, तब भला वह कैसे नकल लिख पाता।

मैं सिसकता रहा। मेरी सिसकन वह बाँध थी, जिसे चाचा की क्रोध की धारा पार नहीं कर सकती थी। धीरे-धीरे वह शांत हो गए।

तब चंपो ने काम न पूरा होने का सही-सही कारण उन्हें बता दिया।

वह बड़ी मुलायमियत से बोला, ''तुम लोगों ने किताब क्यों ले जाने दी, वह अब नहीं देगा तो?''

''कल देने को कहा है।'' चंपो बोली।

''अरे, कल वह रहेगी तब तो! आज ही कहीं बेच खाएगा।''

कल वह कहाँ चला जाएगा, यह चंपो पूछ न सकी।

हमीद सुलेमान का इकलौता बेटा था। मुझसे मुश्किल से तीन-चार वर्ष ही बड़ा था, पर संसार की जानकारी के क्षेत्र में वह मुझसे बहुत आगे निकल गया था। अपने ढंग की वह बहुत सी जानकारी रखता था। उसे मालूम था कि शहर में कौन सा सिनेमा आया है। गौहर, सुलोचना, बिल्लमोरिया—उस समय के प्रसिद्ध अभिनेता किन-किन फिल्मों में काम कर रहे हैं। माता-पिता के अपरिमित प्यार से वह बेहद बिगड़ गया था। वह धड़ल्ले से बीड़ी पीता था। वह क्षण उसके जीवन का बड़ा शानदार होता, जब उसे कहीं से और किसी प्रकार सिगरेट पीने को मिल जाती। वह बड़े ताव से कश खींचता और मुँह गोल कर ऊपर की ओर धुएँ के छल्ले बनाता। उसकी इस क्रिया से संभवत: उसके अब्बा भी वाकिफ थे।

वह ताश के भी बहुत से खेल जानता था। छिप-छिपकर जुआ भी खेलता था।

जुआ यदि आग है तो चोरी उसका धुआँ। आग जलने के पहले धुआँ देती है और बुझने के बाद भी केवल धुआँ हाथ रह जाता है।

हमीद जुआ खेलने के पहले यदा-कदा लोगों की छोटी-मोटी चीजें उठा ले जाता था और बेच देता था। हारने के बाद भी उसे चोरी का ही केवल एक सहारा था।

सुमेर चाचा उसकी इन आदतों को अच्छी तरह जानता था। इसी से उसे यह सोचने में जरा भी परेशानी न हुई कि अब वह किताब नहीं लौटाएगा। उसे उसने कहीं–न–कहीं बेच दिया होगा।

हमीद से चाचा घृणा करते थे, बेहद घृणा करते थे। वह उसे दुकान पर चढ़ने भी नहीं देते थे।

हमउम्र तक के लड़कों से तो वह मारकर चीजें छीन लेता था, किंतु उसका ऐसा अत्याचार हम लोगों के प्रति नहीं था। वह चाचा से डरता था या हमारे प्रति उसके दिल में कोई सहानुभूति थी—यह मैं नहीं कह सकता, किंतु इतना निर्विवाद सत्य था कि हम लोग उससे बहुत डरते थे।

पर हम लोगों की समझ में उस समय हमीद के संबंध में चाचा का यह कहना बिलकुल नहीं आया कि कल वह रहेगा तब न किताब लौटाने आएगा। आखिर हमीद नहीं रहेगा तो कहाँ जाएगा? यह बात हमारी बुद्धि से परे थी।

□

इसके ठीक दूसरे दिन की बात है।

मैं महँगू दादा के घर के सामनेवाले पीपल के पेड़ के नीचे खेलकर लौट रहा था। सवेरे के करीब आठ बजे होंगे। धूप अब कुछ तीखी लग रही थी। माँ के कोठी जाने का समय हो रहा था। अतएव मैं लपका हुआ चला आ रहा था।

दूर से ही मैंने देखा, एक छोटा टिन का बॉक्स तथा मेरी किताब लेकर हमीद मेरे घर के दरवाजे के सामने मँडरा रहा था। मुझे देखते ही वह मुसकराया और मेरी ओर बढ़ा। निकट आकर दोनों वस्तुएँ मुझे देते हुए बोला, "भाई, लो अपनी किताब, और यह मेरी पेटी।"

मैंने पेटी की ओर गौर से देखा। वह स्कूल ले जानेवाला पुराना टूटा बॉक्स था, फिर भी उसमें ताला बंद था। पेटी काफी वजनी मालूम हो रही थी। हिलाते ही उसमें खड़खड़ाहट की आवाज हुई।

"इसमें क्या है?" मैंने पूछा।

"इससे तुमसे मतलब?" वह बड़े विचित्र ढंग से मुसकराया।

मैंने पुन: बॉक्स की ओर दृष्टि डाली।

"पर मैं इसे कहाँ रखूँगा?" मैंने कहा।

"घर में ले जाकर किसी कोने में छिपाकर रख देना; पर देखना, इसपर तुम्हारी माँ की निगाह न पड़े।" वह बोला।

"माँ की निगाह न पड़े, क्यों?"

"ऐसे ही।" वह जैसे बताना नहीं चाहता था; पर मेरी हिम्मत न हुई कि मैं फिर

पूछता। मुझसे तगड़ा जो ठहरा। मैंने कई बार देखा भी था, दूसरे लड़कों को छोटी-छोटी बातों पर छूटते ही हाथ जमा देता था। किंतु उसने कभी मेरे साथ ऐसा नहीं किया था। फिर भी, मैं उससे डरता था।

मैंने बड़े शांत भाव से पूछा, "इसे फिर कब लोगे?"

"जब मैं लौटकर आऊँगा तो बताऊँगा।"

"क्या तुम कहीं जा रहे हो?"

"हाँ।"

"कहाँ?"

वह चुप था। कुछ सोचने लगा। मैंने एक बार फिर पूछने का साहस किया। तब वह बोला, "अलईपुर, खाला के घर।" उसने बड़ी गंभीरता के साथ धीरे से बताया था, जैसे किसी रहस्य का उद्घाटन कर रहा हो।

उसकी यह अनावश्यक गंभीरता मुझे अच्छी न लगी। "इसमें इतना छिपाने की क्या जरूरत थी?"

"अब्बा ने मना किया था।"

"क्यों?"

इस बार भी वह चुप था।

क्या मामला है, मैं कुछ समझ नहीं पा रहा था। जब हमीद अपनी खाला के यहाँ ही जा रहा है तब वह अपनी पेटी मेरे यहाँ क्यों रखना चाहता है? वह अपने साथ ले क्यों नहीं जाता या अपने घर में ही इसे क्यों नहीं रखता? घर का ताला खुला छोड़कर और सारा सामान अपनी छाती पर लादकर इसके अब्बा तो जाएँगे नहीं। अन्य सामान तो घर में रहेगा ही। फिर क्या बात है?

किंतु शीघ्र ही हमीद ने मेरी शंका का समाधान करने का प्रयत्न किया। संकेतों से और कुछ अर्ध वाक्यों से उसने सारी बात धीरे-धीरे बता दी। उसने जो कुछ बताया, उसका सारांश था कि दंगा होने वाला है। अब्बा ने परसों से ही छिपे-छिपे सारा सामान हटा दिया है। अब वह बाहर से ताला बंद कर चुपचाप चले जाएँगे। यदि कोई पीछे से घर भी जलाएगा तो उसका अधिक नुकसान नहीं हो पाएगा।

कल भी सुमेर चाचा की दुकान पर मँगरू ने दंगे की बात कही और आज हमीद ने भी बताया; किंतु मेरी बाल-बुद्धि कुछ ठीक समझ न सकी। मैंने जिज्ञासा की, "यह दंगा क्या होता है?"

"दंगा—मतलब हिंदू-मुसलमान की लड़ाई।" उसने कहा।

"तो हिंदू-मुसलमान लड़ेंगे? क्या यह लड़ाई हनुमानजी के अखाड़े में होगी?"

वह जोर से हँसा, जैसे मेरे अज्ञान का वह मजाक उड़ा रहा हो।

इतने में सिताऊ की आवाज सुनाई पड़ी—"एक पइसा में चार कचौड़ी अउर चटनी लेला मुनाफे में।"

यह समय था, जब सिताऊ कचौड़ियों से भरा अपना खोमचा लेकर रोज इस गली से गुजरता था।

हमीद ने एक पैसे की चार कचौड़ियाँ खरीदीं। दो मुझे दीं और दो खुद खाने लगा।

दाँतों से कटी कचौड़ी पुनः चटनी में बोरते हुए हमीद बोला, "जग्गू, तू कितना भोंदू है, भोंदू। अरे, दंगा नहीं जानता! परसाल भी तो हुआ था, तुम्हें याद नहीं है?"

मैंने नकारात्मक ढंग से सिर हिलाया।

"क्यों, परसाल इन्हीं दिनों कंपूआडर (कर्फ्यू ऑर्डर) नहीं लगा था? लोग घर से बाहर नहीं निकल पाते थे।"

मैंने बहुत सोचा, पर मुझे कुछ याद नहीं आया। रात में कर्फ्यू ऑर्डर लगता भी रहा होगा तो मुझे क्या मालूम। संध्या के बाद ही तो मैं सो जाता था।

हमीद ने मेरा और मेरी बुद्धि का परिहास करते हुए बताया कि दंगा क्या होता है? हिंदू-मुसलमान एक-दूसरे के प्राणों के ग्राहक बन जाते हैं। एक-दूसरे की संपत्ति नष्ट करने का बीड़ा उठाते हैं। दुकानें लूटी जाती हैं, मकान जलाए जाते हैं। किंतु यह सब क्यों? मेरा अबोध मन समझ न पाया। मैंने हमीद से पूछा, "आखिर हिंदू-मुसलमान एक-दूसरे के दुश्मन क्यों हो जाते हैं?"

उसने कुछ ठीक उत्तर नहीं दिया। केवल इतना ही बोला, "दंगे में ऐसा ही होता है।"

"तो सब हिंदू सब मुसलमान एक-दूसरे के दुश्मन हो जाते हैं?" इस बार मेरे स्वर में आश्चर्य की मात्रा अधिक थी।

उसने सिर हिलाकर कहा, "हाँ।"

मेरी आकृति पर भय और आशंका की रेखाएँ उभर आईं। मैं बड़े दयनीय स्वर में बोला, "हमीद, तब तो तू मेरी भी जान ले लेगा। तू मुसलमान जो ठहरा और मैं हिंदू। देख, मैं तुमसे कितना कमजोर हूँ, हमीद!" मेरी कातर दृष्टि उसकी आँखों की ओर गई। उनमें अगाध स्नेह था।

उसने बड़े प्रेम से मेरे कंधे पर बायाँ हाथ रखकर कहा, "ऐसा कैसे होगा? जग्गू, हम लोग तो दोस्त हैं।"

"क्या हिंदू-मुसलमान आपस में दोस्त नहीं होते?"

"होते हैं।"

"तब दंगा क्यों करते हैं?"

"क्योंकि वे आदमी हैं। और हम लड़कों में दंगा नहीं होता।"

उस समय मुझे हमीद संसार का सबसे सज्जन, सबसे सरल और सबसे सीधा बालक मालूम पड़ा। कल तक का हमीद तूफान के झोंके में अपनी संपूर्ण विभीषिका के साथ चीखता हुआ पीपल था, तो आज का हमीद हिमालय की शांत एवं शीतल छाया में अपनी सरलता एवं सौम्यता से आकृष्ट करनेवाला देवदारु।

भय और आशंका मन की कालिमा को एक बार अवश्य ही ढक लेती है, तब पतित-से-पतित मनुष्य भी सज्जन दिखाई देता है, बाघ और बकरी एक घाट पर पानी पीने लगते हैं। भले ही ऐसा अस्थायी हो, क्षणिक हो, पर होता अवश्य है।

हमीद के मन की कालिमा भले ही दंगे की आशंका से दब गई हो, पर इस समय वह मुझे बहुत अच्छा लगा। उसका यह कहना कि बच्चों में दंगा नहीं होता, बार-बार मेरे मन में गूँजता रहा।

आज इतने दिनों के बाद भी मैं सोचता हूँ कि हमीद ने उस समय ठीक कहा था। क्या ही अच्छा होता यदि सारा संसार बच्चों की तरह हो जाता। कम-से-कम दंगा तो नहीं होता। घृणा और द्वेष से इस पृथ्वी को एक बार तो छुटकारा मिलता।

☐

हमीद की पेटी लेकर जब मैं घर आया तब माँ पूजा पर थीं। वह इतनी तन्मय थीं कि उन्होंने मुझे नहीं देखा; किंतु मैंने उन्हें गौर से देखा। पूजा समाप्त होने में अभी आधे घंटे की देर थी।

आज उन्हें काफी देर हो गई। संभवतः उन्हें देर से ही कोठी जाना हो।

कोठरी के पश्चिमी कोने में, जहाँ लकड़ी की पुरानी टूटी अलमारी थी, उसी के पीछे मैंने हमीद की पेटी रख दी। अलमारी में माँ कपड़े और जरूरी सामान रखती थीं।

किंतु रह-रहकर मेरे मन को यह बात कुरेदती रही कि हमीद ने पेटी छिपाने को क्यों कहा? आखिर इसमें क्या है? माँ इसे देख लेंगी तो?

मैं पेटी छिपाकर आँगन में आया, किंतु मेरी मनःस्थिति पूर्ववत् थी। पेटी के रहस्य के संबंध में मेरी जिज्ञासा अंतिम सीमा पर थी। मन में विचित्र संघर्ष था।

हमीद के कथनानुसार मुझे पेटी नहीं देखनी चाहिए थी, पर मन कह रहा था कि उसे खोलकर देखो।

'किंतु उसमें ताला लगा है।' मेरी विवशता बोल उठी।

'उसे हिलाओ। पुराना है। हो सकता है, खुल जाए।' मन पुनः बोल उठा।

'किंतु क्या मुझे खोलना चाहिए?' मेरे विवेक ने फिर शंका की।

'...किंतु क्या हमीद को छिपाना चाहिए? वह तुम्हारा दोस्त है न।'

मन की इस आवाज ने विवेक के स्वर को दबा-सा दिया। मैं आँगन से पुनः

कोठरी की ओर बढ़ा। मैंने मुड़कर देखा, माँ अब भी पूजा पर ध्यानावस्थित थीं।

मैंने अलमारी के पीछे से धीरे से पेटी निकालकर उसका ताला हिलाया। दो-चार झटके उसने आसानी से बरदाश्त किए, किंतु और अधिक झटके वह बेचारा पुराना मुरचहा ताला झेल न सका। अखाड़े में पछाड़े गए पहलवान की तरह उसने मुँह बा दिए।

पेटी खोलकर मैंने देखा, एक पोटली में कुछ रेजगारियाँ और चाँदी के दो रुपए थे। खेली जानेवाली चीनी की बहुत सी गोलियाँ, ताश की एक गड्डी तथा अखबारों में प्रकाशित स्त्रियों की विभिन्न मुद्राओं के चित्रों की सैकड़ों कटिंगें थीं। कजली, कव्वाली और सिनेमा के गाने की कुछ पतली-पतली किताबें थीं। साथ में थोड़ी मोटी एक पुस्तक और थी, जिसके आदि और अंत के कई पन्ने फट गए थे। वह पुस्तक अपने ढंग की विचित्र थी और हमीद के व्यक्तित्व के एक पहलू का परोक्ष रूप से अच्छा उद्घाटन करती थी।

इस पुस्तक का नाम क्या था? यह तो मैं नहीं कह सकता, किंतु इसमें स्त्री-पुरुषों के अनेक नंगे चित्र चिकने कागज पर छपे थे। वे विभिन्न मुद्राओं में थे। अजीब थे। मैं इस पुस्तक का प्रत्येक चित्र बड़े गौर से देखने लगा।

अनेक चित्रों को तो देखकर मैंने दाँतों तले उँगली दबाई। लड़के तो नंगे हो जाते हैं और हो सकते हैं, किंतु औरत औरॅ मर्द तो नंगे नहीं होते। फिर ये नंगी—मादरजात नंगी—तसवीरें कैसे खींची गई होंगी? यह मेरे आश्चर्य का विषय था।

मैं चित्र देखता रहा। यह एक औरत का नंगा चित्र था। उसके सभी अंग सुडौल थे, मानो साँचे में ढले हों। उसके स्तनों पर लाल पेंसिल से घेरा बनाया गया था और होंठों को भी इसी पेंसिल से रँगा गया था। शरीर के अन्य स्थानों पर भी इसी पेंसिल से निशान लगाए गए थे, जिनका वर्णन करना लज्जा, संकोच और शिष्टता की सीमा का गंभीर रूप से अतिक्रमण करना होगा। लगता है, लाल पेंसिल की यह कला, यह सारी कारगुजारी हमीद की ही रही होगी।

यह दूसरा चित्र इससे भी भयानक था। नंगे स्त्री-पुरुष एक-दूसरे से विचित्र रूप से लिपटे थे। हमीद ने इस चित्र पर भी पेंसिल से कलाकारी की थी। मुझे कुछ ऐसा अनुमान हो रहा था जैसे इस प्रकार के चित्र मुझे नहीं देखने चाहिए। फिर भी मैं देख रहा था। कितना अच्छा लग रहा था, कैसे बताऊँ!

मैं अपलक उसे देख रहा था। आँखों को ऐसा सुख अब तक के जीवन में मुझे कभी नहीं मिला था। मैं बिलकुल तन्मय था कि किसी ने मेरा कान पकड़कर जोर से खींचा। बाप रे, यह मेरी माँ थीं। मैं भय से काँप उठा।

माँ ने न आव देखा न ताव, जमकर झापड़ लगाने लगीं। मैं रोने-चिल्लाने लगा।

"बोल, कहाँ से लाया है इसे?" वह चीख पड़ीं।

किसी प्रकार उनसे हाथ छुड़ाकर मैं दूर खड़ा हो गया और दया की भीख माँगते हुए कातर स्वर में बोला, "कहीं से नहीं लाया, माँ!"

"तब तेरे पास आया कैसे?"

"हमीद ने दिया है।"

हमीद ने दिया है। जैसे उन्हें आश्चर्य हुआ। वह हमीद से अच्छी तरह वाकिफ थीं। वह कुछ सोचती हुई एक क्षण रुकीं, पुनः दाँत पीसते हुए बोलीं, "क्यों दिया है?"

अब मैंने उनसे सारी बातें रोते हुए कह सुनाईं। माँ का पारा कुछ उतरा। उन्होंने किसी प्रकार की और शंका नहीं की, जैसे दंगे के संबंध में उन्हें पहले से ही ज्ञात हो।

कुछ शांत होते हुए उन्होंने केवल इतना ही पूछा, "जब हमीद ने पेटी रखने के लिए तुझे दी थी तब तूने उसे छुपाया क्यों? मुझे क्यों नहीं बताया?"

मैं अपनी विवशता का संकेत पहले ही कर चुका था। इस बार केवल मुँह नीचा किए चुपचाप खड़ा रहा।

माँ मुझ पर बहुत कम क्रोध करती थीं और जब करती थीं तो खूब करती थीं, किंतु शीघ्र ही शांत हो जाती थीं। उनका क्रोध भाप की तरह पूरी गरमी के साथ उठता था और बादल की तरह गरज तथा बरसकर शांत हो जाता था।

इस बार भी वह शीघ्र शांत हो गईं। उन्होंने पेटी की एक-एक वस्तु को गौर से देखा तथा भंगिमाओं से हमीद के प्रति घृणा की अजस्र वर्षा करते हुए पेटी बंद कर दी और केवल इतना कहा, "मैंने कई बार कहा था कि तू हमीद का साथ छोड़ दे, पर तू मानता नहीं। यह अच्छा काम नहीं है।"

इसी बीच आकाश घरघराने लगा। गली में लड़कों का कोलाहल-सा हो गया। मुझे भी अनुभव हुआ कि आकाश में कोई हवाई जहाज जा रहा है। उन दिनों आज जैसी स्थिति नहीं थी। इक्का-दुक्का ही हवाई जहाज—और वह भी कभी-कभी—आकाश में जाता दिखाई पड़ जाता था। बच्चे-जवान सभी देखने के लिए दौड़ पड़ते थे।

हम लोग भी एक क्षण के लिए अपने को भूल-सा गए। माँ हमीद की पेटी लिये ही बाहर की ओर भागीं। उनके पीछे-पीछे मैं भी था।

मुहल्ले के बहुत सारे आदमी, औरतें और लड़के हल्ला मचाते हुए इकट्ठा हो गए थे। आकाश का यह उड़नखटोला हम सबके आकर्षण का केंद्र था।

मेरे घर के सामने गली बहुत चौड़ी हो जाती थी। कुछ दूर तक मैदान-सा मालूम होता था। लोगों की भारी भीड़ एकत्र हो गई थी।

इन्हीं में हमीद भी था और चंपो भी। सुमेर चाचा भी अपनी दुकान से लड़खड़ाता हुआ चला आया था। कल ही उनके पैर पर नमक की हाँड़ी गिर गई थी।

हम एकटक आकाश ओर देख रहे थे। जब वायुयान ओझल हो गया, तब सबकी तंद्रा टूटी। अब हमीद की निगाह पहले मेरी ओर मुड़ी, फिर माँ की ओर और फिर उनके दाहिने हाथ में लटकती उसकी पेटी की ओर। ऐसा लगा जैसे हमीद की होशियार निगाह ने एक क्षण में सबकुछ भाँप लिया।

वह शीघ्र ही खिसक जाने को हुआ, किंतु मेरी माँ की आग बरसाती आँखों ने उसे देख लिया। उन्होंने क्रोध से उसे पुकारा, "अरे ओ हमीदवा, जरा इधर तो आ।"

वह धीरे से चला आया। उसका व्यक्तित्व ऐसी परिस्थितियों का अनेक बार सामना कर चुका था। वह अभ्यस्त था। भय और आशंका के आवरण के नीचे उसके दृढ़ मन पर माँ की पुकार कोई प्रभाव नहीं जमा पाई।

"क्यों रे, यह तेरी पेटी है?" हमीद के निकट आते ही माँ ने पूछा।

वह चुप था।

"बोलता क्यों नहीं? क्या तेरी जबान कट गई है? तूने इसे जग्गू को क्यों दिया?"

इस बार भी हमीद कुछ नहीं बोला।

माँ का क्रोध चरम पर था। "ले जा अपनी कमाई।" इतना कहकर उन्होंने पेटी हमीद की ओर फेंक दी। जमीन पर गिरते ही वह खुल गई। खेली जानेवाली चीनी की गोलियाँ धरती पर बिखर गईं।

अन्य दूसरे लोग भी इस ओर आ गए। एक तमाशा-सा लग गया। माँ क्रोध में बड़बड़ाती रहीं। हमीद जल्दी-जल्दी गोलियाँ बटोरता रहा।

"मैंने कई बार इस कमीने से कहा कि तू जग्गू से मत बोला कर, पर यह मानता ही नहीं है।" यह आवाज सुमेर चाचा की थी।

उसके आते ही माँ एक ओर चुपचाप हट गईं।

गोलियाँ बटोरकर हमीद ने एक बार पुनः पेटी को गौर से देखा, जैसे वह कुछ खोज रहा हो। वस्तुतः गंदी तसवीरोंवाली वह किताब उसमें नहीं थी। फिर भी, हमीद अपनी पेटी लेकर चलता बना।

सुमेर चाचा बड़बड़ाते रहे—यह जगुवा भी कम बदमाश थोड़े ही है। लाख बार मना किया कि हमीद जैसे आवारा लड़के से मत बोला कर, पर पता नहीं क्यों यह उससे चिपका रहता है। अनेक बार कहा कि बेटा, पढ़ने-लिखने में मन लगा, बदमाशी छोड़; लेकिन यह मानता ही नहीं है।

"अरे सुमेर साव, पढ़-लिखकर आखिर यह क्या करेगा? पढ़ेगा-लिखेगा होगा खराब, खेलेगा-कूदेगा होगा नवाब।" इसी बीच रमेश चाचा भी इधर आ गए थे। उन्होंने मुसकराते हुए बड़े नाटकीय ढंग से कहा।

वातावरण की गंभीरता मंद हँसी में घुल गई। □

## : दो :

तीन-चार दिनों की घटना है।

रात्रि का प्रथम पहर बीत चुका था। मैं माँ की छाती से चिपका निश्चिंत सो रहा था। अचानक मुझे भीषण कोलाहल का अनुभव हुआ। मैं शीघ्र ही घबराया हुआ-सा जाग पड़ा। सारा वातावरण 'हर-हर महादेव' के नारे से आंदोलित था।

जागने पर मैंने देखा, माँ मेरी बगल में नहीं हैं। ताखे पर मिट्‌टी के तेल की ढिबरी इतनी रात बीत जाने के बाद भी जल रही है। मेरे भय की सीमा न रही, काटो तो खून नहीं। मैंने बिस्तर पर से ही पूरी घबराहट में माँ के लिए पुकार लगाई।

माँ पहली आवाज में ही दौड़ी हुई आईं। शायद वह बाहरी द्वार पर थीं।

मैं भय से काँपता हुआ उनसे लिपट गया। उन्होंने बड़े प्यार से मेरी पीठ थपथपाई और चुपचाप सो जाने के लिए कहा; पर मेरी आँखों में नींद कहाँ! यह अद्‌भुत कोलाहल गंभीर प्रश्न की भाँति मेरे समक्ष था।

मैंने माँ से पूछा, "यह क्या है?"

"कुछ नहीं। चुपचाप सो जाओ।" माँ घबराई हुई-सी थीं, किंतु उन्होंने बड़े ही सामान्य ढंग से कहा।

गली में भी बहुत से लोगों के होने की आहट लग रही थी। कुछ लोगों के डंडे पटकने की भी आवाज साफ मालूम हो रही थी।

इसी बीच किसी ने मेरा दरवाजा भड़भड़ाया। माँ के कान खड़े हो गए। किंतु तुरंत ही सुमेर चाचा की आवाज आई, "दरवाजा खोलो।"

माँ ने दौड़कर द्वार खोला और जल्दी से सुमेर चाचा को भीतर कर पुनः उसे बंद कर दिया।

चाचा जब आँगन में आए तब मैंने देखा, उनके हाथ में एक बड़ी लाठी थी। उन्होंने आते ही कहा, "जग्गू की माँ! हालत बड़ी खराब है। यदि तुम ठीक समझो तो जग्गू को लेकर मेरे ही घर चली चलो। यहाँ अकेले रहना ठीक नहीं। कैसा पड़े, कैसा न पड़े!"

"हे भगवान्!" माँ ने कुछ सोचा, फिर उन्होंने चाचा से धीरे-धीरे कुछ बातें कीं, जिसे मैं अपने बिस्तर पर से सुन न सका। इसके बाद माँ ने कुछ बरतन तथा अनाज के टिन के कनस्तर लाकर बाहर आँगन में रखा, फिर उन्होंने जल्दी-जल्दी चादर और बाहर पड़े मेरे कपड़े छोटी संदूक में बंद किए। बड़ी संदूक पहले ही बंद पड़ी थी।

सुमेर चाचा अब भीतर चला आया था। उसने बड़ी संदूक उठाई और माँ ने छोटी। आँगन में लाकर रख दिया।

फिर माँ बोलीं, "दो-चार जूठे बरतन हैं। यहीं घर बंद करके छोड़ दूँगी।"

"क्यों? छोड़ने की क्या जरूरत है? उन्हें जूठा ही लेती चलो।" कुछ रुककर चाचा बोलता रहा, "तुम समझती नहीं हो, जग्गू की माँ! तुम्हें बाहरवालों से उतना खतरा नहीं जितना यहाँ वालों से है।"

"यहाँ वालों से खतरा?" जैसे माँ कुछ समझ न सकीं।

सुमेर चाचा ने उन्हें समझाया कि "तुम हिंदुओं के मुहल्ले में हो। बाहरी मुहल्ले का कोई मुसलमान तुम तक नहीं आएगा। जब भी खतरा होगा, मुहल्ले के गुंडों से ही होगा। ये चंदर, सोमारू और भोंदू तो जैसे पागल हो रहे हैं, इनपर तो लूटमार का भूत सवार है। इस समय वे अपना-पराया कुछ भी नहीं देख सकते। जिस पर चाहेंगे, हाथ साफ कर सकते हैं।"

माँ की समझ में बात आ गई। उन्होंने सोचा कि यदि अकेला समझकर वे कहीं मेरे घर आ गए तब मैं क्या करूँगी? वह भीतर से जूठे बरतन भी बाहर ले आईं। बटुए में शाम का बना थोड़ा भात था। आँगन में उसे उड़ेल दिया और बटुए, जूठी थाली और गिलास को माँ जल्दी-जल्दी धोने लगीं। तब तक सुमेर चाचा ने दोनों संदूकें उठाईं—बड़ी दाहिने हाथ में तथा छोटी बाएँ हाथ में और चलते हुए बोला, "अभी रखकर आता हूँ। सारी चीजें एक साथ कैसे चलेंगी?"

अब तक मैं चारपाई पर था। चाचा के चले जाने के बाद मैं धीरे से उतरा और माँ के पास आकर चुपचाप खड़ा हो गया। कुछ बोलने की हिम्मत न हुई, किंतु मैं पूछना बहुत कुछ चाहता था। यह सबकुछ मेरे लिए नया था, अजीब था।

चारों ओर नारे की आवाज गूँज रही थी। इधर के लोग 'हर-हर महादेव' कहते थे और बहुत दूर से—कदाचित् मुसलमानों के मुहल्ले से—'अल्ला हो अकबर' की आवाज आती थी।

इस बार जब 'हर-हर महादेव' का नारा लगा, तब मैंने माँ से पूछा, "यह क्या है?"

माँ चुप थीं, जैसे वह मुझसे परेशान थीं कि मैं हर बात में टाँग अड़ाता हूँ। क्यों, क्या और कैसे का उत्तर पाने के लिए मैं उन्हें लाचार कर देता हूँ।

इस बार फिर 'हर-हर महादेव' के नारे के साथ मैंने पूछा, "यह क्या है, माँ?"

माँ बात टालने की नीयत से बोलीं, "वे लोग भगवान् का नाम ले रहे हैं।"

पुन: मैंने 'अल्लाह हो अकबर' के नारे के संबंध में पूछा, "यह क्या है?"

माँ ने फिर वैसे ही टाल-मटोल करते हुए कहा, "वे लोग भी भगवान् का नाम ले रहे हैं।"

"तो क्या हिंदू और मुसलमान दोनों के भगवान् अलग-अलग हैं?" मैंने कहा।

"तू तो हर बात में वकालत करने लगता है, चुप रह।"

इस बार माँ बहुत झुँझलाईं। उनकी झुँझलाहट ने मेरी जिज्ञासा का गला घोंट दिया।

तब तक सुमेर चाचा घबराया हुआ आया। "जल्दी करो! हो सकता है, मुहल्ले में पुलिस आ जाए।" उसने कहा।

पुलिस का नाम सुनते ही माँ हड़बड़ाईं। उन्होंने बिस्तर सँभाला, ठाकुरजी को प्रणाम कर कोठरी बंद की। इस बीच लोहे की बालटी में सुमेर चाचा ने सभी बरतन भरे और उसे लेकर चल पड़ा। पीछे-पीछे बिस्तर लिये माँ थीं और उनका हाथ पकड़े मैं था।

बाहर के द्वार के निकट आते ही माँ अचानक रुक-सी गईं। जैसे वह कोई चीज लेना भूल-सी गई हों। वह चाचा को रोककर पुन: लौटीं और कोठरी खोलकर जल्दी से भीतर गईं। एक मढ़ी हुई तसवीर ले आईं और उसे बड़े प्रेम से सीने से लगाकर चल पड़ीं। वह तसवीर मेरे दिवंगत पिताजी की थी।

जब हम लोग सुमेर चाचा के घर की ओर बढ़े, तब गली में काफी भाग-दौड़ थी। लाठी, गँड़ासा और बल्लम से लैस अपने साथियों के साथ महँगू भागते हुए बोला, "अरे सुमेर साव, जल्दी घर जाओ, पुलिस आ रही है।"

हम लोग तेजी से आगे बढ़े। आकाश पर गोल-मटोल चाँद हमारी इस परेशानी पर हँस रहा था।

यह मेरे जीवन का पहला अवसर था, जब रात में चंपो के साथ मैं सोया था। गुलाबी जाड़ा पड़ रहा था। कल होली होने वाली थी।

एक कंबल में लिपटे हम दोनों बड़े मौज से थे। मुझे चंपो के साथ बड़ा मजा आ रहा था। चारों ओर दंगे का कोलाहल था। सुमेर चाचा, माँ और चाची कलावती आपस में अनेक प्रकार की बातें कर रहे थे। विशेषकर वे आँगन या दालान में थे। कभी-कभी बाहरी दरवाजे पर आहट लेने जाते थे। वे सभी बड़े ही चिंतित और भयभीत मालूम पड़ रहे थे।

पर हम प्रसन्न थे। चंपो का संस्पर्श मुझे बड़ा मादक प्रतीत हो रहा था। वह

मुझसे दो या तीन वर्ष बड़ी थी, फिर भी हमजोली थी। हम एक-दूसरे को खूब तंग कर रहे थे। मैं उसे गुदगुदाता, वह मुझे गुदगुदाती थी। मैं उसे चिकोटी काटता, वह मुझे चिकोटी काटती थी और इस काटा-काटी में कभी मैं उससे रूठ जाता और कभी वह मुझसे रूठ जाती। 'कुट्टी छह महीने छुट्टी भी हो जाती', किंतु एक मिनट भी नहीं बीतता, जब हम बातें करने लगते थे।

सारी दुनिया जब हिंसा, घृणा एवं सांप्रदायिकता की आग में झुलसी जा रही थी तब हम दो बच्चे एक जीर्ण कंबल के नीचे सहज प्रेम के प्रगाढ़ सूत्र में बँधते जा रहे थे।

मैंने उससे पूछा, "तुम्हें शीत-वसंत की कहानी आती है?"

"नहीं।"

"वह उड़नखटोलावाली?"

"नहीं!"

"और वह गूँगी रानीवाली?"

"धुत, वह तो बड़ी गंदी···" चंपो ने नाक-भौह सिकोड़ लिये।

'गंदे' शब्द सुनते ही जैसे मेरी स्मृति को एक धक्का लगा। मैं क्षण भर के लिए रुका। फिर बोला, "चंपो, जानती हो, हमीद ने जो पेटी मुझे रखने के लिए दी थी, उसमें एक फटी किताब भी थी, जिसमें नंगी औरतें और मर्दों की कई तसवीरें थीं।"

"धुत, कहीं औरत और मर्द भी नंगे होते हैं, जो उनकी तसवीर होगी!"

"हाँ रे, विश्वास कर! गऊ कसम, थी ऐसी तसवीर।"

"देख, हर बात में गऊ कसम मत खाया कर!" चंपो जैसे नाराज-सी हुई।

"क्यों?"

"गऊ की कसम बहुत बड़ी कसम होती है। उसकी कसम हर बात में नहीं खाते।"

"अच्छा जी। अब दूसरी कसमें खाँऊगा, पर थीं ऐसी तसवीरें।"

"तब तुमने मुझे दिखाईं क्यों नहीं?"

"क्या करूँ चंपो, जब मैं उस किताब की तसवीर देख रहा था, तब माँ ने मुझे देख लिया। उन्होंने मुझे खूब पीटा और उसे छीन लिया।"

मुझे याद आया, हमीद को संदूक तो लौटा दिया था, पर माँ ने उसे वह किताब नहीं लौटाई थी। जरूर वह माँ के पास ही होगी; पर क्या करेंगी माँ उसे रखकर?

फिर मैंने चंपो से कहा, "वह किताब भी माँ के पास है। यदि मौका मिला तो देखा जाएगा।"

"कैसी नंगी तसवीरें हैं उसमें?" चंपो ने धीरे से पूछा।

"मैं बताऊँ!"

इसी बीच किसी ने सुमेर चाचा की दुकान के बंद दरवाजे पर जोर का डंडा मारा और एक बड़ी ऐंठ भरी आवाज सुनाई पड़ी, "अबे ये साव का बच्चा, मर गया क्या?"

सुमेर चाचा घर के बाहरी दरवाजे के पास थे। वह दरवाजा मकान के पूरब की ओर पड़ता था और दुकान मकान के बिलकुल पश्चिम में थी।

चाचा दौड़कर आए। चाची काँपती हुई आँगन में थी। माँ विस्फारित नेत्रों से वह सब देख रही थीं। हम दोनों डर के मारे मुँह छिपाकर कंबल में सिकुड़कर रह गए।

चाचा जब तक दुकान खोले तब तक दूसरी आवाज आई, "अबे, खोलता है या नहीं?"

चाचा समझ गया कि ये लोग कौन हैं। लाचार होकर उसने दुकान खोली। मुहल्ले के गुंडों का पूरा दल था। चंदर, कल्लू, भोंदू, सोमारू सभी दिखाई दे रहे थे। चंदर ज्यादा ऐंठ रहा था।

चाचा दबते हुए बड़ी मुलायमियत से बोला, "अरे, क्यों नाराज हो रहे हो, चंदर सरदार?"

"नाराज न होऊँ तो क्या करूँ, तुझे सुहराऊँ? देख रहा है कि मुसलमान चढ़ाई करने वाले हैं और तेरे ऐसा डरपोक घर में घुसा बैठा है।"

"नहीं चंदर भैया, मैं तो अभी-अभी घर में आया हूँ। बाहर ही था, घरवाली की जरा तबीयत खराब है।" मैंने देखा, चाचा डर के मारे बहाना कर रहा है।

"घरवाली की तबीयत खराब है तो तू क्या कर रहा है? उसका पैर दबा रहा है?" इस बार भोंदू बोला।

"खैर, मैं अभी चलता हूँ और बताओ, क्या सेवा करूँ?" बात खत्म करने की गरज से चाचा ने कहा।

"सेवा करना हो तो जा, अपनी बीवी की कर, हमें तो मिट्टी का तेल चाहिए।" चंदर बोला।

"कितना दे दूँ?"

"कितना क्या, निकाल पूरा टिन।"

इच्छा न होते हुए भी डर से लाचार चाचा मिट्टी के तेल का टिन लेने घर में आया।

उधर बाहर के लोगों की बातें साफ सुनाई पड़ रही थीं।

"ये मुसलमान कमीने जब तक भरपूर लात नहीं खाएँगे तब तक मानेंगे नहीं।"

"इनकी इतनी हिम्मत कि विश्वनाथजी के मंदिर में गऊ की हड्डी फेंक दें।"

"हाँ भाई, यह सच है। मंदिर अपवित्र हो गया।" दूसरे ने कहा।

"पर हिंदू कभी जागेंगे नहीं। देखते नहीं, साव ऐसे लोग बिल में घुसे अभी बैठे

हैं और उधर मुसलमान कोइला बाजार के हिंदुओं का सफाया करने पर तुले हैं।'' यह आवाज सोमारू की थी।

''तभी कोइला बाजार की ओर अभी-अभी दमकल गया है।'' कल्लू बोला।

''लगता है, हिंदुओं के घर की ही फुँकाई हो रही है।'' यह अनजान व्यक्ति की आवाज थी।

''चंदर भैया, जरा ललकारो तो साव को। देखो, अभी तक बाहर नहीं निकला···। अरे, बनिया है बनिया। ऐसे नहीं मानेगा। ···नीबू, गन्ना, बनियाँ, दाबे ही रस देय।''

चंदर ने ललकारा, ''अरे, क्या घर में ही घुसा रह जाएगा?''

''नहीं-नहीं चंदर सरदार, अभी आया।'' चाचा टिन लेकर बाहर पहुँचा।

''अरे, थोड़ा फुक्का भी दे।'' चंदर बीड़ी को फुक्का कहता था।

चाचा ने दो बंडल बीड़ी भी दे दी।

गोल-की-गोल क्षण भर में आँखों से ओझल हो गई। इस गुंडई पर चाचा ने दाँतों तले उँगली दबाई। माँ बिलकुल स्तब्ध-सी रह गईं।

घंटा भर भी नहीं बीता कि आकाश में घना धुआँ उठता दिखाई दिया।

''लगता है, सुलेमान का घर फूँक दिया गया।'' चाचा छत की ओर दौड़ा। अम्मा चाची के पीछे-पीछे थीं। चंपो के साथ मैं भी ऊपर आया।

सुलेमान का नहीं वरन् हबीब डफाली का घर धू-धू करके जल रहा था।

□

पूरे शहर में चौबीस घंटे का कर्फ्यू था, किंतु यह गली सवेरे से ही गुलजार हो गई थी। सुमेर चाचा के मकान के दरवाजे की ओर गली में पानी का एक सार्वजनिक कल (बंबा) था। इस मुहल्ले के अधिकांश घरों में पानी की कोई व्यवस्था नहीं है। लोग इसी कल से पानी लेते हैं या बीरू के कुएँ पर जाते हैं।

सवेरे से कई लोग कल पर आए, पर पियारी को यहाँ हाजिर देखकर कुछ चुपचाप लौट गए, कुछ वहीं डटे रहे। ऐसा लग रहा था जैसे कल पर पियारी का ही एकाधिकार हो। वह घंटों से उसे छेंके थी। बड़ी देर तक तो वह अपना हाथ-मुँह धोती रही, फिर कई बरतन साफ किए। अंत में अपना बड़ा घड़ा लगाकर कल की टोंटी पकड़कर खड़ी हो गई और वहाँ उपस्थित लोगों को देखकर एक अभिमान भरी मुसकराहट बिखेर दी। उसके मिस्सी लगे काले होंठों के बीच अहं का विषैला फूल खिल उठा।

फूले हुए गेंदा की तरह गदराए शरीरवाली गेहुँए रंग की पियारी को चंदर सरदार पर बड़ा गुमान था। वह किसी को कुछ नहीं समझती थी। हमेशा ऐंठी ही रहती थी, उसकी जबान थी या कतरनी। जब चल पड़ती थी तो रुकने का नाम नहीं लेती थी। छेड़कर झगड़ा मोल लेना उसका स्वभाव था।

इस समय भी वह झगड़ने की नीयत से ही देर कर रही थी, नहीं तो वह पाँच-दस मिनट में आसानी से कल खाली कर सकती थी। जब हद हो गई और लोगों से रहा नहीं गया तब मँगरू बोला, "जरा जल्दी करो, पियारी, 'कंपू आडर' लगा है।"

"कंपू आडर लगा है तो लगा करे। कोई खाली थोड़ी ही बैठी हूँ।" बड़ी अदा से आँखें नचाती हुई पियारी बोली।

मँगरू चुप हो गया। वह उसके स्वभाव से परिचित था। पर जीउत की माँ से रहा नहीं गया। वह थी भी बड़ी जंडैल। उसने कहा, "हाँ, मैं भी देख रही हूँ कि तू बड़ा काम कर रही है।"

"करूँ चाहे न करूँ, पर तू बोलनेवाली कौन है?" पियारी ने कहा।

"क्यों नहीं बोलूँगी? कब से कल फँसाए बैठी है!"

"मैं फँसाए रहूँगी, क्या करेगी तू? तेरे बाप का कल है?" पियारी बोली।

"नहीं तो तेरे बाप का है?" इतना कहती जीउत की माँ आगे बढ़ी।

उधर से पियारी भी दहाड़ती हुई लपकी, "देख, बाप मत बखान, नहीं तो झोंटा उपारकर चार लात जमाऊँगी।"

मँगरू दोनों के बीच आ गया। और लोगों ने भी बीच-बचाव किया। पर पियारी ललकारती रही—"हटो मँगरू भैया, जरा इसकी जवानी का जोश तो उतार दूँ।"

पर जीउत की माँ भी दबनेवाली नहीं थी—"चल-चल, पहिले अपना मुँह तो देख।"

"मेरे मुँह में क्या हुआ है, रंडी?"

"देख, गाली मत देना, नहीं तो ..."

"नहीं तो क्या? क्या करेगी तू?"

"तेरे गुंडे भतार का गुमान चूर कर दूँगी।" जीउत की माँ के मुँह से लगती बात निकल गई।

औरत सबकुछ सह सकती है, पर अपने प्रेम का अपमान नहीं सह सकती। भले ही उसका प्रेम समाज की दृष्टि में अनैतिक ही हो। वह चंदर की रखैल है, पर इससे क्या हुआ?

जीउत की माँ ने उसके प्रेम पर आक्रमण किया था। उसके चंदर को, प्यारे चंदर को गुंडा कहा था। पियारी चोट खाई नागिन की भाँति फुफकार उठी—"इधर आ कमीनी, राँड़!" और वह झपटी। अब वह मँगरू की पकड़ के बाहर थी। दूसरी ओर जीउत की माँ पहले से ही तैयार थी। दोनों में गुत्थम-गुत्था होने लगी। एक अच्छा-खासा तमाशा लग गया। कुछ लोग तालियाँ बजाकर आनंद लेने लगे। कोलाहल इतना तीव्र हुआ कि हम लोग भी द्वार पर आ गए।

चाची बोली, ''शहर में आग लगी है और इन चुड़ैलों को अपनी ही सूझी है।''

माँ ने कहा, ''पियरिया है बड़ी बदमाश।''

''पर जीउत की माँ भी कम थोड़े ही है।'' चाची बोली।

तब तक सुमेर चाचा बाहर आए। लड़ाई में दोनों का आँचल जमीन पोंछ रहा था। वे बिलकुल अर्धनग्न-सी हो गई थीं। चाचा ने जबरदस्ती दोनों को अलग किया।

उधर पियारी का घड़ा कब से भर गया था, पानी बह रहा था। किसी ने इधर ध्यान नहीं दिया।

जीउत की माँ क्रुद्ध साँड़ की तरह फुफकारती रही—''रात भर गुंडा सुताए रही है न, इसी का घमंड है इस राँड़ को।''

पियारी के तन में भी कराला काली का आवेश था, ''तू भी तो हजार गुंडा सुताती है, कमीनी, सतभतरी! तो के मरकी आओं।''

''माता माई तोहके चबाय जायँ, तोहरे सात पुस्त के चबाय जायँ।'' जीउत की माँ बोली।

किंतु अब दोनों दूर थीं। उनमें केवल वाक्-युद्ध हो रहा था। सुमेर चाचा के सामने एक-दूसरे के निकट आने की उनकी हिम्मत नहीं थी। वे बँधे हुए कुत्ते की तरह भौंकती और लपकती अवश्य थीं, पर अपनी जगह पर ही रह जाती थीं।

''अरे, पुलिस आ रही है, पुलिस!'' सोमारू की गली की ओर हल्ला हुआ।

पुलिस का नाम सुनते ही सब अपने-अपने घर की ओर भागे। केवल पियारी साड़ी की फुबती ठीक करती कल के पास खड़ी रही, जैसे उसे पुलिस का कोई डर ही न हो।

तब तक गली के मोड़ पर पुलिस के चार जवान डंडा लिये और लोहे का टोप पहने दिखाई दिए। उनमें से एक पियारी को देखकर बोला, ''अरे पियरिया, तुमको डर नहीं है। कर्फ्यू ऑर्डर लगा है न, चल घर में।''

उसको देखकर पियारी बड़ी अदा से मुसकराई। उसका अंग-अंग झूम गया वासंती बयार में चंपा की डाल की तरह। उसकी आँखें मटकती रहीं, जैसे वह उस पुलिस की पूर्व परिचिता हो।

पुलिस का जवान भी मुसकराता रहा। उसकी दृष्टि उसपर ऐसे लगी थी जैसे पियारी के व्यक्तित्व को वह आँखों से ही चबा जाएगा। वह बड़े ढंग से बोला, ''चल घर में, नहीं तो गिरफ्तार करूँगा।''

''कर लो न गिरफ्तार, जमादार बाबू। अरे, अपने घर न रहकर तुम्हारे ही घर रहूँगी।'' पियारी एक बार पुनः इठलाई।

''तो तुमको कोई डर नहीं है?'' पुलिस के जमादार ने कहा।

पियारी मटकती हुई बोली, "जब सैंयाँ भए कोतवाल, तब डर काहे का।"

पुलिस के सभी जवान पियारी के कहने के ढंग पर मुसकरा पड़े और आगे बढ़े। उन्हीं में से एक बोला, "अरे, कहाँ से ऐसा जोरदार माल फँसाया है, जमादार साहब?"

दूसरा बोला, "यार, है बड़ी करारी औरत।"

आज होली का दिन था। यद्यपि नगर में खून की होली हो रही थी, फिर भी त्योहार तो किसी-न-किसी रूप में मनाना ही था। साइत तो होगी ही। सुमेर चाचा के यहाँ आज सवेरे से कई ग्राहक आए, पर सभी उधार के। कई दिनों से नगर दंगे की आग में जल रहा था। रोज कुआँ खोदनेवाले रोज पानी पीनेवाले इस बस्ती के लोगों के लिए बड़ा कठिन समय था। ये भला कहाँ से नकद दाम देते! इन्हें तो इसी दुकान के उधार का सहारा था।

कई आए, अपना दुखड़ा रोए, उधार सामान लिये और चले गए; किंतु मँगरू बीड़ी पीता हुआ बैठ गया। चाचा की उससे खास पटती थी।

"यदि ऐसे ही दंगा चलता रहा तो हम गरीब भूखे मर जाएँगे, सावजी।" मँगरू बोला।

"क्या कहा जाए मँगरू, बात कुछ समझ में नहीं आती कि यह कब तक चलता रहेगा। अभी कल की ही बात है, रामकिशुन कह रहा था कि यह सारा झगड़ा अंग्रेजों का ही लगाया है। वे लोग झगड़ा लगाकर ही अपना शासन बरकरार रखना चाहते हैं।" सुमेर चाचा ने कहा।

यह बात मँगरू की समझ में नहीं आई, पर वह पुरानी अफवाह को दोहराते हुए बोला, "सुना है, विश्वनाथजी के मंदिर में गऊ की हड्डी फेंक दी गई थी, इसी से हिंदू भड़क उठे।"

"और मुसलमान?" चाचा ने पूछा।

"लोग कहते हैं कि हिंदुओं ने भी विश्वनाथ मंदिर का बदला ज्ञानवापी की मसजिद में सूअर की हड्डी फेंककर लिया।" मँगरू ने कहा।

"यही तो सबसे बड़ा भ्रम है, मँगरू। रामकिशुन कह रहा था कि यह सब अंग्रेजों की ही करामात है। उसने तो यहाँ तक कहा कि उन्हीं लोगों ने मंदिर और मसजिद दोनों जगहों पर हड्डी फेंकवाई है और हिंदू तथा मुसलमान दोनों को भड़काने के लिए प्रचार किया है। तुम्हीं समझो, एक छोटी सी हड्डी देखकर यह कैसे कोई बता सकता है कि यह गाय की है या सूअर की!" चाचा ने बड़ी गंभीरता से कहा।

"हाँ, यह तो ठीक है। मामूली हड्डी देखकर यह नहीं बताया जा सकता कि यह किसकी है। वह बकरी की भी हो सकती है।" मँगरू इतना कहने के बाद रुका, फिर कुछ सोचते हुए बोला, "आखिर अंग्रेजों को दंगा कराने से क्या फायदा?"

उनकी इसमें एक बहुत बड़ी चाल है। हम लोग स्वराज्य जो माँग रहे हैं, वह हमें लड़ाकर यह साबित करना चाहते हैं कि हिंदुस्तानी स्वराज्य के काबिल नहीं हैं। हिंदू-मुसलमान आपस में लड़ते हैं। हिंदू अपनी होली खराब करता है और मुसलमान मुहर्रम।

मँगरू यह सुनकर चुप हो गया, जैसे वह यह सब समझने की कोशिश कर रहा हो। उसके मामूली ज्ञान की परिधि में चाचा की बातें नहीं आ रही थीं। वह तो एक साधारण-सा अनपढ़ व्यक्ति था। जब कभी वह किसी हिंदू के मारे जाने की खबर पाता तो उसके खून में जोरों का उबाल आ जाता और वह किसी मुसलमान के खून का प्यासा हो जाता; पर यह सब क्षणिक होता, बादलों में चमकनेवाली बिजली की तरह।

वह गरीब था और गरीबों की हर समस्या के मूल में केवल एक वस्तु होती है—भूख। मँगरू की भी दृष्टि अपने पेट पर पहले थी और दुनिया पर बाद में। कई दिनों से उसका हाल-रोजगार बंद था। वह परेशान-सा हो गया।

वह अपना सामान लेकर चलने के लिए खड़ा हुआ और राम-राम करने के बाद बड़ी वितृष्णा से बोला, "सावजी, देखें कब तक यह सब चलता है। हम गरीब लोग तो लगता है, ऐसे ही मर जाएँगे।"

मँगरू के जाने के थोड़ी ही देर बाद पियारी आ धमकी। अभी घंटे भर पहले ही उसका चंडिकावाला रूप हम लोगों ने गली में देखा था।

आते ही उसने स्वाभाविक अदा में कलावती चाची से पूछा, "कहो बहन, जीजा कहाँ हैं?"

पियारी कलावती चाची से कई वर्ष छोटी थी, इसी से वह उन्हें बहन और सुमेर चाचा को जीजा कहती थी।

चाची स्नान कर रही थी। माँ पूजा पर बैठ गई थीं और मैं तथा चंपो सवेरे का कलेवा कर रहे थे।

पियारी को देखकर चाची मुसकराई और उससे बोली, "आज सवेरे-सवेरे जीजा पर बड़ी छोहाई मालूम पड़ती है।"

"लेकिन आज मैं उनसे लड़ूँगी।" कुछ मुसकराते तथा कुछ आँखें नचाते हुए उसने कहा।

"अरे बाप रे बाप, उनसे ऐसी कौन सी बात हो गई, जो तुम्हारे ऐसी महामाया उससे नाराज है?" चाची बड़े ही नाटकीय ढंग से बोली।

"आखिर जीजा को क्या पड़ी थी, जो झगड़ा निपटाने चले गए? नहीं तो आज मैं जीउत की माँ की हुलिया दुरुस्त कर देती।"

माँ तौलिए से देह पोंछती वैसी ही मजाक की मुद्रा में बोलीं, "अरे, जीजा ने

सोचा होगा कि कहीं हमारी पियारी को दो-चार हाथ न लग जाएँ।''

''चलो-चलो। अभी मुहल्ले में कोई ऐसा नहीं जनमा है, जो पियारी पर हाथ उठा सके।'' उसने बड़े अभिमान से कहा और सुमेर चाचा के संबंध में उसने पुनः पूछा। चाची ने दुकान की ओर संकेत किया। दुकान के दरवाजे का एक पल्ला बंद था। वह धड़ल्ले से बिना किसी हिचकिचाहट के भीतर चली गई।

सुमेर चाचा अबीर बुक्का मिला रहा था। उसने अचानक पियारी को देखकर कहा, ''अरे, तू यहाँ कैसे?''

''तुमसे झगड़ा करने आई हूँ।''

''क्यों?''

''क्यों लड़ाई निपटाने बाहर चले आए थे?''

''बाहर न आता तो क्या करता? तुम लोगों ने आसमान सिर पर जो उठा रखा था। तुम्हें इसका जरा भी खयाल नहीं है कि शहर में क्या हो रहा है? हर समय झगड़ा मोल लिये रहती है।'' चाचा ने कहा।

''अच्छा जी, तो मैं झगड़ालू हूँ। जीउत की माँ तो दूध की धोई है न!'' पियारी ने गाल फुला लिये और कुछ क्षणों तक न बोली।

चाचा अपने काम में लगा था। अंत में उसने ही मौन भंग करते हुए कहा, ''क्यों पियारी, नाराज हो गई क्या?''

पियारी कुछ नहीं बोली।

चाचा ने पुनः कहा, ''अच्छा पियारी, नहीं बोलेगी न सही; पर यह तो बताओ, इस समय कैसे चली है?''

पियारी गाल फुलाए, बड़ी दबी जबान और भरे गले से बोली, ''अब मैं तुमसे नहीं बोलूँगी। तुम बड़े खराब हो।''

चाचा को हँसी आ गई—''अच्छा, मैं खराब हूँ तो खराब ही सही। जब तुम्हें अच्छी बात भी बुरी लगती है, तब मैं क्या कहूँ!''

पियारी इस बार भी बड़ी देर तक चुप रही। चाचा के सामने मूर्तिवत् बैठी थी।

''सुना है, पत्थर की मूर्ति भी अधिक पूजा पाने पर बोलने लगती है; पर तुम अब भी चुप हो। तुम्हीं बताओ, तुम्हारी कौन सी पूजा करूँ कि तुम बोलने लगो?'' सुमेर चाचा ने मुसकराते हुए कहा।

किंतु पियारी अब भी चुप थी। उसने नाराज होने का अभिनय किया था। उसकी आँखें चाचा की ओर एकटक लगी थीं।

''खैर, न बोलना चाहो तो मत बोलो, पर इस तरह घूरकर तो न देखो।'' इतना कहते-कहते चाचा का दाहिना हाथ पियारी की ओर बढ़ गया था।

किंतु पियारी ने उसे बड़ी नजाकत से रोक दिया और मुसकराते हुए बोली, "चलो हटो, तुम बड़े वो हो।" और बड़ी अदा से उसने अपना मुख फेर लिया, जैसे नागिन डस कर उलट जाने को हुई।

"तुम बड़े वो हो का क्या मतलब?" चाचा ने पूछा।

"अरे वही ऽऽऽ।" अपनी आँख नचाती हुई पियारी ने कुछ संकेत से कहा। इसपर सुमेर चाचा और स्पष्ट करना चाहता था। उसके ही लहजे में पुनः पूछा, "वही क्या?"

पियारी कुछ क्षणों के लिए चुप हो गई, जैसे वह बोलने के लिए शब्द खोज रही हो। उसकी आँखें गौरैया की गरदन की तरह चंचल तथा उसकी मुद्रा वासंती बयार से आंदोलित चैती गुलाब की तरह उत्फुल्ल थी। बरसाती पुरवैया जैसी मस्ती से भरा हुआ उसका मन मानो कोलाहल कर रहा था; किंतु उसके अधरों पर मुसकराहट के अतिरिक्त और कुछ नहीं था। उसके रग-रग से शरारत टपक रही थी। आँचल सँभालते हुए उसने अजीब लहजे में कहा, "वही...माने...जीजा।"

वह हँसी और साथ-ही-साथ सुमेर चाचा भी।

इस समय चाची बाहर द्वार की ओर चली गई थी। उसके साथ चंपो भी थी। चाची गली में झुककर किसी से बातें कर रही थी, फिर पता नहीं क्या हुआ कि वह अचानक लौट पड़ी। उसकी आकृति पर भय और आशंका के भाव थे।

इधर दुकान में चाचा और पियारी के बीच जोरों की हँसी हो रही थी। चाची कुतूहलवश दुकान के भीतरी दरवाजे के पास पहुँची। उसके पीछे-पीछे मैं और चंपो भी थे। वह दरवाजे की आड़ से छिपकर भीतर देखना चाहती थी। पर पियारी ने उसे देख लिया। वह बोल पड़ी, "अरे बहन, भीतर क्यों नहीं आती? आड़ से ही क्या शिकार कर रही हो?"

"शिकार मैं काहे को करूँ, बाबा?" चाची कुछ रोष में थी।

"तब भीतर क्यों नहीं आती, बहन?" पियारी ने कहा।

"बहन क्यों भीतर आवेगी भला! वह कोई खरीदार थोड़े ही है, जो दुकान में घुसकर मोल-भाव करेगी!" इस बार उसकी आवाज भी टेढ़ी थी।

एक क्षण में सारा वातावरण गंभीर हो गया। मैं देख रहा था, चाचा चुपचाप सिर नीचा किए अबीर की पुड़िया बाँधने में लगा था। ऐसा लगा जैसे उसने कोई गलती की हो, जो चाची की एक ऊँची आवाज से सिटपिटा गया।

किंतु पियारी सिर नीचा किए मुसकरा रही थी। अजीब थी वह। जैसे ऐसी परिस्थितियों का सामना करने के लिए वह अभ्यस्त-सी हो गई हो। शीघ्र ही उसकी निर्लज्ज आँखों में शरारत नाचने लगी और बड़ी बेहयाई के साथ वह चाची से बोली,

"नाराज हो गई क्या, बहन?"

"नाराज क्यों होऊँगी भला, तुम पर फूल चढ़ाऊँगी।" चाची ने कहा।

पियारी बेहयाई की हँसी हँसी—"अरे बहन, बोली मत बोलो। मैं सब समझती हूँ।"

"क्या समझती हो? यही न कि अपने जीजा के साथ तुम रंगरलियाँ करो, चाहे दुनिया में आग लगे या बज्जर पड़े।" चाची की वाणी में रुक्षता अधिक थी।

चाची और पियारी में गरमा-गरम बातें हो रही थीं। चंपो मेरा हाथ पकड़कर कुछ दूर ले आई और बड़े भयाकुल स्वर में धीरे से बोली, "हबीब डफाली के घर की ओर बहुत सारी पुलिस गई है।"

"तुझे कैसे मालूम?" मैंने पूछा।

"मैं अभी माँ के साथ गली की ओर गई थी न। वहाँ भोंदू भागा जा रहा था।, उसी ने माँ से बताया था।" चंपो ने कहा।

मेरे लिए यह कोई नई बात नहीं थी। इधर जब से दंगा हुआ है, रोज ही पुलिस आती-जाती है। मैं चंपो की बात सुनते ही पुनः चाची के पास चला आया।

पियारी कह रही थी, "अरे बहन, आज तो जीजा से हँस लेने दो, होली है होली। फागुन में बाबा देवर लागे, तब भला जीजा क्या लगेंगे!" इतना कहते ही वह हँस पड़ी।

उसका हँसना चाची को अच्छा नहीं लगा। वह पूर्ववत् रुक्ष स्वर में बोली, "लगेंगे क्या? जो चाहोगी वही लगेंगे। पर यह समय लगने-लगाने का नहीं है। देखती नहीं हो, शहर में कैसी आग लगी है। अभी गली से भागता हुआ भोंदू जा रहा था। वह कह रहा था, हबीब डफाली के घर बहुत सी पुलिस गई है।"

चाची अपनी बात पूरी कर भी नहीं पाई थी कि बीच में ही दुकान के भीतर से सुमेर चाचा बोला, "जब बेचारे का घर जलकर राख हो गया तब पुलिस आकर क्या करेगी?"

चाची ने अपनी बात पूरी, "भोंदू कह रहा था कि हबीब के जले घर में से भुनी हुई लाश की दुर्गंध आ रही थी, इसी से इस समय पुलिस का छापा पड़ा है।"

किंतु इस समय तो उसके घर में कोई नहीं होगा। हबीब का परिवार तो अलईपुर की मुसलमानी बस्ती में चला गया था। फिर उसके घर में लाश कैसी? चाचा कुछ समझ नहीं पा रहा था। वह चुपचाप कुछ सोचने लगा।

पचास वर्ष की आयु का अधेड़ डफाली चाचा का दोस्त था। उसके यहाँ ढोलक बनती थी। जब सुमेर चाचा अपनी दुकान के सामने गली में रामायण गाता था तो हबीब के यहाँ से ढोलक आती थी। वह मुहल्लेवालों का भी खयाल रखता था। मुहल्ले के

लोगों को किसी पर्व या उत्सव के समय जब भी ढोलक की जरूरत पड़ती थी तो वे उसके यहाँ से माँग लाते थे। वह उनसे किराया भी नहीं लेता था।

बहुधा हबीब संध्या को चाचा की दुकान पर आता, बीड़ी पीता और घंटों तरह-तरह की बातें करता। उसकी बातों में आदमी, भगवान्, इनसानियत आदि की चर्चा रहती, जिससे मालूम होता था कि वह एक सज्जन तथा भगवान् में विश्वास करनेवाला आदमी है।

इस समय उसके घर से लाश निकलने के समाचार से चाचा स्तब्ध रह गया। वह अब एक क्षण भी रुकना नहीं चाहता था। वह किसी भी तरह हबीब के घर की ओर जाएगा।

चाचा पियारी को अब शीघ्र ही हटाने की गरज से बोला, "अब तुमने होलिका-पूजन का सामान ले लिया न। ...और 'अनाज-ओनाज' तो नहीं चाहिए?"

परिस्थिति की गंभीरता का पियारी पर कोई प्रभाव नहीं पड़ा था। वह मुसकराई और वैसी ही शरारत भरी आवाज में बोली, "नहीं जी, अनाज लेकर क्या करूँगी? जिंदा रहे हमारा सरदार (पियारी चंदर को 'सरदार' कहती थी), जिसने इतना अनाज मेरे यहाँ रख दिया है कि मैं सालों खाऊँ, तब भी न ओराए।"

चाचा को यह समझते देर न लगी कि चंदर ने यह अनाज लूटकर ही इकट्ठा किया होगा, किंतु वह कुछ नहीं बोला। वह चुपचाप कुछ क्षणों तक बैठा रहा। वातावरण को बोझिल जानकर पियारी चलने के लिए उठ खड़ी हुई। बड़ी शीघ्रता से अबीर की पुड़िया खोलकर उसने चाचा पर फेंका। 'छररऽऽऽ कबीर' कहती हुई तीर की तरह चली गई। जाते समय जो ऐंठ भरी मुसकराहट उसने चाची पर बिखेरी थी, वह उन्हें बहुत अच्छी नहीं लगी।

पियारी के जाते ही चाचा बाहर दालान में आया। वह बहुत घबराया हुआ मालूम हो रहा था। "हबीब का घर जल गया। ...सचमुच जल गया। तब उसमें जली लाश की दुर्गंध कैसी? हबीब के घर तो कोई नहीं रहा होगा। वह सपरिवार ताला बंद कर चला गया था।" चाचा सोचते हुए स्वगत बोलता रहा।

"हो सकता है, वह उसमें रहा हो।" माँ ने कहा।

"तुम भी कैसी बातें करती हो, जग्गू की माँ!" चाचा झुँझलाया। उसने पुनः कहा, "वह जाते समय मुझसे मिला था। आदाब करते हुए उसने कहा था—खुदा ने अगर बरकरार रखा तो फिर आपकी दुकान के सामने 'रमायन' होगी।" इतना कहकर चाचा एकदम शांत हो गया। वह सिर खुजलाते हुए जैसे कुछ सोचता रहा।

"पर भोंदू कह रहा था कि उसके दरवाजे पर तो ताला बंद था, भीतर किसी के होने का सवाल ही नहीं पैदा होता।" चाची बोली।

"यही तो बात है। ...आखिर किसकी जली लाश की दुर्गंध आ रही है?" चाचा ने शंका की।

"हो सकता है, उसकी बकरियाँ रही हों और जल मरी हों!" माँ ने कहा।

चाचा ने पहले सिर हिलाया। जैसे वह माँ की बात स्वीकार न कर रहा हो, फिर कुछ सोचकर बोला, "अपने जाने के पहले ही उसने बकरियाँ भेज दी होंगी।"

"तब हो सकता है कि आग लगानेवाला स्वयं जल मरा हो!" माँ बोलीं।

"तुम भी कैसी बातें सोच लेती हो, जग्गू की माँ!" चाचा ने कुछ हँसते हुए कहा। उसकी हँसी में चिंता की मात्रा अधिक थी।

"क्यों? लाक्षागृह में पांडवों को जला डालने की कोशिश करनेवाला पुरोचन स्वयं जलकर नहीं मर गया था और पांडव बच गए थे!" माँ ने कहा।

माँ ने मुझे महाभारत की क़हानी सुनाई थी। पुरोचन भी मुझे कुछ याद आ रहा था, पर चाचा ने जैसे माँ की बातों पर जरा भी ध्यान नहीं दिया। वह सोचता रहा, सोचता रहा।

फिर गली में एक हलकी-सी हलचल हुई। हम लोग बाहरी बंद दरवाजे की ओर दौड़े। आहट से ज्ञात हुआ कि अपनी लंबी लाठियाँ टेकते हुए कुछ लौह टोपधारी पुलिस हबीब के घर की ओर जा रही है। वे आपस में कुछ बातें भी कर रहे थे, जो दरवाजे के पीछे से कुछ विशेष सुनी नहीं जा सकीं। किंतु इतना साफ जाहिर था कि कोई बहुत बड़ी बात हो गई है।

अब चाचा द्वार खोलकर बाहर जाने को हुआ तो चाची ने मना किया, पर चाचा माननेवाला नहीं था।

"तुम लोग दरवाजा बंद कर भीतर बैठो, मैं देखता हूँ।" कहता हुआ चाचा गरम हवा के झोंके की तरह निकल गया।

चाची हक्का-बक्का थी। माँ चिल्लाईं, "अरे चंपो के बाबू, कहाँ जाते हो? 'कंपू आडर' लगा है। पुलिस पकड़ लेगी। जो होना था वह तो हो ही गया होगा।"

पर चाचा पर इसका कोई असर नहीं हुआ, "घबराओ नहीं, दरवाजा बंद कर लो। मैं अभी आता हूँ।" वह भागते हुए बोला।

सरकारी नल (बंबे) तक तो वह भागता हुआ दिखाई दिया, फिर ओझल हो गया, घने बादलों में चाँद की तरह।

माँ समझ न पाईं कि अब वह क्या करें? चाची बहुत अधिक परेशान थी। मैंने देखा, वह कुछ काँपने लगी थी। भय और आशंका के तूफान ने जैसे उसे झकझोर दिया हो। उसकी आँखें नम थीं। चंपो भी भकुआई-सी थी। लगता था, अब रो देगी।

मैं सोचने लगा। पुलिस सुमेर चाचा को छोड़ेगी नहीं, जरूर पकड़ेगी। हो सकता

है, दो-चार लाठी जमा दे। बाप रे बाप! उन बड़ी-बड़ी लाठियों से कितनी चोटें लगेंगी। मेरे मन की हालत अजीब थी।

"अब क्या होगा, जग्गू की माँ?" चाची बड़ी व्यग्रता से बोली और सीढ़ियों से छत की ओर भागी। माँ भी उसके पीछे-पीछे चलीं।

कहीं चाची घबराकर छत से कूद न पड़े। मैं और चंपो भी ऊपर की ओर दौड़े।

धूप तेज थी। घर में होते हुए भी लोग छतों पर नहीं थे। अभागों के भाग्य की तरह छतें खाली थीं। चाची ने पियारी को गुहार लगाई। पहले उसका कोई फल नहीं निकला। घबराहट भरे स्वर से वह बार-बार पुकारती जाती थी। अगल-बगल के घरवालों को परिस्थिति की गंभीरता समझते देर न लगी।

कहते हैं, उस समय वह खाना बना रही थी। बात समझते ही वह चल पड़ी। हम लोगों ने देखा कि पियारी सुनसान गली में बड़ी मस्ती से चली आ रही है, गोया उसे किसी का डर ही न हो। ऐसा लगा जैसे जवानी की बाढ़ से गदराए उसके व्यक्तित्व की सारी इठलाहट उस भय और आशंका के वातावरण की गंभीर हँसी उड़ा रही हो।

हम लोग दौड़कर नीचे आए। तब तक पियारी भी आ गई थी।

"का घबरात हउ कलावती बहिनी?" उसने बड़ी बेतकल्लुफी से कहा।

चाची ने क्षण में सारी बातें बता दीं।

"बस, यही बदे अइसन हाय-तोबा मचउले हऊ? जीजा के हम का कहीं। ऊ डफलिया जब दोस्त रहल तब रहल। अब त ऊ बँधाय के फुकाय गयल। ई कंपू आडर में ओकरे घरे गइले के भला कउन जरूरत रहल?"

"...लेकिन पियारी, अब तो अपने जीजा को जरा देख!" मेरी माँ ने कहा।

"तू घबरात काहे के हऊ, महराजिन? देखल करा, हम अपने जीजा के अबहियै छुड़ाय लिआवत हई। देखी, कउन दरोगाजी हउन जे हमार न सुनिहैं!" बड़ी मस्ती और विश्वास के साथ पियारी बोली, जैसे इस गली में सात समंदर पार के अंग्रेजों की नहीं वरन् उसी की हुकूमत चलती हो।

पियारी हबीब के घर की ओर चली और चलते-चलते अपनी स्वाभाविक इठलाहट में बोलती गई, "हेऽ देखऽ चंपो क माई, जीजा के लिआवत तो हई, पर तोहरे बदे नाहीं, अपने बदे। समझलू!" और अजीब मुसकराहट बिखेरती चली गई।

गजब की औरत है यह पियारी भी। हम सब व्याकुल थे। चाची की आँखें डूब रही थीं, पर पियारी मुसकराती इठलाती चली गई, जैसे उसके लिए कोई बात ही नहीं हुई।

हम लोगों ने देखा, सरकारी पानी के कल के पास टोपधारी एक पुलिस वाला दूसरी ओर से आया और पियारी की पीठ में अपनी लाठी खोंसकर मुसकराने लगा।

"सूझत नाहीं हौ का?" कहती हुई पियारी की जवानी एक बार पुनः करबराई। पियारी की निश्चिंतता से हम सभी लोग आश्वस्त हुए। अपनी स्वाभाविक मुद्रा में बड़ी शांति से माँ ने चाची से कहा, "देखा, खोटा सिक्का भी मौके पर कैसा काम देता है!"

माँ की बात मेरी समझ में नहीं आई।

मेरी निगाह में तो उस समय वे सुनसान गलियाँ थीं, जहाँ आदमियों का निकलना मोहाल था। केवल गाय, कुत्ते और साँड़ बेफिक्र होकर टहल सकते थे।

बीच-बीच में जाग उठनेवाली मेरे मन की जिज्ञासा पुनः जागी, पर मुझमें किसी और से कुछ पूछने की हिम्मत नहीं थी। मैंने चंपो से ही पूछा, "साँड़, गायों और कुत्तों को पुलिस 'कंपू' में नहीं पकड़ती?"

"नहीं।"

"क्यों?"

"क्योंकि ये जानवर हैं, आदमी नहीं हैं।"

"यह तो मैं भी जानता हूँ।" मैंने कहा।

"तुम कुछ नहीं जानते। उल्लू हो, उल्लू।" इतना कहकर चंपो पुनः छत की ओर भागी।

मैं कुछ भी समझ नहीं सका। सचमुच मैं उस समय उल्लू था। मेरे मन में अजीब-अजीब सवाल उठ रहे थे। इन जानवरों पर कर्फ्यू क्यों नहीं लगता? इनमें दंगा नहीं होता क्या? कुछ ऐसे ही सवालों में मैं बेतरह उलझ गया था।

हिम्मत न होते हुए भी मैं माँ के निकट आया और आखिर पूछ ही बैठा, "क्यों माँ, जानवरों में हिंदू-मुसलमान नहीं होते?"

माँ तेजी से झुँझलाईं—"तुझे हर समय बकवास ही सूझती है।" उन्होंने डाँटते हुए कहा।

मेरी जिज्ञासा चुप हो गई, एकदम चुप।

□

प्रतीक्षा वह हवा है, जो समय के गुब्बारे को फुलाकर अधिक बढ़ा देती है। चाचा की प्रतीक्षा में मुश्किल से घंटे भर भी न हुए होंगे, पर ऐसा लगा कि कई घंटे बीत गए। अनेक खौफनाक बातों में हमारा मन डूबता-उतराता रहा। चाची बार-बार दरवाजे का पल्ला खोलकर बाहर झाँक लेती थी। अचानक गली के छोर पर पियारी के बोलने की आहट लगी। चाची ने पुनः दरवाजा खोला। इस बार अधूरा नहीं, वरन् पूरा दरवाजा खोला गया। हम सभी ने देखा, पियारी चाचा को लिये चली आ रही थी। वह एक हाथ से चाचा की बाँह पकड़े थी। चाचा बिलकुल धीरे-धीरे चल रहा था जैसे वह थककर चूर हो गया हो।

उसे देखते ही भय की अँधियारी से ढके हमारे चेहरों पर प्रसन्नता की धूप छा गई, पर हमारे प्रति चाचा के चेहरे पर कोई प्रतिक्रिया दिखाई न पड़ी। वह टूटे दिल से लड़खड़ाता घर में चला आया। पियारी भी कुछ नहीं बोली। आते ही चाचा दालान में पड़ी बँसखट पर लुढ़क गया। उसकी आँखें भरी थीं।

पियारी उसे लिटाकर लौट गई। जाते समय वह चाची की ओर देखकर बनारसी बोली में कुछ बुदबुदाई, जिसका सारांश था—'लो, तुम्हारी जमा तुम्हें सहेजकर जा रही हूँ।'

चाचा के साथ रामकिशुन चाचा भी आया था। रामकिशुन चाचा को तो आप जानते ही होंगे। वही रामकली दादी का लड़का, रमेश का बड़ा भाई। पक्का कांग्रेसी। गांधी बाबा की जय बोलता है, खद्दर पहनता है।

उसे देखकर माँ सामने से हट गईं। चाची ने भी अपना घूँघट खींच लिया और जल्दी से कोठरी में से मचिया उठा लाई। रामकिशुन उसी पर बैठा।

चाचा की ऐसी विचित्र हालत देखकर मैंने सहज ही सोच लिया कि पुलिस ने जरूर उसे मारा है। मैंने बड़े गौर से उनके हाथ, पाँव और पीठ की ओर देखा; पर कहीं से खून नहीं निकल रहा था।

चंपो कुछ अधिक चिंतित थी। वह चुपचाप चाचा के पैताने खड़ी उसे एकटक निहार रही थी। चाचा भी अपलक देख रहा था। लगता था, वह कुछ बोलना चाहता है। भीतर से आवाज उसके गले तक आती मालूम भी होती है, पर जैसे उसे कोई दबा दे रहा है।

किसके लाश की दुर्गंध आ रही थी? क्या कर्फ्यू में और लोग भी वहाँ पहुँच गए थे? ऐसे अनेक सवाल उठ रहे थे, जिन्हें हम पूछना चाहते थे; पर चाचा की हालत देखकर हम चुप थे। कितनी दमघोंटू चुप्पी थी वह!

पर रामकिशुन ने शीघ्र ही उस चुप्पी को धर दबाया। उसने चंपो से पानी लाने को कहा और चाचा से बोला, "जरा उठकर हाथ-मुँह धो लो, सुमेर साव।"

"अब तो हाथ-मुँह धोना भर ही हाथ में रहा न, रामकिशुन भैया।" वह आह भरकर बोलता रहा, "कौन जाने इस शरीर की क्या गति होगी? हबीब मुसलमान था, पाक मुसलमान। दोनों वक्त नमाज पढ़ता था, पर अंत समय में दफन के लिए साढ़े तीन हाथ जमीन भी मयस्सर न हो सकी और ऐसा फूँक दिया गया जैसे मरने के बाद हिंदू फूँका जाता है।"

"लेकिन सावजी, जन्म के पहले और मृत्यु के बाद न कोई हिंदू होता है और न कोई मुसलमान।" रामकिशुन ने चाचा को समझाते हुए कहा, "क्योंकि जन्म के पूर्व भी आदमी ईश्वर के निकट रहता है और मौत के बाद भी वह ईश्वर के पास चला जाता है।

जिंदगी का जामा पहनकर ही वह ईश्वर से दूर होता है और तब बड़े-से-बड़ा खुराफात करता है। ईश्वर की कृतियों में भी सुधार आरंभ कर देता है। ईश्वर ने धरती बनाई, उसमें सुधार कर मंदिर और मसजिद बना दिए। ईश्वर ने दिन बनाए और आदमी ने उसे सुधारकर होली और मुहर्रम बना दिए। ईश्वर ने आदमी को बनाया और आदमी स्वयं ईश्वर को बनाने लगा। मजहबी लिबास पहनाकर उसे भगवान् और अल्लाह के रूप में अलग-अलग कर दिया।''

सुमेर चाचा बड़े गौर से सुनता रहा, फिर टूटी आवाज में बोला, ''लेकिन आदमी कब क्या कर बैठेगा, कोई ठिकाना नहीं! भला हबीब ने किसका क्या बिगाड़ा था? मुहल्ले का कोई ऐसा नहीं होगा, जो उसके एहसान से दबा न हो, जिसने उसकी ढोलक न लाई हो। वह किसी से ढोलक का किराया भी नहीं लेता था। सबके दुःख-सुख में शरीक होता था। उसी का अंजाम यह हुआ कि उसे जिंदा चारपाई में बाँधकर जला दिया गया। शायद उसके घरवालों को अभी तक इसकी खबर भी न लगी हो।'' इतना कहते-कहते सुमेर चाचा जैसे रोने को हुआ।

तब तक चाची पानी और एक तश्तरी में गुड़ लेकर आ गई। रामकिशुन ने चाचा का हाथ-मुँह धुलवाया, उसे गुड़ खिलाया, यद्यपि वह खा नहीं रहा था। फिर वह चलने को हुआ और चाचा से बोला, ''अच्छा, मैं चलता हूँ। अलईपुर की तरफ जाऊँगा। वहीं त्रिमुहानी से दाहिने जानेवाली गली में हबीब के रिश्तेदार रहते हैं। उनसे कह दूँगा।''

''कैसे कहोगे, भैया?'' रुआँसी आवाज में सुमेर चाचा भावावेश में बोला।

''अब तो जैसे भी बनेगा, कहूँगा ही।''

रामकिशुन चला गया।

उसके जाते ही चाची और माँ सुमेर चाचा के पास आईं। माँ को देखते ही चाचा फूट पड़ा, ''हबीब जिंदा जला दिया गया, महराजिन!...इस कमीने, नीच चंदर ने उसकी हत्या कर दी।'' और वह सिसक-सिसककर किसी बच्चे की तरह रोने लगा।

हमने कभी चाचा को रोते नहीं देखा था। चाची को तो जैसे काठ मार गया। वह कुछ न बोल सकी। केवल माँ चाचा को समझाती रहीं।

पर चाचा को अफसोस था, बेहद अफसोस। चंदर अपनी गुंडई के बल पर मिट्टी का तेल ले गया था। उसी से हबीब को फूँक दिया गया। जिस समय अत्यंत व्याकुल होकर उसने कहा, ''रामायण होते समय वह मुझे मुफ्त की ढोल देता था, कौन जानता था कि उसके फूँके जाने के लिए ही मैं मुफ्त का मिट्टी का तेल दूँगा।'' उस समय ढलता हुआ सूरज भी पीला पड़ गया था।

बहुत देर बाद चाचा शांत हुआ। धीरे-धीरे उसने सारी बातें बताईं। उसने यह भी बताया कि रामकिशुन बेचारा बड़ा काम करता है। सरकार ने उसे कर्फ्यू में निकलने के

लिए पास दिया है। वह जहाँ कहीं भी चाहे, जा सकता है। सेवा समिति की गाड़ी लेकर वह मुसलमानों के मुहल्लों में जाता है और फँसे हुए हिंदुओं को निकालता है। उसको अपनी सुरक्षा के लिए तीन बंदूकधारी पुलिस भी मिले हैं।

□

संध्या को दो घंटे के लिए कर्फ्यू हटा। चाचा की दुकान पर भीड़-सी उमड़ आई। सबको जल्दी थी। सब चाहते थे कि पहले मुझे ही सामान मिले, पर चाचा का हाथ जल्दी नहीं चल रहा था। वह दबे मन से काम करता रहा।

चाचा मसाले-नमक आदि की बँधी पुड़िया रखता था। जब दुकान पर भीड़ हो जाती थी तब हम लोग—मैं और चंपो—पैसा लेकर पुड़िया देना शुरू कर देते थे। और भी बँधे सामान, जैसे—साबुन, दियासलाई, लेमनचूस, बिस्कुट आदि बिक्री करने में हमें अधिक परेशानी नहीं होती थी। इस समय हम दोनों अपना काम बखूबी कर रहे थे।

महँगू आया। राम-राम करके वह दुकान में बैठ गया। चाचा ने दो बीड़ी और दियासलाई की डिबिया उसे थमा दी। सदा की भाँति उसने दोनों बीड़ियाँ एक साथ सुलगाईं। एक चाचा को दी और दूसरी अपने मुँह में लगाई, फिर वह मेरा काम करने लगा। महँगू से चाचा को मदद मिली और मुझे छुट्टी।

हम दोनों को चौबीस घंटे के बाद मौका मिला था। सबकी आँखें बचाकर हम चिड़ियों के बच्चों की तरह फुदकते हुए घोंसले के बाहर निकले। चंपो ने सबसे पहले हबीब के घर की ओर चलने की इच्छा व्यक्त की। मेरे अबोध मन की उत्सुकता ने उसका मौन समर्थन किया और हम दोनों दौड़ पड़े।

भड़भूजे की भाड़ की तरह जले हुए हबीब के घर से अब भी हलका धुआँ निकल रहा था, गोया वह अब भी भीतर-ही-भीतर सुलग रहा हो।

हबीब के घर के सामने बंदूकधारी पुलिस का पहरा था। इसी समय खाकी वरदी पहने, टोप लगाए एक गोरा पुलिस अफसर 'फटफटइया' पर आया। वह उस गली में भी बड़े धड़ल्ले से फटफटइया चला रहा था। उसे देखते ही आस-पास के सारे आदमी एक ओर दुबक गए। इस गोरे अफसर के पीछे और भी कई गोरे थे।

उसके पहुँचते ही पहरे पर उपस्थित हिंदुस्तानी सिपाहियों में एक अजीब किस्म की खड़खड़ाहट हुई। उस गोरे ऑफिसर ने भी अपना सिर हिलाया। बाद में मालूम हुआ कि ये एक-दूसरे को सलाम कर रहे थे। इसके बाद हिंदुस्तानी सिपाहियों ने लोगों को गिरफ्तार करना आरंभ किया।

यह सब हमें बड़ा विचित्र मालूम हो रहा था। हम एकटक देख रहे थे। ऐसा लग रहा था कि हमारा मन सोख्ते की तरह इस दृश्य की संपूर्ण स्याही सोख लेना चाहता है।

अचानक हमारा हाथ जैसे पीछे से किसी ने जोर से पकड़ा और बड़ी बेरहमी से

झटक दिया। एक ओर मैं और दूसरी ओर चंपो जमीन पर गेंद की तरह ढुलक गए। हमने देखा, पुलिस का एक जवान विशालकाय दैत्य की तरह दाँत पीस रहा था। मेरा घुटना छिल गया। संभवत: चंपो को भी चोट लगी होगी, पर बिना किसी शिकवा-शिकायत के हम उठे और शरीर झाड़ते हुए भाग निकले।

थोड़ी दूर आने पर देखा, बीरू के कुएँ की ओर लोग लपके चले जा रहे हैं। पहले तो मैंने सोचा कि कर्फ्यू टूटा है, लोग पानी के लिए दौड़े होंगे; पर न किसी के हाथ में पानी लेने का बरतन था और न डोल। मैंने चंपो से शंका व्यक्त की, "जरूर कोई बात होगी।" उसने भी कहा और हम दोनों बीरू के कुएँ की ओर चल पड़े।

काफी लोग इकट्ठा हो गए थे। कुएँ की जगत ठसाठस भरी थी। सभी कुएँ में झाँकने की कोशिश कर रहे थे। बड़े-बड़े का पार नहीं था, तब भला हम बच्चों को कौन पूछता! हम निरीह जीव नीचे दूर खड़े-खड़े तमाशा देखने लगे।

लोग तरह-तरह की बातें कर रहे थे। कोई कहता, "एकदम औंधा है। पहचाना नहीं जा सकता।" कोई कहता, "लाश काफी फूल गई है।" कोई कहता, "भला बताओ, इस लड़के ने किसी का क्या बिगड़ा था?"

"हो सकता है, पानी लेने आया हो और खुद ही गिर गया हो।" यह पहचानी आवाज थी। मैंने उचककर देखा, भीड़ के भीतर जीउत की माँ बोल रही थी।

किंतु शीघ्र ही रामभरोसे ने इसका प्रतिकार किया, "ऐसा कैसे हो सकता है? भला इस कर्फ्यू में कौन अपने लड़के को पानी लेने भेजेगा!"

हमारे अनुमान में इतना तो जरूर आया कि कोई हम जैसा बालक कुएँ में डूब मरा है, पर इससे अधिक मेरा बाल मस्तिष्क और सोच नहीं सका।

इसी बीच अपनी अदा में इठलाती पियारी आई। वह तीर की तरह भीड़ को चीरती कुएँ पर बढ़ी। ऐसा लगा जैसे रूई के बीच सूई जा रही हो। वह भीड़ में घुसते हुए बोली, "क्या मजमा लगा रखा है तुम लोगों ने? कोई तमाशा है क्या? किसी का घर जले गुंडा…" इतना कहने में उसने ऐसी गाली दी कि मैं आपको कैसे बताऊँ?

उसकी कड़क आवाज सुनते ही लोगों ने उसे रास्ता दे दिया।

जीउत की माँ धम्म से कुएँ की जगत पर से कूदी और बड़बड़ाई, "आय गइलिन भवानी माई।" और छनछनाती हुई वहाँ से चली गई।

जीउत की माई और पियारी में छत्तीस का संबंध था। वहाँ भी पुलिस आ गई। उसके साथ कुछ विशेष प्रकार की वरदी पहने और लोग भी थे, जिन्हें देखते ही वहाँ एकत्र भीड़ में से किसी ने कहा, "लो, दमकलवाले आ गए।"

मुझे उस समय नहीं मालूम था कि ये दमकलवाले कौन सी बला हैं!

पुलिस और दमकलवालों के कुएँ पर चढ़ते ही भीड़ करीब-करीब छँट गई।

मैं भी पुलिस को देखते ही वहाँ से दुबककर निकल चला।

आकाश से संध्या ने अपना रंगीन आँचल खींच लिया था। धीरे-धीरे अँधेरा हो चला था। घर लौटते हुए मैंने देखा, माँ लंबे-लंबे डग बढ़ाती मेरी ओर चली आ रही हैं। जरूर वह मुझे ही खोजने निकली होंगी। हे भगवान्, अब तो मेरी खैर नहीं।

"क्यों जी, बिन कहे तुम लोग फिर बाहर निकल आए।" माँ क्रोध में चीख पड़ीं और मेरा कान पकड़कर खींचती चली आईं। उन्होंने बाएँ हाथ से चंपो को भी पकड़ रखा था।

घर में आते ही सुमेर चाचा और कलावती चाची—सबके सब जैसे बरस पड़े और हम पर जो बीती, वह मेरा जी ही जानता है।

□

बड़ी खामोश। आप यकीन कीजिए, आज की रात बड़ी खामोश थी। एक अजीब चुप्पी सब पर छाई थी। न चाचा अधिक बोला, न चाची और न माँ ही। रात का खाना भी नहीं बना। मैंने और चंपो ने सुबह की रोटियाँ खाईं, बल्कि खाईं नहीं किसी तरह पेट में ठूँस लीं।

मेरे पास आज पूछने को बहुत कुछ था, पर किससे पूछूँ? मेरी हिम्मत नहीं। मैं सोते समय चुपचाप चंपो के कंबल में आ गया। उस समय माँ की नाक बोल रही थी। चाची भी संभवत: सो गई थी। चाचा दालान में बँसखट पर पड़ा करवटें बदल रहा था।

चंपो के साथ सोना मुझे अच्छा लगता था; पर पता नहीं क्यों, माँ मुझे कभी सोने नहीं देती थीं।

चंपो के संस्पर्श में आते ही जाड़ा न होते हुए भी मुझे एक अजीब किस्म की सिहरन महसूस हुई और उस विचित्र कंपन ने हम लोगों को आबद्ध कर दिया। न शरीर एक हो सका और न मन, पर हम दोनों गुड़मुड़ाए गठरी की तरह कंबल के नीचे एक हो गए।

मैंने चंपो से पूछा, "सुना है, बीरू के कुएँ में मजीद की लाश थी!"

"हूँ।" वह बस इतना ही बोली।

"फिर मजीद कैसे यहाँ रह गया? उसके घर के सभी लोग तो चले गए थे?"

चंपो कुछ नहीं बोली।

"तुझे नींद आ रही है क्या?"

"नहीं।"

"फिर बोलती क्यों नहीं?" मैंने उसे गुदगुदाया।

दबे स्वर में हँसते हुए उसने मुझे बाँहों से और अधिक दबा लिया तथा बड़े जोर से मेरा गाल काटा। मेरे मुख से निकली 'सी' की ध्वनि कंबल में ही कहीं खो गई। मुझे

जरा भी पीड़ा नहीं हुई। सही कहूँ तो मुझे चंपो का काटना बड़ा अच्छा लगा।

फिर कैसे बातें शुरू हुईं, याद नहीं। लेकिन चंपो ने ही मुझे बताया कि मजीद को मार डालने की नीयत से किसी ने कुएँ में फेंक दिया था। मैं बड़ा दुःखी हुआ। वह मेरा दोस्त था। उसका बड़ा भाई हमीद मुहल्ले का सबसे बदमाश लड़का है, किंतु वह भी मेरा दोस्त है।

पर मजीद तो सीधा था। अपने पिता सुलेमान का प्यारा, बहुत प्यारा। उसे मारने से किसी को क्या मिला होगा?

मैंने दुःखी मन से पूछा, ''यह नहीं पता चल सका कि उसे कुएँ में किसने फेंका?''

''नहीं।''

''तुम्हारा मन क्या कहता है?'' मैंने पूछा।

''मैं क्या कहूँ, लोगों का अंदाज है कि चंदर या भोंदू ने ऐसा किया होगा।''

''फिर इन लोगों ने क्यों मारा?''

''दंगा हो रहा है न, हिंदू-मुसलमान एक-दूसरे को मारने की कोशिश करते हैं।''

''पर एक दिन हमीद ने ही मुझसे कहा था कि लड़कों में दंगा नहीं होता। दंगा तो बड़ों में होता है। जब हिंदू-मुसलमान के लड़के एक-दूसरे को नहीं मारते तो बड़े लोग लड़कों को क्यों मारते हैं?''

''इसलिए कि बड़े लोग लड़कों को मार सकते हैं।''

''और लड़के लोग बड़ों को नहीं?'' मैं कुछ झुँझलाकर बोला।

''नहीं।'' चंपो इतना कहकर चुप हो गई।

मैं सोचने लगा—'ये बड़े लोग बड़े बदमाश हैं, गंदे हैं। जब हम नहीं मारते तो वे हमें क्यों मारते हैं? आखिर हम लोग भी एक दिन बड़े होंगे तो क्या फिर गंदे हो जाएँगे?' मैं इन्हीं विचारों में डूब गया।

अचानक मेरे सिरहाने की ओर तेजी से खड़खड़ाहट हुई। एक के ऊपर एक वहाँ कई हाँड़ियाँ रखी थीं। ऊपर की हाँड़ी धड़ाम से गिर पड़ी। मैंने अनुभव किया कि बिल्ली छलाँग मारती हुई मेरे ऊपर से निकल गई। माँ जाग पड़ीं। दीया जलाया गया। शीघ्र ही निष्कर्ष निकाल लिया गया कि बिल्ली ने चूहा पकड़ने के प्रयास में हाँड़ी गिरा दी है। उसमें रखा चावल अमावस के आकाश में तारों की तरह जमीन पर बिखर गया।

अपने बिस्तर की ओर देखकर माँ बोली, ''लगता है, आज जगुवा फिर चंपो के पास चला गया।''

मैंने कंबल के भीतर से छिपकर देखा, चाची मुसकरा रही थी।

माँ कुछ और करें, इसके पहले मुझे जगाने आईं। वह ज्यों-ज्यों जगातीं, मैं उतना ही सोने का अभिनय करता। अंत में मेरा कान पकड़ते हुए वह तड़पीं, ''इस कमीने को लाख मना किया कि चंपो के पास मत सोया कर, पर पता नहीं इसे उसके पास सोने में कौन सा 'लब्भा' मिलता है।''

माँ की बात सुनते ही चाची जोर से हँस पड़ी।

□

यह स्थिति बहुत दिनों तक नहीं रही। आखिर दंगा बंद हुआ। मेरे मुहल्ले के मुसलमान भी धीरे-धीरे अपने घरों में चले आए; पर वे बहुत सहमे-सहमे और डरे-डरे-से थे। अन्य मुसलमानी मुहल्लों से आए हिंदू भी लौट गए। सुमेर चाचा ने हम लोगों को भी हमारे घर पहुँचा दिया। माँ कोठी जाने लगीं। सबकुछ पहले जैसा हो गया, बिलकुल पहले जैसा।

लोग कहते थे कि चैत का महीना खत्म होने वाला है। धूप तेज होने लगी थी। दिन मुसीबत के दिनों की तरह लंबे हो गए थे। एक बजे के करीब जब माँ लौटती थीं तो मुझे सुमेर चाचा के यहाँ से ले लेती थीं, पर उन्होंने आज सवेरे ही मुझे बता दिया था कि वह दिन में आ न सकेंगी। छोटी बहू को लड़का हुआ है। आज उसकी बरही है। संभवतः सात-आठ बजे रात तक उनका लौटना हो।

जब कभी इस तरह की कोई बात होती या कोई तीज-त्योहार पड़ता तो माँ मेरे लिए कोठी से पूड़ी-मिठाइयाँ लिये आतीं और ज्यों ही वह इन भोज्य पदार्थों को लेकर आती मुझे दिखाई पड़तीं, मैं लपककर उनकी डोलची ले लेता। उसमें रखी पोटली उन नटखट बंदरों की तरह खोलने लगता, जो संकटमोचन के मंदिर के हर दर्शनार्थी की मिठाई की पिटारी झटक देने की ताक में रहते हैं।

मुझे मिठाइयाँ बड़ी अच्छी लगती थीं। कभी-कभी तो मेरे जी में ऐसा आता है कि कहीं रसगुल्ले या गुलाबजामुन से भरी कोई नाँद होती और कोई उसमें मुझे बैठा देता। मैं जी भर रसगुल्ले तथा गुलाबजामुन उड़ाता अथवा बरफियों से बना कोई घर होता, जिसमें मैं रहता भी और खोद-खोदकर खाता भी।

हाँ, तो आज माँ आने वाली नहीं थीं। दिन भर के लिए मैं स्वतंत्र था, परम स्वतंत्र। दोपहर को जब खाना खाकर सुमेर चाचा झपकी लेने लगा, तब मैं चंपो को लेकर निकल पड़ा। मतवाजी के बरगद के नीचे 'आती-पाती' होती थी। क्षण भर में वहीं पहुँच गया; पर आज 'आती-पाती' नहीं, मुहल्ले के लड़के कबड्डी खेलने वाले थे।

बरगद के नीचे जवाहिर और रामू खड़े थे। दो-दो लड़के आपस में 'बद कर' उनके सामने जाते थे। मैं और चंपो दोनों ने आपस में बद लिया और बरगद के नीचे

आकर जोर से चिल्लाया—"कौन लोग हिंदू, कौन लोग मुसलमान!"

ऐसा सुनते ही सभी लड़के हँस पड़े। कुछ ने चंपो का तगड़ा विरोध किया, "लड़की कबड्डी नहीं खेलती।"

"क्यों नहीं खेलती? मैं खेलूँगी।" चंपो बोली।

"उठाकर पटक दिया जाएगा। कंडा हो जाएगी।"

"चलो-चलो, बड़े बने हो पटकनेवाले।" चंपो कराला काली हो गई।

"अच्छा भाई, झगड़ा मत करो। चंपो को भी खेलाओ। लेकिन उसकी कच्ची लोई रहेगी।" यह समझौता वार्त्ता ज्यूत ने चलाई।

"क्यों, मेरी कच्ची लोई क्यों रहेगी? मेरी भी पक्की लोई होगी।" चंपो अपनी जिद पर अडिग थी।

मैं भी चाहता था कि चंपो खेले। मैंने अपनी शक्ति और सामर्थ्य के अनुसार उसका समर्थन किया। अंततः वह खिलाई गई।

हम दोनों पुनः बद कर बोले, "कौन लेगा हिंदू, कौन लेगा मुसलमान!"

"मैं लूँगा हिंदू।" जवाहिर बोला।

"नहीं, मैं हिंदू लूँगा, तुम मुसलमान लो।" रामू ने कहा।

"नहीं, मैं हिंदू लूँगा, तुम मुसलमान लोगे।" जवाहिर ने जिद पकड़ी।

दोनों हिंदू लेने के मामले में झगड़ गए। "मुसलमान—छिह हत्यारे, कमीने! मैं नहीं लूँगा मुसलमान को।" यह आवाज रामू की थी।

तब तक बरगद के पीछे झरबेरिया में से बीड़ी पीता हमीद निकल आया और जोर से तड़पा, "कौन कहता है मुसलमान कमीने होते हैं?" इतना कहते हुए उसने मुट्ठी विशेष रूप से बंद कर जोर से कश खींचा, गोया वह बीड़ी नहीं, गाँजा पी रहा हो।

वह हम सब में तगड़ा था। जरूर मारेगा। किसी की भी बोलने की हिम्मत न हुई।

"बोलता क्यों नहीं? कौन कहता है कि मुसलमान कमीने होते हैं?" वह पुनः तड़पा।

पर सब चुप थे। सबकी सिट्टी-पिट्टी गुम थी। जवाहिर ने भयातुर दृष्टि से रामू को देखा और रामू ने जवाहिर को।

हमीद जैसे कुछ समय तक इंतजार करता रहा, बाद में उसने एक घूँसा खींचकर जवाहिर को दे मारा। जवाहिर गिड़गिड़ाते हुए बोला, "मैंने नहीं कहा था।"

अप्रत्याशित विपत्ति देखकर रामू भाग चला। किसी तरह छुड़ाकर जवाहिर भी चंपत हुआ और लड़के भी तितर-बितर हो गए।

केवल मैं, चंपो और हमीद वहाँ रह गए। एक अजीब दृष्टि से हमीद मुझे देखता रहा। हम लोग तो उसके दोस्त हैं, पर लगता है, आज यह जैसे हम लोगों को खा जाएगा।

उसने पूछा, "तुम लोग बदकर आए थे न?"

"हाँ।" मैं बोला।

"तो कौन तुम में से मुसलमान बदा और कौन हिंदू?"

"चंपो हिंदू बदी और मैं मुसलमान।"

"तब मैं चंपो को मारूँगा।" हमीद किटकिटाया।

"क्यों?"

"क्योंकि यह हिंदू है। तुझे छोड़ दूँगा, तू मुसलमान है।"

"तू पागल हो गया है क्या? हम लोग असली हिंदू-मुसलमान थोड़े ही हैं। हम लोगों ने कबड्डी के खेल में आपस में बद लिया है।" मेरा साहस अपनी चरम सीमा पर था।

हमीद कुछ सोचता रहा, लगातार सोचता रहा। फिर अचानक बोला, "जब तुम झूठ-मूठ के हिंदू-मुसलमान हो तो तुम्हें नहीं मारूँगा।"

मैंने अपना सारा साहस बटोरकर पुनः कहा, "हमीद, तुम्हीं ने तो कहा था कि लड़कों में दंगा नहीं होता। केवल बड़े लोग ही लड़ते हैं।"

पर वह कुछ नहीं बोला। अपनी विशेष स्टाइल से बीड़ी पीता रहा।

बीड़ी का धुआँ मेरे मुख पर फेंककर, "भाग जा यहाँ से!" कहता हुआ वह चला गया।

हमीद हमें कुछ विचित्र-सा दिखाई दिया, बिलकुल बदला हुआ हमीद। दंगे के पहले का नहीं वरन् बाद का हमीद।

आज की दोपहर हमारे लिए विधवा की माँग की तरह बिलकुल उदास और उजाड़ थी। हम जब घर आए तब भी सुमेर चाचा सो रहा था।

इतने दिनों बाद आज भी रह-रहकर हमारे मस्तिष्क में बदले हुए हमीद की आकृति बेतरतीब संदर्भों के साथ उभर आती है। मैं सोचने लगता हूँ—हम झूठ-मूठ में हिंदू और मुसलमान बने थे—कबड्डी के खेल में बदे हुए, तभी तो हमीद ने हमें छोड़ दिया। तो क्या वे आज के हिंदू-मुसलमान वास्तविक हैं? संसार के खेल में बदे हुए नहीं? क्या यह सब झूठ नहीं है, बिलकुल झूठ? हम जब पैदा हुए थे तब न हिंदू थे, न मुसलमान। और फिर संसार के खेल में आपस में बद गए। तब इस सत्य को जोर-जोर से कोई क्यों नहीं कहता? दुनिया के कानों पर जूँ क्यों नहीं रेंगती? यदि संसार सचमुच हमारी बात सुन लेता तो हिंदू-मुसलमान न होते, दंगे ने होते। हम एक-दूसरे को वैसे ही

छोड़ देते जैसे चंपो को झूठ-मूठ का हिंदू समझकर हमीद ने छोड़ दिया था।

□

दूसरे दिन मुनादी हो रही थी। टाउन हॉल में एक सभा होगी। किस नेता का भाषण होगा? नेता का नाम तो मैंने कई बार सुना था, पर इस समय मुझे याद नहीं आ रहा है। दोपहर को रामकिशुनजी सुमेर चाचा की दुकान पर पधारे। उन्होंने बताया कि सद्भावना मंडल की ओर से यह सभा हो रही है। सबको चलना चाहिए। बातचीत के सिलसिले में उसने यह भी कहा था कि सरकार दंगे का हरजाना टैक्स लगाकर वसूल करेगी।

टैक्स का नाम सुनते ही चाचा की उत्सुकता बढ़ी थी—"किस पर लगेगा यह टैक्स?"

"सभी लोगों पर।"

"पर, सभी लोग तो दंगे में शामिल नहीं थे!" सुमेर चाचा ने कहा।

"इससे क्या होता है? गेहूँ के साथ घुन भी तो पीसा जाता है।"

"यह तो अन्याय है, कुछ थोड़े से गुंडों ने यह दंगा किया था। उन्होंने लूटमार की, अपना स्वार्थ सिद्ध किया और पीसी जाएगी जनता, हम गरीब लोग!"

"यही होता है, आज कांग्रेस दफ्तर में भी यही चर्चा हो रही थी। कुछ लोग बता रहे थे कि अंग्रेज शासकों की यही पॉलिसी है कि दंगा कराओ। हिंदू-मुसलमानों के मन में एक-दूसरे के प्रति नफरत पैदा करो, जिससे वे बराबर लड़ते रहें। कभी स्वराज के काबिल ही न हो सकें। और दंगे के हरजाने के नाम पर गरीब जनता को चूसो।"

"अपनी टेंट भी गरम हो और कभी हिंदुस्तानी लोग सिर भी न उठा सकें। क्या पॉलिसी खेलते हैं सात समंदर पार के ये अंग्रेज लोग!" चाचा बोला।

"इतने पर भी तो हम हिंदुस्तानियों को अक्ल नहीं आती।" रामकिशुन ने कहा।

"अक्ल हो तब तो आए! वह तो मारी गई है। नहीं तो अंग्रेजों के इशारों पर हम कठपुतली की तरह भला नाचते!" इतना कहकर चाचा कुछ रुका और हाथी मार्का सिगरेट निकालकर रामकिशुन की ओर बढ़ाया।

"नहीं भैया, अब तो हमने पीना छोड़ दिया है।"

"अरे, यह कब से?"

"यही, दो-चार दिनों से। महात्माजी ने सभी देशवासियों को धूम्रपान न करने की सलाह दी है। मैंने सोचा, क्यों न इसे छोड़ दिया जाए।"

"किया तो बड़ा अच्छा काम, भैया! इससे नुकसान के सिवा लाभ नहीं है। अच्छा बताओ, अब तुम्हारी क्या खातिर करूँ?"

"अरे, यह तो अपना घर है। खातिर-ओतिर की क्या जरूरत?" उसने हँसते

हुए कहा।

चाचा ने झट से गल्ले से पैसा निकाला और मुझे देते हुए बोला, "जा तो जगुआ, रमेस्सर के यहाँ से पान लेता आ।"

मैं चबूतरों से कूदकर उतरा और रमेस्सर की दुकान की ओर चला।

चाचा पुनः चिल्लाया, "देख, चिकनी सुपारी, पीली पत्ती और मोहनी जरा मजे से लेना।"

त्रिमुहानी के बूढ़े पीपल के नीचे रमेस्सर की पान की चलती दुकान थी। यह दारानगर से मैदागिन जानेवाली आम सड़क पर पड़ती थी। दुकान के बगल से ही एक रास्ता नवापुरवा की ओर जाता था।

रमेस्सर के यहाँ अच्छा जमावड़ा होता था। इस मुहल्ले के नहीं वरन् आस-पास के मुहल्ले के लोग भी यहाँ जुटते थे। गुंडे, लफंगे, आवारा, भले : सभी तरह के लोग आते थे।

इस समय दोपहर थी। तेज धूप दुकान पर सीधी पड़ती थी, इसलिए उसने बोरे का परदा बाँध रखा था। फिर भी, परदे के पीछे कई लोग सँकरे चबूतरे पर बैठे पान घुला रहे थे। ठाकुर महीपत सिंह का नौकर एक रुपए का पान लगवा रहा था। रमेस्सर अपनी स्वाभाविक अदा से झूमता हुआ चार-चार बीड़े की गिलौरियाँ बनाकर कागज के चोंगे में रखता जाता था और बैठे हुए लोगों से गप्पें भी लड़ा रहा था।

मैंने एक बार नहीं वरन् कई बार एक पैसे का पान लगाने को कहा, पर अपने रव में उसे जैसे मेरी बात सुनने की छुट्टी ही नहीं थी। इस बीच और भी ग्राहक आए और अपना सामान लेकर चलते बने, पर मैं खड़ा-का-खड़ा ही रह गया, गोया मैं खरीदार नहीं, कोई भिखारी होऊँ।

मैंने देखा, हमीद आया। अधेला (एक पैसे में दो अधेला होता था, उस समय अधेले का भी सामान मिलता था) गिलट के पत्र से जड़ी पान की चमचमाती चौकी पर फेंककर चौकी के ही बगल में रखे डिब्बे से चार बीड़ियाँ निकाल लीं और उनमें से एक नारियल की सुलगती मोटी डोरी से जलाकर धुआँ उड़ाने लगा, फक-फक-फक।

यह सब उसने ऐसे धड़ल्ले से किया जैसे किसी और की नहीं वरन् उसके बाप की दुकान हो।

हमीद बराबर मुझे गौर से देखता रहा। कई बार उसने मेरे मुँह पर बीड़ी का धुआँ भी फेंका। मैं मारे डर के कुछ नहीं बोला। मुझे लगा जैसे वह झगड़ा छीनकर मुझसे मोल लेना चाहता था। मेरे मौन रहने पर वह भी मौन था और चला गया।

मैंने फिर पान लगाने को कहा। मेरी आवाज उनकी गप्पों के बीच पुनः खो गई।

अरे, जहाँ देखो वहीं हाजिर! परदा एक झटके से हटा। अपनी शोख अदा से वह

भीतर आई। यह पियारी थी। उस छोटे से माहौल में अपनी बदचलन मुसकराहट घोलती हुई वह बोली, "का हो रमेस्सर भइया, हमऊँ के एकाध बीड़ा खियैबऽ?"

"काहे न खिआइब। अउर न खिआइब त का तू हमें जीए देबू?"

सबके सब खिलखिलाकर हँस पड़े।

ठाकुर महीपत सिंह के लिए पान बनाना रोककर रमेस्सर ने बड़े प्रेम से कुछ स्पेशल क्वालिटी के बड़े बीड़े बनाए और पियारी की ओर बढ़ाते हुए बोला, "लऽ लऽ एकठे नाहीं, बल्कि जोड़ा खाऽ।"

इस बार पता नहीं क्यों सबके सब बड़े जोर से हँसे। पियारी लजा-सी गई। "अच्छा भइया, राम-राम!" कहती चली गई। मैंने देखा, उसने पान के पैसे भी नहीं दिए।

"का हो रमेस्सर, तोहार बहिनी त आजकल मुरझायल मालूम पड़त हईन।" पान चबाते हुए मोटा-तगड़ा आदमी बोला। इसे मैं चेहरे से पहचानता हूँ, पर नाम नहीं जानता।

"करे, ई हमार बहिनी कैसन रे?" रमेस्सर जैसे चिढ़-सा गया।

"काहे भइया, तोहई के त चोकासल 'भइया-भइया' कहत आइल रहल।"

"जोड़ा खिवौलऽ तब नाहीं। अब बहिनी कहत लजात होवऽ।" यह आवाज केदारू की थी।

"वाह भाई केदारू, वाह! खूब कहलऽ। लेकिन यार, पियरिया आजकल कुछ झुराइल लगत हौ।" वही मोटा-तगड़ा आदमी बोला।

"चंदरा फरार हौ न। तब का मुरझाई नाहीं, रमेस्सर के पान पर हरिआई?"

मैं इन बातों को समझ नहीं रहा था, पर मुझे इतना अंदाज लग गया था कि सारी झार रमेस्सर पर ही है।

ज्यों ही महीपत का नौकर पान लेकर हटा, मैंने पुनः अपने लिए पान लगाने को कहा।

मेरे बार-बार पान लगाने के लिए कहने के कारण रमेस्सर जैसे झुँझलाया, "लेगा तो एक पैसे का पान, पर चिल्लाते-चिल्लाते नाक में दम जैसे कर दिया।"

उसने झटके से दनादन चार बीड़े लगाए। मैंने चाचा के आदेश के अनुसार उससे चिकनी सुपारी, पीली पत्ती और मोहिनी माँगी।

वह पुनः चिड़चिड़ाया, "लेबऽ त एक पइसा का पान अउर चहबऽ कि सारी दुकनियै उठाय के दे देहीं।"

उसका यह कहना मुझे अच्छा नहीं लगा। जी में आया कि पूछूँ कि पियारी ने कै टका दिया था जो उसे उठाकर पान, सुपारी, चूना, मोहिनी आदि सब दे दिया; पर मैंने

कुछ नहीं कहा।

ज्यों ही मैंने पान लेकर बाहर आने के लिए परदा हटाया तो देखा, चंपो मुझे बुलाने के लिए आ रही है।

"इतनी देर तक क्या करते रहे?" उसने पूछा।

"अरे, ओ रमेस्सर बड़ा बदमाश है, जल्दी पान देता ही नहीं था। मैं इतना कह रहा था, बड़े-बड़े लोगों को पहले दे देता है और लड़कों को परेशान करता है।"

"बड़े लोग लड़कों के साथ ऐसा ही करते हैं।" चंपो बोली।

'कितने खराब हैं ये लोग! जब बड़े लोग हम बच्चों की बातें नहीं सुनते तब हम भी उनकी बातें नहीं सुनेंगे।' मेरा मन मुझसे जोर-जोर से कहने लगा, पर साथ ही दूसरी आवाज उसी मन में कौंध गई, 'क्यों नहीं सुनोगे? तुम्हें बड़ों की बातें माननी पड़ेंगी, नहीं तो लात खाओगे।'

अचानक मन ने पुनः अपनी प्रतिक्रिया व्यक्त की—'पर कौन होते हैं ये लात मारनेवाले?' मैं पूछना चाहता था। किंतु किससे पूछूँ? धरती से या आकाश से या चंपो से? मेरा मन चीखता रह गया।

जल्दी-जल्दी सुमेर चाचा की दुकान की ओर बढ़ते हुए मैंने चंपो से पूछा, "यह फरार क्या होता है जी?"

"क्या?" उसने पहले नहीं समझा।

मैंने उसे बताया, "रमेस्सर की दुकान पर एक आदमी कह रहा था कि चंदर फरार हो गया है।"

"ओ, अब समझी। फरार का मतलब होता है कि चंदर पुलिस के डर से कहीं छिप गया है। पुलिस उसे पकड़ने के लिए खोज रही है।"

"पुलिस तो पियारी की दोस्त है न!" मैंने कहा।

"इससे क्या होता है, दंगे में उसने लूटमार की है। पुलिस उसे पकड़ेगी ही।"

"देखना, पियारी उसे छुड़ा लेगी। आखिर वह चाचा को भी तो छुड़ा लाई थी।"

चंपो मौन रह गई।

पहुँचते ही चाचा चिल्लाया, "बड़ी देर कर दी, जग्गू!"

पर मुझे कुछ कहने की आवश्यकता ही नहीं पड़ी। मेरे बोलने के पहले ही चंपो ने सारी बातें समझा दीं।

"रमेस्सर की दुकान आजकल गुंडों का अड्डा हो गई है, सुमेर साव!" रामकिशुन बोला और पान खाकर चलता बना।

सूरज थोड़ा-थोड़ा पश्चिम की ओर झुक गया था। आज माँ कुछ देर से आईं। वह शीशे में मढ़ी दो बहुत सुंदर तसवीरें लाई थीं। एक तसवीर में बाल श्रीकृष्ण अपने

दोस्तों की पीठ पर चढ़कर सिकहर पर से दही का मटका उतार रहे थे। पीछे के द्वार से आकर एक औरत उन्हें डाँटती हुई खड़ी थी। माँ ने बताया, यह यशोदा हैं। उनके डर से एक मटका जमीन पर गिरकर टूट गया था। दही श्रीकृष्ण और उनके दोस्तों के शरीर पर लग गया था। विचित्र रूप बन गया था। तसवीर देखने में मुझे बड़ा मजा आ रहा था, पर माँ ने उसे मुझसे ले लिया और उन्होंने कहा कि इसे ठाकुरजी के पास रखूँगी। इसकी पूजा होगी।

अजीब बात है। यदि मैं ऐसा करता जैसा इस तसवीर में श्रीकृष्ण ने किया है, तब मेरी पूजा डंडों से होती; पर इस तसवीर के कृष्ण की पूजा फूल-मालाओं से होगी।

दूसरी तसवीर मुझे बहुत अच्छी नहीं लगी। वह हनुमानजी की थी। हनुमानजी ने अपने दोनों हाथों से पेट चीर दिया था। उसमें राम-लछमन दिखाई दे रहे थे।

उसे देखकर मेरी जिज्ञासा जाग उठी, पर माँ से पूछूँ तो कैसे पूछूँ? उसे देखता रहा। बड़ी देर तक देखता रहा।

"यह तसवीर तुम्हें अच्छी लग रही है क्या?" माँ ने मुझसे पूछा।

"नहीं।" मैंने कहा।

"तब इतना गौर से क्यों देख रहा है?"

"एक बात पूछूँ?" मैंने बड़े संकोच से कहा।

"क्या?"

"यह हनुमानजी औरत थे या आदमी?"

माँ एकदम हँस पड़ीं, शायद मेरे पूछने के ढंग पर ही।

अब समझता हूँ कि मुझे पूछना चाहिए था—औरत थे या मर्द? पर हमने पूछ दिया औरत थे या आदमी? फिर यह प्रश्न ही उन्हें ऊटपटाँग-सा लगा। वह बड़ी देर तक हँसती रहीं। उनकी हँसी से साफ जाहिर था जैसे वह मुझसे पूछना चाह रही थीं कि ऐसी बेहूदी शंका तेरे मन में आई कैसे?

"बच्चे तो औरत के पेट में होते हैं न, आदमी के पेट में तो नहीं होते?" मुझे हनुमानजी के पेट में बच्चे दिखाई दे रहे थे।

माँ इस बार और जोर से हँसीं। उन्होंने मेरे गाल पर प्यार की एक चपत लगाई—"तू कितना नादान है, जग्गू! अरे, यह हनुमानजी के पेट में बच्चे नहीं हैं, उनके हृदय में बसे भगवान् हैं।"

मैं नहीं जानता था कि भगवान् हृदय में कैसे बसते हैं।

□

माँ दोपहर का खाना पूरा करके आराम करने लगीं। उन्होंने मुझे भी अपने पास लिटाया। जैसा आप जानते हैं, दोपहर को मुझे नींद नहीं आती थी; पर जबरन मुझे

लिटाया गया। माँ का दाहिना हाथ मुझ पर था और मैं उनके सीने से बँदरिया के बच्चे की तरह लिपटा था।

किंतु पाँच मिनट भी न बीता होगा कि माँ खर्राटे भरने लगीं। बंधन ढीले पड़े। मैं चुपचाप उनके हाथों के नीचे से वैसे ही निकल आया जैसे चोर सेंध के भीतर से निकल आते हैं।

अब मैं क्या करूँ, किसके साथ खेलूँ? यह एक अस्थायी समस्या मेरे सम्मुख थी।

बाहर चौक में माँ ने पूजा के अक्षत संभवतः फेंक दिए थे, जिन पर गौरैयों का झुंड उमड़ आया था। वे खातीं, चहचहातीं और आपस में चोंचें लड़ा रही थीं। कुछ समय मानवीय संसार से निस्पृह गौरैयों की वह चहचहाती मंडली मेरे आकर्षण का कारण रही, पर बहुत देर तक मैं उसमें खो न सका। अपनी प्रकृति के अनुसार धीरे से बाहरी दरवाजा खोलकर निकलने को था, एहतियातन मैंने अपनी माँ की ओर देखा। उनके चेहरे पर पसीना चुकचुका आया था। एक मक्खी भी उनकी नाक पर आकर बैठ जाती थी। सोए-सोए ही माँ के हाथ उस मक्खी को उड़ा देते थे, पर शीघ्र ही वह फिर वहीं बैठ जाती थी। यह प्रक्रिया अनेक बार चली, पर वह मक्खी भी बड़ी जोरदार थी—पक्के चोर की तरह, जो जेल से छूटते ही सेंध पर हाजिर।

मैंने अनुभव किया कि हम बच्चों में ही नहीं, मक्खियों में भी जिद होती है। फिर माँ ने धीरे से करवट बदली और ताड़ का पंखा झलने लगीं। मुझे लगा, जैसे वह कुछ-कुछ जाग रही हों। मैंने बाहर जाने का कार्यक्रम फिलहाल स्थगित कर दिया।

पर वह भ्रम था। माँ ने नींद में ही करवट बदली थी, नींद में ही पंखा झला था और अब भी नींद में ही थीं; क्योंकि उनकी नाक पुनः बोलने लगी।

तब तक बाहरी दरवाजा धीरे से खटका। मेरी दृष्टि पल भर में उधर गई। मैंने देखा, वह चंपो थी। उसके हाथों में एक बहुत छोटा पिल्ला था। अब क्या था, मैं चंपो की ओर लपका।

बड़ा सुंदर था वह पिल्ला। दूध जैसा सफेद और मक्खन जैसा मुलायम। मैं अत्यंत विह्वल होकर बोला, "कहाँ से लाई रे?"

"हमिदवा दे गया है।" उसने हँसते हुए कहा।

हमिदवा, जैसे मुझे करेंट-सा लगा। "वह क्यों देने लगा? वह तो हम लोगों को मारता है। अभी-अभी रमेस्सर की दुकान पर वह मुझसे बोला भी नहीं, बल्कि बीड़ी पीकर मेरे मुँह पर धुआँ फेंकता रहा—ऐसे देखता रहा, मानो कच्चा चबा जाएगा। मैंने मारे डर के उससे कुछ नहीं कहा।"

"तुम बोलते तो वह तुमसे जरूर बोलता।" चंपो ने कहा।

''बोलता क्या, मारता।'' मैं बोला।

''नहीं, ऐसी बात नहीं थी। वह तुमसे दोस्ती करता।''

''पर मैं उससे दोस्ती नहीं करता, वह बदमाश है।'' मेरे स्वर में दृढ़ता थी।

''लेकिन मैंने तो दोस्ती कर ली।'' चंपो मुसकराती हुई बोली।

मुझे पुनः बिजली का करेंट लगा—''ऐं, तुमने उससे दोस्ती कर ली!'' मेरे मुख से निकला। मुझे जैसे विश्वास ही नहीं हो रहा था कि मैं उससे दोस्ती न करूँ तो भी चंपो उससे दोस्ती कर लेगी।

चंपो तो मेरी दोस्त है। दिन का अधिकांश समय हम साथ-ही-साथ बिताते हैं, साथ ही रहते हैं और रहने की इच्छा करते हैं—जैसे आग और धुआँ, दिन और सूरज।

फिर भी चंपो ने मुझसे बिना पूछे उससे दोस्ती कर ली। यह मुझे बड़ा खराब लगा। पता नहीं क्यों मेरे मन को स्वीकार नहीं था, मुझे दुःख भी था और चंपो पर क्रोध भी। पर मैंने कुछ नहीं कहा। केवल दाहिने हाथ की कानी अँगुली उसकी ओर बढ़ाकर बोला, ''आओ कुट्टी, छह महीने की छुट्टी।''

पर चंपो ने अपना हाथ नहीं बढ़ाया वरन् 'क्यों' कहकर वह मुसकराई, खिलकर मुसकराई, जैसे वह मेरे क्रोध की हँसी उड़ा रही हो।

''तुमने बिना मुझसे पूछे क्यों हमिदवा से दोस्ती कर ली? अब हमारी-तुम्हारी कुट्टी।''

पर वह हँसती रही, आहिस्ता-आहिस्ता हँसती रही और फिर मुझे चिढ़ाने की गरज से ही शायद वह बोल पड़ी, ''क्यों? हमिदवा से दोस्ती करने के लिए तुमसे पूछना जरूरी था क्या?''

''हाँ, जरूरी था।'' मैंने चिढ़ में कह तो दिया, पर अब सोचता हूँ कि चंपो की स्वतंत्रता छीननेवाला भला मैं कौन था। उसे पूरी आजादी थी कि वह किसी से मिलनी करे या कुट्टी। आखिर चंपो मेरी कोई थी तो नहीं और न उससे मेरा कोई रिश्ता था। तब उसकी इस हरकत पर मुझे क्षोभ क्यों?

लेकिन मेरे मन की उस वक्त अजीब हालत थी। गलत कहूँ या सही, उस समय अनजाने ही मेरा मन यह स्वीकार कर चुका था कि चंपो यद्यपि मेरी कोई नहीं है और बहुत कुछ है भी। वह दोस्त भी है और दोस्त से अधिक भी।

तभी तो मुझे क्रोध था, बेहद चिढ़ थी। वह मेरे मन को भाँप लेने में बड़ी चतुर थी। उसने मेरे गाल पर धीरे से एक चपत लगाई और बोली, ''अच्छा, लो, अब तुमसे बिना पूछे कुछ भी नहीं करूँगी।'' इतना कहते ही उसने पिल्ला मेरी ओर बढ़ा दिया। मुझे कितना संतोष हुआ, यह मैं कैसे बताऊँ!

पिल्ला बड़ी आत्मीय दृष्टि से मुझे देख रहा था। उस बेचारे को क्या मालूम कि

वह दो हृदयों की मधुरिमा में कितनी कड़वाहट लेकर आया है।

वह बहुत ही मुलायम और मुझे गुजगुज-सा लगा। मैंने उसे दबाया, वह 'पें' से बोल पड़ा।

मेरा मन पुनः पीछे लौटा। मैंने चंपो से पूछा, "अभी तो हमिदवा मुझे रमेस्सर की दुकान पर मिला था। इस बीच वह तुम्हें कहाँ मिल गया?"

"जब तुम अपनी माँ के साथ यहाँ आए, उसी के थोड़ी देर बाद वह दुकान की तरफ से पिल्ला लेकर जा रहा था। मैं गली में ही खड़ी थी।"

"तो तुमने उससे क्या कहा?" मैंने पूछा।

"मैं कुछ नहीं बोली। उसने ही कहा—पिल्ला लेगी?"

तब तुमने कहा, "हाँ।" मैं बीच में ही मुँह बनाते हुए बोला।

"नहीं जी।" वह कुछ-कुछ झुँझलाई, "मैं उस समय भी चुप थी। वह चुपचाप मुझे पिल्ला देकर चला गया।"

"तो तू उससे कुछ नहीं बोली?" मुझे जैसे विश्वास ही न हो।

"तब तुमने मुझसे क्यों कहा कि मैंने हमिदवा से दोस्ती कर ली है?"

"यों ही, देखने के लिए कि तुम क्या करते हो!" इतना कहकर वह कुछ विचित्र ढंग से हँसी।

पर मैं हँस न सका, वरन् झेंप गया। मेरे मुँह से निकला, "धुत, तू बड़ी वैसी है।"

"झुठके झुठका दिया, पाँच जूता मार दिया; झुठके झुठका दिया…" कहती हुई चंपो गौरैया-सी फुदकने लगी।

मलाई की तहों के बीच जिसको मैंने कंकड़ समझा था, वह मिसरी की डली निकली।

वह बहुत देर तक मुझे चिढ़ाती रही, व्ररन् यों कहिए, झेंपाती रही और मैं झेंपता रहा, बुरी तरह झेंपता रहा। इसके पहले कभी चंपो ने मुझे इतना अधिक नहीं झेंपाया था।

मैंने इस झेंप से दूर रहने की गरज से बातों का सिलसिला कुछ गंभीर रूप से चलाया—"तो तू इस पिल्ले को पाल लेगी?"

"यदि तुम कहोगे तो जरूर पाल लूँगी, क्योंकि अब तुमसे पूछे बिना मैं कुछ कर तो नहीं सकती!" इतना कहकर वह पुनः हँसने लगी।

मेरे चेहरे पर लज्जा दौड़ आई। फिर भी मैंने कहा, "यह क्या खाएगा, चंपो?"

"खाएगा क्या, जो खिलाओगे वह खा लेगा।"

"फिर भी?"

"यही दूध-भात, दूध-रोटी, मलाई...अच्छी-अच्छी चीजें।"

मैं सोचने लगा, इस समय इसे क्या खिलाऊँ? मेरा मन उसे कुछ खिलाने को था। माँ जो कोठी से पराँठे ले आई थीं, वह तो हम दोनों खा चुके थे। माँ बहुधा खाना खत्म करते हुए कहती थीं—'वह भी खा जा जगुआ, न बासी बचेगा न कुत्ता खाएगा।' तब क्या कुत्ता बासी ही खाता है? मैं सोचने लगा—पर चंपो कहती है कि दूध-मलाई खाता है। अच्छी-अच्छी चीजें।

किंतु शीघ्र ही मेरे मन ने स्वीकार कर लिया कि यह कुत्ता नहीं है, पिल्ला है। यह जरूर अच्छी-अच्छी चीजें खाता होगा। तो अब मैं इसके लिए अच्छी चीजें कहाँ से ले आऊँ? पैसे भी तो नहीं हैं, जो बाहर से कुछ खरीदकर खिलाऊँ।

अचानक मेरे ध्यान में आया। मैंने झट से चंपो से पूछा, "यह मिठाई खाएगा?"

"जरूर खाएगा।" उसने कहा।

मैं पल भर में ही कोठरी में पहुँचा। माँ अब भी सो रही थीं। ठाकुरजी के सिंहासन के बगल में पीतल का एक बड़ा डब्बा रखा था, जिसे माँ 'भोग का डब्बू' कहती थीं। माँ जब कहीं से मिठाई पाती थीं तब वह उसमें से थोड़ा सा मुझे देकर अधिक हिस्सा इस डब्बू में ही रख देती थीं और नित्य ही थोड़ा-थोड़ा सुबह-शाम भगवान् को भोग लगाती थीं।

इस डब्बू को माँ कभी मुझे छूने नहीं देती थीं।

इस समय वह गहरी नींद में थीं। मैंने धीरे से डब्बू खोला। उसमें पता नहीं कब-कब की बासी मिठाइयों के टुकड़े पड़े थे।

मुझे याद आया। माँ कहती थीं, 'न बासी बचे न कुत्ता खाए।' पर यह तो बासी ही थीं, कुत्ते के ही खाने लायक।

मैंने बरफियों और पेड़ों के कुछ टुकड़े निकाले और धीरे से, बहुत धीरे से डब्बू बंद कर दिया।

मेरा यह सब करना चंपो देख रही थी, जैसे उसे डर हो कि माँ कहीं जाग न जाएँ। डर तो मुझे भी था, पर मैंने हिम्मत की थी और आवश्यकता से अधिक हिम्मत की थी।

मैंने पिल्ले को बरफियाँ खिलाईं। वह बड़े प्रेम से खाने लगा।

चंपो और मैं उसे खाते हुए देख रहे थे। वह 'चप, चप, चप' खाता जा रहा था। जिन्हें मेरे माँ के भगवान् खाते, वह मिठाइयाँ पिल्ले के गले में धीरे-धीरे उतरती चली जा रही थीं।

खा लेने के बाद भी पिल्ला मुझे देखता रहा। जाहिर था कि वह कुछ और चाहता है, पर अब मैं क्या करूँ?

"तू और लेगा क्या?" मैंने उससे पूछा। वह कुछ बोला नहीं, बोलता भी कैसे? मैं उसकी आँखों की भाषा पढ़ने लगा। ···फिर भागा ऊपर की ओर। 'निश्चय ही डब्बू खोलूँगा और उसे खिलाऊँगा।' मैंने निश्चय किया।

चंपो देखती रह गई। मैं धम-धम सीढ़ियाँ चढ़ने लगा। माँ अब भी सो रही थीं, फिर भी उनके दाहिने हाथ में पकड़ा ताड़ का पंखा हिल उठता था और चेहरे पर बैठती मक्खियों को भगा देता था। मैंने धीरे से डब्बू खोला। सिंहासन पर बैठे भगवान् मुझे देख रहे थे। एक छोटी चुहिया उनके सामने भोग की कटोरी में पड़े कण चुग रही थी।

बासी होने पर भी मिठाइयों की गंध से मेरा मन खिल उठा। मैं सोचने लगा—एक लूँ या कुछ और? फिर जी में आया, थोड़ा-थोड़ा कई बरफियों से तोड़ लूँ। ढेर सी भी हो जाएँगी और बरफियों की संख्या भी नहीं घटेगी। कितना चालाक था मैं!

जल्दी-जल्दी अपने में चालू हो गया। बीच-बीच में माँ की ओर भी देख लेता था। वह पसीने से तर-बतर सो रही थीं। इसी बीच एक बिल्ली कूदी। हड़बड़ाकर डब्बू मेरे हाथ से छूट गया। 'झन' की आवाज हुई और माँ जाग गईं। उन्होंने देखा, डब्बू औंधे मुँह पड़ा है। मिठाइयाँ बिखरी हैं। मैं भाग खड़ा हुआ। माँ लाल हो उठीं। क्रोध ने माँ को भी मेरे पीछे ढकेल दिया।

इस स्थिति में चंपो अपने को सँभाल न पाई। वह पिल्ला फेंककर भागने को हुई।

"रुक, चांडालिन कहीं की!" माँ तड़पती हुई उसकी ओर लपकीं। उन्होंने सोचा—मुझे बिगाड़ती यही है।

चंपो एक झपट्टे में पकड़ ली गई। माँ ने दो-तीन चाँटे चटाचट जमा दिए—"दुपहर-दुपहर घूमती है। तुझे और कोई काम नहीं है? चल, मैं अभी तेरे बाप से कहती हूँ।" उनका क्रोध चीख उठा।

मैं तो दुबककर सीढ़ी के किनारे खड़ा हो गया था। चंपो की धर-पकड़ में माँ की कमर से एक किताब गिर गई थी—'अरे, यह तो वही हमीदवाली किताब है!' मेरे मन के समक्ष उसका हर पृष्ठ फड़फड़ाने लगा।

माँ ने झट उस पुस्तक को उठाकर कमर में छिपा लिया। फिर चंपो का कान खींचते हुए गुर्राईं—"बोल, यह पिल्ला किसका है?"

चंपो भर्राई दृष्टि से उसे देखती रही। फिर काँपती आवाज में बोली, "यह मेरा नहीं है।"

"यह तो मैं भी जानती हूँ।" माँ ने एक तेज चाँटा और जड़ दिया। वह हड़बड़ाकर गिर गई। "बोलती क्यों नहीं, तू कहाँ से इसे लाई है?" माँ के स्वर में एक बार फिर उबाल आया। जमीन थामे ही चंपो रोती हुई दया की भीख माँगने लगी। तब तक माँ ने

दूसरा चाँटा ताना। अब उसने बताया कि हमीद ने दिया है।

सुनते ही माँ जल उठीं। तब उन्होंने मेरी ओर देखा—''मैंने तुमसे कहा था न कि हमीद से कोई सरोकार न रखना, उसकी कोई चीज न लेना।'' उनकी आँखों से चिनगारियाँ फूट रही थीं। वह मेरी ओर बढ़ी चली आ रही थीं।

मार की आशंका ने मुझे झकझोर दिया था। मैं गिड़गिड़ाते हुए बोला, ''मैंने उससे माँगा नहीं था, उसने जबरदस्ती दे दिया था।''

''जबरदस्ती दे दिया? कमीना कहीं का!'' माँ गरजीं और पिल्ले को उठाकर जिस बेरहमी से बाहर फेंका कि क्या बताऊँ! मैंने पहले सोचा कि वह मर गया होगा, पर लगातार गूँजती उसकी पें-पें जीवन के अस्तित्व का बोध कराती रही।

मैं आज तक नहीं सोच पाया कि उस बेचारे पिल्ले ने माँ का क्या बिगाड़ा था!

चंपो को भगाकर माँ मुझे ऊपर ले गईं और एक थप्पड़ मारकर चुपचाप सोने के लिए विवश कर दिया।

माँ डब्बू सीधा कर बरफियाँ भरने लगीं।

पता नहीं क्यों, मार खाने के बाद बचपन में नींद बड़ी जल्दी आती थी।

□

शाम हुई कि मैं सुमेर चाचा के यहाँ पहुँचा। घूम-फिरकर फिर बैतलवा डार पर।

''मैं तुमसे नहीं बोलूँगी।'' चंपो ने मुझे देखते ही कहा।

''क्यों? मैंने तो कुछ नहीं किया।''

''देख, चाची ने इतना तेज मारा कि अँगुलियों की साटें उभर आई हैं।'' उसने अपना बायाँ गाल मेरी ओर कर दिया। सचमुच रेखाएँ उभर आई थीं। मैंने सहानुभूति में उसका गाल सहलाना चाहा।

''दूर हटो।'' उसने मेरा हाथ झटक दिया।

''गदहे को पावे नहीं तो धोबी का कान उमेठे।'' मैं बोला, ''जब माँ चाँटे पर चाँटे मार रही थीं तब तुमने उनके हाथ क्यों नहीं झटके? अब चली है बड़ा क्रोध दिखाने!''

पर वह कुछ नहीं बोली।

''एक बात बताऊँ?'' मैंने बड़ी गंभीरता से कहा, ''तुमने देखा था कि माँ की कमर से क्या गिरा था?''

उसके कान खड़े हो गए।

''वह किताब।'' मैंने संकेत किया।

''हाँ, देखा तो था।'' वह बोली।

फिर मैंने किताब के संबंध में उसे विस्तार से बताया। वह आश्चर्यचकित रह गई।

"क्या उसी किताब में वे नंगी तसवीरें हैं?" उसने पूछा।

मैंने स्वीकृति में सिर हिलाया।

"फिर चाची ने उसे कमर में क्यों छिपाया था?"

"तुमने देखा नहीं, गिरते ही उन्होंने फिर उठाकर खोंस लिया।" मैं बोला।

"जरूर कोई बात है!" कितना सहज था चंपो का कहना। पर इतनी सहजता मेरे मन में नहीं थी। वह अजीब उलझन में था। जिस पुस्तक को लेकर मेरी पिटाई हुई, जिसके कारण हमीद से अलग रहने की मुझे हिदायत दी गई, वही पुस्तक माँ से इस तरह चिपक गई थी।

"...तब तो उस किताब को चाची रखती कहीं जरूर होंगी!" चंपो बोली।

उसके स्वर में एक ललक थी और मुद्रा में जिज्ञासा।

वह कुछ कहना चाह रही थी कि दुकान से सुमेर चाचा ने पुकारा। हम लोग दुकान की ओर लपके।

चाचा गरम मसाले की पुड़िया बनाने के लिए कागज बिछा रहा था। उसने कागज के छोटे-छोटे टुकड़े बिछा दिए थे। उन पर धनिया और दूसरी चीजें लगभग बराबर-बराबर रख दी थीं। मुझे हर कागज पर दो-दो तेजपत्ते और चंपो को दस दाने गिन-गिनकर काली मिर्च रखनी थीं। ...तब एक पैसे के गरम मसाले की पुड़िया पूरी हो जाएगी।

हम अपने काम में लग गए। चाचा पुड़िया बाँधने लगा।

तब तक कहीं से रामकिशुन आया और उछलकर धम्म से दुकान के ऊँचे तख्ते पर बैठ गया।

"सुमेर भैया, तुमसे एक राय लेनी है।" उसने कहा।

"क्या? बोलो।" पुड़िया बाँधना छोड़कर सुमेर आगे की ओर खिसका।

"एक सप्ताह बाद हम लोग..." कहते-कहते उसकी निगाह मेरी ओर पड़ी। वह ठिठक गया। निश्चित रूप से मेरी उपस्थिति उसके लिए बाधक थी। मैंने देखा कि वह मुझे हटाने के लिए इशारे कर रहा है।

"अच्छा जाओ, तुम लोग खेल आओ।" सुमेर चाचा बोला।

कोई दूसरा अवसर होता तो इतनी स्वतंत्रता मिलने पर हम पक्षी पिंजरे से छूटते ही गलियों में फुदकने लगते, पर इस समय मेरा कुतूहल पैरों से लिपट गया था। मैं दुकान से हटकर भीतर आया और आड़ में खड़ा हो गया। चंपो गली की ओर भागी। मैंने उसका हाथ पकड़ लिया।

अब रामकिशुन बोला, "कांग्रेस का कार्यक्रम आया है। हमें अगले सप्ताह शुक्रवार से शराब की दुकानों के सामने पिकेटिंग करनी है।"

"तो क्या तुम भी जेल जाओगे?" सुमेर चाचा ने पूछा।

"जाना तो पड़ेगा ही। देश का काम है। गांधीजी का आदेश है।" रामकिशुन कहता गया—"पर मैं यह कहने नहीं आया।"

"तो?" सुमेर चाचा की मुद्रा प्रश्नवाचक हो गई।

"पुरुष तो बहुत तैयार हैं, पर औरतें पिकेटिंग के लिए नहीं मिल रही हैं।"

"क्यों, उन बंगालिन बूढ़ियों के दल का क्या हुआ?" सुमेर चाचा बोला।

"दल तो है ही, पर हर बार उन्हीं को आगे करने से अच्छा प्रभाव नहीं पड़ता। लोग समझते हैं, चार-चार आने रोज पर बटोरकर लाई गई हैं।"

"समझनेवाले तो समझेंगे ही, तुम चाहे जो करो।" सुमेर चाचा ने कहा, "आखिर तुम चाहते क्या हो?" उसने मुख्य बात जानने की नीयत से पूछा।

"क्या यह नहीं हो सकता कि इस बार 'महिला बिंग' का नेतृत्व जग्गू की माँ से कराया जाए?"

सुमेर चाचा तो उसका मुँह देखता रह गया। मैं भी कुछ समझ नहीं पाया। मैंने चंपो की ओर देखा। वह एकदम गंभीर हो गई थी। लगता है, उसने कुछ समझ लिया था।

"इसमें हर्ज क्या है? आखिर जग्गू की माँ की जिंदगी अग्रवालों के घर भोजन बनाने में ही तो बीत रही है।" रामकिशुन बोला, "क्या मिलता होगा उसे? हम उसे आठ आने रोज तक दिला सकते हैं, जबकि और औरतों को चार आने ही मिलते हैं।"

सुमेर चाचा चुप था। उसके मस्तक पर रेखाएँ उभरती और मिटती रहीं।

पर रामकिशुन बोलता गया, "...और पैसा सो दरकिनार, उसे कितना सम्मान मिलेगा, इसे सोचो। ...जब माला पहनकर खादी की धोती में झंडा लेकर चलेगी तब रातोरात बनारस की नजरों पर चढ़ जाएगी।"

"भगवान् न करें, कोई किसी की नजर पर चढ़े।" सुमेर चाचा हँस पड़ा।

हँसा तो रामकिशुन भी, पर उसकी हँसी लज्जा से बोझिल थी। उसने अपने को सँभालते हुए कहा, "मेरे कहने का मतलब यह नहीं था। मैं तो कह रहा था कि वह प्रसिद्ध हो जाएगी।"

"...और जब पकड़कर जेल भेज दी जाएगी तब?"

"तब भी हम उसे आठ आने रोज देते रहेंगे। और रह गया जग्गू, वह तुम्हारे या हमारे यहाँ रह जाएगा।" रामकिशुन कुछ रुककर फिर बोलने लगा, "यही तो सबसे बड़ी बात है कि उसके पास कोई जिम्मेदारी नहीं है। यदि साल-छह महीने की सजा हो

भी जाए तो कोई बात नहीं।''

सुमेर चाचा अब भी सोचता रहा। कुछ देर की चुप्पी के बाद रामकिशुन फिर बोला, ''मैं इसमें आपकी मदद चाहता था।''

''मैं भला क्या कर सकता हूँ?'' सुमेर चाचा के होंठों पर बनावटी हँसी उभरी।

''क्यों नहीं कर सकते!'' उसने कहा, ''आप जग्गू की माँ को इसके लिए तैयार कर सकते हैं।''

''ना बाबा, मैं इस झंझट में नहीं पड़ना चाहता। मेरा मन नहीं कहता कि वह इस झमेले में पड़े।''

''तो मैं भी उससे न कहूँ?''

''नहीं, नहीं। यह मैं कैसे कह सकता हूँ? यदि तुम चाहते हो तो उससे जरूर कहो। मैं इसमें बाधक बनना नहीं चाहता। आखिर देश का ही काम है।'' सुमेर चाचा बोला और फिर एकदम चुप हो गया। मैंने देखा कि वह सिर खुजलाने लगा था।

''क्या सोचने लगे, सुमेर भैया?'' रामकिशुन ने पूछा।

''कुछ नहीं, कुछ नहीं।'' उसने हँसते हुए कहा, ''सोचता हूँ, इन खरीदी हुई औरतों से कब तक काम चलाते रहोगे?''

''जब तक औरतें खरीदी और बेची जाती रहेंगी।'' इस बार दोनों हँस पड़े, पर उनकी हँसी से मैं अछूता रह गया था, क्योंकि मेरा मन अछूता था।

□

अंधड़ धूल के साथ बादलों को भी उड़ाता ले आया। वे बरसे। रात कुछ ठंडी हो गई। मैं अपनी कोठरी के सामने की छोटी छत पर पड़ी खाट पर माँ की बगल में लेटा था। तारों भरे आकाश में मेघों के टुकड़े तैरते चले जा रहे थे।

मेरे मन में पड़े बीज स्वप्न बनकर सुगबुगाने लगे—यह पिकेटिंग क्या होती है? माँ कैसे करेंगी पिकेटिंग? फिर पुलिस पकड़ेगी क्यों? पुलिस तो चोर और बदमाशों को पकड़ती है। माँ कोई चोर-बदमाश थोड़े ही हैं। ऐसा तो नहीं कि पिकेटिंग कोई बदनामी हो। नहीं-नहीं, ऐसा नहीं हो सकता। गांधीजी तो बड़े अच्छे आदमी हैं।

मैंने पिकेटिंग के बारे में चंपो से भी पूछा था, पर उसने कोई विशेष बात नहीं बताई। प्रश्न मेरे भीतर खौलता रहा और मैं चुपचाप पड़ा था, पर सोया नहीं था। अचानक बाहर से किसी के द्वार थपथपाने की आवाज आई।

''भउजी, अरे ओ भउजी!'' आवाज जानी-पहचानी थी, रामकिशुन चाचा की।

माँ कसमसाईं, पर उठीं नहीं। मेरा अनुभव था कि रात में वह बिना जाने-बूझे द्वार नहीं खोलती थीं। थपथपाहट बढ़ती गई।

एक दूसरी आवाज और उभरी—''अरे भउजी, सुत गइलू का?'' निश्चित ही

यह पियारी है।

अब माँ उठीं और द्वार खोलने के लिए नीचे बढ़ती हुई बोलीं, ''का बात है पियारी?''

''अरे, पहिले केवड़िया त खोला, तब न बात बताई तुहें।'' क्या इठलाहट थी उसकी आवाज में—''तू पहिले नाहीं बोललू, करेजा धक से करके रह गयल। सोचली, कहीं कोई तोके उठा तो नाहीं ले गयल।'' वह फिर हँस पड़ी—''अरे, हमरे रहत ऐसन कैसे होई?''

माँ ने दरवाजा खोला और बोलीं, ''जग्गू को सुला रही थी। सोचा, एकदम उठ पड़ूँगी तो वह जाग जाएगा।''

''हम समझली कि तू डर गइलू।'' उसकी खिलखिलाहट अंधकार भरे सन्नाटे को गुदगुदा पड़ी।

बात घूम-फिरकर अपने अड्डे पर आ गई। प्रस्ताव पियारी ने ही रखा, ''भउजी, अब तोके झंडा उठावै के पड़ी।''

माँ तो एकदम चकित थीं कि वह क्या कहना चाहती है; पर शीघ्र ही रामकिशुन ने विस्तार से सबकुछ बता दिया। माँ चुप थीं, जैसे वह बचने का कोई उपाय खोज रही हों। अंत में उन्होंने मेरा ही आड़ लिया—''आखिर जग्गू का क्या होगा?''

''वह मेरे यहाँ रहेगा या सुमेर साव के यहाँ रह जाएगा, उसकी चिंता नहीं।'' रामकिशुन बोला।

माँ फिर चुप हो गईं। यह तीर तो खाली गया। वह सोचती रहीं। फिर कुछ दबी जबान में बोलीं, ''लेकिन मेरी हिम्मत नहीं पड़ती।''

''घबड़ाए क कउनो बात नाहीं, भउजी। हम त रहबै करब।'' पियारी ने कहा, ''अउर मान लऽ सजै है जाई त काटल जाई दूनो जने मिल के।''

अब मैं खाट से उठकर दरवाजे की ओर देख रहा था। पियारी समझाती जा रही थी—''जेल में कउनो तकलीफ नाहीं होत, भउजी। हम चार दिन रह आइल हई।'' उसके कहने के ढंग पर रामकिशुन भी हँस पड़ा।

उसने पूछा, ''कब गई थी रे?''

''अरे, कोतवाली क मोटका दीवान रहल न। पहिले त बहुत लासा लगउलेस। जब ओकर दाल गलय नाहीं देहली तब एक कैस में फँसा के मरकिनउना चार दिन बदे जेल बंद करा देहलेस।''

आज सोचता हूँ, कैसी शोखी और सपाटबयानी थी उसके कहने के ढंग में।

वह पुनः माँ को समझाने लगी—''हमहन त सुराजी हुई न, अउर अरामै रही।'' गोया वह जेल नहीं, किसी सैर-सपाटे जाने की योजना बना रही थी।

माँ ने पूछा, "आजकल चंदर कहाँ है?" बात पटरी से उतर गई।

"काटत हौंवन भउजी। साल भर बीत गइल, ढाई साल अउर हौ।" बड़ी बेलौस आवाज थी पियारी की, फिर अचानक जोर से हँस पड़ी—"सोचत हऊ कि हम ओनके साथ रहे बदे जेल जात हई। अरे, मेहरारुन क जेल मरदन के जेल से अलग होला।" और फिर माँ के अज्ञान पर वह हँसती रही।

वे लोग बड़ी देर तक माँ को समझाते रहे, पर माँ का मन तैयार नहीं हो पा रहा था। वह उन्हें न भी नहीं कह पा रही थीं और हाँ भी नहीं। अंत में उन्होंने सुमेर चाचा पर ही छोड़ा—"मैं उनसे बात कर लूँ, तो कहूँगी।"

"पर सुमेर साव को कोई एतराज नहीं है।" रामकिशुन बोला।

"यह तुम कैसे कह सकते हो?"

"मैंने उनसे पूछ लिया है।"

माँ बिलकुल गंभीर हो गईं। उस अँधेरे में भी उनकी गंभीरता के बोझ का अनुभव केवल मेरा ही मन नहीं कर रहा था, वरन् वे दोनों भी चुप हो गए थे। मौन भंग किया अंत में माँ ने ही—"खैर, बात कर लूँगी, तब कुछ कहूँगी। अभी तो अगले शुक्रवार से ही न पिकेटिंग आरंभ होगी!"

"पर नाम तो कल-परसों में भेज देना है।"

"तब कल शाम तक आपको बता दूँगी।" इतना कहकर वह स्वयं दरवाजा बंद करने लगीं। मतलब साफ था कि अब बातें बंद कीजिए और चले जाइए। जाते-जाते पियारी एक झटका देती गई—"चलऽ भउजी, चलऽ॑। ना-नुकुर मत करऽ।"

माँ जिस गति से लौट रही थीं, उससे साफ जाहिर था कि उन्हें कहीं चोट लगी है। खाट पर ढुलकते ही उनके मुँह से निकल पड़ा, "आखिर सुमेर ने क्यों नहीं आपत्ति की? ऐसा तो नहीं कि मैं उन्हें भारी पड़ रही हूँ? हर डाल पेड़ से टूटने के बाद बोझ हो जाती है।"

माँ के आने के पहले ही मैं चुपचाप लेट गया था, गोया सो गया होऊँ। किंतु कुछ देर बाद ही माँ को सोचते देख मैं सारा साहस बटोरकर बोल पड़ा, "माँ, तू कोई बदमाशी करेगी क्या?"

"क्यों?" जैसे वह झकझोर दी गई हों।

"जेल तो बदमाश लोग जाते हैं, तू क्यों जाएगी, माँ?"

माँ जोर से हँस पड़ीं। उनकी यह हास्य धारा मेरे पथराए अज्ञान पर बहती चली गई।

उन्होंने हँसी के बीच ही बताया कि केवल वही लोग जेल नहीं जाते जो बदमाश होते हैं, वरन् वे भी जेल में डाल दिए जाते हैं, जो सरकार का विरोध करते हैं।

"तो।…क्यों सरकार का विरोध करते हैं?" मेरे मन से हर उत्तर गेंद की तरह टकराता था और प्रश्न बनकर स्वयं चला आता था। वही मन आज है, जो हर प्रश्न को उत्तर बना लेता है।

उस दिन मेरी माँ ने समझा दिया कि यह विदेशी शासन है। हम लोग चाहते हैं कि हमारे देश में हमारा शासन हो, इसीलिए हम अंग्रेजों का विरोध करते हैं। कुछ शराब की दुकानों को हम घेरेंगे, जिससे शराब पीनेवाले शराब न खरीद सकें।

यों भी यह मेरी समझ में न आती, पर बात इतनी संक्षिप्त और सांकेतिक ढंग से कही गई थी कि मेरी बुद्धि से कोसों दूर रह गई। मैं सोचने लगा कि इनका विरोध तो सरकार से है, ये लोग शराब पीनेवालों का क्यों विरोध कर रहे हैं? आखिरकार मैंने माँ से इस बारे में पूछ ही लिया।

माँ बोलीं, "शराब पीना बुरा काम है। पीनेवाले अच्छे लोग नहीं होते।"

"तब पुलिस शराब पीनेवालों को ही क्यों नहीं पकड़ती?" मैंने बड़े सहज भाव से पूछा।

पर माँ झुँझला गईं—"अच्छा, बकवास बंद कर और सो जा।"

माँ कुछ सोच रही थीं। शायद मेरी जिज्ञासा ने उसमें व्यवधान किया, तभी तो भभक पड़ीं। मेरी जिज्ञासा का गला दबा दिया गया, पर वह मरनेवाली नहीं थी। हाथ से छूटते ही कुत्ते की दुम की तरह टेढ़ी-की-टेढ़ी।

पर मैं चुप था। रात अधिक जा चुकी थी। पलकें बोझिल होने लगीं। सो गया।

□

आज सुभाष बाबू आने वाले थे। सवेरे से एक आदमी लोहे का चोंगा जैसा मुँह में लगाकर पुकार रहा था। लाउडस्पीकरों का प्रचलन उन दिनों इतना सामान्य नहीं था।

शाम को दशाश्वमेध से जुलूस उठेगा और टाउन हॉल में सभा के रूप में परिवर्तित हो जाएगा। खबर गलियों में भी सुगबुगाने लगी। चर्चा आरंभ हुई—"देखो, क्या करते हैं ये सुराजी लोग?" सरकारी बंबे पर बालटी रखते हुए रामभरोसे बोला, "लगता है, आज गोली चलेगी।"

बगल से निकलता रामकिशुन सुनते ही ठिठक गया—"क्यों गोली चलेगी? सभा करने की अनुमति मिल चुकी है।" वह बोला।

"अनुमति मिलने से क्या होता है? तुम लोग सभा करोगे, सुभाष बाबू अंग्रेजों के खिलाफ बोलेंगे ही,…और पुलिस गोली चला देगी।"

"तुम तो ऐसी बात करते हो रामभरोसे भइया, जैसे गोली चलाना कोई खिलवाड़ हो।" रामकिशुन बोला।

"खिलवाड़ तो नहीं है, पर जलियाँवाला बाग में कोई समझदारी की गई थी?"

मँगरू ने रामभरोसे का साथ दिया।

"जलियाँवाला बाग की बात और थी। वह समय चला गया। अब अंग्रेज भी सोच रहे हैं कि सिर्फ गोली चलाने से समस्या का हल नहीं निकलेगा।" रामकिशुन बड़े शांत भाव से बोला।

"तो निकालो समस्या का हल।" रामभरोसे की बालटी भर गई। उसने एक उपेक्षित दृष्टि रामकिशुन पर डाली और चलता बना, जैसे वह कह रहा हो कि तुम लोग कुछ नहीं कर सकते। अंग्रेजों का बाल भी बाँका नहीं होगा तुम्हारी इन सभाओं और पिकेटिंगों से।

रामकिशुन उसकी निगाहों को पढ़कर भी चुप रह गया। वह सुमेर चाचा की दुकान की ओर बढ़ा। पियारी वहाँ पहले से मौजूद थी। मेरे सजग मन ने उसकी इस उपस्थिति को रात की बातों से जोड़ा और समझ लिया कि वह माँ के संबंध में ही बातें करने आई है।

"देख पियारी, आज सुभाष बाबू की सभा होगी।" रामकिशुन बोला।

"हाँ, मालूम हौ भइया।"

"तो तू क्या कर रही है?"

"जौन कहऽ तौन करीं।"

"पहला तो काम है कि तू जितने लोगों से हो सके, सभा की सूचना दे, जिससे लोग अधिक-से-अधिक संख्या में आएँ। ...और दूसरा काम इससे भी अधिक महत्त्व का है।" रामकिशुन एक क्षण के लिए रुका—"हमारी सभा सफल न हो, उसमें कम-से-कम लोग आ सकें, इसलिए एक आतंक भी फैलाया जा रहा है कि गोली चलेगी। तू सबको समझा कि ऐसा कुछ नहीं होने वाला है।"

"जे अफवाह फइलावत हौ, वही के बतावऽ धर दबाईं सारे के।" पियारी का उन्मत्त यौवन अपने ढंग से पुनः इठलाया।

"तू तो मूर्खों जैसी बातें करती है। अरे, कोई व्यक्ति इसे थोड़े ही फैला रहा है। यह प्रचार तो सरकारी मशीनरी ही कर रही है।"

'मशीनरी' का अर्थ उस समय मैं समझ नहीं पाया। मैंने सोचा कि किसी मशीन से सरकार ने प्रचार किया होगा। मेरे मानस पर लक्खी चौतरा की पत्थरवाली कोठी में बोलती-गाती काठ की खूबसूरत पेट उभर आई, जिसे लोग 'रेडियो' कहते हैं। हो सकता है, उसी से खबर आई हो।

मैंने जो सोचा था, बात वही थी। पियारी सुमेर चाचा से कह रही थी—"भइया, तू जग्गू की माई के समझावऽ अइसन बढ़िया मौका न मिली।"

"मैं क्या कहूँ? वह तो किसी शर्त पर जाने को तैयार नहीं है।" चाचा बोला।

"आखिर काहे? कुछ बात त सुनीं।"

"उसका कहना है कि मैं सुराजी होकर क्या करूँगी? मुझको क्या लेना-देना है कि व्यर्थ में जेल जाऊँ।" सुमेर चाचा कहता गया, "उसको डर है कि जेल जाने के बाद उसका लड़का कहीं आवारा न हो जाए।"

'आवारा' शब्द सुनते ही वह हँस पड़ी, जैसे हम सबको मूर्ख समझती हो। "अरे, हमार राज होई त ओके दारोगा बना दिहल जाई।" पियारी की निगाह में दारोगा से बड़ा कोई आदमी नहीं था। ...और सामान्य लोग भी ऐसा ही समझते थे।

माँ कोठी चली गई थीं। मैं सुमेर चाचा की ही दुकान पर बैठा था। रोज लगभग इसी समय एक काला चिट्टा गोल आदमी आता था। वह ऐसा चलता था जैसे सड़क पर ढुलक रहा हो। सुमेर चाचा के यहाँ उसे लोग 'तेल का पीपा' कहते थे। इस समय भी उसे देखते ही चंपो बोल पड़ी थी, "पीपा आ गया।"

'पीपा' नाम में उसके शारीरिक ढाँचे की अभिव्यक्ति के साथ-ही-साथ उसका 'करतब बोध' कराने की शक्ति थी। दरअसल वह म्युनिसिपैलिटी का लैंप जलानेवाला था। उन दिनों बिजली की पहुँच मुख्य सड़कों तक ही थी। गलियों में लालटेनें जलती थीं। उन्हीं को जलाने और बुझाने का काम वह करता था।

सूरज डूबते ही वह बाएँ कंधे पर बाँस की सीढ़ी और दाहिने हाथ में मिट्टी के तेल का टिन लेकर निकलता था। हर लैंप पोस्ट पर वह सीढ़ी लगाता, दीये में तेल की औकात आँकता। आवश्यक हुआ तो तेल डालता और जला देता।

जब उसका भारी-भरकम शरीर सीढ़ी पर चढ़ता था, वह हर कोने से चरमरा उठती थी, जैसे कह रही हो—'बाप रे बाप, अब मरी, अब मरी।' पर इस चरमराहट का उसपर कोई प्रभाव नहीं पड़ता था। यद्यपि मेरी कल्पना में कई बार वह सीढ़ी टूट चुकी थी और कई बार वह 'धड़ाम' से गिर चुका था, फिर भी वह बेखटके चढ़ता-उतरता था। हाँफने भी लगता था, पर क्या करता? अपनी जीविका से मजबूर था।

सुबह होने पर उसे लैंप बुझाना चाहिए था, पर तेल ही इतना कम डालता था कि अँधेरा रहते ही हर लौ अपना दम तोड़ देती थी। बड़ी होशियारी से वह सवेरे का समय मौज-मस्ती के लिए निकाल लेता था। वह इस समय सुमेर चाचा की दुकान पर आता। बीड़ी पीता और बचाया हुआ मिट्टी का तेल भी चाचा के हाथों बेच देता था।

कितना सार्थक था उसका पीपा नाम, जिसमें गंध के साथ-साथ आकार भी संज्ञापित हो गया था।

बीड़ी पीते हुए वह बोला, "लगता है, आज कुछ होकर रहेगा। सुराजी लोग अपनी बात पर अड़े हैं और सरकार अपनी बात पर।"

"तो क्या हो जाएगा इससे?" चाचा बोला, "जब तक अड़ा-अड़ी नहीं होगी,

स्वराज नहीं मिलेगा।''

''जब गोली और डंडा ही खाना है तब स्वराज लेकर क्या करेंगे?'' वह बोलता रहा, ''अरे भइया, हम लोग तो गरीब आदमी हैं। रोज कुआँ खोदना और रोज़ पानी पीना!''

''रोज कुआँ खोदना और रोज पानी पीना मत कहो, महेश। (यह पहला अवसर था, जब मैंने उसका सही नाम जाना था।) अरे, तुम्हें कहना चाहिए—रोज कुआँ खोदना और रोज तेल निकालना।'' चाचा हँस पड़ा। उसकी हँसी पीपा के अधरों का स्पर्श कर छुईमुई की तरह लजा गई।

पीपा एक सधी-सधाई जिंदगी जीता था और बँधे घाट का पानी पीता था। उसके विचार से, सारे सुराजी महज खयाली पुलाव पकाते हैं। और यदि हम आजाद ही हो गए तो क्या हो जाएगा हम गरीबों का? उसने चाचा से स्पष्ट कहा, ''भइया, पहले तो हमें विश्वास नहीं है कि हम आजादी हासिल कर पाएँगे…।''

पीपा कुछ और कहता, पर चाचा बीच में बोल पड़ा, ''क्यों नहीं हासिल करेंगे? अरे लगन होनी चाहिए, लगन!''

''लगन होकर ही क्या होगी? एक ओर हम चरखा चलाएँगे और दूसरी ओर से गोलियाँ चलेंगी।'' पीपा बड़े भाव से मुसकराया—''भइया, गांधी बाबा की बात मेरी समझ में नहीं आती।''

तब तक दुकान पर कुछ लोग सामान लेने चले आए थे। बातों का सिलसिला फिलहाल तोड़ते हुए चाचा इतना ही बोल पाया, ''यही तो बात है, गांधीजी को बहुत से लोग समझ नहीं पाते।''

चाचा सामान बेचने में उलझ गया। पीपा बीड़ी फूँकता रहा।

''और मान लो, आजादी मिल ही गई तो हम राजा थोड़े ही हो जाएँगे।'' पीपा ने ग्राहकों के हटते ही बात शुरू की और रामायण की एक पंक्ति दोहराई, जिसके अंत में आता है—''चेरि छाँड़ि अब होब कि रानी।''

''तुम आजादी के मतलब समझते ही नहीं, महेश!'' चाचा जैसे झुँझलाया—''तुम क्या राजा होगे? अरे, आजाद हिंदुस्तान में न कोई राजा होगा और न कोई रंक। सब बराबर हो जाएँगे। धन और धरती सब में बराबर-बराबर बाँट दी जाएगी।''

''सब बराबर हो जाएँगे, वाह रे वाह!'' पीपा अविश्वासपूर्ण हँसी हँसने लगा, ''कभी पाँचों अँगुलियाँ बराबर हुई हैं कि होंगी!''

''अँगुलियाँ तो परमात्मा बनाता है, पर अमीर-गरीब तो हम बनाते हैं।'' चाचा नेताओं की तरह बोला।

किंतु महेश हँसता गया—''गरीबी और अमीरी तो कर्मों का फल है, भइया!

पुरुष जनम की कमाई है, जो तू सुमेर साव हो गया और मैं रह गया मिट्टी के तेल का पीपा-का-पीपा।'' इस बार की हँसी ऐसी छूटी कि थमने का नाम भी नहीं लेती थी।

आदमी जब दूसरों की हँसी उड़ाता है तब वह डंक मारता है, विष उगलता है; किंतु जब वह स्वयं अपनी हँसी उड़ाता है तब दूध-सा उज्ज्वल दिखाई देता है। सचमुच इस समय पीपा मुझे बहुत अच्छा लगा था।

सूरज पश्चिम की ओर ढुलकने लगा और मैंने चंपो से फुसफुसाहट आरंभ की—''जुलूस देखने चलेगी?''

''कैसे चलूँगी, बाबूजी बिगड़ेंगे तो?'' इच्छा होते हुए भी वह चाचा के भय से बँधी थी। उसने पुनः कहा, ''तेरी माँ तो कोठी से रात तक लौटेंगी, तू चाहे तो देख आ सकता है।''

''पर मैं अकेले नहीं जाऊँगा।'' मैंने कहा, ''क्या मुझे चाचा नहीं बिगड़ेंगे?''

''...तुझे उतना नहीं बिगड़ेंगे। और बिगड़ेंगे भी तो कह देना, खेलने गया था। डाँट-डपटकर चुप हो जाएँगे।'' वह दबे मन से अपराधी स्वर में बोली, जैसे वह कहना चाह रही हो कि मैं लड़की हूँ, तुम्हारे ऐसा आजाद नहीं हूँ। मैंने उस समय उसे समझा नहीं था, वरना बोल पड़ता—घबराओ मत चंपो, अब देश आजाद होने वाला है। हम सब आजाद हो जाएँगे तब लड़के और लड़कियों में फर्क नहीं रह जाएगा, ...तब कोई किसी को कहीं भी रोक नहीं पाएगा। कितनी सुखद थी हमारी आजादी की कल्पना!

यह पता चल गया था कि चाचा जुलूस देखने नहीं जाएगा। दरअसल वह भीतर से बड़ा डरपोक था, पर बाहर से बड़ी-बड़ी बातें करता था। मैंने किसी तरह चंपो को भी राजी कर लिया था, क्योंकि सुभाष बाबू को देखने की उसमें भी ललक थी, जिसे वह छोड़ नहीं पाई थी।

तय हुआ कि छह-साढ़े छह बजे तक हम लोग खेलने के बहाने निकल पड़ेंगे और जुलूस देखकर सात बजे के पहले ही लौट आएँगे, गोया जुलूस कोई पाला हो, जिसे छूकर कोठी से लौटी माँ की गोद में दौड़ते हुए आकर बैठ जाएँगे।

दोपहर के बाद ही चाचा की ओर से हम बच्चों को हिदायत दी गई—''आज कोई भी घर से बाहर नहीं निकलेगा। चुपचाप घर में ही बैठे रहना।''

चंपो ने मेरी ओर देखा। उसकी आँखों ने सहमते हुए कहा—'देखा, मैंने क्या कहा था, चाचा कभी हमें जाने नहीं देगा।' किंतु मुझ पर उसका कोई विशेष प्रभाव नहीं था। वह रोज ही ऐसा मना करता था और हम रोज ही निकल जाते थे।

संध्या होते-होते अनचीन्ही आशंका से गलियाँ खामोश होने लगीं। चाचा की दुकान पर लोगों की बैठकी जमने लगी। आज सगगड़वाले भी जल्दी ही काम खत्म कर आ गए थे। हर जबान सहमी-सहमी और दबी-दबी थी। विस्फोट के पहले पलीता का

धुआँ उठने लगा था।

हम लोग सीधे मैदागिन नहीं पहुँचे, बल्कि कंपनी बाग के दक्षिण-पश्चिम के कोने में अशोक वृक्ष के नीचे चुपचाप खड़े हो गए। यहीं बैठकर हम क्वार में रामलीला देखा करते थे। गायघाट की रामलीला के वनवास की लीला इसी मैदागिन पर होती थी और सीता इसी अशोक वृक्ष के नीचे बैठाई जाती थीं।

जुलूस अभी आया नहीं था। कुछ लोग सड़कों के किनारे जमा होने लगे थे। मैं भी कंपनी बाग से निकलकर सड़क पर आ-जा रहा था और कुछ आगे बढ़कर देखता भी था कि जुलूस आ रहा है या नहीं; किंतु चंपो वहीं खड़ी थी। उसे डर था कि कहीं कोई देख न ले। यदि चाचा से कह देगा तो पिटाई हो जाएगी। मैंने मैदागिन के चौराहे से उसे देखा। डरी-डरी, सहमी-सहमी चंपो सकपकाई दृष्टि से चारों ओर देख रही थी। निश्चित ही उसकी निगाह मुझे खोज रही थी। और मुझे लग रहा था कि बिना 'सँवारी-सिंगारी' सीता अशोक के नीचे खड़ी है।

भीड़ बढ़ने लगी, पर न कोई टाउन हॉल में जा रहा था और न कोई खुलकर सड़क पर ही आ रहा था। लोग गलियों के नाके और चौराहे पर जमा थे, जिससे अगर कोई बात हो तो धीरे से भाग चलें।

उन दिनों टाउन हॉल आज जैसा छोटा न था। एक ओर उसकी सीमा गोशाला को छूती थी और दूसरी ओर हनुमान मंदिर को। विशाल फलकवाला टाउन हॉल लाखों को अपने में समेट लेता था; पर इस समय वहाँ अधिक चहल-पहल नहीं थी। कुछ लोग बाँस के खंभों में लाउडस्पीकरों का भोंपा लगा रहे थे, कुछ ने पहले ही से एक पर एक तीन-चार बड़ी चौकियाँ रखकर मंच बना लिया था।

हम लोग प्रतीक्षा में खड़े थे। निगाहें सड़क पर लगी थीं। लग रहा था कि जुलूस आने वाला है, तब तक किसी ने पीछे से आकर हमारे कान के पास 'हो' से शोर किया। हम चौंक पड़े। मुड़कर देखा तो हमीद था। चंपो एकदम सहम गई—हमीद की आवाज से नहीं, वरन् उसकी उपस्थिति से। सोचने लगी—'यह चांडाल कहाँ से चला आया?' पर वह हटनेवाला नहीं था।

"जुलूस देखने आए हो?" वह मेरे कंधे पर हाथ रखकर हँसने लगा। बड़ी विचित्र थी उसकी हँसी। फिर उसने धीरे से मेरे कान के पास आकर कहा, "पैसा पैदा करोगे?"

मैं अवाक् रह गया। आखिर वह किस संदर्भ में बातें कर रहा है? मैं उसका मुख देखता रहा। वह मुझे एक किनारे ले गया और दूर से एक पेड़ के नीचे खड़े दो व्यक्तियों की ओर संकेत किया। उनमें से एक अपनी जेब से ईंट के टुकड़े निकाल-निकालकर पेड़ की जड़ के पास रख रहा था।

हमीद ने संकेतों और कुछ शब्दों के माध्यम से बताया कि ज्यों ही जुलूस आएगा, हम-तुम इन पत्थर के ढेलों को यहाँ से फेंकना शुरू करेंगे। हमें पैसे मिलेंगे।

मैं चकित था, विस्मय-विमूढ़ था। "यदि किसी ने देख लिया तो? यदि पुलिस पकड़ लेगी तो?" मैंने पूछा।

"पुलिस नहीं पकड़ेगी।" वह मेरे अज्ञान पर हँसा। 'क्यों नहीं पकड़ेगी?' मैंने पूछा नहीं। पर उसने बताया कि सारी व्यवस्था पुलिस की ओर से की गई है। वे दोनों व्यक्ति पुलिस के आदमी हैं, जो सादी वरदी में हैं। वे चाहते हैं कि जुलूस में किसी तरह भगदड़ मचाई जाए।

यह सबकुछ नया था, अजीब था। मैं चकित हो उसे देखता रहा। मन सोचता रहा—पुलिस भी पैसा देती है भगदड़ मचाने के लिए। सुराजी लोग भी पैसे देते हैं पिकेटिंग करने के लिए। आखिर यह क्या है? दोनों ओर से महज पैसे की लड़ाई है।

पैसा! पैसा!! पैसा!!! मेरे दृष्टि-पथ में ताँबे का बड़ा सा पैसा नाचने लगा। 'क्या सोचने लगा?' उसने मेरे कंधे को जोर से हिलाया।

"सोचता हूँ कि यह मुझसे नहीं होगा।" मैंने कहा, "सुभाष बाबू पर ढेले नहीं फेंक सकता।"

"क्या वह तुम्हें खाने को दे देंगे?"

"खाना ही सबकुछ नहीं होता।" मैं बूढ़े जैसा बोल पड़ा।

वह कुछ समय तक मुझे देखता रहा, फिर बोला, "तब तुम यहाँ मत खड़े रहो।" उसी ने बताया कि "टाउन हॉल के पीछेवाले मैदान में सिनेमा होगा। तुम वहीं सिनेमा देखने चले जाओ। ...लेकिन हाँ, ढेला फेंकनेवाली बात किसी से मत कहना।"

जान छूटी लाखों पाया। मैं उससे पिंड छुड़ा चंपो को लेकर चलने को हुआ कि तीन-चार युवक मेरी ओर आते दिखाई दिए। वे खद्दर का कुरता-पाजामा पहने और गांधी टोपी लगाए थे। उन्हें देखते ही हमीद बड़बड़ाया—"ये सुराजी साले इधर ही चले आ रहे हैं। लगता है, इन्हें पता चल गया है।"

मैंने अनुभव किया कि पेड़ के नीचे खड़े व्यक्तियों ने हमीद से इशारे से कुछ कहा और तीनों चुपचाप धीरे से खिसक चले।

मैं चंपो के पास गया और उसका हाथ पकड़कर चलने के लिए कहा।

"अब क्यों हटते हो? वह तो चला गया।" उसका स्पष्ट संकेत हमीद की ओर था।

"अब यहाँ ठहरना ठीक नहीं।" मैं बोला और धीरे-धीरे उसे सारी बात बता दी।

"बड़ा नीच है।" उसकी पहली प्रतिक्रिया थी, "एक ओर स्वराज के लिए

लोग जेल जा रहे हैं, पुलिस के डंडे खा रहे हैं। कितने जलियाँवाले बाग में भून दिए गए। ...और दूसरी ओर ऐसे लोग हैं, जो पुलिस की मदद कर रहे हैं।" इसके बाद भी वह बड़बड़ाती रही, जिसे मैं अधिक समझ नहीं पाया। "...तभी तो मैं सोचती रही कि वह इतना पैसा पाता कहाँ से है, जो दिन भर सिगरेट फूँकता रहता है।" उसने अंत में कहा।

किंतु कंपनी बाग से निकलते हुए वह ठिठक-सी गई—"तुम सिनेमा देखने आए हो या सुभाष बाबू को?" वह बोलती रही, "मैं तो सुभाष बाबू को देखकर घर लौट जाऊँगी।"

कुछ देर तक कंपनी बाग के बाहर पटरी पर हम खड़े रहे। बहुत सारे सुराजी लोग कंपनी बाग में और उसके चारों ओर फैलने लगे थे। लगता है, उन्हें गड़बड़ी की आशंका हो चुकी थी। अब कुछ लोग टाउन हॉल में भी जमा होने शुरू हुए।

धीरे-धीरे संध्या काली पड़ने लगी। जब जुलूस आया, चारों ओर से पुलिस की कड़ी व्यवस्था हो गई। मेरे लिए यह कितना विचित्र था कि वही पुलिस गड़बड़ी करानेवाली भी थी और वही पुलिस व्यवस्था करनेवाली भी।

जुलूस में 'भारतमाता की जय', 'महात्मा गांधी की जय', 'सुभाष बाबू की जय', 'इनकलाब जिंदाबाद' आदि नारे लग रहे थे। आगे-आगे महिलाएँ—'नहीं रखनी सरकार जालिम, नहीं रखनी' गाती हुई चली आ रही थीं। महिलाओं के आगे थी पियारी। क्या हाथ मटका-मटका और गला फाड़कर गा रही थी कि क्या बताऊँ! उसका अंग-अंग मचल रहा था, मानो सफेद साड़ी से फट पड़ेगा।

सबसे आगे था बहुत बड़ा झंडा लिये हुए झंडा कप्तान—जिसे मैं जानता हूँ, जिसका नाम भी मुझे मालूम था; पर इस समय याद नहीं आ रहा है।

सबसे पीछे सुभाष बाबू की खुली टमटम थी। मालाओं से लदे वे मुसकरा रहे थे। गांधी टोपी पहने और चश्मा लगाए उनकी चारों ओर घूमती गरदन ऐसी लग रही थी, मानो फूलों के ढेर से कोई देवमूर्ति सबको आशीर्वाद देने के लिए निकल आई हो।

पटरी पर अब मेरे पीछे बहुत से लोग खड़े हो गए थे। अब जुलूस मेरे पास से गुजरने लगा था। मुझे देखकर पियारी गाती हुई बड़े विचित्र ढंग से मुसकराई—"वाह राजा, वाह!" मेरे पीछे एक लड़खड़ाती आवाज छूटी। मैंने मुड़कर देखा, रामभरोसे अपने बगलवाले आदमी से कह रहा था, "चुप रह, वरना लात खाएगा।"

"अरे यार, गजब की अदा है। जुलुम ढा रही है।"

रामभरोसे ने हाथ दबाकर उसे शांत किया, पर वह कुछ-न-कुछ बोलता ही जा रहा था। निश्चित ही आस-पास के लोगों को अच्छा नहीं लग रहा था। चंपो ने तो उसे देखा तक नहीं। हाँ, पियारी से उसकी आँखें अवश्य चार हुईं, पर गाती हुई आगे बढ़

गई। मैंने अनुभव किया कि भीड़ की अनेक आँखें पियारी से चिपकी चली जा रही हैं।

सुभाष बाबू की टमटम गुजरी। रामकिशुन दोनों हाथ उठा-उठाकर 'सुभाष बाबू जिंदाबाद' के नारे लगवा रहा था। हम लोग भी उसी के स्वर में बोल पड़े। भीड़ बढ़ती जा रही थी। आशंका थी कि कुछ गड़बड़ी होगी, पर कुछ हुआ नहीं। सुराजी लोगों की सावधानी काम आई।

□

चंपो लौट चलने के पक्ष में थी। टाउन हॉल का मैदान मुझे अपनी ओर खींचे जा रहा था। मैं आगे बढ़ा, चंपो चीख उठी—"अब घर चलो।"

"अभी चलता हूँ, जरा टाउन हॉल में देख लूँ।" चंपो का हाथ पकड़कर खींचता ले चला। वह डोर से बँधी नाव की तरह खिंच चली।

सभा शुरू हुई। 'वंदे मातरम्' गाया जाने लगा। कुछ लोगों ने जोशीली कविताएँ और गीत सुनाए। स्वागत भाषण आरंभ हुआ।

"अब घर चलो। चाचा बिगड़ेंगे।" चंपो रह-रहकर विचलित हो उठती थी।

किंतु मेरी इच्छा थी कि टाउन हॉल के पीछे भी एक झलक देख लूँ। मैं उसे खींचता हुआ फिर वहाँ से निकला। चंपो ने सोचा कि मैं घर चल रहा हूँ, पर मेरे कदम जब टाउन हॉल के पीछे बढ़े, वह एकदम झल्ला उठी—"अब तुम्हें सिनेमा देखने की धुन चर्राई है! तुम्हीं देखो, मैं चलती हूँ।"

वह मेरा हाथ छुड़ाकर चल पड़ी। मैं उसके पीछे दौड़ा। गिड़गिड़ाया भी और समझाया कि मैं अधिक देर तक यहाँ नहीं रुकूँगा। शुरू होते ही चल पड़ूँगा। भला देख तो लूँ कि सिनेमा कैसा होता है? वह किसी तरह मानी, पर उसका कलेजा धक-धक कर रहा था। एक-एक क्षण उसके लिए भारी था।

शाम गाढ़ी होने लगी थी। एक बस को घेरे हुए बहुत सारे लोग वहाँ खड़े थे। बस का पिछला हिस्सा खुला था। उसी में चौकोर दूधिया शीशा दिखाई दे रहा था। लोग कह रहे थे कि उसी में सिनेमा होगा। बस इतनी सी जगह में सिनेमा होगा? मेरे मन में तो सिनेमा नाटक जैसी चीज थी, जो बहुत बड़े स्थान पर संपन्न होने की संभावना रखती है।

ग्रामोफोन बज रहा था। बगल में ही डोरी से घेरकर एक स्थान बना लिया गया था, जिसके भीतर बाहरी लोग जा नहीं सकते थे। वहीं एक टेबल पर कपड़ा बिछा था। उसपर कागज के गिलास एक के ऊपर एक रखे जा रहे थे। वे कितने खूबसूरत, चमकदार और हलके थे! मुझे बहुत अच्छे लगे। मैंने चंपो को भी दिखाया। हमारे लिए वे अद्भुत थे। हम लोग उन्हें छूकर देखना चाहते थे। कुछ लोग उन्हें छू भी रहे थे; पर हम लाचार थे, क्योंकि बच्चे थे। जहाँ आगे बढ़ते थे, धक्के मारकर पीछे कर दिए जाते थे।

पास ही एक अँगीठी पर बड़ी सी देगची में पानी गरम हो रहा था। हमारे अबोध मन ने अनुमान लगा लिया कि जैसे पटरी पर ग्रामोफोन बजाकर चाय पिलाई जाती है, वैसे ही सिनेमा दिखाकर कोई चीज पिलाई जाएगी।

हमने देखा कि वे दोनों आदमी, जो कंपनी बाग में पत्थर इकट्ठा कर रहे थे, यहाँ पर भी आ गए थे और उन्हीं के साथ हमीद भी था। मैं चंपो को लेकर भीड़ में दूसरी ओर गया, जिससे चंपो हमीद को न देख सके, क्योंकि उसे देखते ही घर चलने का उसे दौरा पड़ जाता।

अब सिनेमा शुरू हुआ। अंग्रेजी की कुछ पंक्तियाँ उस दूधिया शीशे पर उभरने और मिटने लगीं। शीघ्र ही चलता-बोलता आदमी आने-जाने लगा, जानवर भी चलते-बोलते दिखाई देने लगे। कितना विलक्षण और विचित्र था! मैंने कभी चित्रों को इतना जीवंत नहीं देखा था।

अब हम भीड़ को चीरते हुए एकदम आगे चले गए थे और वहीं व्यवस्था करती पुलिस द्वारा बैठा दिए गए थे। हम प्रसन्नचित्त सिनेमा देखने लगे। फिल्म चल रही थी। एक बूढ़े गोरे ने अपने जवान बेटे को बुलाया और वैसे ही कागज के गिलास में दूध जैसी कोई चीज उसे देते हुए बोला, ''यह हॉर्लिक्स है, ताकत का जाम। इसे पी लो और मुश्किल-से-मुश्किल काम आसान करो।''

मैं 'जाम' शब्द का अर्थ नहीं जानता था, पर समझ गया कि वह दूध जैसी चीज हॉर्लिक्स है और उसके पीने से आदमी शक्तिशाली हो जाता है। मैं दूधिया शीशे में देख रहा था, वह आदमी हॉर्लिक्स पीकर जंगल में जा रहा है। अरे, यह तो शेर ने झपट्टा मारा। निश्चित ही वह आदमी को चबा जाएगा, पर नहीं। उस आदमी ने शेर के आगे के दोनों पंजे पकड़ लिये। शेर अपने पिछले पैरों पर खड़ा होकर कुश्ती लड़ने लगा। आदमी का टोप गिर गया। गुत्थमगुत्था शुरू हो गई। मैं भी उत्साह में खड़ा हुआ। 'बैठ जा, बैठ जा।' चारों ओर के बैठे लोग चीख पड़े और मैं पुनः बैठ जाने के लिए विवश कर दिया गया। थोड़ी देर बाद उस आदमी ने शेर को पस्त कर दिया। वह जंगल की ओर भागा।

फिर वह आदमी विजयोन्माद में मुसकराता है और टोप उठाकर पहन लेता है। मस्ती में जब वह लौटता है तब फिर अपने पिता से हॉर्लिक्स पीने के लिए माँगता है। पूरा खेल अंग्रेजी में था, पर बीच-बीच में हिंदी में भी बताया जाता था।

अंत में इस परिवार के सभी लोग—औरत, मर्द और बच्चे—हॉर्लिक्स पीते दिखाई देते हैं और सुनाई पड़ती है एक गंभीर आवाज—'हॉर्लिक्स पीजिए और ताकतवर बनिए।'

खेल खत्म हो जाता है और बिजलियाँ जल उठती हैं।

अचानक टाउन हॉल के दूसरी ओर से जोर की तालियों की गड़गड़ाहट सुनाई देती है और सुभाष बाबू जोश में बोल रहे हैं। उनकी आवाज यहाँ तक आ रही है। वे जर्मनी-जापान की कुछ बातें कर रहे हैं—"...स्वराज भीख माँगने की चीज नहीं है। उसे लड़कर हासिल करना पड़ेगा। इसके लिए हमें ताकत इकट्ठी करनी होगी।"

कितना विचित्र था, दोनों ओर ताकत की ही बात चल रही है। एक ताकत इकट्ठी करने को कह रहा था, दूसरी ओर कागज के गिलास में ताकत इकट्ठी थी।

मेरे मन में एक बार सभा में जाने का विचार फिर आया, पर यहाँ से निकल कैसे सकता था? रास्ता बिलकुल जाम था। पीछे बहुत से लोग बैठे थे और उसके बाद बहुत सारे लोग खड़े थे।

दूसरी फिल्म चलने लगी। यह ऑफिस में काम करनेवाले एक साहब के संबंध में थी। दिखाया गया था कि जो दिन भर काम करते हैं और हॉर्लिक्स पीते हैं, वे कभी नहीं थकते, बल्कि जो नहीं पीते वे दोपहर के बाद ही थक जाते हैं। यह फिल्म लंबी थी।

इसी बीच तालियों की गड़गड़ाहट पुनः सुनाई पड़ी। स्पष्ट लगा कि बहुत काफी लोग सुभाष बाबू की सभा में उपस्थित हैं। फिर 'इनकलाब जिंदाबाद' और सुभाष बाबू के जयकार से आकाश गूँजने लगा। मालूम हुआ कि सभा समाप्त हो गई, पर सिनेमा अभी चल रहा था।

भीड़ का रेला इधर ही चला आया। अब हमरा निकलना और भी मुश्किल हो गया था। फिल्म खत्म हुई। विज्ञापन चलने लगा—'हॉर्लिक्स पीजिए, ताकतवर होइए। ...एक आने का एक गिलास, महज एक आने का।'

हमने देखा, जो पानी गरम हो रहा था उसी में एक बड़े शीशे के जार से निकालकर आटे जैसी कोई चीज डाली गई और उसे ही घोलकर हॉर्लिक्स बना लिया गया।

हॉर्लिक्स एक गिलास लोग एक आने का ले रहे थे। कागज के गिलास में भी कभी कुछ पिया जा सकता है, मैंने कभी सोचा नहीं था। मैं चकित था। लेनेवाले भी पहले गिलास को गौर से देखते थे तब मुँह लगाते थे।

कुछ लोग पीने के बाद गिलास बड़े चाव से देखते लिये चले जा रहे थे। कुछ माँगने पर वहाँ खड़े लड़कों को दे देते थे। मेरी इच्छा हुई कि मैं भी दौड़कर निकलूँ और कुछ लोगों से गिलास माँग लूँ। पर चंपो ने मना किया। भीड़ में घुसने और दबने के लिए वह तैयार नहीं थी। उसकी छाती अब भी धड़क रही थी। इतनी देर हो गई, हे भगवान्! अब क्या होगा?

भीड़ छँटने लगी। मैदान लगभग खाली हो गया। मैंने देखा, हमीद ने बहुत सारे

गिलास इकट्ठे कर लिये हैं। अब मैं भी चंपो का हाथ खींचते हुए आगे बढ़ा। मुझे चंपो को बराबर खींचना ही पड़ता था, क्योंकि वह जहाँ खड़ी होती थी, जड़ हो जाती थी।

इसी खींचतान में वह एक जवान व्यक्ति से टकराई। हो सकता है, वह व्यक्ति ही उससे टकराया हो।

"कहाँ घसीटे ले जा रहे हो इसे?" उस व्यक्ति ने पूछा।

"इससे तुमसे मतलब?" मैं छूटते ही बोला।

वह मुसकराया—"मुझसे मतलब भले ही न हो, पर इतनी सुंदर लड़की को इस बेरहमी से मत खींचो।" फिर वह चंपो को एकटक देखने लगा। उसका देखना मुझे बहुत खराब लग रहा था।

मैं बड़े झोंके से आगे बढ़ा। वह व्यक्ति भी मेरे पीछे-पीछे ही चला। चंपो ने मेरे कान में धीरे से कहा, "अब जल्दी से भाग चलो।" जैसे बहेलिए की मुट्ठी में पड़ने के पहले ही मैना उड़ चलना चाहती हो।

किंतु मेरी दृष्टि में तो वह गिलास था—कागज का हलका और चिकना गिलास। अब मैं हॉर्लिक्स पीते हुए एक व्यक्ति के निकट आ गया था। उसे देखता रहा कि वह पीना समाप्त करे और मैं गिलास माँगूँ। ...पर चंपो ने जल्दी भाग चलने के लिए फिर मेरी बाँह दबाई। जाहिर था कि वह अकेली जाना नहीं चाहती थी, वरना अब तक चल पड़ी होती।

"क्या पीना चाहती हो?" पीछे लगे आदमी ने चंपो का गाल सहलाते हुए पूछा। वह एकदम सहम गई। उसका चेहरा पीला पड़ने लगा। मैं भी चुप हो उस व्यक्ति को देखता ही रह गया। इसे तो मैं पहचानता भी नहीं हूँ, पर इसकी इतनी सहानुभूति क्यों है? दूर खड़ा हमीद अब भी अपने बटोरे गिलास गिन रहा था।

उसने खरीदकर एक गिलास चंपो के हाथ में थमा दिया। वह उसे जड़वत् थामे खड़ी रही। उसका हाथ काँप रहा था। यदि मैं उसे पकड़ न लेता तो शायद गिलास छूट जाता।

"हाँ-हाँ, पियो बेटी, घबराओ नहीं।" कहते हुए वह व्यक्ति गिलास उसके मुँह में लगाने चला।

तब तक एक विस्फोटक आवाज पीछे से छूटी—"खबरदार जो मुँह से लगाया!" हमने मुड़कर देखा, सुमेर चाचा हनुमानजी की तरह दहाड़ता हुआ आ रहा था।

और एक झपट्टे में गिलास उस व्यक्ति के हाथ से लेकर चाचा ने उसी के मुँह पर दे मारा। उसका सारा शरीर हॉर्लिक्स से नहा उठा। वह व्यक्ति भी चाचा के क्रोध का प्रतिवाद करता, यदि भीड़ जुट न आती।

"यह साला कौन होता है हमारी लड़की को जबरदस्ती हॉर्लिक्स पिलानेवाला?"

चाचा झल्लाया।

पर इसका उत्तर उस व्यक्ति के पास क्या था? और लोग भी उसे बुरा-भला कहने लगे। वह धीरे से चलता बना, पर जाते-जाते बड़बड़ाया—"अच्छा साले, मैं भी देखूँगा।"

चाचा ने सुना अवश्य, पर कुछ बोला नहीं। उसने तड़ातड़ चंपो को चार-पाँच हाथ जड़ दिए। वह खुलकर रो भी नहीं पाई थी कि चाचा उसे घसीटता ले चला। इसी बीच अनवरत घूँसे और थप्पड़ मेरी पीठ पर भी पड़ने लगे। मैं गिर पड़ा। "अरे, क्यों जान लिये जा रही है?" निकट के एक व्यक्ति ने मुझे छुड़ाया। अब मैंने देखा कि वह मेरी माँ हैं। वह कुछ बोलीं तो नहीं, पर क्रोध से उनके होंठ फड़क रहे थे।

मुझे घसीटते हुए ही माँ की दृष्टि हमीद पर पड़ी। चाचा द्वारा फेंकी हुई गिलास पर किसी का पैर पड़ गया था। हमीद उसे उठाकर ठीक कर रहा था। मैंने देखा, वह हम लोगों को देखकर एक दुष्ट हँसी हँस रहा है। माँ उबल पड़ीं—"मैंने कहा था न कि उस कमीने का साथ छोड़ दे।" फिर दो-चार हाथ उन्होंने और जड़ दिए।

चाचा ने छुड़ाया और पूछा, "किसके साथ आया है?"

माँ ने हमीद की ओर संकेत किया। यह कितना झूठ था, पर मेरी मन:स्थिति इसका प्रतिवाद करने की दशा में नहीं थी।

"खैर, रास्ते में मारना ठीक नहीं।" चाचा बोला, "घर ले चलो। इन दोनों को बाँधकर कुएँ में डाल दूँगा।"

मेरे पैर के नीचे की धरती खिसक गई।

सभा समाप्त होने के बाद भी लाउडस्पीकर पर गाना बज रहा था—'मेरी माता के सर पर ताज रहे, यह हिंद मेरा आजाद रहे।'

रास्ते भर हम झिड़कियाँ और फटकार सहते लाए जा रहे थे। जिसने भी हमें देखा, उसकी दृष्टि में मेरे प्रति सहानुभूति थी; पर परिचित ही कुछ पूछ पाते थे। चाचा अपने सीमित शब्दों में विभिन्न तरीके से एक ही बात दोहरा देता था, किंतु उनकी प्रतिक्रयाएँ भिन्न-भिन्न होती थीं।

किसी ने कहा, "हॉर्लिक्स में चरबी मिली रहती है और वह कागज का गिलास? ⋯ जानते हैं, कागज कैसे बनता है? ⋯राम-राम! यह अंग्रेज तो हमारा 'धर्म' ही भ्रष्ट करने पर तुले हैं।"

"⋯और लड़कों को तो रात में निकलना ही नहीं चाहिए।" इस व्यक्ति को भी मैं नहीं जानता था।

पीपा ने जहाँ एक ओर मेरे प्रति सहानुभूति व्यक्त की, वहीं उसने यह भी कहा, "अरे सुमेर भइया, भगवान् की कृपा कहो कि तुम ऐन वक्त पर पहुँच गए, वरना वह

चांडाल पता नहीं क्या करता। ...आजकल लड़कियों को बहकाकर बेच देने की बड़ी वारदातें हो रही हैं!"

इतना सुनते ही चाचा में एक उफान फिर आया। फिर भी वह कुछ कर नहीं पाया, क्योंकि पीपा ने हम दोनों को छुड़ाकर अपने साथ ले लिया था। हम उसके साथ आगे-आगे चल रहे थे।

यह यंत्रणा भरी रात चाचा के घर पर ही बीती। हम कुएँ में बाँधकर डाले तो नहीं गए, पर एक ही चारपाई के अलग-अलग पायों से बाँध अवश्य दिए गए। रात भर जमीन पर ही ढुलके पड़े रहे।

किंतु इस दंड में भी मेरी अनुभूति विचित्र थी। मुझे लग रहा था कि मैं चारपाई से नहीं वरन् चंपो से ही बाँधा गया हूँ।

□

# : तीन :

पियारी पकड़ी गई।

घटना कल शाम की है, पर गलियाँ सवेरे से ही फुसफुसाने लगी हैं। सरकारी बंबे पर जमे लोगों की जबानों पर पियारी की ही चर्चा है—"कमाल की औरत है! जरा भी पुलिस से नहीं डरी, बल्कि जमकर दो हाथ जड़ दिए।"

"अरे, बाप रे बाप! आखिर पक्की 'मनुसमार' निकली।" जीउत की माँ बोली।

पता नहीं, यह उसने प्रशंसा में कहा या निंदा में, क्योंकि पियारी से उसकी पटती नहीं थी।

"आखिर मारती नहीं तो क्या करती? पुलिस भी तो हद से आगे बढ़ गई थी। उसके बदन पर उसने हाथ क्यों लगाया?" महँगू ने कहा।

बात यह थी कि बनारस में चित्रा सिनेमा के सामने उन दिनों एक फुहारा था और चित्रा के नीचे ही थी शराब की दुकान। कल सवेरे से ही फुहारे पर औरतों का जमावड़ा हो रहा था। योजना थी कि जब दुकान खुलने का समय होने लगे, औरतें दुकान के सामने लेटना शुरू कर दें। पुलिस को इसका पता था। वह भी सवेरे से तैयार थी।

ज्यों ही औरतें धरना देने के लिए चलीं, पुलिस ने उन्हें रोका। पियारी तो आगे-आगे थी ही। धर-पकड़ में पुलिस के किसी कर्मचारी का हाथ पियारी के बदन से छू गया। फिर क्या था? उसमें कराला काली का आवेश हो गया। वह लगी दोनों हाथों से मर्दों जैसा पुलिस के जवानों पर मुक्का चलाने। जब एक औरत ने इतनी दिलेरी दिखाई, तब पुरुष भला पीछे रहकर अपने मुँह में कालिख क्यों पोतते! वे भी टूट पड़े। पुलिस को लाठी चार्ज करना पड़ा। बहुत से लोग घायल हुए, बहुत से गिरफ्तार। पिकेटिंग करनेवाली महिलाओं को घसीट-घसीटकर लॉरी में डाला गया और पुलिस उन्हें जेल ले गई।

आज सारे शहर में इस घटना के विरोध में हड़ताल है। इक्के-ताँगे भी नहीं चलेंगे। रिक्शे तो उन दिनों थे ही नहीं। चाचा ने भी अपनी दुकान नहीं खोली। पर

उसकी दुकान खुलने और बंद होने में बहुत अंतर नहीं पड़ता। उसके बँधे-बँधाए ग्राहक हैं। यदि वह एक पल्ला भी खोलकर बैठ जाता है तो भी लेनेवाले आते ही हैं। आज भी आए, पर चाचा ने उन्हें लौटा दिया।

जब माँ कोठी जाते समय मुझे चाचा के यहाँ पहुँचाने आईं, तब वह मुसकराते हुए बोलीं, ''क्यों भइया, आज तुम्हारी दुकान में भी हड़ताल है?''

''मैं दुनिया से ऊपर थोड़े ही हूँ।'' चाचा ने कहा।

''पर कोठी में लोग कह रहे थे कि इस कांड के लिए पियारी का ही दोष अधिक है।'' माँ बोलीं, ''वह अपनी हेकड़ई में ही मुक्के चलाने लगी।''

''हेकड़ तो वह है ही।'' चाचा मुसकराया—''यह भी हो सकता है कि कोई खुद उसके शरीर से टकरा गया हो।''

''किंतु इसका मतलब यह नहीं है कि वह मुक्के मारना शुरू कर दे।'' माँ बोलीं, 'गांधीजी तो कहते हैं कि यदि तुम्हें कोई मारे भी तो तुम चुपचाप मार सह लो, पर किसी को कष्ट मत पहुँचाओ।''

चाचा हँस पड़ा, ''तुम भी क्या बात करती हो, जग्गू की माँ! गांधीजी को समझने का न तो पियारी में सामर्थ्य है और न अवसर। इस समय तो उसपर 'सुराजी' होने का भूत सवार है।''

माँ मुसकराती हुई कोठी चली गईं।

थोड़ी देर बाद कई लोगों के साथ रामकिशुन आता दिखाई दिया। चाचा ने सोचा कि दुकान बंद कराने ही आ रहा है। उसने सौदा लेने आए एक अदमी को लौटा दिया और लगा अधखुला पल्ला भी बंद करने।

''अरे, काहे को बंद कर मुँह छिपा रहे हो सुमेर भइया, सामने आओ। यह समय घर में घुसकर बैठने का नहीं है।'' रामकिशुन दूर से ही चिल्लाया।

चाचा सकपका गया। वह अपनी झेंप को बनावटी हँसी से ढँकते हुए बोला, ''अब सुराजियों से भी डर लगता है कि कहीं वे दो-चार हाथ न दे दें।'' निश्चित ही चाचा पियारी के संदर्भ में बोल रहा था। बात का उस ओर मुड़ जाना लाजिमी था।

दुकान के तख्ते पर बैठते हुए रामकिशुन ने पियारी की तारीफ का पुल बाँधना आरंभ किया—''बनारस का नाम रख लिया उस औरत ने, वरना पिकेटिंग का कामयाब होना मुश्किल था। हम लोगों ने जितनी भी औरतों की व्यवस्था की थी उनमें से आधी भी नहीं आईं। और जो आई थीं, वे भी किसी काम की नहीं। पुलिस की एक डपट में भाग खड़ी होतीं। पर वाह रे पियारी! क्या मुक्का चलाया कि पुलिस को लाठी चार्ज करना ही पड़ा। मजा आ गया।''

''तुम्हें मजा आ रहा है और किसी का हाथ-पैर टूट गया।'' चाचा बोला।

"तुम क्या जानो सुमेर साव, यही तो राजनीति है।" चाचा की सहजता पर रामकिशुन बड़ी जोर से हँसा—"अरे, जब अखबारों में छपेगा कि निहत्थी औरतों पर पुलिस द्वारा लाठी चार्ज, तब क्या समझते हो, आंदोलन की लपटें गाँव-गाँव तक फैलने लगेंगी।" फिर वह कुछ सोचते हुए बोला, "कभी-कभी अहिंसा के प्रचार के लिए हिंसा आवश्यक हो जाती है।" इसके बाद उसने प्रसन्नतापूर्वक अपनी आगे की योजना बताई कि "हम लोग प्रदर्शन करेंगे और जेल भरेंगे। इसमें तुम्हारी मदद चाहिए।"

"हम भागते थोड़े हैं, भइया।" चाचा बोला, "पर हम कर क्या सकते हैं?"

"जो कर सकते हो वही करो।" रामकिशुन मुसकराया और बिना किसी भूमिका के बताया कि इस समय हम लोग चंदा लेने निकले हैं।

चाचा संकोच में पड़ा कि क्या दूँ?

"...अच्छा, तुम एक सेर घी ही दे दो।"

चाचा मुसकराया। उसने पूछा, "घी क्या करोगे?"

"जो लोग जेल गए हैं, उनके लिए पूड़ियाँ बनाकर ले जानी हैं।"

सुमेर ने आनाकानी तो नहीं की, पर इतना गंभीर हो गया जैसे वह देने के पक्ष में न हो। फिर भी वह लाचार था। उसने धीरे से मिट्टी के मर्तबान (एक तरह की हँड़िया) में एक सेर घी तौल दिया।

अब मैं सोचता हूँ, चाचा कितना विवश था, कितना असहाय! चंदर उसके यहाँ से बिना पैसे का मिट्टी का तेल ले गया था और रामकिशुन घी ले जा रहा है। दोनों के माँगने में अंतर जरूर था। एक डाँट-डपटकर गुंडई के बल पर ले गया और दूसरा सविनय चंदा के नाम पर। एक ने मुसलमानों का घर जलाया और दूसरा सुराजियों को पूड़ियाँ खिलाएगा; पर दोनों को चाचा ने अपने मन से तो नहीं दिया। किसी-न-किसी तरह वह लाचार अवश्य हो गया। यदि पुलिस भी सरकार के लिए कुछ माँगे तो चाचा को उसे भी देना पड़ेगा। जरूर देगा। सोचता हूँ, क्या हमारे इतिहास में यही है एक विशुद्ध व्यापारी की निरीह भूमिका?

घी लेकर और बीड़ियाँ सुलगा लेने के बाद रामकिशुन अपने साथियों के साथ तख्ते से उठा। उसने सुलगी हुई बीड़ियाँ अपने मित्रों में बाँटीं और चलने को हुआ।

"तो क्या आज भी तुम लोगों का प्रदर्शन होगा?"

रामकिशुन ने एक रहस्यमय हँसी के साथ स्वीकारात्मक ढंग से सिर हिलाया।

"कैसे करोगे प्रदर्शन? पुलिस का कड़ा प्रबंध है। सड़क पर निकलने के पहले ही गिरफ्तार कर लिये जाओगे।" चाचा ने आशंका व्यक्त की।

रामकिशुन पुनः मुसकराया। इस बार उसकी मुसकराहट में कुतूहल अधिक था। फिर वह बड़े रहस्यमय ढंग से चाचा के कान में कुछ फुसफुसाया।

चाचा सुनते ही स्तब्ध रह गया। "मान गया तुम लोगों का लोहा।" चाचा हाथ जोड़ते हुए बोला, "जब तुम लोग यहाँ तक सोच सकते हो तब निश्चय ही अंग्रेजों को यह देश छोड़कर जाना ही पड़ेगा।"

"तुम लोगों का आशीर्वाद रहेगा तो फतह अवश्य होगी।" बड़े उत्साह से रामकिशुन ने कहा और अपने साथियों के साथ 'इनकलाब जिंदाबाद' करता चला गया।

अब मैं घर के उत्तरी दरवाजे पर आ गया था। थोड़ी देर बाद हमीद अपने दोस्तों के साथ गुल्ली-डंडा लिये निकला। उसे देखते ही चंपो ने अपनी दृष्टि घुमा ली। मुझे भी हट जाना चाहिए था, पर अंग-अंग से टपकती उसकी शरारत और मस्ती ने मुझे जैसे बाँध-सा लिया था। मैं चुपचाप उसे देखता खड़ा रहा।

"चलेगा?" उसने आँखें मटकाते हुए पूछा।

"चल, चल। दो-चार हाथ हो जाए।" जवाहिर मेरा हाथ खींचते हुए बोला।

अब भी मैं चुप खड़ा रहा। हमीद ने खुद बताया कि इस समय सड़क पर हम गुल्ली-डंडा खेलने चल रहे हैं। न ताँगा, न इक्का। एकदम सुनसान सड़क। बड़ा मजा आएगा इस समय गुल्ली-डंडा खेलने में।

"क्या पुलिस बिगड़ेगी नहीं?" मेरी घिसी-पिटी जिज्ञासा।

हमीद जोर से हँसा—"तुमको जानना चाहिए कि पुलिस हम लोगों को नहीं बिगड़ती।" फिर वह मेरे निकट आया और कान के पास आकर धीरे से बोला, "क्या कह रहा था रामकिशुन सुमेर साव से?"

"चंदा माँग रहा था।"

"नहीं-नहीं, प्रदर्शन के बारे में कान में क्या कहा?"

"यह तो नहीं मालूम।"

हमीद मुसकराया—"मैं अभी खेलकर लौटता हूँ, जरा पता लगाकर बताना। मैं तुम्हें बहुत अच्छी चीज दूँगा।" वह आँखें मटकाकर बड़े विचित्र ढंग से बोलते हुए चला गया।

मैं समझ नहीं पाया कि आखिर वह मुझे देगा क्या? फिर क्यों देता है? केवल सुराजियों की योजनाएँ जानने के लिए? जरूर यह पुलिस से मिला हुआ मालूम पड़ता है। तब तो यह हम लोगों का दुश्मन है। हमारी बुद्धि इसका सहज अनुमान लगा चुकी थी।

□

सावन सूखा चला जा रहा था। धूल भरी धरती पर दिन भर धूप तड़पड़ाती और रातें पसीने से लथपथ करवटें बदलतीं।

कई दिनों से माँ बीमार थीं। उन्हें बुखार था। दिन भर मैं उनके पास ही रहता

था। खाना सुमेर चाचा के यहाँ खा आता था। माँ के लिए भी साबूदाना या परवल का जूस वहीं से लेता आता था। चंपो की माँ भी दिन में कई चक्कर लगाती थी। आठ कटोरी का काढ़ा और गरम पानी वह मेरे ही घर पर कर देती थी।

आज रामकली दादी भी आईं, क्योंकि माँ के बीमार होने से उनके हनुमानजी के मंदिर की पूजा में व्यवधान पड़ा था। उनका कहना था कि जब तक तू बीमार है, जग्गू को ही पूजा के लिए भेज दिया कर। मुझे लगा कि बिल्ली के भाग से सिकहर टूट रहा है। मुझे पूजा से कुछ लेना-देना नहीं था। मेरा मतलब तो मात्र भोग से था।

रामकिशुन को सजा हो गई थी, फिर भी दादी खुश थीं। उनका लड़का अंग्रेज शासन से लोहा ले रहा था। दरअसल काम भी कमाल का उसने किया था। पुलिस की सारी सतर्कता मात खा गई थी। चौक थाने की प्रतिष्ठा पर तमाचा लग चुका था।

घटना दिन में लगभग दो बजे की है। एक मुरदे को टिकठी पर उठाए 'राम नाम सत्य' बोलते हुए लोग मेरे ही मुहल्ले से निकले! खद्दर तो सभी ने पहन रखा था, पर कुछ कुरता-धोती में थे और कुछ महज लुंगी लगाए तथा कंधे पर गमछा रखे।

नाके-नाके पर पुलिस थी। बीच-बीच में हड़ताल की सुनसान सड़क पर गोरे सैनिकों की गाड़ियाँ चीखती निकल जाती थीं। इक्का-दुक्का सहमे-सहमे लोग दिखाई पड़ जा रहे थे, पर सबकी आशंका थी कि आज गोली जरूर चलेगी, क्योंकि सुराजी लोग प्रदर्शन करने से बाज नहीं आएँगे। पर कब, कहाँ और कैसे प्रदर्शन होगा, इसका किसी को जरा भी आभास नहीं था।

राम नाम की सत्यता को स्वीकार करते लाश आगे बढ़ती जा रही थी।

चौक थाने के सामने लोगों ने लाश को जमीन पर उतार दिया और लगे फलों की बंद दुकानों के तख्तों पर बैठकर सुस्ताने। तब तक एक सिपाही आया और उसने डपटते हुए कहा, "उठाओ लाश और चलते बनो।"

"चले जाएँगे जमादार साहब! जरा सुस्ता लेने दो।" तख्ते पर बैठे लोगों में से एक बोला।

"सुस्ताना हो तो आगे जाकर सुस्ताना।" जमादार के रोब की चिमनी धुआँ छोड़ने लगी—"देखते नहीं हो, सामने थाना है। यह कोई श्मशान थोड़े ही है।"

"कितना अच्छा होता, यदि इस मुल्क के सारे थाने श्मशान हो जाते। उस दिन हिंदुस्तान का भाग जाग जाता।" तख्ते पर से ही आई यह दूसरी आवाज शरारत में डूबी थी।

जमादार भुन गया। वह बड़बड़ाता हुआ थाने की ओर लपका—"लगता है, तुम्हारी मनशा साफ नहीं है। अभी मजा चखाता हूँ। तुम्हें क्या मालूम है कि दौरे पर आए पुलिस सुपरिंटेंडेंट रॉबर्ट इसी थाने में हैं।"

थोड़े देर बाद ही लोगों ने देखा कि थाने का विशाल फाटक गोरे सैनिकों को उगलने लगा और देखते-ही-देखते पूरी एक टुकड़ी लाश के पास आ गई।

"उठाता है कि नहीं?" सबसे आगे का गोरा सैनिक चीखा। लाश को ठोकर मारने के लिए उसका दाहिना पैर भी उठा, पर पता नहीं क्यों उसका पैर लौटकर अपने स्थान पर आ गया।

मुरदे को लाए लोगों पर जैसे इसका कोई प्रभाव नहीं पड़ा। एक चीख हवा में फड़फड़ाती हुई उनके सिर पर से निकल गई। वे तख्ते पर से उठे अवश्य, पर चुपचाप, एक-दूसरे को संकेत करते हुए। ...और आकर शव को चारों ओर से घेरकर खड़े हो गए।

"तुम लोग लाश को घेरकर पत्थर की तरह क्यों खड़े हो?" रॉबर्ट गरजा।

"क्योंकि हम नहीं चाहते कि कोई जंगली हमारी लाश को बूट से ठोकर मारे।"

"क्या कहा? सैवेज, जंगली।" रॉबर्ट भभका। उसका क्रोध आग उगलने लगा—"कमीनो, तुम सबके सब जंगली हो, असभ्य... ।"

वह कुछ और कहे, इसके पहले ही मुरदेवालों में से एक मोटा आदमी बोला, "हम असभ्य हो सकते हैं, पर दुश्मन की लाश को भी पैर से नहीं छूते। जीवन की इस अंतिम यात्रा पर उसे श्रद्धापूर्वक प्रणाम करते हैं।"

पर रॉबर्ट का क्रोध कुछ भी सुनने की स्थिति में नहीं था। वह भभकता ही जा रहा था—"डोंट टीच मी फिलॉसफी। आई नो, ह्वसट यू आर।" मुझे दर्शन मत सिखाओ। मैं जानता हूँ कि तुम कौन हो। ...यदि लाश न होती तो तुम कुत्तों को अभी बाँधकर हवालात में डाल देता।"

स्थिति लगभग विस्फोटक हो गई थी। अब लाश को घेरे खड़े लोगों में दो-तीन नीचे झुके। उन्होंने बड़ी होशियारी से रस्सी के फंदे धीरे-धीरे खोल दिए। एक झटके के साथ मुरदा तिरंगा झंडा लिये उठकर खड़ा हो गया। अब क्या था, सभी लोग 'इनकलाब जिंदाबाद', 'वंदे मातरम्', 'महात्मा गांधी की जय' जोर-जोर से नारे लगाने और नाचने लगे।

मुरदा बना कोई और व्यक्ति नहीं बल्कि रामकिशुन ही था। वह गला फाड़-फाड़कर नारे लगा रहा था।

गोरे सैनिक ही क्या, पूरा थाना स्तब्ध रह गया। भारतीय सिपाही भी थाने के बाहर निकल आए थे। उन्हें इस स्थिति की कल्पना तक नहीं थी। शीघ्र ही मन:स्थिति पर उन्होंने काबू पाया।

"गिरफ्तार करो इन कमीनों और धोखेबाजों को। अभी मजा चखाता हूँ।" चोट खाया नाग रॉबर्ट के रूप में फनफनाया और थाने के बिल में घुसने के लिए मुड़ा।

“सुनते जाओ रॉबर्ट, सुनते जाओ! ...मेरी बात सुनते जाओ।” रामकिशुन चिल्लाया, “मार खाने के बाद दुम दबाकर सूअर ही अपनी माँद में भागते हैं।”

यह फन पर लगी दूसरी चोट थी। फुफकारते हुए रॉबर्ट ने बगल से पिस्टल निकाल ली और बड़े वेग से आगे बढ़ा।

उसे लौटता हुआ देखकर रामकिशुन रामलीला के रावण जैसा हँस पड़ा। इस नाटकीय अट्टहास से सारा कोलाहल काँपकर गिर गया।

“लगता है, तुम्हारी शामत तुम्हारे सिर पर मँडरा रही है।” रॉबर्ट तड़पा।

“हमारी शामत नहीं, आज अंग्रेजी साम्राज्य की शामत आई है।” वह वैसे ही हँसते हुए बोलता रहा, “यह कोई मुरदा नहीं जी उठा है वरन् यह प्रतीक है मरे हुए हिंदुस्तान का, जो तुम्हारे बूट की ठोकर से जाग उठा है। अब यह जागा हिंदुस्तान तुम्हें सात समंदर पार भगाकर ही दम लेगा। ...इनकलाब जिंदाबाद! इनकलाब जिंदाबाद... !” नारों से पुन: आकाश फटने लगा।

सबके सब गिरफ्तार हो गए; पर जिस शान से गिरफ्तार हुए, उसकी कहानी सभी अखबारों में छपी। हमीद ने तो मुझे अंग्रेजी का एक अखबार दिखाया था, जिसमें रामकिशुन और पियारी के चित्र अगल-बगल छपे थे।

उसने मुझसे पूछा भी—“जानते हो, ऐसे चित्र कब छपते हैं?”

हमीद ने खुद ही बताया, “जब लोगों की शादी होती है।” और वह हँसने लगा।

वास्तव में पियारी जैसी थी, चित्र में वह उससे कहीं सुंदर लग रही थी। दरअसल, इधर चर्चाओं में पियारी रामकिशुन के बहुत निकट आ गई थी। वह पहर रात गए भी उसके साथ घूमती थी। आखिर रात को ही तो वह हमारे यहाँ आई थी। तब लोग उसके संबंध में कुछ और सोचें तो आश्चर्य क्या? हमीद अपने मन से कुछ थोड़े ही कहता है। वह तो औरों की बात को झटककर ही अपना बनाता है।

मैंने चंपो से पूछा, “क्या रामकिशुन और पियारी की शादी होगी?”

“भक! तू ऐसी उलटी-सीधी बातें सोचता कैसे है?” चंपो बोली, “अरे, रामकिशुन की शादी हो चुकी है! फिर, वह ब्राह्मण और पियारी अहिरिन। कैसे होगी शादी?”

“तो क्या शादी होने के लिए एक जाति का होना आवश्यक है?”

“हाँ।” कहती हुई वह घर में चली गई।

मैं सोचता रह गया। मुझे पहली बार लगा कि मेरे और चंपो के बीच कोई मजबूत दीवार है। कितनी विचित्र है यह दीवार, जिसे हम नहीं देखते थे, पर जो हमें बड़ी सावधानी से देख रही थी।

□

सचमुच, ऐसा सूखा तो कभी नहीं पड़ा था। अभागे भिखारी की हथेली की तरह आकाश खुला-का-खुला रह जाता। बादल का एक टुकड़ा भी उसमें दिखाई नहीं देता। हनुमानजी की पूजा करके आज मैं देर से लौटा था। धधकते सूरज को देखकर माँ एकदम सहम गई थीं। वह मुझे कोठी भेजना चाहती थीं, पर एक बार आसमान को देखकर वह ठिठक गईं।

महीना हो गया है। वेतन तो लाना ही पड़ेगा, वरना चलेगा कैसे? माँ ने सोचा और बोल पड़ीं, ''अच्छा होता कि आज तुम कोठी चले जाते।''

''चला जाऊँगा, माँ।'' कोठी अकेला मैं एकाध ही बार गया हूँ, फिर भी तैयार हो गया, क्योंकि वहाँ जाने से मुझे बड़ा मजा आता था। किंतु अभी तक खाना नहीं खाया था, और खाना खाने के फेर में पड़ूँगा तो देर हो जाएगी।

किंतु माँ मुझे बिना खाना खाए जाने देने को तैयार भी नहीं थीं। उनका विचार था कि मैं जल्दी चाचा के यहाँ से खा आऊँ।

पर चाची के यहाँ आज चूल्हा नहीं जला था। लोगों का सोमवार का व्रत था। खाना तीसरे पहर ही बनेगा। फिर भी, मुझे देखते ही चाची ने कंडे जलाए और मेरे तथा चंपो के लिए लिट्टी लगाने की व्यवस्था की। ...अब देर होना तो लाजिमी था।

जब मैं खाना खाकर घर आया तो दोपहर का सूरज आसमान पर चढ़ आया था। माँ बोलीं, ''न हो तो इस समय रहने दो, शाम को जाना।''

किंतु मैं उसी समय जाने को तैयार था। लगभग जिद करने के स्वर में बोला, ''मुझे इसी समय जाने दो, माँ। मैं गली-गली चला जाऊँगा। धूप नहीं लगेगी।''

''कहीं गली में भटक गए तो?''

''गलियाँ मेरी देखी हुई हैं।'' मैंने बड़े विश्वास से कहा।

फिर माँ ने हलकी सी ट्रेनिंग दी—''देखो, लोग मेरा हाल पूछेंगे तो बताना, माँ को बुखार अब भी रहता है। कमजोर हो गई हैं। उठ-बैठ नहीं सकतीं। मैं ही उन्हें काढ़ा और जूस बनाकर देता हूँ। कल से उन्हें दवा भी नहीं मिली है, क्योंकि पैसे नहीं हैं।'' माँ ने यह भी कहा कि बातचीत के सिलसिले में थोड़ी-सी मूँग की दाल और साबूदाना भी माँग लेना।

मैंने सफेद कमीज और कत्थई पैंट पहनी, यद्यपि पैंट बड़े बेमौके जरा सी मसक गई थी। मैंने उसका कोई खयाल नहीं किया, क्योंकि वह मुझे बहुत अच्छी लगती थी।

जब लोटिया उठाकर चलने को हुआ तो माँ ने फिर कहा, ''देख, महीने भर की तनख्वाह पाँच रुपए मिलेगी। उसे ठिकाने से रखना!'' माँ फिर चुप हो कुछ सोचने लगीं, ''जहाँ तक हो, तू रानी बहू से ही कहना। वह बेचारी गरीबों का दुःख-दर्द

समझती हैं। और हाँ, यदि वह कुछ सामान और दें तो तू रुपए नगीना को दे देना। वह बेचारा कभी-न-कभी पहुँचा देगा।''

मैं रानी बहू को तो जानता था, पर नगीना से परिचित नहीं था। पूछने पर माँ ने ही बताया कि वह कोठी का दरबान है। घुसते ही फाटक पर एक बेंच पर बैठा मिलेगा।

मैं चल पड़ा, पर माँ की ममता माननेवाली कहाँ थी! उन्होंने फिर आवाज लगाई—''देख, दोपहर को वहीं रह जाना। संध्या होने पर चलना और सीधे घर आना।''

मैं चल पड़ा।

जो आशंका थी, वही हुआ। मृत्युंजय का मंदिर बंद हो चुका था। अब क्या करूँ? कहाँ से बेलपत्र लूँ और कहाँ से जल? सोचता खड़ा रहा। तब एक परिचित आवाज टकराई—''अरे, क्या खड़ा है, जगुआ?'' रामधन सरदार की दुकान पर बैठा दानिस बोल पड़ा था।

दानिस हमीद का दोस्त है। यह उससे बड़ा भी है और उससे शैतान भी। हमीद ने ही बताया था कि वह गुंडा है। मेरी हिम्मत उससे कुछ भी छिपाने की न हुई। मैंने उसे सबकुछ साफ बता दिया।

''...तो तुम्हें जल चाहिए।'' वह बेहूदी हँसी हँसने लगा।

रामधन ने बताया, ''मंदिर के पिछवाड़े फूल, बेलपत्र आदि अभी-अभी पुजारीजी ने निकालकर फेंका है। उसी में से जितना बेलपत्र और फूल लेना हो, ले लो।''

''...और जल?'' मैंने पूछा।

''पहले बेलपत्र तो ले आ, तब बताता हूँ।''

मैं मंदिर के पीछे पहुँचा। वहाँ बेलपत्र और फूलों के अंबार में दो-चार लड़के बड़े गौर से कुछ खोज रहे थे। मैं झुका ही था कि सबके सब मुझ पर एक साथ झपट पड़े—''खबरदार, जो हाथ लगाया।'' मैं कुछ समझ नहीं पाया, ये क्यों बिगड़ रहे हैं, जब कि मेरे बाद आया एक कुत्ता उन पत्रों और फूलों पर पड़े दूध और पानी के कणों को बेरोक-टोक चाटने लगा था।

मैंने धीरे से कहा, ''क्या ये सारा-का-सारा तुम्हीं लोगों का है?''

''तो क्या तेरे बाप का है?'' उनमें से एक बोला और ढेर को छोड़कर एकदम उठ खड़ा हो गया, जैसे लड़ने को आमादा हो।

मैं अकेला था, पर मेरी समझ में अब भी नहीं आया कि वे क्या कर रहे हैं। मैं चुपचाप दानिस के पास लौट आया। उसने पूछा। मैंने सब बता दिया। वह हँसने लगा और बोला, ''हमीद ठीक कहता था कि जगुआ बोदा तो है ही, डरपोक भी है।''

वह दुकान से उतरा और मेरे साथ हो लिया। निश्चित ही उसके मन में मेरे प्रति कहीं-न-कहीं सहानुभूति अवश्य थी, वरना इतने शरारती का मैं कृपाभाजक कैसे बनता?

बेलपत्र और फूलों पर एकाधिकार जमाए लड़के उसे देखते ही सन्न रह गए, गोया कबूतरों के बीच बाज आ गया हो। वे कभी मुझे घूरते और कभी उसे कातर दृष्टि से निहारते।

तब तक उसने एक का कान गरम करते हुए पूछा, ''क्यों बे, कितना पाया?''

उसने भय से काँपते हुए मुट्ठी खोल दी। उसमें दो पैसे थे। अब मैंने समझ लिया कि पुजारियों के बटोरने पर भी कुछ पैसे इन पत्तियों में छिपे रह जाते हैं, ये लड़के उन्हीं को खोज रहे थे। तभी मुझे हाथ लगाने देना नहीं चाहते थे।

उस समय मुझे दुःख हुआ था, पर अब सोचता हूँ कि आखिर उन लड़कों की भूल ही क्या थी? जब पुजारी मूर्ति पर मात्र पैसे के लिए अधिकार जमाए रहता है तब ये लड़के पैसों के ही लिए फेंकी गई पत्तियों पर अधिकार करें तो बुरा क्या? दोनों के एकाधिकार में गुणात्मक अंतर तो कोई है नहीं, मात्र परिमाण का फर्क है। मूल में तो वही है—पैसा।

''तुम लोगों ने इसे बेलपत्र लेने से रोका क्यों?'' जिसका कान पकड़ा था दानिस ने उससे पूछा।

''मैंने नहीं रोका।'' वह साफ झूठ बोल गया।

फिर दानिस ने एक के बाद दूसरे लड़के पर दृष्टि डाली। सबने साफ इनकार कर दिया।

अब उसने बेलपत्र ले लेने के लिए मुझे संकेत किया। मैंने दो बेलपत्र और एक फूल उठा लिया। वह ढीठ कुत्ता अब भी ढेर में मुँह डाले चाटता जा रहा था।

दुकान पर लौटते ही रामधन बोला, ''तुझे प्रसाद से ही मतलब है न! अब तू इसे लोटिया में डाल ले।''

मैं चुप था, क्योंकि मेरा मन कह रहा था कि अब यह शिव का नहीं वरन् कुत्ते का प्रसाद है।

''चुप क्यों है? सरदार जो कहता है, उसे करता क्यों नहीं?''

''यह बेलपत्र जूठा है। इसे कुत्ते ने मुँह लगा दिया है।'' मैंने बहुत धीरे से कहा, क्योंकि मुझे दानिस से अब भी डर लग रहा था।

''मुँह लगा दिया है तो इसे पानी से धो डाल।'' मेरी अज्ञानता या सज्जनता पर वह इस बार फिर जोर से हँसा—''अरे, जब कुत्ता बरतन जूठा करता है तो क्या तू उसे फेंक देता है? उसे धोता ही है न?''

'बरतन और बेलपत्र में अंतर है। कुत्ता जब खाना जूठा करता है तब भी हम उसे फेंक देते हैं।' मेरे मन में बात उठी, पर मैं बोल नहीं सका।

रामधन ने भी उसी बात पर जोर दिया। अब मैं सरकारी बंबे पर जाने के लिए

विवश था—"हाँ, तो लोटिया में थोड़ा पानी भी ले लेना।" बंबे के निकट पहुँचने पर सरदार की आवाज सुनाई पड़ी।

लोटिया में बेलपत्र एवं फूल डालकर और बंबे का थोड़ा पानी उसमें लेकर फिर दुकान पर आ गया। रामधन ने मलाई पक रही कड़ाही के किनारे से थोड़ा सा दूध निकालकर उस लोटिया में डाल दिया—"अब ले जा, यह मृत्युंजय का असली जल हो गया।"

रामधन मुसकराया और दानिस भी हँस पड़ा; पर मेरा मन यह धोखा करने के लिए तैयार नहीं था। मैं कुछ सोचते हुए मौन खड़ा रहा।

"अब क्या सोच रहे हो?" दानिस बोला।

"मुझे पाप लगेगा।" सहमते-सहमते मैंने कहा।

"पाप?" मुझे ठीक याद है, दानिस बहुत जोर से हँसा था, "तू कितना भोला है, जग्गू, तुझे क्या पाप लगेगा? अरे, तू मंदिर के द्वार तक तो आया है, अपने भगवान् से मिल न सका, न सही। पाप तो उन्हें लगेगा जो पैसों के बल पर तेरे ऐसे नादान बच्चे से इस चिलचिलाती धूप में अपने यहाँ प्रसाद मँगवाते हैं, वह भी महामृत्युंजय का।" मैंने अनुभव किया कि दानिस आवेश में आ गया है—"तू विश्वास कर जग्गू, यदि अल्लाह कहीं होगा तो इन कमीनों को कभी माफ नहीं करेगा। अरे, जरा स्वराज तो होने दे, ये साले चुन-चुनकर मारे जाएँगे।"

मुझे लगा, मेरे मन में बनी दानिस की प्रतिमा में स्वत: विस्फोट हो गया। वह चूर-चूर होकर बिखर गई। मेरे सामने एक दूसरा ही दानिस खड़ा है, जिसका शैतान हमीद के साथ चला गया है और इनसान सामने है, जिसमें सबकुछ अँधेरा-ही-अँधेरा नहीं है, कुछ रोशनी भी है।

मैं उस रोशनी को समेटता चल पड़ा। मेरे मस्तिष्क में उस परिवर्तित दानिस की मुद्राएँ बनती और मिटती रहीं।

□

"कहाँ जा रहे हो?" द्वार पर पहुँचते ही बेंच पर लेटा भारी-भरकम व्यक्ति पूछ बैठा। मैं रुका। मुझे शीघ्र ही याद आया। बिना किसी भूमिका के बोल पड़ा, "आपका नाम नगीना है न?"

वह मुसकराया—"क्या तुम महराजिन के लड़के जग्गू हो?" उसने पूछा।

मैंने सिर हिलाकर स्वीकारा।

"इस समय कैसे चले?"

"मृत्युंजय का जल देने आया हूँ।"

"यह भी कोई जल देने का समय है!" बड़े रूखे ढंग से उसने कहा, "इस

समय सभी लोग सो रहे हैं। तुम ऊपर जा सकते हो, पर दीवानखाने में मत जाना और न दरवाजा खुलवाना, जब तक वह स्वयं न खुल जाए।''

मैं ऊपर चला, पर सोचता रहा कि जिस नगीना को माँ अपना समझती हैं, वह कैसा है? उसने तो माँ का हाल तक नहीं पूछा। क्या व्यक्ति मुँह के सामने ही अपना होता है और पीठ पीछे पराया? फिर भगवान् ने पीठ क्यों बनाई?

सचमुच, दीवानखाने का दरवाजा बंद था। द्वार के ऊपर लगी एक छोटी सी लोहे की चरखी से एक मोटी और लंबी सूत की डोरी बाहर निकली थी। इसी डोरी को मेरी ही उम्र का एक काला-सा लड़का खींच और ढील रहा था। मात्र एक फटी-सी जाँघिया उसे दिगंबर होने से रोक रही थी।

पता चला कि दीवानखाने में सो रहे लोगों के लिए वह बाहर बैठा पंखा खींच रहा है। उन दिनों बिजली के पंखे का इतना रिवाज नहीं था। बड़े-बड़े कमरों में धरन से लटकते लकड़ी के पटरे में कपड़े की लंबी झालरें लगी रहती थीं। छोटे-छोटे लड़के उन्हें खींचा करते थे।

पंखा खींचता लड़का यहाँ की बूढ़ी महरिन का छोटा लड़का शीतल है। वह मुझे देखते ही मुसकराने लगा। जरूर पहले से वह मुझे पहचानता था। वह पसीने से तर-बतर था और खींचते-खींचते ऊँघ भी रहा था।

''लाओ, मुझे दो। थोड़ा मैं भी खींच दूँ।'' मैंने कहा।

उसने बिना किसी 'ना-नुकुर' के डोरी मुझे थमा दी और वहीं जमीन पर ढुलक गया। उसके शरीर के पसीने से शरीर की धूल अद्वैत स्थापित करने लगी।

उसकी थकावट और बेबसी पर मुझे दया आ गई। मैं कुछ सोचते हुए बड़बड़ाया—'माँ ठीक कहती थीं कि यह गरमी नहीं, भगवान् का कहर है।'

''बड़ी कृपा है भगवान् की, जग्गू भइया।'' वह ऊँघते-ऊँघते बोला, ''यदि पानी बरस जाता तो हमारी नौकरी एक महीने पहले ही खतम हो जाती!''

मुझे लगा कि यदि शीतल का वश चलता तो वह सूरज को हमेशा के लिए ठीक अपने ऊपर आसमान में टाँगे रखता। भले ही जलता, पसीने-पसीने होता; पर उसकी नौकरी तो बनी रहती।

इस समय वह सो गया था। उसका मौन आँखें मूँदकर ईश्वर का धन्यवाद कर रहा है।

मैं खींचता रहा। डोरी को अपने दाहिने हाथ में लपेटकर खींचता गया। कभी-कभी दो-एक क्षणों के लिए सुस्ता भी लेता था, पर मेरा अभ्यास नहीं था। दो घंटा भी न गुजरा होगा कि मैं एकदम थक गया। मैंने डोरी छोड़ दी और बाईं ओर की दीवार के सहारे बदन ढील बैठा। सामने शीतल खर्राटे ले रहा था।

"अबे, मर गया क्या? खींचता क्यों नहीं?" एक भारी आवाज गोली की तरह भीतर से छूटी। और मैं फिर खींचने लगा। मेरी निगाह फिर शीतल पर पड़ी। मुरदे और सोते व्यक्ति में एक साँस भर का ही तो अंतर है। मैं सोचता रहा, खींचता रहा। खर्राटे शीतल की थकावट को बाहर फेंकते रहे।

दीवानखाने की दीवार घड़ी की झनझनाहट तीन बार उभरी और फिर खो गई। थोड़ी देर बाद ही भीतर हरकतें होने लगीं, हलचलें सुगबुगाने लगीं। मालूम हुआ कि लोग जाग गए हैं। बातें भी सुनाई पड़ने लगीं। पता चला कि बड़े सरकार को साढ़े चार बजे तक कलक्टर के बँगले पर हाजिर होना है। आज 'अमन सभा' की मीटिंग है। ड्राइवर गंगाराम को बुलाया है, पर वह अभी तक नहीं आया। अब क्या था? बड़े सरकार ने आसमान सिर पर उठा लिया था। 'हड़कंप' हो गया था।

फिर भी मैं पंखा खींचता जा रहा था। अचानक दरवाजा खुला और नई बहू सामने दिखाई दीं।

"अरे, तुम खींच रहे हो!" उन्होंने विस्मय से मुझे देखा और एक झपट्टे में डोर हाथ से खींच ली। उनकी दृष्टि सोते हुए शीतल पर भी पड़ी। वह आगबबूला हो उठीं, "कमीना कहीं का, खुद सो रहा है और ब्राह्मण से पंखा हँकवा रहा है।" इतना कहते हुए उन्होंने खींचकर दो लात सोते हुए शीतल को मारीं। दोनों उसके पेट पर ही पड़ीं। वह एकदम छटपटा उठा। मेरा मन चीख उठा—'अरे, सोते हुए पहरे के कुत्ते को भी कोई ऐसा नहीं मारता।'

शीतल चिल्लाता रहा। बात क्या है? अब भीतर से दो-एक लोग और आ गए। नई बहू ने अपने ढंग से लोगों को समझाया। बड़े सरकार डपटते हुए बोले, "साला, काम से जी चुराता है और रोता भी है। इस नीच को दो-एक हाथ और दो, सारी रुलाई इसके पेट में चली जाए।"

वह रोता गया। लोग उसको फटकारते गए।

इसी बीच वह बूढ़ी महरिन भी आ गई। उसे देखते ही नई बहू और भी तड़पीं—"देखो महरिन, अब तुम्हारा लड़का कामचोर हो गया है। वह खुद तो सो रहा था और महराजिन के लड़के से पंखा खिंचवा रहा था। इस गरमी में ब्राह्मण के लड़के से पंखा खिंचवाकर हम लोग आखिर किस नरक में जाएँगे!"

शीतल अब भी रो रहा था।

"अइसन काहे कइलऽ बेटा?" कहती हुई महरिन ने उसे अपने से चिपका लिया। उसने आँचल से आँसू पोंछे और खून का घूँट पीकर रह गई; पर वह नई बहू से पूछ न सकी कि इस नादान सोते बच्चे को इस बेरहमी से मारकर आखिर तुमने कौन सा स्वर्ग पा लिया, बहूजी?

नई बहू चली गईं। लोग बड़े सरकार की तैयारी में लग गए थे। पंखा झलना भी बंद हो गया था। दीवानखाने की बगल की सीढ़ी के पास हम तीन लोग रह गए थे—मैं, महरिन और शीतल। शीतल की सिसकन हिचकी में बदल गई थी। सचमुच, उसे बहुत जोर से मारा गया था।

अचानक दानिस मेरी आँखों के सामने से तैर गया—"घबराओ मत शीतल, हम लोग इन सबका बदला लेकर रहेंगे, जरा स्वराज्य होने दो।"

महरिन हमारी बात पर गंभीर हो गई—"यह स्वराज्य क्या है?"

"हम लोग आजाद होने वाले हैं।"

"नहीं, नहीं। आजाद होने से लड़के बरबाद हो जाते हैं।" महरिन ने अपने ढंग से सोचा और अपनी ही भाषा में कहा।

मैं उसे समझा नहीं सकता था कि हमारे स्वप्नों की आजादी क्या है?

□

कांग्रेस के खिलाफ उन दिनों सरकार ने एक 'अमन सभा' बनाई थी। उसमें सरकार के पिट्ठू रहते थे। राय बहादुर, खान बहादुर, राजा बहादुर आदि उसके पदाधिकारी होते थे। इन बहादुरों की बहादुरी महज 'जी हुजूरी' तक ही सीमित थी। हम अंग्रेजों ने तुम्हारे देश पर बड़ा एहसान किया—जी हुजूर। हमने तुम्हें अंग्रेजी पढ़ाई, सभ्य बनाया—जी हुजूर। तुम्हारे देश में रेलें चलाईं—जी हुजूर। छापेखाने, बिजली, मोटर और तरह-तरह की मशीनें दीं—जी हुजूर। हम न होते तो तुम जाहिल होते—जी हुजूर। हमें तुम पर शासन करने का हक है—जी हुजूर। तुम्हें अभी हजारों वर्षों तक गुलाम रहना चाहिए—जी हुजूर। "…और ये सब लोग जो हमारा विरोध करता है, किंग के खिलाफ नारा लगाता है, आंदोलन करता है, वह क्या है?" साहब पूछता।

"सब गद्दार है, एहसान-फरामोश है। …मुल्क का दुश्मन है।" समवेत स्वर में ये बहादुर लोग बोल पड़ते।

तब साहब इन बहादुरों को फाइफ, फाइफ, फाइफ सिगरेट ऑफर करता, जैसे कुत्तों को 'हंडले पामर' का बिस्कुट खिला रहा हो।

इन बहादुरों के बाद अमन सभा में दूसरा नंबर आता है—राय साहबों का, जो जनता में कहते कि सरकार हमारी ही राय से शासन करती है; पर दरअसल साहब के यहाँ जिनकी हाजिरी का सारा वक्त साहब के कुत्तों का मिजाज पूछने में ही गुजर जाता था। इन्हीं राय साहबों में से एक हैं—बड़े सरकार, राय साहब करमचंद चौधरी। क्या शान है! दो-दो नौकर तो इस समय इन्हें कपड़े पहना रहे हैं। कमख्वाब की शेरवानी, चूड़ीदार पाजामा और सिर पर साफा। जब पैर में मोजे के ऊपर 'डासन' का बूट पहनाया गया तो वे झल्लाकर बोले, "मूर्खो, जरा और ब्रश मारो।"

एक व्यक्ति ब्रश मारने लगा, दूसरा इत्रदान लेकर हाजिर हुआ—"गुलाब लगा दूँ, सरकार?"

"अबे जाहिल, गुलाब और बेला तो रात की चीजें हैं, इस समय खश लगा खश।" और खश लगाया जाने लगा।

हम लोग उसी सीढ़ी के किनारे खड़े होकर सबकुछ देख रहे थे। दीवानखाने की घड़ी चार बजा चुकी थी। बड़े सरकार बड़ी जल्दी में थे, मानो एक मिनट की भी देर हो जाएगी तो वे सूली पर चढ़ा दिए जाएँगे।

वे जल्दी से अब शीशे के सामने आए। इधर अचानक महरिन को जैसे कुछ याद हो आया। वह एकदम दौड़ी और पीतल का एक बड़ा घड़ा लाकर शीतल के सामने रख दिया।

यह क्या है? मैं कुछ पूछूँ, इसके पहले ही महरिन ने अपने बेटे से कहा, "देख, बड़े सरकार अब निकलने वाले हैं। तू घड़ा लेकर बाहरी दरवाजे पर खड़ा हो जा।"

उसके आँसू अभी सूखे नहीं थे। उसने मेरी ओर देखा। अवश्य ही मेरी मुद्रा ने उसे रोका होगा। पर उसकी माँ ने दबाव दिया, "चला जा, बेटा। जल्दी कर। पैसा मिलेगा···।"

मुझे लगा कि वह पैसा मिलने की बात पहले से जानता है, तभी तो रुका नहीं। वह घड़ा लेकर चल पड़ा और मुझसे बोला, "तुम भी चलो न!"

"मैं क्या करूँगा जाकर?" मेरे स्वर में खीझ थी, झुँझलाहट थी।

फिर भी महरिन मुझ पर जाने के लिए दबाव दिए जा रही थी, "जा, जा! तू भी चला जा बेटा! शीतल के साथ खड़े रहना। सरकार जब निकलने लगें तब उन्हें मृत्युंजय का बेल-पत्र दे देना। कुछ-न-कुछ तो मिल ही जाएगा।"

मेरा मन किसी प्रकार तैयार नहीं था, फिर भी मैं शीतल के पीछे-पीछे चल पड़ा। हमें लगा, हम दोनों पैसे की डोर से बँधे बाहरी फाटक की ओर खिंचे चले जा रहे हैं।

जाते-जाते मैंने देखा, पूरी तरह तैयार बड़े सरकार शीशे के सामने खड़े होकर मूँछों पर ताव दे रहे हैं, फिर भी मूँछें खड़ी हो नहीं पा रही हैं। बगल में रखी शीशी से कुछ निकालकर उन्होंने मूँछों पर लगाया, ऐंठा। सूई की नोक की तरह वे खड़ी हो गईं।

सरकार सीढ़ी से उतर रहे हैं, जैसे कोई बड़ी बात हो रही है। नगीना बेंच से उठकर पहले ही खड़ा हो गया था। दो और ड्योढ़िए भी आकर उसकी बगल में खड़े हो गए। नगीना ने उन्हें रास्ता छोड़कर किनारे खड़े होने का संकेत किया।

सरकार आ गए। ड्योढ़ियों ने अभिवादन में हाथ जोड़कर एकदम सिर झुका लिया। शीतल ने एक हाथ से घड़ा थामकर दूसरे से सलाम किया; किंतु मैं उनकी खड़ी

मूँछ ही देखता रह गया। जब वे घड़े में पैसा डाल चुके तब मैंने बेल-पत्र थमाया। वह मुझे देखते ही झुँझलाए—"तुम कहाँ से आ गए?" फिर नगीना की ओर देखकर बोले, "ऐसे लोग रास्ते में कैसे खड़े हो जाते हैं?"

"सरकार, महराजिन का लड़का है।" इतना कहते ही उसके गले में जैसे कुछ अटक गया। वह एक क्षण के लिए रुका, फिर बोला, "सरकार की सवारी निकल रही है। हुजूर के लिए मृत्युंजय का बेल-पत्र लाया है।" इतनी तहजीब और विनम्रता से यह बात कही गई थी कि इसका असर हुआ। सरकार ने मेरे हाथ से बेल-पत्र लेकर मस्तक से लगाया। फिर भी मैं उन्हें देखता रहा। मेरा अहं भीतर-ही-भीतर बुदबुदाया—'तेरी मूँछों के ताव की तरह यह प्रसाद भी बनावटी है। तेरे मस्तक पर लगाने के पहले इसे कुत्ते ने मुँह लगा लिया था।'

सरकार के हाथ में महज एक एकन्नी थी, जो उन्होंने घड़े में डाल दी थी। मेरे लिए अब उन्हें नगीना से कहना पड़ा, "इसे दक्षिणा दिला देना।"

सरकार की सवारी चली गई। एक दरबारी हाथी कुत्ते की तरह दुम हिलाता निकल गया।

☐

अब मैं रानी बहू के कमरे में था। सचमुच वह एक भली महिला थीं। उन्होंने बड़े प्यार से मुझे अपने पास बैठाया, माँ का हाल-चाल पूछा। माँ ने जैसा सिखाया था, एक तोते की तरह मैंने दोहरा दिया।

"माँ से कहना कि जब तक अच्छी तरह तबीयत ठीक न हो जाए तब तक न आएँगी।" इतना कहते हुए वह स्वयं उठीं और बगल के कमरे में गईं। एक तश्तरी में दो बड़े गुलाबजामुन, मट्ठी और सेव ले आईं। "तुम कब से आए हो, भूख तो लग ही गई होगी।" कितनी आत्मीयता थी उस स्वर में! कितना ममत्व था उस भंगिमा में! मुझे लगा, उस पराए घर में वही कमरा अपना है।

उनके अपनत्व ने ऐसा दबाव डाला कि मैं निस्संकोच खाने लगा। थोड़ी देर बाद उन्होंने रमदेई से पानी मँगवा दिया। मैं आज तक नहीं समझ पाया कि उन्होंने जलपान भी किसी नौकर से क्यों नहीं मँगाया? ...माँ का सोचना था कि लोगों से छिपाकर उन्हें तुम्हें जलपान कराना था, इसी से वह खुद उठी थीं।

मैं खाता रहा उसी बड़ी गद्दीदार चौकी पर। वह हाथ की सिलाई मशीन से कुछ सिल रही थीं, पर वह अपने मोटे चश्मे के भीतर से बराबर मुझे देखती जाती थीं, जैसे कोई अपने पोष्य शिशु को भोजन करा रहा हो।

मैं एक-एक सेव बीनकर खा गया।

"...और लोगे?"

मुझे लगा जैसे मेरी माँ पूछ रही हों। मैंने 'नहीं' करते हुए सिर हिलाया। वह मुसकराती रहीं, फिर उठीं और बगल के ही कमरे से एक अखबार में कुछ सेव और मट्ठी बाँधकर ले आईं—"इसे घर ले जाना। यह तुम्हारे लिए है।"

मैं अपनी खुशी को रोक नहीं पाया। कागज की उस बड़ी पुड़िया को पैंट की छोटी सी जेब में ठूसने लगा। आखिर वह जर्जर पैंट दबाव कब तक बरदाश्त करती! चरमरा गई। अब रानी बहू हँस पड़ीं। मेरी फटी पैंट पर नहीं वरन् मेरे बाल सुलभ सहज स्वभाव पर।

"कोई बात नहीं, मैं अभी देखती हूँ।" वह मुसकराते हुए बोलीं, "मेरे साथ आओ। विनोद के बहुत से कपड़े निकले हैं। तुम्हें जो पसंद हो, ले लो।"

विनोद रानी बहू का छोटा लड़का है। उसी के उतारे कपड़े माँ कोठी से ले आती थीं। मैं उन्हीं को पहनकर उन गरीबों के मुहल्ले में अपनी रईसी झाड़ता था। नया कपड़ा तो शायद मैंने किसी तीज-त्योहार पर पहना हो। इस समय मेरे बदन पर फटी हुई पैंट भी विनोद की ही थी। यह सही है कि उसके कपड़े मुझे कुछ छोटे ही पड़ते थे, पर मैं उन्हें पहनकर बड़ा प्रसन्न होता था।

इस समय मैं उस अलमारी के सामने हूँ, जिसमें विनोद के कपड़े हैं। जिनमें से मुझे अपने मन का छाँट लेना है। मैंने एक-एक को देखना और एक तरफ रखना आरंभ किया। पाजामा, कुरता, कमीज, पैंट, टोपी, गंजी—अरे, यह सबका सब अपने लिए ही रख लिया। क्या सोच रही होंगी रानी बहू? ...मैंने पीछे मुड़कर देखा। वह मुसकरा रही थीं। उन्होंने 'जल्दी करो' का इशारा किया।

छाँटते-छाँटते मेरे हाथ में एक फ्रॉक चला आया। मैंने उसे खोलकर बड़े गौर से देखा। फिर खड़ा होकर उसे अपने शरीर से लगाकर नापने लगा। मुझे लगा जैसे मैं चंपो को पहना रहा हूँ। उसकी प्रसन्न मुद्रा फ्रॉक के गले पर आकर चिपक गई।

"यह क्या कर रहे हो?" पीछे खड़ी रानी बहू हँस पड़ीं। "यह तो प्रमिला का फ्रॉक है, तुम्हारे किस काम का?"

मैं कैसे कहूँ कि मेरे काम का है? मैं उसे धीरे-धीरे तहाने लगा और एक निरीह याचक की दृष्टि से बीच-बीच में उन्हें देखता भी जाता था। मेरी मुद्रा और गतिविधि उन्हें खींचकर मेरी आकांक्षा तक ले आई—"तुम इसे लेना चाहते हो?" उन्होंने बड़े स्नेह से पूछा।

मेरी सलज्ज दृष्टि ने मौन स्वीकृति दी।

"क्या करोगे लेकर?" उन्होंने पुनः पूछा।

"मेरी एक दोस्त है।" मैं इतना ही बोल पाया कि वह हँस पड़ीं—"लड़की है तुम्हारी दोस्त? तुम अभी से ही लड़कियों से दोस्ती करने लगे।" वह हँसती गईं।

"अच्छा, तो जल्दी तहियाकर अपने कपड़ों में छिपा लो। यदि प्रमिला देख लेगी तो तुम्हें लेने नहीं देगी।"

प्रमिला विनोद की बड़ी बहन है, रानी बहू की लड़की। नटखट, चंचल और देखने में बहुत अच्छी; पर है बड़ी मिजाजिन और जिद्दी। मुझे कभी अपने साथ नहीं खेलाती। कहाँ रानी बहू और कहाँ प्रमिला? ...आज सोचता हूँ, तुलसी के पवित्र पौधे में नीम की पत्ती कैसे उग आई?

जब मैं गठरी बाँधकर चला तो एक अच्छा-खासा बोझ हो गया था। रानी बहू ने उसे अपने कमरे में रखवा लिया। माँ की माँगी मूँग की दाल और साबूदाना आदि की एक बड़ी पोटली और बँधी पड़ी थी।

"इतना कैसे ले जाओगे?" वह बोलीं।

मैं चुप था, पर मन कह रहा था—कपड़े की गठरी तो मैं ले जा सकता हूँ, बाकी के लिए कल फिर आऊँगा; किंतु मौन ही रह गया। इसी चौकी के एक किनारे बैठा मेरा मन गठरी में कपड़ों की गिनती करने लगा। थोड़ी देर बाद दबी जबान में मैंने मासिक वेतन के संबंध में भी कहा।

एक बार नहीं, दो बार उन्होंने रमदेई को बुलाया और कमरे के बाहर झाँका भी। जाहिर था कि मेरे ही संदर्भ में वह किसी नौकर को बुलाना चाहती हैं। तब तक नगीना स्वयं आ गया। उसने कहा, "बहूजी, बड़े सरकार की सवारी जब निकल रही थी तब जग्गू ने मृत्युंजय का प्रसाद सरकार को दिया था। उसकी दक्षिणा बाकी है।" एक साँस में ही वह बोल गया।

मेरा मन भीतर-ही-भीतर भभक पड़ा—'वह मृत्युंजय का प्रसाद नहीं था, कुत्ते का प्रसाद था। मैं दक्षिणा नहीं लूँगा,...नहीं लूँगा। क्योंकि मैं बेईमान नहीं हूँ। मुझे भगवान् क्या कहेगा?' सोचता हुआ शायद मैं बुदबुदा पड़ा था।

"क्या सोच रहे हो, जग्गू?" रानी बहू ने पूछा।

"कुछ नहीं।" मैं बोल पड़ा।

बड़े सरकार रानी बहू के देवर हैं। रानी बहू तो विधवा हैं। शायद उनका वैधव्य ही मेरी माँ के प्रति सहानुभूति में बदल गया है। वह माँ से कुछ बड़ी भी होंगी। माँ ने कहा था कि उन्हें 'मामीजी' कहना, पर ऐसी कोई आवश्यकता नहीं पड़ी। उन्होंने पहले नगीना को पाँच रुपए का एक नोट दिया। वह वेतन का था। बाद में चाँदी के दो रुपए और दिए—"यह मेरी ओर से अपनी माँ को दवा के लिए दे देना। ...और यह चवन्नी तुम्हारी दक्षिणा की है।" वह बोलीं।

मेरी छोटी सी हथेली पर छोटी सी चवन्नी चमकने लगी—निरभ्र आकाश में पूर्णिमा के चाँद सदृश।

अच्छी तरह समझाकर नगीना को मेरे साथ कर दिया उन्होंने और पुनः सावधान करते हुए बोलीं, "देखो, माँ से कह देना कि आराम करें और जब ठीक हो जाएँ, तभी आएँ।" क्षण भर रुकने के बाद वह पुनः बोलीं, "भगवान् की कृपा कहो कि वह सुराजियों के चक्कर में नहीं आईं, नहीं तो आज जेल में बीमार पड़तीं तो क्या होता?"

मुझे पता चल गया कि माँ रानी बहू से कुछ छिपाती नहीं हैं। आखिर छिपाएँ भी क्यों, रानी बहू बहुत अच्छी जो हैं!

मैं प्रणाम कर चल पड़ा। वह एक बार फिर मुसकराईं। कितनी पवित्र थी वह मुसकराहट, जैसे कोई देवी मंदिर में फिर आने का आह्वान कर रही हो।

□

गाय के पीछे जैसे बछड़ा, मैं नगीना के पीछे चल पड़ा।

मेरे मन पर अनेक चित्र बनने और मिटने लगे। सबसे पहले माँ का चित्र उभरा। कितनी खुश हैं माँ! अरे, तू पाँच की जगह सात रुपए ले आया और इतना सामान भी। वह एकदम खिल उठीं। उन्होंने मेरा हाथ पकड़कर अपनी ओर खींचा। मुट्ठी खुल गई। चवन्नी चमक उठी। मैंने उन्हें बताया भी। उन्होंने मुझे छाती से लगा लिया—'सचमुच, तू लायक है जग्गू।' उनकी आँखों में एक तृप्ति थी, मेरे भविष्य के प्रति सुखद संतोष था कि यदि कुछ भी न हो सका तो मैं भीख माँगकर पेट तो भर ही सकता हूँ। ...कितना लायक हूँ मैं, आखिर 'ब्राह्मण को धन केवल भिक्षा।'

मैं माँ की छाती से लिपटा ही रहा और वह चित्र खिसक गया।

दूसरा चित्र था मुसकराती हुई चंपो का। वह उछलती हुई मेरे सामने आ रही है। मैंने उसे फ्रॉक दिखाया। वह खुश हो गई। उसने झट से उसे पहन लिया—'सचमुच, तू बहुत अच्छी लगती है चंपो, एकदम मेम की बिटिया जैसी।' वह और भी गद्‌गद हो उठी— 'तुम्हें मेरा इतना खयाल था!' वह बोली और मुझे अपने से लिपटा लिया। भले ही यह कल्पना में ही था, पर कितना सुखद था वह आलिंगन! मैं लिपटता रहा, लिपटता रहा। ...किंतु यह तसवीर भी मुझसे उस समय छूट गई जब आगे चलते नगीना ने मुझे सावधान करते हुए कहा, "देख, जरा बचकर। बड़ा मरकहा साँड़ है।"

मैंने देखा, वह लंबी-लंबी साँसों से मेरे सपनों को फुफकारता ठीक मेरे ही बगल से निकल गया।

अब मैं धरती पर था। मैदागिन का चौराहा पार कर चुका था। एक बाबू का बड़ा संदूक सिर पर ढोता एक लड़का दिखाई दिया—शीतल की उम्र का और वैसा ही काला-कलूटा। फिर क्या था? शीतल मेरे मानस के सामने था। ...सोते हुए बेजान शीतल पर प्रहार करती हुई नई बहू, चुड़ैल जैसी। ...राक्षसिन! उसकी आँखों से अंगारे छूट रहे थे।

रोता शीतल अब भी मेरे मन से लिपटा था, किंतु शीघ्र ही सरकार के सामने जाने के लिए उसने घड़ा उठा लिया। अश्रुधारा विवशता की रेत में अचानक डूब गई। अब उसका संपूर्ण व्यक्तित्व महज दो भागों में रूपांतरित हो गया—एक था उसका पेट और दूसरा था पैसा। पैसा और पेट, पेट और पैसा।

पर उस राक्षसिन का क्या होगा? होने दो स्वराज, हम लोग उसे पकड़कर जेल में डाल देंगे। उसने हमारे पेट पर लात मारी है। हम उसके पेट को एक-एक दाने के लिए तड़पाएँगे। ···और वह रानी बहू? उसके लिए तो दानिस से कहूँगा कि तुम उसे रानी बनाओ, इस देश की रानी! कम-से-कम हम गरीबों का सुनेगी तो।

अचानक मुझे लगा कि मैं अपने दरवाजे पर आ गया हूँ। नगीना द्वार खटखटा रहा है।

□

## : चार :

समय बरसता रहा। हमारी चेतना में नई-नई कोंपलें फूटती रहीं।

अब मैं पढ़ने लगा था—दारानगर के अन्नपूर्णागंज स्कूल में। मैंने कुछ घर पर ही सीख लिया था, जिसका फल यह हुआ कि मुझे शिशु कक्षाओं की 'अलिफ'-'बे' की दीवारें फाँदनी नहीं पड़ीं। मेरा नाम सीधे दर्जा एक में लिख गया। फिर भी अध्यापक ने मुझे देखकर कहा था, "लड़का बहुत बड़ा हो गया है। अब पढ़कर क्या करेगा?"

"आपके आशीर्वाद से कुछ पढ़ लेगा तो आदमी हो जाएगा, वरना ब्राह्मण का लड़का तो है ही, कहीं माँगेगा-खाएगा।" माँ ने बड़े ही विनीत भाव से कहा था और मेरा नाम लिख लिया गया था।

किंतु मैं स्पष्ट कहूँ कि माँ का यह कहना मुझे अच्छा नहीं लगा था। ब्राह्मण के घर पैदा होने से भीख माँगना मेरे भाग्य में लिख गया है, यह मानने को मेरा मन कभी तैयार नहीं था। किसी भी समय हाथ फैलाते हुए मेरी अस्मिता घृणा से मुझ पर थूकने लगती थी। ऐसा ही उस समय हुआ था, जब मैं बेल-पत्र लेकर बड़े सरकार के सामने उपस्थित था। मुझे लग रहा था कि तिरस्कारों के कीचड़ में डूबा जा रहा हूँ।

मैं मारकर छीन सकता था, पर किसी के सामने हाथ नहीं फैला सकता था। यह दानिस का प्रभाव था या हामिद का? मैं कुछ कह नहीं सकता; पर संस्कारों की धरती मैं बड़ी बेरहमी से तोड़ रहा था।

जमीन में ही, जूट की पतली पट्टी पर हम प्राइमरी स्कूल में बैठते थे। फिर भी मेरे कपड़े साफ रहते थे, भले ही वे माँगे हुए ही थे। इससे अध्यापक भी मुझे प्यार करते थे। मैं मॉनीटर बना दिया गया। उन गरीब, गंदे और अधनंगे बच्चों के बीच मेरा रंग जमता गया।

दूसरी ओर, डाह करनेवालों की भी कमी न थी। कक्षा में कुछ मेरी ही उम्र के बड़े लड़के थे। वे मुझे देखकर तरह-तरह की मुद्राएँ बनाते। खाने की छुट्टी में एक दिन मैंने उनकी बातें भी सुनीं—"इ जयनथवा बहुत अमीर हौ का रे?"

''नाहीं तऽ।'' सुक्खू ने जवाब दिया, ''एकर माई त कोठी में बरतन माँजे जाला।''

मेरे मन में आया कि मैं एक चाँटा सुक्खू के मुँह पर जड़ दूँ; किंतु शीघ्र ही रामू ने प्रतिवाद किया, ''नाहीं रे! जयनथवा ब्राह्मण हौ। कहीं बाभनिन भी बरतन माँजय लिन?''

''तब खयका बनावत होई।'' उसने इस तरीके से कहा जैसे मेरी माँ की अपनी कोई इज्जत नहीं है।

''तब रोज-रोज कपड़ा कहाँ से बदलऽ ला?''

और शीघ्र ही उन्होंने अपने ढंग से इस प्रश्न का उत्तर भी ढूँढ़ लिया—''ओकरे घर के पास जउन धोबिया लोग हउवन न, ओन्हनय से माँग लेत होई।''

मुझे उनके इस निष्कर्ष पर हँसी भी आई और क्रोध भी। फिर भी, मैं कुछ नहीं बोला। केवल उन्हें आँखें तरेरता हुआ चला गया, क्योंकि मैं उनमें से किसी से डरता नहीं था। दानिस मेरा दोस्त जो था। मुझे विश्वास था कि वह हर स्थिति में मेरा साथ देगा।

अब मैं 'हनुमान चालीसा' पढ़ लेता था। दो-एक बार में ही वह मुझे याद हो गया। लोगों से यह भी सुना कि मेरा जेहन तेज है; पर जेहन क्या होता है, मैं इसे बिलकुल नहीं जानता था।

माँ ने ही बताया था कि मृत्युंजय के मंदिर में जो हनुमानजी हैं, उनके सामने चालीसा का पाठ करने से इच्छा की पूर्ति होती है। फलतः स्कूल जाने के पहले ही बस्ता लिये-दिए ही मैं हनुमानजी के समक्ष पहुँच जाता और चालीसा का पाठ आरंभ कर देता। धीरे-धीरे मेरा पाठ सस्वर और आकर्षक होने लगा। उपस्थित अन्य लोग भी मेरे पीछे खड़े होकर मेरे स्वर में स्वर मिलाने लगे।

मेरे पहुँचने के समय ही वहाँ एक बूढ़ा भी आता था। गले में सोने की मोटी जंजीर और दाहिने हाथ की लगभग तीन अँगुलियों में मोटी-मोटी नगदार अँगूठियाँ उसके संपन्न होने की सामान्य सूचक थीं। पीतल की कटावदार बड़ी डोलची में पूजन का सामान और प्रसाद लेकर उस बूढ़े के पीछे एक आदमी और आता था—साँवला-सा, गठीला और मामूली गमछा पहने हुए। जाहिर था कि वह उसका नौकर है।

बूढ़ा मेरे साथ ही पाठ शुरू करता और मगन हो तालियाँ बजाता। अंत में प्रसाद का बेसन का एक लड्डू मुझे देता। मैं बड़े प्रेम से कंजूस के धन की तरह कागज में लपेटकर उसे बस्ते में रख लेता। किनारे खड़ा नौकर यह सब निर्निमेष देखता रहता। वह पाठ में कभी शामिल न होता और न कभी मैंने उसे श्रद्धापूर्वक हनुमानजी के समक्ष मस्तक झुकाते हुए ही देखा।

मुझे वह अजीब लगा। मैंने उससे एक दिन पूछा, ''तुम्हें चालीसा याद नहीं है क्या?''

''नहीं।'' उसका संक्षिप्त सा उत्तर था।

''तब तुम हमारे साथ बोला करो, तुम्हें भी याद हो जाएगा।'' मैंने कहा।

''क्या करूँगा याद करके?'' एक भावहीन जड़ मूर्ति से आवाज जैसे स्वयं छूट पड़ी थी। मैं उसे देखता रह गया।

मेरे मुख से निकल पड़ा, ''क्या तुम भगवान् का आशीर्वाद नहीं चाहते?''

''चाहकर भी क्या करूँगा?'' उसकी आवाज में एक वितृष्णा थी—''उसका आशीर्वाद तो उन्हें ही मिलेगा, जो प्रसाद चढ़ाएँगे।''

अब वह बूढ़ा मालिक हनुमानजी की फेरी करते हुए मंदिर के पीछे चला गया था।

मैंने उस व्यक्ति से पुनः कहा, ''यह हनुमानजी बड़े सिद्ध हैं। इनमें शक्ति है।''

''यदि शक्ति होती तो इस बूढ़े का नाश हो जाना चाहिए था।'' वह नौकर बोला और उसकी आँखों से चिनगारियाँ छूटने लगीं।

परिक्रमा पूरी हुई। बूढ़े ने आकर मुसकराते हुए मेरे हाथ पर प्रसाद का लड्डू रख दिया। यही लड्डू नौकर की जबान पर ताले की तरह लटक गया। वह मुँह बंद किए धरती देखने लगा।

उस समय तो बात खत्म हो गई। एक जिज्ञासा का धुआँ छोड़कर आग राख के नीचे दब गई।

छुट्टियों के दिन भी मैं मंदिर में आता, तब चंपो मेरे साथ होती। पहले ही दिन बूढ़े ने बड़े गौर से उसे देखा।

''यह तुम्हारी बहन है?'' उसने पूछा।

मैंने स्वीकृति में सिर हिला दिया। तब से वह भी लड्डू पाने लगी।

मैंने अनुभव किया कि चालीसा पाठ के समय बूढ़े की दृष्टि हनुमानजी की ओर रहती, पर वह कनखियों से चंपो को भी देखता जाता था। एक बार तो ताली बजाकर नाचते समय वह चंपो से बड़े विचित्र ढंग से टकराया। मैंने देखा, उस नौकर की आकृति पर घृणा उभर आई है। वह कुड़बुड़ा रहा है, पर उससे कुछ बातें हो न सकीं। शायद मौका ही नहीं मिला।

क्वार के नवरात्र के चार दिन बीत चुके थे। दशहरे की छुट्टियों में स्कूल बंद हो चुका था। चंपो के साथ मेरा नित्य मंदिर आना जारी था।

उस दिन बूढ़े के पूजन की डोलची लबालब भरी थी। केवल लड्डू ही नहीं, गुलाबजामुन, रसगुल्ले आदि तरह-तरह की मिठाइयाँ प्रसाद में आई थीं। हनुमानजी की

नित्य पूजा समाप्त करने के बाद बूढ़े ने मुसकराते हुए चंपो से कहा, ''बेटी, आज मैं कुँआरी-पूजन करूँगा।'' उसने नौकर के हाथ से डोलची ले ली और चंपो का हाथ पकड़कर वृत्तकाल के कुएँ की ओर बढ़ा।

''इधर कहाँ जा रहे हैं?'' मैंने पूछा।

''अभी आता हूँ, अभी आता हूँ।'' वह जल्दी-जल्दी में बड़बड़ाया—''वृत्तकाल कूप के पीछे ही एक देवी हैं, वहीं इस कुँआरी का पूजन करूँगा।'' रहस्यमय मुसकराहट के बीच वह कहता गया।

वह बड़ी तेजी से बढ़ा चला जा रहा था, पर वह नौकर मेरी बगल में ही खड़ा था। उससे रहा नहीं गया। वह दाँत पीसते हुए बोला, ''बचा अपनी बहन को, वरना यह राक्षस है, चबा जाएगा।''

मैं कुछ समझ नहीं पाया, पर उसकी मुखमुद्रा इतनी भयंकर थी कि मैं बेतहाशा दौड़ पड़ा। कुएँ के निकट आते-आते चंपो का हाथ पकड़कर खींचते हुए बोला, ''देर हो रही है, घर चल, माँ बिगड़ेंगी।'' मैंने उसका हाथ पकड़कर इतनी तेजी से खींचा कि बूढ़ा तो अवाक् रह गया। वह 'सुनो, सुनो' कहता रह गया कि मैं उसे लेकर तीर की तरह छूट चुका था।

चंपो भी एकदम घबरा गई थी। गली में आकर जब सामान्य हुई तब बोली, ''क्या बात थी?''

मैंने कहा, ''कुछ नहीं।''

पर वह कुछ समझ अवश्य गई। उसकी संवेदनशीलता मुझसे कुछ अधिक थी। उसने कुछ कहा तो नहीं, पर मेरे साथ फिर मंदिर नहीं आई।

□

अगले सोमवार की दोपहर को मैं उससे मिला और मंदिर चलने को कहा। वह मुसकराई—''इस समय तो तुम्हें लड्डू भी नहीं मिलेगा।''

''...पर पैसा मिलेगा।'' मैंने हँसते हुए कहा।

वह मंदिर के पिछवाड़े फेंकी गई फूल-पत्तियों के ढेर से पैसा बीनने की बात जानती थी—''पिछले सोमवार को चार अधेला मिला था।'' मैंने उसे बताया, ''दानिस से दोस्ती होने के कारण अब मुझे कोई बोलता नहीं है। बेरोक-टोक बिनाई करता हूँ।''

पर वह चलने के लिए तैयार न हुई।

जब मैं खाना खाकर दोपहर को पहुँचा, तब दानिस दूर से ही देखकर मुसकराया। बड़ा अपनत्व था उसकी उस मुसकराहट में, जैसे वह पहले से ही मेरी प्रतीक्षा कर रहा हो।

''अब तुम्हें दो बार आना पड़ता है।'' वह बोला।

''नहीं, केवल सोमवार को ही दो बार आता हूँ।'' मृत्युंजय के माहात्म्य और सोमवार को भक्तों की भीड़ से वह परिचित था ही।

''किंतु हनुमानजी का दर्शन तुम रोज करते हो?'' उसने कुछ सोचते हुए कहा।

''हाँ।''

''आखिर किसलिए?''

''माँ कहती थीं कि रोज दर्शन से मनुष्य की इच्छा पूरी होती है।''

''तो क्या है तेरी इच्छा?''

अब मैं क्या बताता! कुछ देर तक सलज्ज मुसकराहट ही होंठों पर चिपकाए रहा।

''बिना इच्छा के ही इच्छापूर्ति की बात करते हो!'' दानिस के अधरों पर अब भी मुसकराहट थी। वह धीरे-धीरे लुप्त होने लगी और एक गंभीरता उभरी। एक भारी आवाज में बोला, ''अब तुम इच्छा करो कि अपना मुल्क आजाद हो जाए। हनुमानजी से कहो कि ज्यों ही हमें आजादी मिलेगी, हम आपको लड्डुओं से पाट देंगे।''

''पर हम इतना लड्डू लाएँगे कहाँ से?''

वह जोर से हँस पड़ा। इस बार दूधवाला रामधन भी उसकी हँसी में शामिल हो गया।

गरीबी और अभाव से दबा हुआ मैं इसके अतिरिक्त और सोच ही क्या सकता था। मेरा ऐसा सोचना ही हँसी का कारण बना था, पर मैं नहीं। मुझे तो शीघ्र ही दानिस ने मंदिर के भीतर हनुमानजी के पास भेज दिया था—''जाकर खुले दिल से अपने भगवान् से दुआ करो।''

मैंने आज पहली बार हनुमान के समक्ष अपनी इच्छा प्रकट की थी; पर समझ नहीं पाया था कि देश के आजाद होने से मेरा क्या लाभ होगा।

बाहर आते ही दानिस ने पूछा, ''तुमने हनुमानजी से दुआ कर ली?''

मैंने 'हाँ' करते हुए सिर हिलाया।

उसने पुनः आकाश की ओर देखा और बड़े भाव से बोला, ''मैं भी मसजिद में जाकर अल्लाह से यही दुआ करता हूँ।''

मैं उसकी भाव-भंगिमा देखता रहा।

वह कहता गया, ''जब मंदिर और मसजिद दोनों आजादी के लिए तड़प उठेंगे, तब कोई कारण नहीं कि अंग्रेज यहाँ रह जाएँ।''

फिर कुछ विशेष बात नहीं हुई। हाँ, यह अवश्य हुआ कि मुझे फेंके गए फूल-पत्तों के ढेर से तीन अधेले और एक पैसा मिला। शायद इतना कभी नहीं मिला था।

☐

नवरात्र की अष्टमी है।

आज मैदागिन की रामलीला में बालि मारा जाएगा। तय था कि चंपो वाली चाची के साथ ही हम लोग रामलीला देखने जाएँगे, पर शाम होते-होते सुमेर चाचा की दुकान पर जमावड़ा जुट गया।

रामकिशुन ने आते ही कहा, ''कल इस नगरी के भाग्य जागेंगे। महात्माजी पधार रहे हैं। आप सबको उनका भाषण सुनने चलना चाहिए।''

''फिर जेल जाने की सोच रहे हो क्या, रामकिशुन भैया?'' यह आवाज सुभान अली की है। वह हबीब डफाली का चचेरा भाई है। पहले अलईपुर में रहता था। हबीब के दंगे में बलि चढ़ जाने के बाद वह इस घर को बेच देना चाहता था, पर हिंदुओं ने ही उसे रोका—''तुम्हीं तो मुहल्ले में एकमात्र डफाली हो। आखिर जब 'रमायन' होगी या किसी के यहाँ 'सोहर' गाई जाएगी तो ढोल किसके यहाँ से आएगा?'' लोग कहते हैं, सुभान यह सुनकर फूट-फूटकर रो पड़ा था।

उस समय सुमेर चाचा भी अपने को रोक न सका। उसकी बगल में बैठकर ढोल बजाता और 'रमायन' के स्वर में स्वर मिलाता हबीब उनकी यादों में उभर आया था। चाचा की आँखें भी बरस पड़ीं। सुभान के आँसू, सुमेर के आँसू। रामकिशुन कहता था कि मैंने पहली बार आबे जमजम को गंगाजल में मिलते देखा था।

सुभान अली के जवाब में रामकिशुन बोला, ''तुम्हारे दिमाग पर तो जैसे जेल-हौआ सवार है। अरे, जेल क्यों जाना पड़ेगा? इस कार्यक्रम की सरकार ने अनुमति दी है। वह उसकी व्यवस्था करेगी। एक मंदिर का उद्घाटन है—भारत माता मंदिर का।''

''मंदिर है, तब तो इसमें केवल हिंदू ही जाएँगे। वह भारत माता कैसी, जिसे हम मुसलमान न देख सकें?'' सुभान बोला।

''नहीं, यह इस देश का पहला मंदिर है, जिसमें हिंदू, मुसलमान, सिख, ईसाई, हरिजन सब जा सकते हैं।'' रामकिशुन ने कहा।

''तब तो इसका नाम 'भारत माता मंदिर-मसजिद' होना चाहिए!''

''इसलिए इसके नाम में मसजिद नहीं है, क्योंकि इसमें मूर्ति है। मसजिद में कोई मूर्ति नहीं होती।''

रामकिशुन के तर्क पर सुभान खिलखिला पड़ा—''अरे वाह यार, तुमने तो मुझे चारों खाने चित कर दिया।'' वह रामकिशुन से हँसते हुए लिपट गया।

''सुभान, हम-तुम साथ ही कल मंदिर में प्रवेश करेंगे।'' रामकिशुन ने कहा।

फिर मंदिर में चलने के लिए योजना बनने लगी; पर वे सग्गड़वाले, इक्केवान और बोझा ढोनेवालों को जैसे इन बातों में रुचि नहीं थी। वह अपना 'सीधा' चाचा से लेते और चले जा रहे थे। उनके चले जाने के बाद चाचा ने रामकिशुन से कहा भी कि

देखो, इन रोज कुआँ खोदने और रोज पानी पीनेवालों को जैसे गांधीजी से कोई मतलब ही नहीं है।

"यही तो इस देश का दुर्भाग्य है कि इतनी बड़ी लड़ाई मुख्यत: जिस वर्ग के लिए छेड़ी गई है, वही इसमें बिलकुल रुचि नहीं लेता।"

"ये गरीब लोग क्या करेंगे? तुम्हारी आजादी लेकर चाटेंगे?" चाचा आवेश में नहीं वरन् बड़े नाटकीय ढंग से बोला, "इन्हें तो रोटी चाहिए, रोटी।"

"रोटी तब मिलेगी जब हम आजाद होंगे।" रामकिशुन ने भी चाचा के स्वर में स्वर मिलाया।

"और यदि आजादी के बाद भी भूखे रह गए तो?" चाचा बोला।

"तब तो हमारा दुर्भाग्य ही होगा!" रामकिशुन की आकृति पर गंभीरता उतनी नहीं थी जितनी आश्चर्य था—"किंतु ऐसा कैसे होगा सुमेर साव, कि हमें आजादी मिले, पर रोटी न मिले?"

"जैसा राम के जीवन में हुआ। राज तो मिला, पर वनवास ही भाग्य में लिखा था।" चाचा मुसकराया। तर्क जोरदार था—"हमें तो लगता है, भारत का भाग्य ही खराब है।"

"किंतु हम उस भाग्य को ही बदल देंगे, क्योंकि हमारा भाग्य हमारी मुट्ठी में है।"

"तुम्हारी मुट्ठी में तुम्हारी भाग्यरेखा हो सकती है, पर भाग्य नहीं।" चाचा हँसा।

"तुम तो ज्योतिषियों जैसी बात करते हो सुमेर साव, पर मैं तो कर्म में विश्वास करता हूँ। तुम भी विश्वास करो।" रामकिशुन भाषण देने की मुद्रा में आ गया—"...और कर्मवीर गांधी का दर्शन करो, विचार सुनो और भारत माता को प्रणाम करो।"

रामकिशुन जल्दी में था, चला गया।

पर हमारे पल्ले कुछ नहीं पड़ा। वह आजादी क्या है, जो गरीबों को रोटी देगी? वह आजादी क्या है, जिसके लिए मुझसे हनुमानजी की प्रार्थना कराई गई? वह आजादी क्या है, जिसके लिए दानिस अल्लाह से दुआ करता है? वह आजादी क्या है, जिसके लिए हजारों लोग जेल जा रहे हैं? गोलियाँ और डंडे खा रहे हैं? यह आजादी मेरे लिए अब भी अबूझ पहेली बनी हुई थी।

मैंने इसके बारे में चंपो से पूछा। वह कुछ विशेष न बता सकी। इतना अवश्य उसने कहा, "हमारे देश पर अंग्रेज राज करते हैं। हम लोग उन्हें हटा देना चाहते हैं।"

"पर इससे हमारा क्या होगा?"

"तुम अपने देश के राजा हो जाओगे।"

"मैं राजा हो जाऊँगा।" मैं आश्चर्य और खुशी से उछल पड़ा—"सचमुच चंपो, मैं राजा हो जाऊँगा!" प्रसन्नता में मैंने उसके दोनों कंधे झकझोर दिए—"जब मैं राजा हो जाऊँगा, तुझे अपनी रानी बना लूँगा।"

"धुत!" कहती हुई चंपो भीतर चली गई।

□

जब मैं घर पहुँचा, माँ कोठी से आ चुकी थीं और ढेबरी की रोशनी में खादी की एक साड़ी सिल रही थीं। निश्चित ही इसे रानी बहू ने दिया होगा, मैंने सहज ही सोच लिया।

कोठी से आते ही माँ किसी काम में नहीं लगती थीं। सीधे चारपाई पर ढुलक जाती थीं। किंतु इस समय साड़ी सिलने की तत्परता से ऐसा लगा जैसे वह रामलीला देखने नहीं जाएँगी। उन्होंने मुझसे कहा भी कि तुमको रामलीला देखने जाना हो तो चाची के साथ चले जाना।

"क्यों माँ, तू नहीं जाएगी?" मैंने पूछा।

"नहीं।" वह बोलीं, "मुझे कल के लिए कपड़े ठीक करने हैं।"

कल कौन सी ऐसी बात है, जिसके लिए माँ ऐसी तैयारी कर रही है? मेरी जिज्ञासा सुगबुगाने लगी—"कल कहीं जाएगी क्या, माँ?"

माँ मुसकराईं और सिर हिलाकर उन्होंने 'हाँ' का संकेत किया।

मैंने फिर पूछा, "कहाँ?"

उनका छोटा सा उत्तर था, "कोठी।" और फिर वह जोर से हँस पड़ीं। बड़ी रहस्यमयी थी उनकी यह खिलखिलाहट। माँ कोठी तो रोज जाती थीं, पर इतनी तैयारी नहीं करती थीं। आज जरूर कोई बात है, जिसे माँ छिपा रही हैं। उनकी मुद्रा इतनी प्रसन्न थी कि मुझे उनके गले में झूलते जरा भी हिचकिचाहट न हुई—"सच-सच बता माँ, तू कहाँ जाएगी?"

"जाऊँगी तो कोठी ही।" वह पुनः हँस पड़ीं, पर उन्होंने यह भी बताया कि वहाँ से रानी बहू के साथ भारत माता मंदिर भी जाएँगी। अब क्या था, मैं चलने के लिए मचल उठा।

"पर तेरे पास कपड़े नहीं हैं।" एक दीवार मेरे सामने खड़ी हो गई। माँ अब भी मुसकरा रही थीं।

"मैं कमीज और पैंट साबुन से धोकर डाल देता हूँ। सवेरे तक सूख जाएगी।" मैंने समाधान निकाला।

"पर पैंट और कमीज की नहीं, इसके लिए खद्दर का कुरता और पाजामा चाहिए।" माँ ने कहा।

मुझे लगा कि जिस दीवार को फाँदना मैं सहज समझता था, वह और भी ऊँची हो गई है। किंतु माँ के अधरों में अब भी मुसकराहट खेल रही थी। कोई बात जरूर है, जो वह मुझसे छिपा रही हैं।

''कल तुम्हें कोठी चलना है।'' उन्होंने कहा, ''रानी बहू कुँआरी खिलाएँगी और लंगूर के लिए तुम्हें बुलाया है।''

''तब मैं भी उनके साथ भारत माता मंदिर चलूँगा।'' मेरी जिद ने एक बार फिर उफान मारा और एक बार फिर कपड़े की समस्या मेरे मार्ग में गंदे नाले की तरह आकर लेट गई। माँ फिर भी मुसकराती रहीं। मुझे लगा जैसे उस गंदे नाले को लाँघने के लिए उस मुसकराहट में कोई पुल छिपा है। मैं एक बार उनसे लिपटकर फिर छैलाया, ''गांधीजी तो महात्मा हैं, उनको मेरे कपड़ों से क्या लेना-देना?''

''उन्हें तो कुछ लेना-देना नहीं है, पर रानी बहू यह नहीं चाहतीं कि तुम इस पहनावे में उनके साथ चलो।''

इसी बीच हवा का झोंका आया और ढेबरी बुझ गई। माँ दियासलाई के लिए उठीं। उनके आँचल में छिपे कुछ कपड़े गिर पड़े। अब मैंने देखा कि वह मेरे लिए खद्दर का कुरता और पाजामा है। उसे छाती से चिपकाकर मैं उछल पड़ा—केवल इस खुशी में नहीं कि मुझे कपड़ा मिला है, वरन् इस खुशी में कि माँ मुझे ले जाने के लिए ही यह व्यवस्था कर रही हैं। ''अब मैं जरूर चलूँगा!'' मैं कहता रहा, उछलता रहा।

दीया जला लेने के बाद माँ ने कपड़े मुझसे छीन लिये और हँसते हुए बोलीं, ''देख, चोरी कभी छिपती नहीं, इसलिए चोरी मत करना।''

अब मैं सोचता हूँ कि कैसी विचित्र थीं माँ? हर बात में शिक्षा ही देती थीं।

यद्यपि पाजामा और कुरता दोनों फटे थे, माँ को उन्हें कई स्थानों पर सिलना पड़ेगा।

''देख, चंपो से मत कहना कि मैं कल जाऊँगा। यदि उसने चलने के लिए कहा तो मैं तुझे भी नहीं ले जाऊँगी।''

''तब उसे भी ले चलो न, माँ।'' मैंने अनुरोध किया।

माँ एकदम भभक पड़ीं—''अपने वश का है क्या, जिसको चाहूँ उसी को ले चलूँ? अरे, रानी बहू के साथ चलूँगी, मोटर में किसी तरह तुझे ठूस लूँ, यही बहुत है। फिर चंपो तो...'' माँ कुछ कहते-कहते एकदम रुक गईं। मैं उनका मुँह देखता रहा। कुछ क्षणों बाद वह पुनः बोलीं, ''जा, चाचा के साथ रामलीला देख आ।''

माँ ने मना किया था, फिर भी बात जैसे पेट में उछल रही थी। चंपो से मिलते ही मैंने उससे कान में कहा, ''कल मैं कोठी जाऊँगा।''

''तब इसमें कौन सी बड़ी बात हो जाएगी?'' उसने कोई महत्त्व ही नहीं दिया।

क्या मैं उसे बता दूँ? किंतु माँ ने तो मना किया है! यदि नहीं बताऊँगा तो वह मेरा महत्त्व कैसे स्वीकार करेगी? बाल-सुलभ महत्त्वाकांक्षा मुझे उभारने लगी। विवेक अब भी दबाए जा रहा था। मैंने बस इतना कहा, "कल कोठी में कुँआरी खाएँगी।"

चंपो हँस पड़ी—"तब तुम्हें भी खिलाया जाएगा क्या?"

"हाँ।" मैं बोला।

"अच्छा, तो तू अपने को कुँआरी समझता है?" वह हँसते-हँसते दोहरी-सी हो गई।

"नहीं, नहीं। मैं कुँआरी नहीं समझता। मैं तो कुँआरा हूँ।" मैंने कहा।

"तब क्या खाएगा?"

"लंगूर खाऊँगा।"

परंपरा थी कि कुँआरियों के साथ दो ब्राह्मण के बच्चे भी खिलाए जाते थे, जिन्हें 'लंगूर' कहते थे। चंपो को जब मैंने विस्तार से समझाया तब भी वह हँस रही थी—"चलो, हनुमानजी के दर्शन का फल इतना तो हुआ कि उन्होंने तुझे भी अपने दल में शामिल कर लिया।"

वह अब भी हँस रही थी—"देखना, अब तुझे पूँछ भी निकल आएगी।" उसने हँसी के मध्य ही कहा।

"और तुम्हें सींग निकल आएगी।" मैं बोला।

"कुँआरी लोगों को सींग थोड़े ही होती है।"

"पर तुझे होगी, जरूर होगी।" मैं लगभग चिढ़-सा गया था।

"कुँआरी तो ऐसे ही रहती है, पर लंगूर बिना पूँछ का नहीं होता।"

"अब कुँआरियों को भी सींग होगी। एक बार नहीं, हजार बार होगी, महाशंख बार होगी।" मैं भला चंपो से हारनेवाला कब था! थोड़ी देर बाद ही हम गाल फुला बैठे।

सींग-पूँछ के झगड़े में मुख्य बात ही गायब हो गई। मेरा मन उछालें मार रहा था भारत मातावाली बात बताने के लिए, किंतु वह भीतर चली गई और मैं भी चाचा की दुकान में चला आया।

पानी पर बनी लकीर की भाँति हमारा चिढ़ना और रूठना कितनी देर का? हमारे संबंध कुछ ही क्षणों बाद प्रकृतिस्थ हो गए। इस स्थिति में आने की पहल भी पहले उसी ने की। वह मेरी बगल में आकर खड़ी हो गई और गुदगुदाने लगी। मैंने बड़े अभिमान के साथ उसे बता दिया और यह भी कहा कि तुम किसी से मत कहना।

"क्यों?"

"माँ ने मना किया था किसी से कहने के लिए।"

''पर मैं भी चलूँगी।''

''इसीलिए तो माँ ने कहा था कि यदि वह जान जाएगी और मैं उसे ले नहीं जा सकूँगी'' फिर मैंने माँ की विवशता स्वयं बता दी।

''अच्छा, तो तुम मुझे छोड़कर चले जाओगे? जाओ, फिर कभी कहना अपने साथ चलने के लिए।'' वह नाराज हो भीतर चली गई। मैं कहता रह गया कि तुम चाचा के साथ जिद करके चली आना। मैं तो वहाँ मिलूँगा ही। किंतु वह सुन न सकी।

□

मोटर में मैं अपनी माँ की गोद में बैठा था। बगल में कोठी की बहुएँ और रानी बहू भी एक-दूसरे से सटी हुईं पसीने से तर-बतर। आगे ड्राइवर की बगल में वरदी पहने नगीना तथा एक चपरासी और था। गाड़ी चली जा रही थी। बड़ी विचित्र अनुभूति हो रही थी। इसके पहले मैं कभी गाड़ी पर चढ़ा नहीं था। उझक-उझककर भीड़ के बाहर देख रहा था। हर कोई मुझसे पिछड़ता चला जा रहा था।

उन दिनों बनारस में दो-चार ही मोटरें थीं। लोग इसे 'हवा गाड़ी' भी कहते थे।

ज्यों ही हम रथयात्रा चौराहे से विद्यापीठ की ओर मुड़े, हमारी चाल धीमी पड़ गई। लोग झुंड-के-झुंड बढ़े चले जा रहे थे और इक्का तथा ताँगेवालों का रेला अलग से था। बाद में पता चला कि गांधीजी भी इधर से ही जाने वाले हैं। जगह-जगह पुलिस तैनात थी।

रेला बढ़ता जा रहा था। गाड़ी और धीमी हो गई, लगभग आदमी की चाल से भी धीमी। रानी बहू ने एक स्थान पर एक मकान की ओर इशारा किया—''देखो जीजी, यह घर डॉक्टर भगवान दास का है।''

माँ उस घर को गौर से देखने लगीं।

ठीक इसी स्थान पर वह घटना घटी, जिसका प्रभाव मेरे मन पर अभी तक है। रानी बहू एकदम दाहिने बैठी थीं। उनका दाहिना हाथ मोटर के बाहर की तरफ था। तब तक एक भिखारी कहीं से भीड़ में घूमता हुआ उन तक पहुँच आया—''एक पैसा दो माँ!, भगवान् तुम्हारा भला करें।''

इस आवाज के साथ ही हम लोगों का ध्यान उसकी ओर खिंचा। रानी बहू ने बटुए से निकालकर एक पैसा देने के लिए हाथ उसकी ओर बढ़ाया, तब तक पता नहीं कैसे पैसे के साथ ही उसने अँगुली से सोने का छल्ला निकाल लिया और भाग चला।

रानी बहू अवाक् रह गईं। नगीना चिल्लाया भी और गाड़ी से निकलकर उसके पीछे दौड़ा, पर रानी बहू स्थितप्रज्ञ-सी बैठी रहीं, जैसे कुछ हुआ ही नहीं। हम लोग उनका मुँह देखते रह गए।

भिखारी पकड़ लिया गया। छल्ला भी उसके पास से बरामद हुआ। नगीना उसे

मारते–मारते बहू के पास ले आया।

"आखिर इसे मारते क्यों हो?" बड़े शांत भाव से रानी बहू ने कहा।

नगीना ने मारना छोड़ दिया। गाड़ी रुकी थी। अच्छी-खासी भीड़ भी इकट्ठी हो गई थी। भिखारी काँपता और माफी माँगता रानी बहू के सामने था।

"क्या बात है?" रानी बहू वैसे ही शांत भाव से बोलीं। अब तक पुलिस भी आ गई थी।

नगीना ने छल्ला रानी बहू के हाथ की ओर बढ़ाया। उन्होंने उसे लेकर फिर उसी भिखारी को देते हुए बोलीं, "लो, यह अपनी अमानत अपने पास रखो।" लोग आश्चर्यचकित-से रानी बहू को देखते रह गए।

सारी भीड़ चकित थी। आखिर मामला क्या है? तब तक रानी बहू पुनः तड़पीं—"तमाशा मत लगाओ। अपनी चीज लो और चलते बनो।"

पुलिस का जवान भी कुछ समझ नहीं पाया। वह तो समझ रहा था कि यह चोर है, पर मामला एकदम उलटा निकला।

वह भिखारी कभी रानी बहू की ओर और कभी पुलिस की ओर देखता रहा। उसे कुछ ऐसा अनुभव होने लगा था कि यदि मैं छल्ला नहीं ले लेता तो पुलिस मुझे पकड़ लेगी, वह सचमुच चोर समझेगी।

रानी बहू के मुख से एक झुँझलाहट भरी आवाज फिर निकली, "अजी, लेते क्यों नहीं, बेकार भीड़ लगा रहे हो।"

अब अभाव से भरी काँपती हथेली उसने बहूजी की ओर बढ़ाई। ऐसा लगा जैसे जबरदस्ती कोई उसका हाथ बढ़ा रहा हो। छल्ला उसमें टप से चू पड़ा।

"गाड़ी आगे ले चलो।" रानी बहू बड़े शांत भाव से बोलीं।

मोटर तो चल पड़ी, पर गाड़ी में बैठे सभी लोग रानी बहू की ओर देख रहे थे। एक स्तब्ध चुप्पी लोगों के मुखों पर चिपकी थी। बगल में ही बैठी प्रमिला ने एक बार कुछ कहना चाहा, पर उन्होंने ऐसा तरेरकर देखा कि वह सकपका-सी गई।

रानी बहू शांत और श्लथ समुद्र की तरह बिलकुल गंभीर थीं, मानो कुछ हुआ ही नहीं। उन्होंने एक बार भी अपने अँगुली नहीं देखी, यद्यपि उसमें छल्ला पहनने का निशान स्पष्ट था। माँ की दृष्टि रह-रहकर उनकी ओर जाती थी, पर वह एकदम सीधे देख रही थीं, मानो मोटर का शीशा भेद करके उनकी दृष्टि भीड़ में कुछ खोज रही हो।

गाड़ी भीड़ को चीरती आगे बढ़ती रही। त्रिमुहानी पर पहुँचते ही पुलिस ने बाएँ मोड़ पर खड़ा करने का निर्देश दिया। सभी सवारियाँ यहीं रोक दी जा रही थीं। यहाँ से हम लोगों को पैदल जाना था।

हम एक विशेष रास्ते से मंच के पास तक स्वयंसेवकों द्वारा पहुँचा दिए गए। यह

स्थान विशिष्ट महिलाओं के बैठने का था। मैंने देखा, स्वयंसेवकों में दानिस भी है। खद्दर के कुरते-पाजामे और टोपी में वह कैसा लग रहा है! रामकिशुन मुख्य द्वार के पास माला लेकर खड़ा है। उसी की बगल में सुभान भी है। पर चंपो और चाचा अभी तक कहीं दिखाई नहीं दिए। मेरी आँखें भीड़ की आकृतियाँ टटोलती रहीं। अरे, आज तो इसने भी खादी कपड़े पहन लिये हैं। यह तो वही बूढ़ा है, जो हनुमान मंदिर में मुझसे रोज मिलता है, प्रसाद देता है।

वह आगे बढ़ रहा है। शायद वह मंच पर आना चाहता है; पर दानिस ने उसे रोक दिया और धक्का मारकर पीछे कर दिया। मेरा मन कहता है कि उसे आने देना चाहिए, पर दानिस तो उलझ गया है। शायद वह कुछ अंड-बंड कहने लगा है। अन्य स्वयंसेवक उसकी ओर बढ़ते हैं। झगड़ा तय कर दिया जाता है। दानिस बड़बड़ाता हुआ हम लोगों की ओर आया—''ऐसे ही साले तो कांग्रेस को बदनाम कर देते हैं!''

मैं अपनी ही जगह खड़ा होकर यह सब देखता रहा कि अचानक पीछे से आकर कोई मेरी दोनों आँखें बंद कर लेता है। मैं सोच भी नहीं पाता कि यह कौन है, पर शरीर की गंध मुझे कुछ जानी-पहचानी लगती है। फिर भी मैं झटका देकर स्वयं को छुड़ा लेता हूँ। खिलखिलाती हुई चंपो सामने आ जाती है।

''अरे, तू यहाँ कैसे?''

''दानिस ने पहुँचा दिया।''

''चाचा कहाँ हैं?''

''वे कहीं पीछे बैठे हैं।'' चंपो बोली।

आज वह उसी फ्रॉक में थी, जिसे मैं कोठी से ले आया था। कुछ छोटा जरूर था, पर उसमें वह बहुत अच्छी लग रही थी—एकदम मेम जैसी। रानी बहू इसे देखकर मुसकरा पड़ीं। ''यही है तुम्हारे जग्गू की दोस्त?'' उन्होंने मुसकराते हुए माँ से पूछा।

''हाँ।'' कहते हुए माँ को भी हँसी आ गई। माँ ने चंपो को बुलाकर अपनी बगल में बैठा लिया। पर प्रमिला उसे बड़ा घूरकर देख रही थी। जरूर उसकी निगाह अपने फ्रॉक पर होगी। वह कुछ कुड़बुड़ाई भी और झटके से उठकर माँ की बगल में आई। चंपो का फ्रॉक खींचती हुई बोली, ''यह फ्रॉक तुमने कहाँ से पाया?''

चंपो अचानक सकते में आ गई।

रानी बहू उसे देख नहीं रही थीं और ऐसी गुमसुम बैठी थीं जैसे वे वहाँ हों ही नहीं। वह किसी गंभीर चिंतन में थीं। इधर प्रमिला झगड़ा करने पर आमादा थी—''बोलती क्यों नहीं, इसे कहाँ से पाया तुमने?''

''कहीं से ले आई होगी, बीबी।'' अब माँ ने बीच-बचाव किया—''देखो, सभा है। कोई सुनेगा तो क्या कहेगा? चुपचाप बैठो। यहाँ से चलना तो पूछ लेना।''

"लेकिन यह हमारा है।" वह माननेवाली नहीं थी—"इसने पाया तो कहाँ से? मैं इसे बहुत खोज रही थी।" इस बार उसकी आवाज तेज थी। उसने फ्रॉक खींचकर अपनी माँ को दिखाया भी। रानी बहू जैसे झकझोरकर जगा दी गई हों। उन्होंने प्रमिला की ओर देखा, फिर चंपो को। सारी बातें समझ गईं।

एक क्षण बाद ही वह मुसकराते हुए बोलीं, "लगता है, तू मेरी लड़की नहीं है, प्रमिला।"

"यह क्या कह रही हैं, रानी बहू?" प्रमिला ही नहीं, हम सबकी जिज्ञासा रानी बहू से उलझ गई। वह कुछ देर बाद स्वयं बोल उठीं, "अँगुली से निकाल लिये जाने के बाद भी जिसने सोने के छल्ले को अपना नहीं कहा, उसी की बेटी माँ द्वारा दे दिए फ्रॉक को अपना कहती है।" एक मुसकराहट जैसे जबरन उन्होंने अधरों के बीच उगाई—"कौन विश्वास करेगा कि तू मेरी ही बेटी है!" इतना कहकर उन्होंने उसे खींचकर अपने से सटा लिया।

प्रमिला पराजित दृष्टि से अपनी छीनी गई संपत्ति को टुकुर-टुकुर ताकती रह गई और चंपो माँ से सटी जा रही थी, जैसे वह सबकुछ समेटकर माँ के आँचल में छिपा लेना चाहती हो।

अब मैंने देखा कि वह चोर भिखारी भीड़ के पीछे से हम लोगों को देख रहा है। वह धक्के पर धक्का खा रहा है। हर व्यक्ति उसे धकेलकर पीछे कर देना चाहता है, पर उसकी अविचल दृष्टि रानी बहू पर लगी है; पर रानी बहू हैं कि उसे देख तक नहीं रही हैं।

'हजार जूता खाएँगे, पर तमाशा घुसकर देखेंगे।' मंत्र का पुजारी वह हनुमान मंदिरवाला बूढ़ा धीरे-धीरे सरकता-सरकता मंच तक पहुँच आया है; पर वह भिखारी अपने स्थान पर भी खड़ा नहीं रह पा रहा है। भीड़ में छल्ला लेकर भागनेवाली वह फुरती इस समय ऐसी अकिंचन और असहाय कैसे हो गई? मैं कुछ समझ नहीं पाया। मैंने माँ को उसकी ओर दिखाया। वह भी उसे देखती रह गईं।

कुछ समय बाद दानिस पुनः चला आया। उसने हनुमानजीवाले बूढ़े को खींचकर फिर पीछे हटाना चाहा। प्रतिरोध हुआ और एक शोर उभरा।

अब रानी बहू ने मुझसे कहा, "जग्गू, उस लड़के को बुला सकते हो?"

मैं फाँदता-कूदता गया और दानिस को बुला लाया। बूढ़े की बेहयाई फिर अपनी जगह पर ज्यों-की-त्यों पहुँच गई।

"तुम उस बूढ़े को क्यों पीछे हटा रहे हो?" रानी बहू ने दानिस से पूछा।

"वह निहायत कमीना और घोर पापी है, बहूजी।" दानिस बोला, "वह कांग्रेस को बदनाम कर देगा।"

"गंदे-से-गंदे नाले ने भी कभी गंगा को बदनाम किया है?" रानी बहू हँसीं और कहती गईं, "वह गंदे नाले से भी गंदा तो नहीं होगा, तुम्हारी कांग्रेस तो गंगा है। उसने राजा सगर के पुत्रों के उद्धार की तरह हमारी गरीबी और गुलामी के उद्धार का व्रत लिया है। उसका भगीरथ आज आ रहा है। ...हमें उसका दर्शन करना चाहिए, उसकी वाणी सुननी चाहिए। ऐसा कुछ मत करो, जिससे शांति भंग हो।"

दानिस रानी बहू का मुँह देखता रह गया। फिर उसकी दृष्टि मेरी ओर घूमी, मानो वह पूछना चाह रहा हो कि यह कौन है? किंतु कुछ नहीं बोला और अपने काम में लग गया।

भीड़ बढ़ती गई। मुख्य द्वार की तरफ कुहराम-सा हुआ। फिर 'महात्मा गांधी की जय', 'भारत माता की जय' के नारे से आकाश गूँजने लगा। 'आ गए, आ गए' की लहर अनेक अधरों से छूती हुई मुझसे टकराई।

महात्माजी सीधे नवनिर्मित मंदिर के द्वार पर गए। मालाओं और पत्तियों से सजा द्वार वेद मंत्रों से अभिसिंचित किया जाने लगा। संक्षिप्त पूजन के बाद उद्‌घाटन संपन्न हुआ। भीड़ की तूफानी लहर मंदिर के द्वार से लेकर मंच तक टकराती रही। उन्हीं में थपेड़े खाता हुआ वह भिखारी भी मंच के निकट आ गया था और चुपचाप वहाँ बैठ गया, जिधर महिलाओं ने चप्पलें उतारी थीं। वह बड़ा निरीह लग रहा था, तरंगों से फेंका गया कूड़ों के ढेर जैसा। मैंने माँ को दिखाया।

माँ ने धीरे से रानी बहू के कान में कहा, "अरे, वह चप्पलों के पास बैठा है। ऐसा तो नहीं, दो-चार लेकर चलता बने?"

निश्चित रूप से कोठी की बहुओं की चप्पलें सबसे अच्छी थीं और ऐसी आशंका स्वाभाविक थी। पर रानी बहू हँसते हुए बोलीं, "अशरफियों की लूट और कोयले पर मुहर।" और बड़ी देर तक मुसकराती रहीं। अर्थ स्पष्ट था, सोने का छल्ला मुक्तहस्त से देनेवाली के लिए चप्पलों की क्या बिसात?

माँ कुछ नहीं बोलीं। मैं भी सोचने लगा कि रानी बहू कितनी विचित्र हैं!

अब गांधीजी मंच पर पधार चुके थे। उनके पीछे कांग्रेस के कई नेता भी थे। माँ ने एक भारी-भरकम शरीर की ओर संकेत किया और बताया कि यही बाबू शिवप्रसाद गुप्त हैं, जिन्होंने यह मंदिर बनवाया है।

उद्‌घोषक ने सूचना दी कि अब वंदे मातरम् का गायन होगा। कुछ महिलाएँ माइक की ओर गीत गाने के लिए बढ़ीं। अरे, उनमें से तो एक पियारी भी है। सफेद खादी की धोती में वह कितनी अच्छी लग रही है! सुभाष बाबूवाले जुलूस की पियारी एक बार फिर मेरी आँखों के सामने थी।

गायिकाओं के परिचय के संदर्भ में पियारी देवी के नाम की घोषणा होते ही

तालियों की गड़गड़ाहट से आकाश गूँज उठा। वह पिकेटिंग कांड की हीरोइन है। उसकी शोहरत से किसी को भी ईर्ष्या हो सकती है।

मैंने माँ से कान में कहा, ''यदि तू उस दिन 'सुराजियों' के साथ चली जाती तो लोग तेरे नाम पर तालियाँ बजाते।''

माँ महज हँस पड़ीं।

गान का प्रत्येक शब्द मोहक, आकर्षक और उत्तेजक था। लोग बड़े भाव से सुन रहे थे। मैंने देखा, हनुमान मंदिरवाला बूढ़ा खूब मूँड़ी हिला रहा है। उसकी निगाह एकटक पियारी की ओर लगी है। लगता है, वह उसे आँखों से चूस ही लेगा।

स्वागत आदि औपचारिकता के बाद गांधीजी ने बोलना आरंभ किया। मुझे उनका पूरा भाषण तो याद नहीं है। मस्तिष्क पर बड़ा दबाव देता हूँ तो कुछ-कुछ याद आता है—''...जिस माता ने हमें पैदा किया, वह तो थोड़े दिन ही जीवित रहेगी; किंतु यह माता तो हमेशा रहेगी। वास्तव में भारत माता ही हमारी असली माता है। हम सब उसी की संतानें हैं...हिंदू, मुसलिम, सिख, ईसाई—सभी इसके बच्चे हैं। यह माता सबको समान रूप से प्यार करती है। फिर हम भाई-भाई होकर आपस में क्यों लड़ते हैं... ?''

इसी समय मेरी दृष्टि मंच से थोड़ी दूर रामकिशुन पर गई, जो सुभान के गले में बाँहें डाले खड़ा था।

मुझे याद है कि गांधीजी ने यह भी कहा था, ''आज यह माता दुःखी है। इसके हाथों और पैरों में गुलामी की जंजीरें हैं। वह जकड़ी हुई है। क्या हमारी माता बेड़ियों में जकड़ी रहे और हम उसे टुकुर-टुकुर देखते रहें? क्या यही हमारा कर्तव्य है?''

''नहीं, नहीं!'' जनता चिल्ला उठी।

''तो आइए, हम उस बेड़ी को तोड़ने के लिए एकजुट होकर प्रयत्न करें।'' गांधीजी का स्वर भारी हो गया था। वे कुछ आवेश में आ गए थे। इस अवसर पर उन्होंने एक श्लोक भी सुनाया था। माँ ने उसे याद कर लिया था और जब वह सवेरे उठती थीं तो उसे पढ़कर धरती को प्रणाम करती थीं। उन्होंने मुझे भी सिखा दिया था—

''समुद्रवसने देवि पर्वतस्तन मण्डले
विष्णुपत्नि: नमस्तुभ्यं पादस्पश क्षमस्व मे।''

अंत में गांधीजी ने बाबू शिवप्रसाद गुप्त को बहुत-बहुत धन्यवाद दिया कि उन्होंने माता का यह अद्‌भुत मंदिर सभी जाति, वर्ण और संप्रदाय के लोगों के लिए बनवाकर सबको माता के दर्शन का अवसर दिया है।

भाषण समाप्त हुआ। गांधी और भारत माता की जय के नारे के साथ-ही-साथ इस बार बाबू शिवप्रसाद गुप्त की जय के भी नारे लगे। अंत में कागज के पैकेट में बँधा

हुआ मेवे का प्रसाद लेकर स्वयंसेवक चारों ओर दौड़ पड़े। दानिस मुझे लाकर चार पैकेट साथ ही दे गया।

गांधीजी के जाते ही भीड़ छँटने लगी, पर चप्पलों के पास भिखारी अब भी बैठा था। उसे भी एक पैकेट मिला। लोग प्रसाद खा रहे थे। मैंने अपने दो पैकेट चंपो को थमा दिए थे, पर भिखारी निर्निमेष रानी बहू को देख रहा था। एकटक, जड़वत्, जैसे वह स्वयं मूर्ति हो और उसकी प्राणवत्ता संपूर्ण भीड़ पर बिखर गई हो।

लगभग यही दशा उस हनुमानजीवाले बूढ़े की भी थी। वह एकटक पियारी को निहार रहा था और लोगों के हटते ही वह मंच पर लपका और पहुँच गया पियारी के निकट—"मैंने आपका नाम बहुत सुना था, पर आज आपसे मिलकर धन्य हुआ।" वह दाँत दिखाते हुए बोलता रहा, "क्या गला दिया है भगवान् ने आपको! …और गला ही क्या? त्याग, तपस्या, व्यक्तित्व—क्या नहीं दिया है!" इतना कहते हुए उसने प्रसाद का एक पैकेट पियारी की ओर बढ़ाया—"आप मेरी तुच्छ भेंट कृपया स्वीकार करें। पूरा देश आप पर नाज करता है।"

पियारी ने मुसकराते हुए मस्तक झुकाकर पैकेट थामा ही था कि दानिस आ पहुँचा। उसने वह धक्का दिया कि बूढ़ा लड़खड़ाया—"साला, चला है यहाँ भी अपनी माया फैलाने!" दानिस तड़पा।

इसी बीच कुछ लोग बूढ़े को खींचकर आगे ले चले—"क्या समझता है रे! वह नागिन है, नागिन, जहाँ जरा सा भी हाथ लगाया कि वह उलटकर ऐसा काटेगी कि लहर नहीं आएगी।"

भीड़ से उभरी यह आवाज कुछ ही लोगों से टकराई होगी कि एक दूसरा स्वर भी सुनाई पड़ा—"अरे, चंदर को जरा जेल से बाहर तो आने दो। वह दोनों को ठीक कर देगा…पियारी की नेतागिरी भी पेट में डाल देगा और इस बूढ़े के मुँह के बचे हुए दाँत भी।"

अधिकांश लोग कुछ समझ नहीं सके। आश्चर्यचकित-से देखते रहे। पर पियारी खड़ी-खड़ी बड़ी अदा से मुसकरा रही थी, जैसे वह उस बूढ़े को जानती हो।

बूढ़ा भी भीड़ के थपेड़े खाता हुआ बड़बड़ाया, "क्या समझते हो? मैं भी नागिन से खेलने का मंत्र जानता हूँ।"

☐

मैंने देखा, भिखारी अब भी चप्पलों के पास बैठा है—मूर्तिवत्, मानो उसकी जड़ता ने ही उसकी सारी चेतना को निगल लिया है। उसके एक हाथ में प्रसाद का पैकेट अब भी मुँह बंद किए पड़ा है और दूसरे की मुट्ठी बँधी है। जरूर उसमें वह सोने का छल्ला होगा। मेरा मन बोल पड़ा।

अब महिलाएँ उतरकर चप्पलें पहनने लगी थीं। माँ भी उस ओर बढ़ीं, पर रानी बहू ने कहा, "पहले मंदिर में दर्शन कर लिया जाए, तब चप्पल पहनी जाएगी।"

अब हम लोग मंदिर की ओर बढ़े।

साकल्य सुरभि से सारा मंदिर सुवासित था, पर मूर्ति कहाँ है? कैसी बनाई गई है भारत माता की मूर्ति? मेरी दृष्टि खोजने लगी, पर वह मूर्ति मुझे दिखाई नहीं पड़ी, जिसकी मैंने कल्पना की थी या जो मेरे मन में उभर रही थी। मैंने माँ से पूछा, "कहाँ है भारत माता की मूर्ति?"

उन्होंने हॉल के बीचोबीच जमीन पर बने नक्शे की ओर इशारा किया। यह नक्शा पत्थरों को गढ़कर बनाया गया था। पहाड़ों की चोटियों की ऊँचाई और समुद्र की गहराई बड़े कलात्मक ढंग से दिखाई गई थी।

"पर यह तो नक्शा है! हमारे स्कूल में ऐसा नक्शा दीवार पर टँगा है।"

माँ हँस पड़ीं, "यही है तुम्हारी भारत माता की मूर्ति।"

"अजीब है यह मूर्ति, जिसमें न मुँह है और न हाथ-पैर! ...फिर वे हथकड़ी और बेड़ियाँ कहाँ हैं, जिनके बारे में बापू ने कहा था?" मैं कुछ इतनी जोर से बोला कि बहुतों ने मुझे सुन लिया और सबके सब हँस पड़े।

हँसती हुई ही रानी बहू ने मुझे समझाया, "बच्चों को वे हथकड़ियाँ दिखाई नहीं देतीं। जब तुम बड़े हो जाओगे तो खुद देखने लगोगे।"

हम बच्चों का जीवन भी कितना विचित्र है! हमारी जिन जिज्ञासाओं को शांत करने में बड़े-बूढ़े असमर्थ हो जाते हैं, उन्हें समय के अनजान हाथों में सौंप देते हैं और हमें बड़े होने तक की प्रतीक्षा करनी पड़ती है।

मंदिर से निकलकर अब हम चप्पलों की ओर बढ़े। बूढ़ा अब भी बैठा था, वैसा ही जड़वत्, एकदम पत्थर; पर भीतर से पिघल गया था। आँखों में बाढ़ थी। बेतरतीब उगी दाढ़ी के भीतर की झुर्रियाँ अकाल के समय तप्त धरती में पड़ी दरारों-सी गहरी होती जा रही थीं।

वह जरा भी हिला-डुला नहीं। रानी बहू जब चप्पलें पहनने लगीं तब उनके पैरों पर ढुलक गया, "क्षमा करो, माँ! मैंने जीवन में आप जैसा नहीं देखा।"

रानी बहू के अधरों पर पुनः मुसकराहट उग आई—"क्यों क्षमा माँगते हो? क्या किया है आपने?"

"आप! आप मुझे आप कह रही हैं।" वह फूट पड़ा—"एक लुटेरे को आप 'आप' कह रही हैं।" उसकी आँखें बरस पड़ीं।

मुझे यह सब अस्वाभाविक लग रहा था। मेरी सहजता बार-बार मुझसे पूछ रही थी—जब यह छल्ला देना चाहता है तब रानी बहू ले क्यों नहीं रही हैं? यह तो उन्हीं का

है ही। ...फिर सोचता हूँ कि वह देना क्यों चाहता है? जब छीनकर भागा था तब ऐसा क्या परिवर्तन हो गया है कि वह दे रहा है? यह सबकुछ मेरी बुद्धि के परे था। मैं तो हर आदमी को वही समझता था, जो वह दिखाई देता था। मुझे यह सबकुछ नाटक लग रहा था। मानव-मन की गहराई का परिवर्तन मुझसे अछूता और अनचीन्हा था।

तब तक कुछ औरतें और जुट आई थीं। सब में कुतूहल था, जिज्ञासा थी। रानी बहू ने हाथ पकड़कर उसे उठाया और एक किनारे ले आईं, जिससे वह भीड़ से कुछ अलग हो सके।

"क्यों क्षमा माँगते हो? ...यह चीज तो तुम्हारी है। तुम अपने पास रखो।" रानी बहू की आत्मीयता फिर 'आप' से 'तुम' पर उतर आई थी।

भिखारी खड़ा तो था, पर इस तरह काँपने लगा था जैसे टूटकर बिखर जाएगा—"मेरी कैसे बहूजी, यह तो आपकी है। मैं लुटेरा हूँ, डाकू हूँ।"

"वह तो वाल्मीकि भी थे।" एक बनावटी हँसी उनके मुख पर उभरी—"जब तक यह अँगूठी मेरे पास थी, मेरी थी, अब तुम्हारे पास है तो तुम्हारी है।"

"नहीं, नहीं। यह कभी मेरी हो नहीं सकती। ...आप क्षमा करें।" इतना कहते हुए वह पुनः उनके चरणों पर गिर पड़ा—"आपने मुझे पुलिस की गिरफ्त से बचाया है। यदि वह मुझे पकड़ लेती तो जरूर सजा होती और अँगूठी तो जाती ही। मुझे माफ कर दीजिए और इसे ले लीजिए।"

कितनी जल्दी और कितने अव्यवस्थित ढंग से उसने इतनी बातें कहीं कि क्या बताऊँ!

फिर वह कातर दृष्टि से रानी बहू को देखता रहा। उसकी आँखें टपकती रहीं और आँसू झुर्रियों में ढुलकते रहे।

"...शायद आप मुझे जानते नहीं हैं। मैं तो उस परिवार की बहू हूँ, जिसमें एक ऐसा व्यक्ति हुआ था, जो बिना माँगे ही लोगों को लुटाता फिरता था।"

मेरे बाल-नेत्रों ने भी अनुभव किया कि रानी बहू की आकृति पर अतीत गौरव की आभा रेंगने लगी है। वह बोलती गईं, "और तुमने तो माँगा भी नहीं, वरन् लूट ही लिया।"

'लूट ही लिया' सुनते ही वह एकदम घबरा गया। लगा कि अँगूठी फेंककर वह भाग ही जाएगा। रानी बहू ने अब स्वयं को सँभाला—"लूटनेवाला तो तुम्हारा वाल्मीकि था, जो भाग गया। अब तो तुम्हारा राम तुम्हारी आँखों से चू रहा है।"

उस समय रानी बहू की यह बात मेरी समझ में बिलकुल नहीं आई थी, पर आज समझता हूँ कि मनुष्य के जिस हृदय में पाप है, वहीं पुण्य का उत्स है; जहाँ अंधकार है, वहीं प्रकाश भी है। जब अंधकार छाता है, वह वाल्मीकि हो जाता है—लुटेरा और

हत्यारा वाल्मीकि। ...किंतु जब प्रकाश का प्रभुत्व बढ़ता है, वह स्वयं राम हो जाता है—राजकीय वैभव को भी ठुकरा देनेवाला राम। उस समय उस भिखारी का वाल्मीकि लुप्त हो गया था और रह गया था आँखों से चूता हुआ राम।

रानी बहू ने उसकी पीठ थपथपाई, मानो किसी पराजित में उत्साह भर रही हों। फिर बड़े शांत भाव से बोलीं, "एक बात मानोगे?"

उस भिखारी का रोम-रोम सजग हो उठा, पर वह पूछ न पाया—'क्या?'

रानी बहू ने स्वयं ही बताया, "इस घटना की चर्चा किसी से मत करना, नहीं तो लोग गरीबों पर विश्वास नहीं करेंगे। ...कम-से-कम मोटर में बैठी कोई औरत तो किसी भिखारी को पैसा नहीं देगी।" यह बात मुसकराते हुए ही कही गई थी, पर उसे गोली की तरह लगी। वह तिलमिलाकर रह गया और पके आम-सा धरती पर चू पड़ा।

"क्या हो गया?" आस-पास के लोग भी दौड़ पड़े।

"कोई बात नहीं है!" रानी बहू ने भीड़ का तनाव ढीला किया—"यों ही धूप लग गई है। कमजोर है, चक्कर आ गया।" रानी बहू ने उसे उठाया। माँ ने भी हाथ लगाया।

गांधीजी जा चुके थे। मजमा उजड़ चुका था। कुछ कार्यकर्ता अब भी पंडाल में रह गए थे। रानी बहू भिखारी को छोड़ते हुए बोलीं, "जाओ, भगवान् तुम्हारा भला करे। ...पर याद रखना, इस अँगूठी का कहीं दुरुपयोग मत करना।" इतना कहकर वह बड़े झटके से अपनी मोटर की ओर बढ़ीं। उनकी चाल इतनी तेज थी कि हम काफी पीछे रह गए, जैसे इस पंडाल और यहाँ के किसी से उनका कोई नाता ही न रहा हो।

मोटर में बैठते समय भी हमने देखा, वह भिखारी एकटक हमें देख रहा था। दूसरे दिन अखबारों में एक खबर बॉक्स में छपी थी—'गांधीजी के हरिजन फंड में एक भिखारी ने एक सोने का छल्ला दान में दिया।' जब गांधीजी ने उससे पूछा कि यह तुम्हें कहाँ से मिला, तब वह बिलकुल फूट-फूटकर रोने लगा और उनके चरणों पर गिरते हुए बोला, "यह मत पूछो बापू! इसको लानेवाला एक वाल्मीकि था, जो अब नहीं रहा।"

□

# : पाँच :

अब भी वह बूढ़ा मुझे हनुमानजी के मंदिर में मिलता रहा, पर चंपो के संबंध में उसने कभी नहीं पूछा। वह पूर्ववत् हनुमान चालीसा के पाठ के साथ ताली बजाता, भाव-विभोर हो नाचता और अंत में प्रसाद के लड्डू मुझे देता। उसका नौकर नित्य पीछे खंभे के सहारे खड़ा-खड़ा अपनी मौन आँखों से चिनगारियाँ उगलता।

"कितना फुसलाओगे साव, इस बूढ़े हनुमानजी को?" कोई कहता, "सारा पाप यहीं धो डालोगे क्या? अरे, थोड़ा-बहुत और कहीं के लिए भी रख छोड़ो।" यह चिकोटी मेरे ही मुहल्ले के डिप्टी हरनारायण सिंह ने काटी थी। वह रिटायर्ड डिप्टी इंस्पेक्टर ऑफ स्कूल हैं। मुहल्ले में उनका बड़ा दबदबा है। उनके बोलते ही मंदिर में उपस्थित और लोग भी खिलखिला उठे, पर उस बूढ़े पर कोई असर न हुआ। ये सारे व्यंग्य-बाण उसकी बेहयाई के कछुए के खोल से टकराकर स्वयं चूर हो गए और बूढ़ा निर्लिप्त भाव से अपने काम में लगा रहा।

एक दिन बूढ़े के साथ एक औरत भी आई। जवान थी। लाल साड़ी पहने हुए थी। आबनूस की तरह काली, पर अधरों पर लाली लगी थी। मेरे पीछे मेरा दोस्त भोंदू भी था। उसे देखकर वह मुसकराता रहा और अंत में बोला, "ऐसा लगता है कि चूहा खाकर आई है। सारा खून होंठ में लगा है।"

मुझे हँसी आ गई, पर उसका नौकर बिलकुल भभक पड़ा और बुदबुदाया—"यह चूहे का खून नहीं, उसके कलेजे का खून है। …कमीनी, हरामजादी!" इतना कहते हुए वह पीछे मुड़ा और कुछ दूर हटा। अब मुझे लगा कि वह भचककर चलता है। उसका एक पैर ठीक नहीं पड़ता। उसकी चाल में ऐसा आवेग था जैसे वह पूजा की डोलची फेंककर भाग जाएगा; पर खड़ा रहा, भीतर से खौलता रहा।

मेरे मन में जिज्ञासा थी कि आखिर यह किसके खून के संबंध में कह रहा है? पर मैं कुछ पूछ न पाया।

अंत में उसने मुझे लड्डू दिया, तब वह औरत बोल पड़ी, "अच्छा, यही वह

लड़का है। है तो बड़ा अच्छा! तुम हमारे घर चलोगे?'' उसने सीधे पूछा।

मैं उसे देखता रह गया।

''हाँ–हाँ जग्गू, तुम मेरे घर आओ।'' बूढ़ा बोला, फिर उसने नौकर की ओर संकेत किया—''...या तो सुबरन को अपना घर दिखा दो या फिर किसी छुट्‌टी के दिन अथवा अगले रविवार को मेरे ही साथ चलो। पर हाँ, अकेले तुम्हें नहीं ले चलूँगा। अपनी बहन को भी ले लेना।''

'न राम, न सत्त' मैंने कुछ नहीं कहा, केवल उसे सुनता रहा। मैंने अनुभव किया, वहाँ की बहुत सारी आँखें उस औरत की ओर लगी हैं। उसकी शोख अदाओं के प्रति कुछ के होंठों पर उपेक्षा भरी मुसकराहट भी थी।

''इस उमर में यह हालत है तो भगवान् जाने, चढ़ती उमर में क्या रही होगी!'' कहीं से एक आवाज छूटी।

''और यदि भगवान् ने रंग साफ कर दिया होता तो जुलुम ढाती।'' यह दूसरा सनसनाता तीर था।

पता नहीं उन लोगों ने इसे सुना या नहीं, पर लगा तो ऐसा ही जैसे सुना न हो। चुपचाप आगे निकल गए। वह नौकर पीछे ही रह गया। मेरी बगल में आकर धीरे से बोला, ''देखो, इस कमीने के चक्कर में मत आना।''

अचानक वह औरत पीछे मुड़ी। सुबरन चुप हो गया। औरत ने मुझे बुलाया, ''क्यों जी, तुम्हारी कोई बहन भी है?''

''हाँ।'' मैंने सिर हिलाया।

''क्या उम्र होगी उसकी?'' औरत ने पुनः पूछा।

मैं कुछ बोला नहीं।

''अरे, अभी बच्ची है, बच्ची, एकदम कली।'' बूढ़ा बीच में ही बोल पड़ा, ''तुम भी अजीब औरत हो! जहाँ लड़की का नाम सुनती हो, संदेह करने लगती हो।''

दोनों आगे बढ़ गए। नौकर मेरी बगल में आकर बड़बड़ाया, ''साला कली कहता है और मसलने के लिए बेताब है। देख, कभी भी इसके घर मत जाना। यह घटोत्कच ऐसा निगल जाएगा कि कहीं पता नहीं लगेगा तेरी बहन का।''

लड्डू कागज में लपेटकर बस्ते में रखते हुए मैं मंदिर से बाहर निकला। देर हो गई थी। स्कूल का घंटा बजता सुनाई दिया। मैं दौड़ पड़ा।

कलेंडर के पन्नों की तरह समय झड़ता और उड़ता चला गया।

मैं प्राइमरी पास कर मिडिल में आ चुका था। अब मृत्युंजय मंदिर की ओर रविवार या छुट्टियों में ही जाना होता था। उम्र की वृद्धि के साथ–ही–साथ कुछ गंभीरता और समझ भी बढ़ चली थी।

इधर मुहल्ला एक विशेष तनाव से गुजर रहा था। चंदर सजा काटकर आ चुका था। अब मजाल क्या कि पियारी को कोई आँख उठाकर भी देखता। रामकिशुन उसकी आँखें बचाकर मिल अवश्य लेता था, पर कुछ कर नहीं पाता था। सुराजियों की सभाएँ उसके अभाव में सूनी रहतीं। एक दिन शायद इसी संदर्भ में कोई रामकिशुन को सुनाकर कहा रहा था—'नशेमन में बंद है बुलबुल, चमन उदास है। सैयाद के पंजे में चहक की तलाश है।' पर रामकिशुन कुछ बोला नहीं, चुपचाप बगल से निकल गया।

वस्तुत: पियारी से अब उसका मानसिक लगाव ही नहीं था। वह उसके मन में उतर चुकी थी और एक छटपटाहट बन चुकी थी, पर वह करता क्या? लाचार था। चंदर की गुंडई के आगे वह थरथर काँपता था। सुना है, एक दिन उसने सबके सामने रामकिशुन से कहा था, "देख, मेरे न रहने पर जो किया, सो किया; अब उलटकर भी उसकी ओर नजर डाली तो गँड़ासा तौल दूँगा।"

लोग कहते हैं कि उस समय रामकिशुन के मुँह से आवाज नहीं निकली।

एक विचित्र घटना घटी।

जाड़े की थरथराती रात थी। अभी प्रथम प्रहर होगा, क्योंकि मँगरू के ओसारे में ढोलक की थाप अभी-अभी बंद हुई थी। रमैनियाँ चले गए थे। सारा मुहल्ला सन्नाटा ओढ़कर बिस्तर में दुबक गया था। अचानक कुहराम मचा। पहले वह कुछ हलका था, फिर धीरे-धीरे बढ़ता ही गया। पूरे मुहल्ले में जाग हो गई, जैसे दंगा हो गया हो।

माँ के साथ मैं भी खिड़की पर आया। पता चला कि चंदर ने पियरिया को मार डाला।

"हे भगवान्! वह शराब के नशे में कुछ भी कर सकता है।" माँ बोलीं और जैसे विक्षिप्त-सी हो गईं। वह कभी खिड़की पर जातीं और कभी नीचे बंद दरवाजे से कान लगाकर सुनतीं। इस बीच वह कई बार आईं और गईं। कई बार उन्होंने मुझसे भी जाकर सो जाने के लिए कहा, पर मैं खिड़की पर दुबका बैठा रहा। आश्चर्य था कि उस समय मुझे जाड़ा भी नहीं लग रहा था, जबकि मैं अपना ओढ़ना बिस्तर पर ही छोड़ आया था।

गली की बुदबुदाहट बढ़ती गई। उनमें से कुछ छलककर हमारी चेतना को भी छू लेती थी—"अबही मरल नाहीं हौ, बेहोश हौ।" आवाज साफ थी, किंतु किसकी है, माँ भी समझ नहीं पाईं—"…पर कपार खुल गयल हौ,…खून का पनारा बहत हौ।"

"चंदर तऽ इधरै चिल्लात गयल हौ कि वहू सारे के आज खपा देवे के हौ।" यह दूसरी आवाज थी।

"अब केकरे पीछे पड़ी?"

"हमार खियाल हौ कि रामकिशुन के खोजत होई!"

"अरे, रामकिशुन के का खोजी? उ सरवा तऽ सड़क की ओर गयल हौ।" एक हलकी और आश्चर्य भरी हँसी रेंग गई। "थोड़ी देर में ही जब नशा उतरी तऽ लौट आई।"

"अरे, अब उ का आई। खाय के पड़ रहऽ मार के टर रहऽ।" अजीब खिलखिलाहट के बीच से यह आवाज उभरी—"अब उ गयल तौ गयल।"

मेरी खिड़की के बाहरी ओर टिन से छाया एक खुला दालान था। उसी में खड़े कुछ लोगों की जानी-अनजानी ध्वनियों में हम माँ-बेटे उलझे रहे।

धीरे-धीरे कोलाहल खो गया। हम लोग भी बिस्तर पर चले गए। पर माँ सो नहीं सकी थीं। वह सोचती रहीं। वह अचानक उठीं और बाहर आईं, किंतु मैं बिस्तर पर ही था। शायद उन्होंने खिड़की में से पुनः झाँका हो। फिर 'हे राम!' कहती हुई बिस्तर पर ढुलक गईं। निश्चित ही उनकी व्यग्रता चरम पर थी।

मुझे नींद में ही लगा जैसे कोई मेरा दरवाजा खटखटा रहा हो। जब खटखटाहट कई बार हुई तब माँ उठीं; पर उनकी हिम्मत नीचे जाकर दरवाजा खोलने की न हुई। उन्होंने मुझे जगाया और साथ लेकर नीचे चलीं।

"भउजी, अरे ओ भउजी! मर जाब तब्बै किवाड़ा खोलबू?" यह सिसकन भरी आवाज तो पियारी की है।

माँ ने बिना कुछ कहे दरवाजा खोल दिया; पर डरी-डरी-सी, भयातुर—उस काँपते अँधेरे की तरह।

पियारी एकदम माँ से लिपट गई। उसकी सिसकन हिचकियों में बदल चुकी थी। वह खून से लथपथ थी। जब वह ऊपर लाई गई और ढिबरी की रोशनी में माँ ने उसे देखा, तब मैं चीख पड़ा। उसके सिर की चोट से खून अब भी रिस रहा था। उसकी उलझी मेघ राशि में उषा गाढ़ी हो चिपचिपा गई थी।

"जा, तू सो जा।" माँ ने मुझे हटाना चाहा। मेरा तन बिस्तर पर चला भी गया, पर मन अब भी उसी के साथ लगा था।

कमरे का दरवाजा बंद कर आले में रखा कड़ुवे तेल का दीया माँ ने उठाया। माँ उसमें काजल पारती थीं। उसमें कपड़े की मोटी बत्ती डालकर जलाया। मैं सोच ही रहा था कि यह सब किसलिए? तब तक जलती बत्ती से उसके घाव दागने उन्होंने आरंभ किए। यही उस समय का प्राथमिक उपचार था। हर बार दागने के साथ उसकी सिसकन भभक पड़ती और अपने किए पर पछताने लगती। माँ के मुख से वही श्लोक निकला, जिसे पिता जी ने मरते समय कहा था—"मारणीयस्य कर्माणि···" मनुष्य किसी और से नहीं, अपने कर्मों से ही मारा जाता है।

फिर माँ ने पुराने छाते से खपरैल में लगे मकड़ी के झाले बटोरे और उसे सिर के

घाव में भरने लगीं। मैं एक बार फिर उठकर उनके पास गया। माँ ने मुझे जबरन बिस्तर पर सुलाकर कथरी ओढ़ा दी। मैंने आँखें मूँद लीं, पर नींद नहीं थी। कथरी में सिर ढके रहा, पर भीतर से जागता रहा, झाँकता रहा।

पियारी सिसकती और चंदर के बारे में बताती रही। उसकी बहुत कम बातें मेरी समझ के दायरे में आती थीं, क्योंकि वह शब्दों से कम और इशारों से अधिक काम ले रही थी। कुछ उसकी आवाज भी सहमी-सहमी और मंद थी।

सिर के घावों पर पट्टी बाँध देने के बाद माँ ने बोरसी पर हाथ सेंकते हुए पियारी से पूछा, "और कहीं चोट है?"

इस बार पियारी बोली तो नहीं, माँ को एकटक देखती हुई उसने धीरे से अपना आँचल हटाया, जैसे किसी ने उसका जंफर (उन दिनों ब्लाउज पहनने का रिवाज नहीं था) बुरी तरह चीथ दिया हो। उसके उन्नत उरोजों पर हिंस्र पशु के नाखून के बर्बर खरोंच के चिह्न थे। कई जगह खून जम आया था।

"राम-राम, तू किस जानवर के चक्कर में पड़ गई!" माँ बोलीं।

"क्या कहूँ भौजी, मैं अपने किए का फल भोग रही हूँ।" वह फिर सिसकने लगी।

माँ ने उरोजों के घाव भी जलती हुई बत्ती से दागे। मैं देख रहा था। उसके पूर्व देखे गए अनेक खुले-बंद स्तनों को मेरे मन ने टटोला और इस निष्कर्ष पर पहुँचा कि सुंदर और मांसल उरोज मैंने इसके पहले कभी नहीं देखे हैं। वे मुझे बहुत अच्छे लग रहे थे। अब मैं समझ रहा था कि भीड़ की हर नजर पियारी को कहाँ और क्यों चिपकती थी।

पियारी बोल रही थी, "शराब के नशे में जब आता है, तब खूँखार जानवरों की तरह बकोटने और नोचने लगता है। जरा सा भी मना करो तो मारना सिद्ध।"

"आखिर तू शेर की माँद में जिंदा कैसे है, मुझे तो यही आश्चर्य है!" पहली बार माँ के चेहरे पर मुसकराहट आई।

"क्या करूँ भौजी, गले पड़ा ढोल है।"

मेरा मन बोल पड़ा—'तो क्यों नहीं फेंक देती उस ढोल को?' पर मैं कुछ कहने की स्थिति में नहीं था। माँ ही बोलीं, "गले में पड़ा ढोल नहीं, गले में अटकी मछली है, जिसे न तो तू निगल सकती है और न उगल सकती है।"

"पर इस बार जरूर उसे उगलकर रहूँगी।" पियारी आवेश में आई—"देखना, मैं कैसा मजा चखाती हूँ!"

"तू कुछ नहीं कर सकती पियारी, कुछ नहीं।" माँ का स्वर कुछ तेज हुआ—"जंगली साँप से तो बचा जा सकता है, पर पालतू कुत्ते से पिंड नहीं छुड़ाया जा सकता।"

"किंतु अब मैंने निश्चय किया है कि पिंड छुड़ाकर रहूँगी।"

"आखिर क्या कर सकती है तू उसका?" माँ की शंका प्रश्न बन गई।

"मैं रामकिशुन को कहकर उसे किसी मामले में फँसाकर इस बार लंबी सजा कराऊँगी।"

"रामकिशुन तुझे जिंदा मिलेगा तब तो!"

"क्यों? क्या हो गया उसे?" उसका चेहरा फक पड़ गया। लगा, जैसे धरती ही खिसक गई हो।

माँ ने उसे बताया, इस समय वह रामकिशुन की ही तो हत्या करने गया है।

"तुम्हें कैसे मालूम है?" उसकी जिज्ञासा चरम बिंदु पर थी।

"यहीं बाहरवाले सायबान में कुछ लोग बातें कर रहे थे कि चंदर कहता हुआ गया है कि उस साले को भी आज खत्म कर देवे के हौ।"

पियारी मौन हो गई। वह पीली पड़ती उस निरीह पक्षी की तरह दिखाई दी, जिसके पिंजरे को कोई विषधर अपनी कुंडली में लपेटकर फुफकार रहा हो।

□

आज कुछ जल्दी ही मेरी नींद खुल गई। आकाश में जाड़े के बादलों के उड़ते चिथड़े सूरज की किरणों से लाल हो गए थे। समूचे आसमान को किसी खूँखार जानवर ने बकोट लिया था।

माँ शायद उठकर पानी भरने लग गई थीं। जमीन पर कथरी पर कंबल ओढ़े पियारी अब भी सो रही थी। मैं उठकर पेशाब करने आया और लौटकर कमरे में गया। पियारी करवट बदल चुकी थी। कंबल कमर से हट गया था। फटी साड़ी के भीतर के नितंबों के खरोंच झाँक रहे थे। मुझे लगा, स्तनों की तरह किसी ने नाखून से वहाँ भी बकोटा है। यद्यपि मैं समझने लगा था कि यह सब मुझे नहीं देखना चाहिए, फिर भी मेरी आँखें ऐसे स्थलों पर चिपक जाती थीं।

मैं देखता रहा। सोई हुई पियारी जागती हुई पियारी से बहुत अच्छी लग रही थी। अब सोचता हूँ कि निद्रा हमारे सारे तनावों को पी जाती है। शायद इसीलिए 'स्लीपिंग ब्यूटी' जाग्रत् सौंदर्य से कहीं अधिक निश्छल, सौम्य और सहज होती है।

माँ की आहट लगते ही मैं पुनः अपने बिस्तर में दुबक गया।

बासी घाव की पीड़ा और भी तीखी होती है। पियारी उठते ही कराहने लगी। माँ ने उसे फिटकरी-दूध पिलाया। वह पीती, चंदर को गालियाँ देती और कोसती रही—"हे भगवान्, उसका नाश हो। वह मर जाय, बिलाय जाय, आधी रात को अंधा हो जाय।"

"अरे, ऐसा मत कह पियारी। जाने कौन सा 'सराप' पड़ जाए। कभी-कभी

जीभ पर सरस्वती विराजती हैं।'' माँ ने उसे टोका—''अरे, जिंदा रहेगा, कुछ न करेगा, कंधा तो देगा ही।''

''भरसाईं में जाए ऐसा कंधा!'' पियारी भभकी—''देखना, अब उस कमीने से वास्ता नहीं रखूँगी।''

माँ मुसकराईं। उनके स्वर में विवशता अपने यथार्थ रूप में थी। उनका कहना था कि आदमी से उसकी छाया कभी अलग नहीं होती। रोशनी के अभाव में वह दिखाई नहीं पड़ती, तब वह खुद आदमी में ही समाई रहती है। चंदर भी तेरी छाया है। वह कभी भी तुझे छोड़ नहीं सकता। जब वह जेल में था तब तेरे भीतर ही वह समाया था। हाँ, कभी-कभी यह हुआ है कि अपनी ही छाया भूत बनकर ग्रसने लगती है। शायद इस समय चंदर के मामले में यही हुआ है। उस समय माँ हँसने लगी थीं।

पियारी भभकती रही—''देखना भौजी, अब वह कमीना मेरी परछाईं तो पा नहीं सकेगा।''

''तब तू कहाँ चली जाएगी?'' माँ पुनः मुसकराईं।

''कहीं भी चली जाऊँगी! भीख माँगूँगी, डूब मरूँगी, पर उस नीच से संबंध नहीं रखूँगी।''

आज माँ ने रामकली दादीवाले हनुमानजी की पूजा के लिए मुझे ही भेजा। इस समय भी गली में रात की घटना की चर्चा चल रही थी।

''आखिर पियारी रात को गई कहाँ?'' यही मुख्य प्रश्न था, जो प्रत्येक के लिए समस्या बना था। उसके खपरैल घर का दरवाजा खुला था। बाहर कुछ दूर तक खून गिरा था, जो जमकर काला पड़ गया था।

अभी-अभी एक कुत्ता उसके घर से निकला और भाग गया। कुछ लोग भीतर जाकर झाँक भी रहे थे। उन्हीं लोगों में मैं भी घुस गया। हर चीज बिखरी पड़ी थी। अनाज भरे मिट्टी के बरतन इस तरह फूटे पड़े थे जैसे किसी ने उन्हें उठाकर पटक दिया हो। धरती पर पसरे खून पर चावल तिलक पर अक्षत की तरह चिपक गए थे।

''आप सब लोग बाहर निकलिए, पुलिस आ रही है।'' अचानक रामकिशुन ने आकर सूचना दी। मैं तो पहले ही दुबक चला, क्योंकि मेरे हाथ में पूजन की डलिया थी। उसने देख लिया तो क्या कहेगा?

मेरा मन उस दिन पूजा में बिलकुल नहीं लगा। जल्दी में मैंने भोग लगाए बिना ही आरती कर दी; पर मेरा लगाव तो भोग से ही था, पूजा तो मेरे लिए निरर्थक थी, अतएव मैंने जल्दी से डिब्बे से भोग निकाला। हनुमानजी के सामने कटोरी में रखा और बिना तुलसीदल डाले ही आँखें मूँदकर घंटी बजा दी। और फिर उसे उठाकर मुँह में डालने को हुआ।

अभी दाँत लड्डू पर लगा ही था कि मंदिर के बाहर द्वार से झाँकता भोंदू चिल्लाया, "बा बेटा, अकेले-अकेले!"

मेरी नैतिकता लज्जित होकर एक मुसकराहट में सिमट गई। फिर भी, मैं लड्डू उदरस्थ करके ही मंदिर से निकला।

पुलिस घर का मुआयना करके महँगू दादा के बड़े मैदान में आ चुकी थी और पीपल के नीचे के बड़े कुएँ में झाँककर कुछ देख रही थी। मैंने दूर से ही देखा, ऊनी खादी की चादर ओढ़े रामकिशुन कुछ गंभीर था। वह बार-बार कुएँ में झाँक रहा था और पुलिसवालों से कुछ बातें कर रहा था।

"हम तो आपकी सूचना पर यहाँ आए हैं। हमारे यहाँ कोई रिपोर्ट तो दर्ज कराई नहीं गई है।" दारोगा बड़े सामान्य भाव से बोला।

"पर वारदात तो हुई ही है!" रामकिशुन ने कहा।

"जरूर हुई है। यह मौका मुआयना से ही पता चलता है।" दारोगा ने कुछ सोचते हुए कहा। फिर वह रामकिशुन को भीड़ से अलग ले गया। मैं भी पीछे-पीछे था—"देखिए, हम लोगों के सामने भी बड़ी दिक्कत है। इस घटना का चश्मदीद गवाह कोई नहीं है। मारनेवाला भाग गया और मार खानेवाली भी नदारद है। ..."

"मार खानेवाली जिंदा होगी तब तो" रामकिशुन बीच में ही बोल पड़ा, "हो सकता है, चंदर ने उसे मारकर इसी कुएँ में फेंक दिया हो!"

"पर ऐसा लगता नहीं।" दारोगा सोचते हुए बोलता रहा, "आस-पास कहीं खून का निशान नहीं है। फिर, यदि वह कुएँ में फेंकी गई होती तो उसकी साड़ी या कोई और चिह्न पानी पर अवश्य तैरता होता। मैंने तो टॉर्च से भी देखा, पानी एकदम शांत और साफ है।"

"हो सकता है, उसने साड़ी से बाँधकर फेंक दिया हो।"

"हो सकता है; पर यह तो उसी समय पता चलेगा जब गोताखोर कुएँ में उतारे जाएँगे।"

"तब आप दमकल विभाग को क्यों नहीं बुलवाते?"

"यही तो सोच रहा हूँ।" दारोगा बोला, "पर कानून इतना पेचीदा है कि जब तक कोई रिपोर्ट न लिखाए तब तक हमारे हाथ-पाँव जल्दी नहीं चलते।"

"तब कौन रिपोर्ट लिखवा सकता है?"

"जिसने उसे मारते देखा हो।" दारोगा मुसकराया।

रामकिशुन का चेहरा गंभीर हो गया।

"अरे, सही न देखा हो, झूठ-मूठ का ही देखा हो।" दारोगा की यह बात रामकिशुन की समझ में न आई। वह उसका मुँह देखता रह गया।

"गांधीजी की सत्यता कानून के क्षेत्र में काम नहीं आती।" दारोगा ने चुभता व्यंग्य किया, "कानून की लड़ाई का आधार ही झूठ होता है, नेताजी। यह आपको कहना पड़ेगा कि मैंने उसे मार खाते हुए देखा है।"

"यह मैं कैसे कह सकता हूँ?" रामकिशुन झिझका।

"इसे मैं बताता हूँ।" दारोगा इस बार खुलकर हँसा, "हम पुलिसवालों का काम ही झूठ बोलना सिखाना है।" हँसते हुए एक बार फिर दारोगा ने रामकिशुन के चेहरे पर दृष्टि डाली—"क्या घबरा रहे हैं?"

"नहीं तो।" रामकिशुन ने अपने चेहरे से गंभीरता झाड़ते हुए कहा।

अब दारोगा ने बयान सिखाना आरंभ किया—"आप महज इतनी रिपोर्ट लिखाइए कि मँगरू के ओसारे से 'रामायण' खत्म होने पर मैं अपने घर जा रहा था। उस समय चंदर के घर से चीखने-चिल्लाने की आवाज सुनाई पड़ी—अरे, कोई बचाओ, यह जान से मार ड़ालेगा! आवाज जनाना थी। और यह भी साफ मालूम हुआ कि चंदर गाली बकता हुआ किसी को बेतहाशा पीट रहा है। मुझसे रहा नहीं गया, मैं दरवाजे के भीतर घुसा, क्योंकि दरवाजा खुला था। मैंने देखा कि चंदर नशे में अपनी रखैल पियारी को जान से मार डालने पर आमादा है। मैंने बीच-बचाव करने की कोशिश की। वह मुझे भी मारने के लिए दौड़ा। तब मैं अपनी जान बचाकर भाग चला।" इतना बताकर दारोगा पुनः हँसने लगा, मानो वह रामकिशुन की मानसिक परेशानी को चिढ़ा रहा हो।

रामकिशुन अब भी गंभीर था। "इतना बयान तो आपके लिए पर्याप्त होगा।" वह बोला।

"पर्याप्त तो नहीं है, पर हाँ, काम चल जाएगा।" दारोगा ने कहा, "और हमें दो गवाह भी चाहिए। क्या रामायण कहनेवालों की गोल के दो आदमी गवाही के लिए नहीं मिल सकते?"

"कौन गवाही देगा दारोगा साहब, उन गुंडों के खिलाफ? आखिर हरेक को अपनी जान तो प्यारी है ही।" रामकिशुन बोला।

"अब आप हमारी कठिनाई समझेंगे। हम पुलिसवाले क्या करें? सजा कराना तो दूर रहा, हम गवाही के अभाव में मुकदमे चला तक नहीं पाते। जनता गुंडों और बदमाशों के खिलाफ गवाही नहीं दे सकती, पर पुलिस के खिलाफ नेता भाषण पर भाषण दे सकता है।" इतना कहकर वह जोर से हँसा। उसकी व्यंग्यात्मक हँसी ने रामकिशुन ऐसे नेताओं की खिल्ली तो उड़ाई ही, साथ ही यह भी बताया कि कानून के शिकंजे मजबूत जरूर हैं, पर उसमें फँसना उतना आसान नहीं जितना लोग समझते हैं।

"खैर चलिए, गवाही की कोई व्यवस्था करूँगा।" दारोगा इतना कहता हुआ रामकिशुन को लेकर चला।

पहले उसने एक ताला मँगवाया और चंदर के घर में बंद किया, फिर इकट्ठा हुए लोगों से बोला, ''आप लोग अपने-अपने काम पर जाइए। थोड़ी देर में दमकलवाले आएँगे, कुएँ में गोता लगाकर देखा जाएगा कि पियारी की लाश उसमें तो नहीं है!''

''और यदि पियारी उसमें न मिली तब?'' एक आदमी मुँह नीचा किए मुझे देखता हुआ धीरे से बोल पड़ा। मेरा कलेजा धक से करके रह गया। चोर का जी आधा। 'जरूर यह जानता है कि पियारी मेरे यहाँ है।' मैंने सोचा।

पुलिस के आदमी भी सोचने लगे।

''यह सवाल किसने किया?'' दारोगा की कड़कती आवाज दहशत बनकर हम सब पर बरस पड़ी।

पर कोई कुछ नहीं बोला। जिस आदमी ने पूछा था, उसने अपना मुँह और नीचा कर लिया। यद्यपि मैंने उसे मुहल्ले में देखा अवश्य है, पर मैं उसका नाम नहीं जानता। इस बार तो वह खिसककर मेरे पास आया और मेरे ही कंधे पर हाथ रखकर खड़ा हो गया। मुझे अच्छा नहीं लगा। मैं धीरे से आगे बढ़ गया।

''तब आप ही लोगों को बताना पड़ेगा कि पियारी कहाँ है?'' दारोगा तड़पा, ''ऐसे नहीं बताइएगा तो एक-एक को थाने बुलवाऊँगा।''

थाने का नाम सुनते ही धरती पैर के नीचे से खिसकने लगी। लोग हटने-बढ़ने लगे। मैं अपने घर की ओर भागा।

□

''अम्मा, अम्मा! महँगू चाचा के कुएँ में पुलिस गोताखोरों से खोज करवाने वाली है।'' घर पहुँचते ही मैंने माँ से कहा और एक पहेली बनकर उनके सामने खड़ा हो गया।

''क्यों, किसलिए?'' माँ ने पूछा।

''पियारी चाची का पता लगाने के लिए।'' मैंने पियारी की ओर ही मुख करके मुसकराते हुए कहा। और धीरे-धीरे सारी बातें बता दीं।

माँ सुनकर कुछ सोचती रहीं, पर पियारी एकदम व्यग्र हो उठी—''अब तो अनर्थ हो जाएगा। जब वह सुनेगा कि रामकिशुन ने रिपोर्ट लिखवाई है, तब उसके जान की खैर नहीं…।''

''पर तू क्या करेगी इतना घबराकर?'' माँ झिड़कीं, ''तू चुपचाप बैठ। जो होगा, देखा जाएगा।''

कुछ समय के लिए वह चुप हो भी गई, किंतु अचानक भभक पड़ी—''क्या कहती हो, जग्गू की माँ? यदि मैं चुप बैठी रह जाऊँगी तो चंदर सोचेगा कि रामकिशुन ने रिपोर्ट तो लिखाई ही है, साथ में मुझे छिपाया भी है। वैसे ही मेरे और रामकिशुन के

संबंध को लेकर वह शक करने लगा है।'' इतना कह वह फिर मौन हो गई, जैसे किसी गहरे विचार में डूब गई हो। फिर उसने मुझसे पूछा, ''तुमने देखा है, रामकिशुन किधर गया है?''

''वह दारोगा के साथ ही गया है।'' मैंने कहा।

''तब तो रिपोर्ट लिखवा ही रहा होगा।'' उसे जैसे बिजली का करेंट छू गया। वह उठकर खड़ी हो गई। ''देर करने से सबकुछ बिगड़ जाएगा।'' उसने अरगनी पर से माँ का मोटा ऊनी रफल उठाया और ''आभी आती हूँ'' कहकर निकल गई। उसने साड़ी तक नहीं बदली। वह खून से लथपथ साड़ी पहने थी।

''अरे, जग्गू को तो साथ लेती जा।'' माँ ने उसे टोका; पर वह रुकनेवाली नहीं थी।

अभी जो कुछ ही समय पहले कराह रही थी, जिसे उठने-बैठने में भी तकलीफ हो रही थी, उसमें फुर्र से उड़ जाने की इतनी फुरती कहाँ से आ गई, मैं कुछ समझ नहीं पाया।

किंतु माँ से रहा नहीं गया। उन्होंने पहले उसे खिड़की से देखा, फिर मुझसे कहा, ''देख तो, वह कहाँ जा रही है। कहीं ऐसा न हो कि वह चक्कर खा जाए और गिर पड़े।'' माँ ने यह भी हिदायत दी कि पास मत जाना, दूर-दूर से ही देखना।

मैं दौड़ पड़ा। वह जिधर से जाती, बस एक ही आवाज उभरती—''अरे, वह तो जीवित है!''

सरकारी बंबे पर पानी भरती जीउत की माँ बोली, ''अरे, इ भला अइसे गरी, जब तलक कुछ लोगन के मार न लेई!''

चाचा की दुकान पर पीपा मिट्टी का तेल नाप रहा था। मैंने सोचा कि चाचा मुझे रोकेगा पर वह देख ही नहीं पाया। मैं उसके सामने से ही फुर्र से निकल गया।

कंपनी बाग से होती हुई पियारी सीधे कोतवाली पहुँची। किसी मामले में फाटक पर पहले से ही भीड़ थी। पियारी को खून लगी साड़ी में देखकर लोग सकते में आ गए। उन लोगों ने उसे रास्ता दे दिया, पर मैं बाहर ही रह गया। अब लौटने के सिवा कोई चारा न था। एक आवाज मेरे कानों से अवश्य टकराई—''सुराजियों की यह हालत! कौन सी बहादुरी दिखाई है इस औरत को खून से लथपथ करके?''

आज सोचता हूँ कि हर व्यक्ति की मानसिकता किसी भी घटना को अपने अनुसार गढ़ लती है। उस समय वहाँ ऐसे भी लोग थे जो समझते थे कि इस सुराजी महिला को अंग्रेजों के पिट्ठुओं ने ही मारा है, क्योंकि पियारी को जाननेवालों की कमी नहीं थी।

मैं जब लौट रहा था, चंपो ने मुझे देखा। उसने बुलाया भी, पर मैं रुका नहीं। मुझे

तो माँ को रिपोर्ट देनी थी।

खाना लगभग बन चुका था। दो-चार रोटियाँ बाकी थीं। मैंने माँ से सबकुछ बताया। वह कुछ नहीं बोलीं। चूल्हे में आँच फूँकती और रोटी सेंकती रहीं। अंत में उन्होंने मेरे लिए खाना परोसा और कहा, "आज छुट्टी है ना! खाना खाकर सुमेर चाचा के यहाँ चला जा; पर किसी से यह मत कहना कि पियारी रात को मेरे यहाँ थी।"

मैंने समझ लिया कि यह बात जरूर बड़े महत्त्व की है, जिसे माँ किसी से न कहने के लिए कह रही हैं। हर वर्जना बच्चों के लिए रहस्य हो जाती है। उनकी जिज्ञासा उन्हें उधेड़ने के लिए आतुर हो जाती है। शायद इसीलिए जब माँ कोठी जाते समय मेरे साथ सुमेर चाचा के यहाँ आई थीं तब मैं यह समाचार चंपो से कहने के लिए व्याकुल हो गया।

माँ ने चाचा को भीतर बुलाया और उसे रात की स्थिति बताई। चाचा सुनने के बाद बड़ी गंभीरता से बोला, "तुम्हें अपने घर में उसे रखना नहीं चाहिए था।"

"क्या करती? आधी रात को वह ऐसी स्थिति में आई कि मैं उसे निकाल न सकी।"

"खैर, जो हुआ सो हुआ। अब इसकी चर्चा किसी से मत करना।"

"मैं तो नहीं करूँगी, किंतु यदि उसने ही बात फैलाई तब?"

"तब देखा जाएगा।"

मेरी जिज्ञासा में नई स्फूर्ति, पर माँ चली गईं। मैं चंपो को लेकर गली में धूप में आया और रात की घटना के साथ ही अब तक की सारी जानकारी उसे दे दी। यह भी कहा कि इसे किसी से मत कहना। माँ ने मना किया है।

"इसमें कौन सी ऐसी बात है, जिसे माँ ने किसी से न कहने के लिए कहा है?" चंपो ने कहा।

"यही तो मैं भी सोच रहा हूँ। पर चाचा ने भी तो माँ से कहा कि लोग न जानें कि वह रात में तुम्हारे यहाँ रही है।" मैं बोला।

"हो सकता है, लोग समझते हों कि यदि चंदर को मालूम हो जाएगा तो वह दुश्मनी करेगा?"

"तो क्या कर लेगा दुश्मनी करके?"

"हम लोगों को मारेगा। वह बहुत बड़ा गुंडा है।" चंपो के चेहरे पर डर की एक छाया उभरी।

मैं भी सोचने लगा कि बदमाश के मुँह लगना ठीक नहीं। और यदि इस स्थिति का सामना करना ही पड़ेगा तो क्या करूँगा? अनुभव और बोध के अनुसार मेरा मन तैयारी में संलग्न हो गया।

कुछ देर तक हम दोनों चुप रहे। फिर चंपो बोली, "डर गए क्या?"

"नहीं जी, डर किसका?" मैंने अपने भय पर मुलम्मा चढ़ाया और बात दूसरी पटरी पर उतार दी, "सोचता हूँ, यदि बकोटना ही था तो पियारी को उन स्थानों पर क्यों बकोटा? आखिर यह सब करने से चंदर को क्या मिला होगा?"

"क्या मिला होगा!" चंपो मुसकराई। एक शोख मुसकराहट के साथ मेरी नाक हिलाते हुए बोली, "तू उल्लू है, उल्लू!" और चुपचाप वहाँ से हट गई।

□

चंदर मेरे मन पर छाया था। एक से एक बढ़कर उसकी भयातुर मुद्राएँ मेरे मानस पर उभर रही थीं। मेरा इस निष्कर्ष पर पहुँच जाना स्वाभाविक था कि वह मेरी माँ से जरूर दुश्मनी निकालेगा। चाचा भी कुछ नहीं कर सकता। चंदर के सामने उसके भी देवता कूच कर जाते हैं। तब क्यों नहीं मैं दानिस से मिलूँ। मुझे कुछ विश्वास हो चला था कि वह हमारी हर मुसीबत का साथी है। मैं चुपचाप वहाँ से खिसक चला।

दानिस का अड्डा तो मृत्युंजय मंदिर के पास ही था; पर आजकल उसपर सुराजियों का भूत सवार हो गया है, दिन-रात घूमता रहता है। कौन जाने वहाँ मिले या न मिले, फिर भी मैं चल पड़ा।

संयोग देखिए, डिप्टी हरनारायण सिंह के घर के पास वह आता दिखाई दिया। मुझे देखते ही वह मुसकराया। मेरे कंधे पर हाथ रखते हुए बोला, "तुम पियारी का घर जानते हो? कल के प्रदर्शन में उसकी जरूरत है।"

कितना विचित्र लगा! जिसके संबंध में मैं बात करना चाहता हूँ, उसके विषय में वही बोल पड़ा। मैंने कहा, "मैं जानता तो हूँ, पर वह घर पर मिलेगी कहाँ?" फिर मैंने धीरे-धीरे उसे सारी बातें बता दीं और मन की आशंका भी व्यक्त कर दी।

सबकुछ सुन लेने के बाद वह अपने स्वभाव के अनुसार भभका—"चंदर की यह हिम्मत? मैं अभी कोतवाली चलता हूँ।" वह झटके से आगे बढ़ते हुए बड़बड़ाया—"अब तक पुलिस ने डॉक्टरी के लिए उसे अस्पताल भेज दिया होगा। और यदि न भेजा हो तो?" वह स्वयं बोलता रहा, "तो हमें चलकर उसकी डॉक्टरी करानी चाहिए।"

"यह डॉक्टरी क्या होती है?" मैंने पूछा।

"सरकारी डॉक्टर घायल के घावों को देखकर एक रिपोर्ट लिखता है। वह रिपोर्ट जैसी होती है, मुकदमा पुलिस वैसा ही चलाती है।" दानिस ने संक्षेप में समझा दिया।

"तो डॉक्टर पियारी के सारे घाव देखेगा?" मेरी जिज्ञासा पियारी के खरोंचों से चिपक गई।

उसने 'हाँ' कहा। मेरा मन बोल पड़ा—'हे राम! पियारी कैसे दिखाएगी डॉक्टरों को?' किंतु मैं कुछ बोला नहीं। दानिस मुझे लेकर कोतवाली की ओर बढ़ा चला जा रहा था।

सुमेर चाचा की दुकान पर वह रुका—"लो, अब दो सरकार को टैक्स?" चाचा को देखकर वह छूटते ही बोला।

चाचा कुछ कह नहीं पाया। उसके विस्फारित नेत्र टैक्स के बारे में मूक प्रश्न कर बैठे।

"राइट टैक्स, यानी दंगा का टैक्स। दंगा हुआ है। संपत्ति नष्ट हुई है—सरकारी और गैर-सरकारी भी। साथ ही पुलिस और सुरक्षा पर सरकार का बड़ा खर्च पड़ा है। इसका सारा हरजाना सरकार हम पर ही टैक्स लगाकर पूरा करेगी।"

"अब सरकार जो कहेगी वह तो देना ही पड़ेगा।" चाचा के स्वर में एक कमजोर आदमी की लाचारी थी।

"क्यों दोगे?" दानिस उबल पड़ा, "आखिर तुम क्यों दोगे? सरकार को लेना चाहिए गुंडों से, बदमाशों से। वह भले आदमियों से क्यों टैक्स लेगी? वह तो खुद दंगे में पिस गया है। जान-माल का नुकसान हुआ ही, हाल रोजगार भी ठप हो गया है। हिंदू और मुसलमान दोनों तबाह हुए। मुहर्रम तो मुहर्रम था ही, होली भी मुहर्रम हो गई।" दानिस नेताओं-सा भाषण करता रहा। चाचा चुपचाप सुनता गया। ऐसा नहीं कि उसके पास बोलने को नहीं था, पर वह बोलना चाहता नहीं था।

दानिस कहता गया, "यह कहाँ का न्याय है कि बदमाशों और गुंडों की करतूत का फल हम भोगें? यही समझो कि तुमने तो किसी का नुकसान नहीं किया, किसी की जान नहीं ली।" अचानक दानिस की मुद्रा बदली, वह मुसकराया—"यह बात दूसरी है कि तुम्हारे मिट्टी के तेल से हबीब जला दिया गया।"

चाचा का चेहरा 'फक' पड़ गया था, पर दानिस मुसकरा रहा था।

"अब तुम ऐसी ही बात करोगे, दानिस?" चाचा की आवाज संकोच और भय से बुझी-बुझी थी।

"और किसी से तो नहीं, तुम्हीं से न कह रहा हूँ। बल्कि यह तुम्हारी लाचारी है, सुमेर साव।" दानिस हँसा—"कितनी बड़ी लाचारी है कि तुमने चंदर को मिट्टी का तेल दिया। रामकिशुन को सुराजी कैदियों को पूड़ी खिलाने के लिए घी दिया और अब सरकार को टैक्स भी दोगे।"

"क्या करूँगा, दानिस? यदि नहीं दूँगा तो क्या रह पाऊँगा?"

"क्यों नहीं रह पाओगे? हम लोग खुद टैक्स नहीं देंगे और न दूसरों को देने

देंगे। देखें, सरकार क्या कर लेती है?''

चाचा उसका मुँह देखता रह गया।

चाचा दानिस को पहले से जानता था, किंतु उसे कभी विश्वास नहीं था कि दानिस इतना कट्टर सुराजी हो जाएगा। फिर कुछ उसका मन रखने के लिए और कुछ उसका ध्यान अपनी ओर से हटाने के लिए चाचा बोला, ''सबसे बड़ी गुंडा तो सरकार है, जिसने दंगा कराया। वह हिंदू-मुसलमानों को लड़ाकर अपना उल्लू सीधा करती है।''

''यही तो तुमने हमारे मन की बात कही है, सुमेर साव।'' दानिस के चेहरे पर एक विचित्र आभा उभरी—''हम जानते हैं कि मुल्क का हर आदमी असलियत जानता है, पर वह चुप है। उसे केवल एक झकझोर की जरूरत है।''

''पर देश को झकझोरकर क्या करोगे? सरकार को झकझोरो तो जानूँ! जब जानते हो कि दंगा सरकार ने कराया तब क्या तुम उससे टैक्स वसूल कर सकोगे?'' चाचा ने दानिस की आग पर से राख फूँककर उड़ाई।

अंगारा धधक उठा—''जरूर वसूल करूँगा सरकार से टैक्स, सुमेर साव! बस, आप लोग उठ खड़े हो जाइए। देखिए कि हम लोग सरकार से टैक्स वसूल कर लेते हैं या नहीं।'' दानिस सीना ठोंककर बोलता रहा।

चाचा मुसकराता रहा। अंगारा धधकता रहा—''जानते हो, वह टैक्स क्या होगा, सुमेर साव?'' उसने स्वयं ही उत्तर भी दिया—''वह टैक्स होगा आजादी, मुकम्मल आजादी। इन अंग्रेज सालों से पूरा हरजाना वसूल करूँगा!'' वह एक झोंके से उठा और मेरा हाथ पकड़कर आगे बढ़ा।

मैं बढ़ा तो जरूर, पर चाचा की ओर देखता हुआ। उसने मुझे लौट आने का इशारा किया।

□

यह २६ जनवरी है, खुले आसमान का साफ दिन।

सवेरे से ही शहर गुनगुनाने लगा है। स्वराजियों की स्वतंत्रता दिवस की प्रभात-फेरियाँ निकल रही हैं। 'सारे जहाँ से अच्छा हिंदोस्ताँ हमारा' वातावरण में गूँज रहा है। पियारी को भी मुँहअँधेरे लोग बुला ले गए हैं। बात यह है कि पियारी अब मेरे यहाँ ही रहती है। माँ ने ऐसा चाहा तो नहीं था, पर वह पीछे पड़ गई और अपने घर में ताला लगाकर जो आई, सो गई नहीं।

चंदर के मुकदमों की सूची में एक अदद मुकदमे की और बढ़ोतरी हुई और पियारी को मारने के अभियोग में वह पुनः गिरफ्तार कर लिया गया। इस बार उसकी

जमानत भी न हो सकी, क्योंकि अब तक जो उसकी मददगार रही, उसी पियारी ने उसके खिलाफ रिपोर्ट लिखवाई थी और सुराजी पियारी की ओर से पैरवी कर रहे थे।

माँ इन सुराजियों के झमेले में पड़ना नहीं चाहती थीं कि पियारी ऐसा चिपकी कि अब अलग होने का नाम ही नहीं लेती। उसने एक दिन माँ से कहा था, "जाऊँ तो कहाँ जाऊँ? और कहीं जाऊँ भी तो वही सारे फंदे हमारे लिए पड़े हैं।" मुझे ठीक याद है, उस समय पियारी की आँखें भर आई थीं। पर मैं समझ नहीं सका था कि पियारी इतनी निराश क्यों है? जो पुलिस को मार सकती है, कोतवाली में धड़ल्ले से जा सकती है, बड़े-बड़ों का छक्का छुड़ा सकती है, वह इतनी हताश क्यों? वह जिन फंदों की चर्चा कर रही है, वास्तव में वे क्या हैं?

अब मैं समझता हूँ कि एक बार फिसल जाने के बाद औरत फिर फिसलती ही चली जाती है। जहाँ भी उसका पैर लहँगे से बाहर हुआ कि हर आदमी उसपर फंदा फेंकता है। ऐसे ही फंदों से पियारी उस समय परेशान थी। शिकारियों से त्रस्त एक मासूम हिरणी की तरह वह हमारे आश्रम में आई थी। अब वह इसे छोड़े कैसे?

माँ ने ही उसे आश्रय दिया; किंतु एक शर्त पर कि रात को वह कहीं नहीं रहेगी और यहाँ भी वह औरत-मर्द किसी को भी नहीं रखेगी। फिर भी, मेरे घर की चहल-पहल बढ़ गई। लोग बहुधा आते-जाते थे। नीचे का दालान तो सुराजियों के मिलने का एक खास स्थान बन गया था। इसी पर व्यंग्य करते हुए एक दिन हमीद ने कहा था कि अब तुम भी गांधी टोपी लगाया करो।

बात कुछ बहक गई। आइए, हम फिर घूम-फिरकर २६ जनवरी की ओर बढ़ें।

सरकार भी कितनी होशियार है कि जहाँ देश स्वतंत्रता दिवस मना रहा था, वहीं उसने हम स्कूली बच्चों के लिए साक्षरता दिवस का कार्यक्रम दे दिया। इससे उसे दो लाभ थे। एक ओर उसने दिखाया कि हम पूरे देश को साक्षर बनाना चाहते हैं और दूसरी ओर स्वतंत्रता दिवस में हम बच्चों को शामिल होने का अवसर भी नहीं दिया।

ग्यारह बजते-बजते हर स्कूल से हम बच्चों का जुलूस निकला—नारे लगाते हुए, गाते हुए—"कमर कसकर डटे अब हम निरक्षरता भगा देंगे।"

कितना अजीब था, एक ओर सुराजियों का जुलूस, दूसरी ओर हमारा जुलूस। एक ओर स्वतंत्रता दिवस, दूसरी ओर साक्षरता दिवस। एक ओर स्वतंत्रता हमारा जन्मसिद्ध अधिकार है, दूसरी ओर निरक्षरता हमारे जीवन का अभिशाप है। एक ओर सुराजियों अथवा देश का कार्यक्रम और दूसरी ओर सरकारी कार्यक्रम।

किंतु जिस बात के लिए मैंने २६ जनवरी का जिक्र छेड़ा है, उसकी चर्चा तो मैंने अभी की ही नहीं। ...और शायद करूँ भी तो आप पता नहीं कैसा समझें। हो सकता है,

आप हँसें भी और हो सकता है, उस युग के गुरुओं के क्रोध पर आप खीझ भी उठें। वस्तुतः उस दिन मैं बुरी तरह पीटा गया था। ऐसी पिटाई मेरी जीवन में कभी नहीं हुई। आज भी याद करता हूँ तो रोंगटे खड़े हो जाते हैं।

मिडिल स्कूल के मेरे अध्यापक मुझे मानते बहुत थे। मैं पढ़ने में भी अच्छा था और उन गँवारू निम्न श्रेणी के गंदे बच्चों के बीच साफ-सुथरा भी रहता था। मेरा कंठ भी मधुर था। मुझे कई पुरस्कार मिल चुके थे।

उस दिन जुलूस में सबसे आगे गाता हुआ जा रहा था—''कमर कसकर डटे अब हम निरक्षरता भगा देंगे।'' बाद में मेरे ही स्वर-में-स्वर मिलाकर पीछे के लड़के हमारी गाई पंक्ति की आवृत्ति करते थे। आस-पास की गलियों में घूमकर दोपहर तक हम अपने स्कूल में आ गए थे। फिर मध्यांतर की छुट्टी हुई।

हमें याद है, उस दिन हमारे अध्यापक ने मेरी खूब तारीफ की थी। बहुत सारे अमरूद खाने को दिए थे। मैं फूला नहीं समाया था, अपने पर और विशेषकर अपने स्वर पर।

संध्या तीन बजे के करीब स्कूल के लड़के फिर पंक्ति बनाकर चुंगी कचहरी की ओर चले। उन दिनों चुंगी कचहरी वहीं थी जहाँ आज सेल टैक्स ऑफिस है। आगे-आगे गाते हुए मेरे साथ दो लड़के और थे तथा पीछे मेरी आवृत्ति करते हुए स्कूल के सारे लड़के।

चुंगी कचहरी एक समुद्र था, जिसमें चारों ओर से आकर छात्रों की नदियाँ गिर रही थीं। थोड़ी देर बाद ही वहाँ कार्यक्रम आरंभ हुआ। पहले झंडा गान हुआ—वंदे मातरम् नहीं, स्काउट का झंडा गान। फिर स्वागत गान। फिर किन्हीं जे.पी. मेहता साहब का अंग्रेजी भाषण आरंभ हुआ, शायद ही किसी के पल्ले पड़ा हो। बीच के मैदान में खड़ी लड़कों की कतारों के बाहर जो जनता खड़ी थी, उनमें से बहुत से लोग चिल्ला पड़े—'हिंदी में बोलिए'; पर वे धाराप्रवाह अंग्रेजी बोले चले जा रहे थे जैसे वे बहरे हों या जनता की आवाज समझते ही न हों।

''हिंदी क्या जाने यह साला, अंग्रेज का ही पैदा है।'' किसी की यह आवाज एक धमाकें से आतिशबाजी की तरह छूटी और खिलखिलाहट की फुलझड़ी बिखेरकर बुझ गई। भाषण अंग्रेजी में चलता रहा।

अब बच्चों के कार्यक्रम का समय आया। कुछ लड़कों ने अपने गीत और कविताएँ सुनाईं। इसके बाद अपने स्कूल की ओर से मैं मंच पर भेजा गया। मुझे वही गीत सुनाना था, जिसे मैं दिर भर गाता रहा हूँ; पर कभी मैंने इतने बड़े जनसमुदाय के समक्ष गाया नहीं था। मंच पर चढ़ते ही तो मेरे पैर काँपने लगे। मैंने चारों ओर दृष्टि

घुमाई—'बाप रे बाप, इतने लोग!' मेरा मन बोल उठा। गला सूखने लगा। माइक पर आते-आते तो मेरी हालत खराब हो गई। फिर भी, मैंने भगवान् का नाम लेकर गाना शुरू किया। पहली पंक्ति के गाते ही कुछ तालियाँ पीटकर हँस पड़े। मुझे लगा कि मैं अच्छा गा रहा हूँ। मेरा हौसला बुलंद हुआ। मैं और भी खुलकर ऊँचे स्वर में गाने लगा। और तालियाँ बजीं, लोग हँसने लगे।

मैं गाता चला जा रहा था। एक समय ऐसा आया कि सारा जनसमूह हँसने लगा, पर मुझे उनकी हँसी पर सोचने का अवकाश नहीं था। मैं गाता ही रहा। मेरी दृष्टि अचानक उधर घूमी जिधर अध्यापक खड़े थे। उनमें भी अधिकांश हँस रहे थे। हँस ही नहीं रहे थे, वरन् लोट-पोट हुए जा रहे थे। अब मुझे कुछ शंका हुई—बात क्या है? मेरा स्वर भी लड़खड़ाने लगा। तब तक मेरे अध्यापक दिखाई पड़े। वे किटकिटा रहे थे, दाँत पीस रहे थे और कुछ संकेत कर रहे थे। किंतु मैं कुछ समझ नहीं पाया। अपना गीत किसी प्रकार समाप्त कर मंच से भाग चला। तुमुल हर्ष ध्वनि के साथ मैं अपने स्कूल के लड़कों के बीच आया।

मेरे दोस्त मोहन ने कहा, "तुम्हें क्या हो गया, जग्गू?"

मैं कुछ सोचूँ, जवाब दूँ, इसके पहले ही मेरे मास्टर साहब तमतमाए हुए आए और मेरा कान पकड़कर खींचते ले गए, "कमीने कहीं के, तुमने आज हमारी नाक कटवा दी।"

भीड़ से दूर ले जाकर उन्होंने मुझे पटककर मारना शुरू कर दिया। मैं समझ रहा था कि मुझसे कुछ गलती हो गई है। पर इससे अधिक मैं न सोच पाया और न कुछ पूछ पाया। लात-घूँसे मुझ पर पड़ते रहे। मैं स्वयं इतना चकित था कि रुलाई भी मुझे बाद में आई।

मास्टर साहब मारते-मारते लस्त हो गए थ। क्रोध के कारण उनके मुख से झाग निकल रहा था। फिर भी वह बड़बड़ाते जा रहे थे—"साले, कमीने! तुमने मेरे स्कूल का बेड़ा गरक कर दिया। लोग इतने हँस रहे थे, पर तुम्हें जरा भी होश नहीं कि क्या कह रहा है!"

उन दिनों मिडिल स्कूल के मास्टरों के मारने की कोई सीमा नहीं थी, पर मेरी तो मार सहने की सीमा थी। मैं लगभग बेहोश होने लगा था। मुझे कहीं से हलका सा सुनाई पड़ा, "अब छोड़ दीजिए मास्टर साहब, मर जाएगा।"

"मर जाएगा, साला मर जाए!" मास्टर किटकिटाया—"इस कमीने ने आज हमारी इज्जत बोर दी। डिप्टी साहब क्या सोचेंगे कि मैंने यही अभ्यास कराया है!"

क्रोध पागल होता है और मास्टर साहब अपनी इज्जत के पीछे पागल हो गए थे।

अब तक उस नवागंतुक ने उन्हें धक्का देकर हटा दिया था। मैंने अनुभव किया कि क्रुद्ध साँड़ की तरह वह अब भी दूर खड़े फुफकार रहे थे।

उसने मुझे दोनों हाथों से गोद में उठाया। मैं अर्धचेतना में कराह रहा था। मेरी आँखें बंद थीं। सारा कोलाहल और शोर एक खामोश अँधेरे में बदल चुका था।

मुझे लगा कि मैं एक टेबल या चौकी पर लिटा दिया गया हूँ। ऊपर से एक चादर ओढ़ा दी गई है। कोई मेरा सिर सहला रहा है। जीवन में मैं पहली बार अर्धचेतना की अनुभूति कर रहा था। मुझे लग रहा था कि मैं कहीं डूब रहा हूँ और रह-रहकर कुछ शब्दों को पकड़ लेता हूँ। कुछ लोगों के आने और बात करने की भी आहट मुझे लग रही थी।

धीरे-धीरे मैं सचेत होने लगा। मैंने ज्यों ही आँखें खोलीं, एक ऐसे व्यक्ति को देखा, जिसकी मुझे कल्पना तक नहीं थी। खद्दर की पोशाक में वह वही रानी बहू की अँगुली से छल्ला निकालनेवाला चोर भिखारी था, जो अब न चोर लग रहा था, न भिखारी। उसके चेहरे पर विचित्र तेजस्विता थी। पूरा सुराजी हो गया था।

मेरी आँखें खुलते ही वह बोला, "कैसी तबीयत है, बेटा?"

ममता के एक धक्के ने आँखों का बाँध तोड़ दिया। मैं फफककर रो पड़ा। अब मुझे लगा कि मेरा सिर सहलानेवाले मेरे मास्टर साहब ही हैं। मेरे रोते ही उन्होंने संतोष की साँस ली। उनके मन ने शायद कहा हो—'चलो, होश आ गया, अब कोई बात नहीं।'

"तुम्हारा घर कहाँ है?" उस बूढ़े व्यक्ति ने पूछा।

"मैदागिन के पास मध्यमेश्वर में।"

"तब तो बहुत दूर जाना है तुम्हें। चलो, मैं ले चलता हूँ।" उसने मुझे उठाने के लिए हाथ लगाया।

"नहीं, मैं ले चलता हूँ।" मेरे मास्टर साहब ने भी उठाना चाहा।

"कोई फर्क नहीं पड़ता, चाहे आप ले चलें या मैं ले चलूँ।" बूढ़ा बोला और उठाकर चल पड़ा।

यह गली चुंगी कचहरी के पीछे से जाती थी और 'बम पुलिस' के बगल से होती हुई रामकटोरा के निकट सड़क में मिल जाती थी।

"क्यों बेटे, तुमने गाने का अभ्यास नहीं किया था क्या?" चलते-चलते उस बूढ़े ने पूछा।

मैं सिसकते हुए कुछ बोलूँ, इससे पहले ही मास्टर साहब ने बताया, "यह तो इसी गीत को दिन भर गाता रहा है।"

"तब तुमने ऐसी भूल कैसे कर दी?" बूढ़ा पुनः बोला। उसकी ममत्व भरी प्रश्नवाचक मुद्रा मुझे देखती रही।

"मैंने तो कोई भूल नहीं की।" मैं कराहते हुए बोला।

"इतनी मार पर भी तुम्हें अपनी भूल का एहसास नहीं!" बूढ़ा हँसा और मुसकराते हुए ही उसने बताया कि "तुम गा रहे थे—'कमर कसकर डटे अब हम 'साक्षरता' भगा देंगे'; जबकि तुम्हें गाना चाहिए था—'निरक्षरता' भगा देंगे।"

अब मुझे पता चला कि इतनी मामूली भूल का इतना बड़ा परिणाम होता है।

शीघ्र ही मुझे सड़क पर लाकर जमीन पर खड़ा किया गया। दिन डूबने लगा था। उन दिनों उस सड़क पर आज जैसी चहल-पहल न थी। वह सुनसान हो चली थी। हम लोग किसी इक्केवाले की खोज में थे कि एक टमटम सामने से गुजरी।

उसमें हनुमान मंदिरवाला बूढ़ा हवाखोरी करके लौट रहा था। सामने उसकी रखैल भी थी—दोनों गालों में पान दबाए हुए। बूढ़े ने टमटम रुकवाई—"अरे जग्गू, तुम यहाँ कैसे?"

मास्टर साहब के होश ही फाख्ता हो गए। उन्होंने सोचा, इतने बड़े आदमी से मैं संबंधित हूँ। बिना पूछे ही घिघियाते हुए उन्होंने सारी बात बता दी और क्षमा माँगने लगे।

"लड़के से भूल हो गई तो क्या हुआ? आपको इतना नहीं मारना चाहिए था।" बूढ़ा टमटम में बैठे हुए ही बड़े तपाक से बोला, "खैर, आपने जो किया, अच्छा किया। अब बच्चे को यहाँ बैठा दीजिए और अपनी तशरीफ का टोकरा ले जाइए। मैं इसे इसके घर पहुँचा दूँगा।"

मुझे लेकर टमटम चल पड़ी। दोनों अपलक देखते रह गए।

रात घिरने लगी थी। जिस समय मैंने घर का दरवाजा खोला, दालान में लालटेन जल रही थी और पियारी तथा दानिस कुछ मंत्रणा कर रहे थे।

पियारी को देखते ही उस बूढ़े की बाँछें खिल गईं—"अरे, आप यहीं रहती हैं?" उसके मुख से निकला।

फिर क्या था, दानिस एकदम उस पर चढ़ बैठा—"यह जगजीवन फिर यहाँ चला आया!" वह आवेश में उठा भी। ऐसा लगा जैसे वह उसे धक्के मारकर भगा देगा, पर ऊपर से माँ कड़कीं—"दानिस!" वह एकदम रुक गया। उसे ऐसा लगा जैसे माँ कह रही हों—'घर में आए का तिरस्कार नहीं करते।'

फिर सारी बातें बताई गईं। माँ नीचे दौड़कर आईं और मुझे अपने से चिपकाते हुए बड़े प्यार से बोलीं, "खैर, जाने दो बेटा, मास्टर साहब ने मारा तो क्या हुआ, उन्होंने अमरूद भी तो खिलाया था।" उन दिनों शिष्य को पीटना भी अध्यापक के ममत्व की

परिधि में ही आता था।

आज मैंने पहली बार जाना कि उस बूढ़े का नाम जगजीवन है। उसके चले जाने के बाद भी मैं सिसकता ही रहा। जब शांत हुआ तो भिखारी चोर के बारे में बताया। माँ की स्मृति में उभरा वह बूढ़ा एक अबूझ पहेली की तरह उनके सामने खड़ा हो गया था।

''तुम उसे यहाँ क्यों नहीं लाए?'' माँ ने पूछा।

''वह स्वयं आना चाहता था, पर इस बूढ़े जगजीवन ने उसे अपनी टमटम पर चढ़ने नहीं दिया।'' मैंने यह भी बताया कि उसने अच्छी तरह मेरे घर का पता पूछ लिया है। शायद फिर कभी आए।

□

## : छह :

समय मोमबत्ती की तरह गलता चला गया। मेरे जीवन की छाया लंबी होती गई।

राइट टैक्स न देने का आंदोलन जोर पकड़ने लगा। सवेरे से ही पियारी चाची (अब मैं पियारी को कभी-कभी 'चाची' भी कहता था) सुराजी लोगों के साथ निकल जाती थी और लोगों से टैक्स न देने की अपील करती थी पर माँ में कोई परिवर्तन नहीं था। वह सुराजियों की गतिविधियों से दूर रहती थीं। फिर भी उन्हें उनसे घृणा नहीं थी, जरूर उनके मन में कहीं-न-कहीं सुराजियों से सहानुभूति थी, वरना हमारे घर के निचले दालान में जो मीटिंग होती, उसकी वह कभी अनुमति न देतीं।

मेरी भी समझ का दायरा पहले से काफी बढ़ गया था। अब मैं भी सुराजियों में रस लेता था, पर छिपे-छिपे: क्योंकि माँ को यह अच्छा नहीं लगता था। उनका कहना था कि पहले खूब पढ़-लिख लो, तब यह सब करना। पर दानिस तो ज्यादा पढ़ा-लिखा नहीं है। यह पियारी चाची क्या पढ़ी है? वह तो दस्तखत करना भी नहीं जानती। किंतु इन सबसे क्या? माँ तो मुझे पढ़ाएँगी, खूब पढ़ाएँगी। डॉक्टर बनाएँगी, वकील बनाएँगी, जाने क्या-क्या उन्होंने सपने देखे हैं! मैं उनमें से एक को भी छू नहीं पाया हूँ।

माँ उस दिन बहुत खुश थीं। शायद बहू ने उनसे कहा था कि तुम जितना चाहो जग्गू को उतना पढ़ाओ जीजी, मैं उसकी पढ़ाई का सारा खर्च दूँगी। और यह बात, सीधे-सीधे तो नहीं, अनेक संदर्भों में और अनेक परिचितों से रानी बहू की प्रशंसा करते हुए कह डाली थीं। उस समय उनके चेहरे पर एक अजीब आभा उभरती थी और आँखों में रंगीन सपने रेंगने लगते थे। परिणाम यह हुआ कि अब मैं सप्ताह में एकाध दिन रानी बहू से मिल लेता था।

आंदोलन तो चल ही रहा था, राइट टैक्स न देने के लिए जन-जागरण अभियान भी शुरू कर दिया गया था। सुराजी लोगों से मिलते थे और समझाते थे। यह भी तय हुआ था कि 'अमन सभाई' लोगों का विरोध किया जाए। पर कुछ लोग इसके विरुद्ध थे। वे चाहते थे कि उनका खुला विरोध करने से पहले उन्हें समझाया जाए, उनका हृदय

परिवर्तन करने की चेष्टा की जाए; क्योंकि गांधीजी का हृदय परिवर्तन में विश्वास था। उनका विरोध में नहीं, आग्रह में विश्वास था।

इन दो विचारों में सुराजी लगभग बँट गए थे। नौजवान लोग विरोध व घेराव की राजनीति में विश्वास करते थे और जो लोग कुछ अधिक उम्र के थे, उनका अधिकांश भाग गांधीजी की लीक से जरा भी हटना नहीं चाहता था।

हर नुक्कड़ और चौराहा, कंपनी बाग और टाउन हॉल का मैदान, मंदिर-मसजिद और गंगा का किनारा—जहाँ कहीं भी लोग इकट्ठे होते, बहस छिड़ जाती। मैं भी ऐसी बहसों का मूक श्रोता होता, पर मेरा मन विरोध और घेराव करनेवालों के साथ रहता। मैं कह नहीं सकता कि मेरी इस रुचि में मेरी उम्र का अधिक हाथ था या मेरी बुद्धि का।

पूरे शहर में ऐसी ही बहस बुदबुदा रही थी। आज शनिवार की संध्या है। कल से अभियान तेज करना है। हमें किसी-न-किसी निष्कर्ष पर तो पहुँच ही जाना चाहिए। इसी उद्देश्य से रामकिशुन ने मध्यमेश्वर के मंदिर पर कार्यकर्ताओं की एक मीटिंग बुलाई है। मुहल्ले के लोगों को विशेष रूप से बुलावा दिया गया है। ढोल-मजीरा भी चलेगा। मीटिंग के बाद रामायण होगी। मुझे लालटेन साफ कर तेल भरकर लाने का काम सौंपा गया था, यों मंदिर के विशाल चौतरे के किनारे ही गली में म्यूनिसिपैलिटी का लैंप पोस्ट था। उसकी रोशनी से काम चल सकता था।

जब मैं लालटेन लेकर पहुँचा तब दरी बिछाई जा चुकी थी। दस-पाँच लोग उपस्थित थे। इसी बीच सरकारी लालटेन जलानेवाला 'पीपा' एक हाथ में सीढ़ी और दूसरे में तेल का बड़ा डिब्बा लिये आता दिखाई दिया—"अरे महेश भैया, जरा अपनी लालटेन का मुँह पोंछ-पाँछकर ठीक तो कर देना। आज इसके 'देखहरू' आने वाले हैं।" दानिस की इस आवाज पर और लोग भी हँस पड़े। पर वह बोलता ही गया—"बत्ती को जरा बढ़ाकर ही रखना, क्योंकि आज यह अपना ही नहीं वरन् हम सब इसका मुँह देखेंगे।" इस बार हँसी कुछ और जोर की फूटी।

पीपा की ईमानदारी पर यह बड़ा तीखा प्रहार था। वह भीतर से तिलमिलाया, कुछ बोला नहीं। चबाते हुए पान को गालों में दबाकर उसने महज एक हलकी सी मुसकान होंठों पर उगाई और चबूतरे पर खड़े होकर लैंप के शीशे साफ करने लगा।

मैं सुमेर चाचा के यहाँ पहुँचा और धीरे से चंपो को एक किनारे बुलाकर पूछा, "क्या तू भी मीटिंग में चलेगी?"

"चाचा बिगड़ेंगे।"

"क्यों?"

"कहते हैं कि अब तू बड़ी हो गई है, इसलिए तुझे घर के बाहर अधिक नहीं निकलना चाहिए।"

"तब तो तू छोटी रहती, तभी अच्छा था।" मैं हँस पड़ा। वह भी मुसकराई। किंतु मैं बोलता गया, "कितना अजीब है! कहीं जाने को कहो तो माँ कहती हैं कि जब बड़े हो जाना तब जाना। तुझसे चाचा कहते हैं कि बड़ी हो गई है, इसलिए मत जा। कितनी उलटी बात है!"

"उलटा तो है ही, लड़का भी तो लड़की का उलटा होता है।" वह कुछ विचित्र ढंग से मुसकराई। मैं उसका मुँह देखता रह गया। वह बोली, "क्यों? तुम्हारे मास्टर ने बताया नहीं है कि लड़का का विलोम लड़की है?" इस बार उसका ठहाका छूटा।

"क्या बात है, चंपो?" उसकी हँसी सुनकर भीतर से चाची की आवाज आई, क्योंकि उसकी दृष्टि में लड़कियों का इस तरह खुलकर हँसना ठीक नहीं था।

"कुछ नहीं, माँ।" वह सकुचाती हुई कोठरी में चली गई।

मध्यमेश्वर के चबूतरे पर अब काफी लोग एकत्रित हो गए थे। बिना किसी को सभापति बनाए बहस छिड़ चुकी थी। बीच में पान, बीड़ी एवं सिगरेट से भरी एक थाली रखी थी और उसी के बगल में एक मसनद के सहारे बैठा था मुहल्ले का सबसे मोटा और अमीर आदमी पाँचू साव।

पाँचू साव भी बड़ा विचित्र आदमी था। चार-चार बीड़ी एक साथ ही मुट्ठी बाँधकर पीता था। उसका काला आबनूसी रंग ऐसा लगता था मानो भूल से ब्रह्मा ने भैंस के तत्त्व से आदमी बना दिया हो; पर लक्ष्मी की उसपर कृपा थी। सुना है, उसने कोई जमीन बिहार में खरीदी थी, जो बाद में अभ्रक की खान निकल गई। फिर क्या था, पाँचू कहार रातोरात पाँचू साव हो गया।

इस समय बातचीत की बागडोर सावजी के ही हाथ में थी। शरीर भले ही भैंस जैसा था, पर बुद्धि उन्होंने होशियार आदमी की पाई थी। वह कह रहा था, "हमारी-आपकी बहस से कोई लाभ नहीं होगा, क्योंकि हम-आप दो-चार आदमी जनता नहीं हो सकते।"

"पर बूँद-बूँद से ही तो समुद्र बनता है। हम सभी जनता की एक-एक बूँद हैं।" यह आवाज दानिस की थी।

"बूँद-बूँद अलग-अलग हो तो बड़ी आसानी से मिटाई जा सकती है, पर समुद्र मिटाया नहीं जा सकता।" पाँचू साव बड़े भाव से हँसा—"हमें हर बूँद को मिलाकर समुद्र बनना चाहिए। इसीलिए गांधीजी हृदय परिवर्तन की बात करते हैं। यदि हम 'अमन सभाइयों' का विरोध करते हैं तो इसका मतलब है कि हम आपस में ही संघर्ष आरंभ करते हैं। समुद्र बनाना तो दूर रहा, इस संघर्ष में हर बूँद सूखने लगेगी और अंग्रेजों की चाल सफल हो जाएगी।"

तर्क इतना सशक्त और इतने प्रभावशाली ढंग से उठाया गया था कि एक बार तो

लोग एक-दूसरे का मुँह देखने लगे। पर रामकिशुन ने शीघ्र ही बात आगे बढ़ाई—"अभी तक तो हम लोग गांधीजी के बताए रास्ते पर ही चल रहे हैं न, पर फल कुछ नहीं निकल रहा है। हम लोग उनसे जितना अनुनय-विनय करते हैं, वे अमन सभाई हमें उतना ही कमजोर और नादान समझते हैं। तब क्यों नहीं उन्हें भी अंग्रेजों का साथ देनेवाला हम अपना शत्रु ही मान लें!"

"गांधीजी तो अंग्रेजों को अपना शत्रु नहीं मानते, फिर अमन सभाई तो हमारे अपने ही हैं।" अब तक चुप बैठे रमजान मियाँ ने बज रहे तार में एक नया सुर मिलाया।

"इसीलिए तो हम गांधी को अपना नेता नहीं मानते। हमारे नेता तो सुभाष बाबू हैं, जो समझ में आनेवाली सीधी लड़ाई की बात करते हैं।" दानिस ने सुलगती आग पर फूँक मारी। बहस में गरमी आ गई और एक स्थिति ऐसी आई कि एक साथ कई लोग खड़े होकर बोलने लगे। लगा कि उठा-पटक हो जाएगी। उधर रामकिशुन ने दानिस को सँभाला और सुमेर चाचा तथा महँगू आदि ने गांधीवादी बुजुर्गों को।

मैंने पहली बार देखा कि ऐसी गरमागरम बहस में भी पियारी चुपचाप एक-दूसरे का मुँह देखती रह गई।

"यह तश्तरी बेचारी बड़ी उदास पड़ी है। सोचती है, लोग आपस में ही उलझे हैं। मेरी ओर कोई देखता ही नहीं है।" पान, बीड़ी और सिगरेट की तश्तरी से बीड़ियाँ उठाते हुए बड़े ढंग से पाँचू साव ने कहा। कुछ लोगों की हँसी जलते तवे पर झनझनाने लगी। तनाव ढीला पड़ा और पान-बीड़ी का एक दौर चला।

अंत में एक रास्ता निकाला गया। निश्चय हुआ कि हम राइट टैक्स न देने के लिए जनता को समझाते रहें और कुछ सरकारपरस्त लोगों को चुन लें, जिनके घर चलकर हम उनसे वचन लें। जब तक टैक्स न देने का वे वचन न दें, तब तक हम वहीं बैठे रहें। इसे आप सत्याग्रह की संज्ञा दें या घेराव की, कोई फर्क नहीं पड़ता।

इस निश्चय को लगभग सभी लोगों ने स्वीकार किया। सुमेर चाचा तो बड़े प्रसन्न थे। वह जोखन से कह रहे थे, "यह बात तो ठीक हुई। पहले बड़े लोग सामने आएँ, तब हम छोटे लोग भी पीछे हो लेंगे। ...वही तो, यदि बड़े लोग टैक्स दे देंगे तो हम छोटे लोग मारे जाएँगे।"

रात घिरने लगी थी। जल्दी-जल्दी कुछ लोगों की सूची बनाई गई। उसमें कोठी के छोटे सरकार और जगजीवन लाल का भी नाम था। जब लोग उठने लगे तब किसी ने पीछे से पाँचू साव पर ही फिकरा कसा—"क्यों नहीं यह शुभ कार्य सावजी के घर से ही आरंभ किया जाए!"

"अरे भइया, अब घेराव में रह ही क्या गया है? इस विशाल काया को बीच में स्थापित करके दो घंटे तक चारों ओर से दिमाग खाते रहे। अब और क्या करोगे,

भाई?'' पाँचू साव छूटते ही बोला।

सारा माहौल एक खिलखिलाहट में डूब गया।

□

आज बड़े तड़के सोमारू ने दरवाजे पर दस्तक दी।

वह बड़ी देर तक नीचे पियारी से बातें करता रहा। माँ बार-बार उसे झाँककर देखती रहीं, क्योंकि सोमारू चंदर का दोस्त था। ...और आज तक कभी मिलने नहीं आया था। आज क्या बात है कि वह इतनी देर तक बतिया रहा है। एक अवसर ऐसा भी आया कि माँ दरवाजे पर कान लगाकर सुनने लगीं। उन्हें पता चला कि चंदर ने पियारी को जेल में मिलने के लिए बुलाया है।

''पर अब मेरा उससे क्या संबंध है?'' पियारी बोली, ''उसने मुझे जान से ही मारकर छोड़ा था न! अब तो मैं उसके लिए मर चुकी हूँ।''

''लेकिन वह तो तुम्हारे लिए जिंदा है।'' सोमारू ने हँसने की कोशिश की— ''उसने अपने किए का फल पा लिया, भौजी! अब वह तुम्हारा नाम लेकर रात-रात भर रोता रहता है। तुम देखोगी तो उसे पहचान भी न सकोगी, इतना तो वह कमजोर हो गया है।''

पियारी चुप हो गई। जरूर कुछ सोचने लगी होगी। सोमारू कहता जा रहा था, ''आदमी गलती करता है, पर सुधारता भी आदमी ही है। विश्वास करो, अब वह चंदर नहीं रहा।''

पियारी सोचती रह गई। उसने सोमारू की आँखों में कुछ खोजने की कोशिश की।

''तुम कब उससे मिलने गए थे?'' पियारी ने पूछा।

''परसों ही तो गया था।'' सोमारू ने कहा, ''मैं तो बनारस में रहा ही कहाँ? उसके फैसले के बाद उदास होकर बंबई चला गया था।'' उसी ने बताया कि साड़ीवाले लछमन साव की एक बनारसी साड़ी की दुकान बंबई के मैरीन ड्राइव में भी है। वहीं काम करने के लिए सावजी ने भेज दिया था, पर मन नहीं लगा। साल भी नहीं बीता कि मैं ऊबकर चला आया।

सोमारू के चले जाने के बाद पियारी सचमुच गंभीर दिखाई दी; पर माँ ने उसे छेड़ा नहीं। वह पूजन का सामान जुटाने में लगी रहीं।

''कुछ सुना, जीजी? उसने जेल में बुलाया है।'' पियारी ने खुद बात शुरू की और धीरे-धीरे सब बता गई। जितना हम लोगों ने अंदाज लगा लिया था, बातों का निष्कर्ष उससे अधिक नहीं था। फिर भी, पियारी की आँखों में मोह की मरी हुई मछली तैरती हुई दिखाई दी।

माँ बड़ी गंभीरता से मुसकराईं। उनकी भंगिमा आज तक याद है। वह दार्शनिकों जैसी बोलीं, ''मकड़ी तो अपने बनाए जाल से निकल पाती है, पर औरत कभी नहीं निकल पाती।''

''निकल तो गई थी, जीजी!'' पियारी बोली।

''तब तुम उसके बारे में क्यों सोचती हो?''

पियारी चुप हो गई।

माँ ने भी शायद अनुभव किया कि उन्हें इतना स्पष्ट नहीं कहना चाहिए था। उन्होंने बातों का सिलसिला दूसरी ओर मोड़ा, ''तुम तो कह रही थीं कि आज मुझे आठ ही बजे जाना है। इतना दिन निकल आया, आखिर कब तैयार होगी?''

''हाँ, हो रही हूँ।'' पियारी ने कहा, ''मैं तो तुम्हारे ही साथ चलूँगी जीजी, शेष लोग वहीं मिलेंगे।''

''तुम्हारा मतलब?'' ठाकुरजी का सिंहासन साफ करते हुए माँ ने पूछा।

''मतलब यह कि आज हम लोगों का कार्यक्रम छोटे सरकार के यहाँ ही चलने का है। तुम तो कोठी चल ही रही हो। तुम्हारे साथ ही चलूँगी।''

''ना-ना, मेरे साथ मत चलना।'' माँ की मुद्रा एकदम बदल गई—''तुम अभी छोटे सरकार को जानती नहीं हो।''

''जानने के लिए ही न चल रही हूँ।''

''आग को जानने के लिए जरूरी है कि अंगार को छुआ ही जाए!''

''कभी-कभी छूने से ही अंगार बुझ जाता है।''

''किंतु वह छूने से और अधिक भभकेगा, देखना; किंतु तुम मेरे साथ मत चलो।''

इसी बीच बाहर से किसी ने पुनः दरवाजा खटखटाया। यह खटखटाहट जानी-पहचानी थी। फिर भी, मैं खड़ा रहा माँ के आदेश की प्रतीक्षा में। थोड़ी देर बाद दरवाजा और तेज भड़का। अब माँ का संकेत मिला। मैंने नीचे दौड़कर दरवाजा खोला। कई लोगों के साथ रामकिशुन खड़ा था।

''लो, वे लोग आ धमके। लगता है जीजी, तुम्हारे साथ चलने का अरमान रह ही जाएगा।'' पियारी मुसकराई और नीचे की ओर लपकी।

इसके बाद माँ ने सारा कार्यक्रम बहुत जल्दी निपटाया। लगता था, वह पियारी की योजना जान लेने के बाद जल्दी-से-जल्दी कोठी पहुँचना चाहती थीं। यह भी हो सकता है कि पूजा भी अधूरी छोड़ दी हो। मुझे खाना भी नहीं दिया, बल्कि जाते हुए बोलीं, ''निकालकर खा लेना और स्कूल चले जाना। यदि पियारी तुमसे पहले चली जाए तो दरवाजा बंद कर बाहरी द्वार पर बड़ावाला ताला लगाकर चाबी सुमेर चाचा के

यहाँ रख देना।''

किंतु मैं उस दिन स्कूल नहीं गया।

''तुम्हें आज हम लोगों के साथ चलना है।'' पियारी मुझे रोकते हुए बोली। बिल्ली के भाग से सिकहर टूटा। मैं तो चलना ही चाहता था।

रामकिशुन घंटे भर के भीतर आने को कह गया था। हम उसके पहले ही तैयार हो गए। मेरे पास एक ही खद्दर का पुराना पाजामा और कुरता था, जिसे मैंने ऐसे ही अवसरों के लिए रख छोड़ा था। इस समय जब मैंने निकालकर पहना, पियारी ने खुशी से मेरे गाल चूम लिये।

□

भारत माता की जय! महात्मा गांधी की जय! दंगा कर वसूली बंद हो, बंद हो! के नारे लगाता हुआ हम लोगों का जुलूस चल पड़ा। आदमी तो पंद्रह-बीस ही थे, पर दोनों ओर तमाशबीनों से पटरी भर जाती थी। जुलूस के आगे-आगे मैं पियारी का हाथ पकड़े चल रहा था।

यों तो जुलूस रोज ही देखता था, किंतु मेरे जीवन का यह पहला अवसर था जब मैं खुद जुलूस का एक हिस्सा हो गया था। ऐसे अवसरों का दर्शक आज दर्शनीय हो गया था। मैं बड़े उत्साह से चला जा रहा था। हजारों आँखें मुझे कुतूहल से निहार रही थीं। उनमें से कुछ ऐसे जरूर थे, जो मेरा और पियारी का संबंध जानने में व्यस्त जान पड़े। यह भी हो सकता है कि पियारी को ही लोग बड़े गौर से देख रहे हों और मेरा अहं स्वयं को सोचता रहा हो; पर यह गलतफहमी भी मेरे लिए आनंददायक थी।

एक विशेष बात यह थी कि आज के जुलूस में पियारी नारे नहीं लगा रही थी और न नारे के साथ ही हमेशा की तरह उसके हाथ हवा में मुक्के ही मार रहे थे, वरन् वह अतिशय गंभीर थी। मैदागिन के आगे बढ़ने पर जब उसे सोमारू दिखाई दिया तब उसने अपनी निगाहें एकदम नीची कर लीं, गोया सोमारू की नजरों से छूटकर कोई बोझ चुपचाप उसके सिर पर से निकल गया हो।

जब हम लोग कोठी के दरवाजे पर पहुँचे तब वह सँकरी गली तमाशबीनों से लगभग भर चुकी थी। लगता है, हम लोगों के आने की सूचना छोटे सरकार को लग गई थी, तभी तो उन्होंने पुलिस बुला ली थी। ड्योढ़ी पर जहाँ नगीना आदि चपरासी रहते थे, वहाँ आज पुलिस तैनात थी। उन्होंने भीतर आने नहीं दिया। लोग फाटक के बाहर गली में बैठ गए।

रामकिशुन फाटक की सीढ़ियों पर खड़ा होकर भाषण देने लगा, ''भाइयो, हम केवल छोटे सरकार से ही मिलने नहीं आए हैं, वरन् आप लोगों से भी कुछ कहना चाहते हैं।'' इसके बाद उसने बड़े जोशीले शब्दों में अंग्रेजी शासन की आलोचना की

और गांधीजी का वाक्य दोहराते हुए कहा कि ''अंग्रेजों से हम घृणा नहीं करते, हमें घृणा है उनके शासन से। हमें घृणा है उनकी अर्थनीति से, जो हमारे देश को खोखला किए जा रही है। हमें घृणा है उनकी 'फूट डालो और राज करो' की नीति से। एक ओर मंदिरों व मसजिदों में हड्डियाँ फेंककर वे हिंदू एवं मुसलमानों को आपस में लड़ाते हैं और दूसरी ओर हम पर दंगे का टैक्स भी लगाते हैं। आप ही बताइए, क्या यह जायज है?''

''नहीं, नहीं! बिलकुल नहीं!'' वहाँ खड़ी अधिकांश जनता चिल्ला उठी।

''तब आपका पवित्र कर्तव्य है कि दंगा टैक्स के नाम पर एक पैसा भी सरकार को न दें। और जो देना चाहते हैं, उन्हें भी न देने के लिए समझाएँ।''

''और यदि समझाने पर भी न मानें तो?'' भीड़ के पीछे से एक आवाज छूटी।

''तो उन्हें भी अंग्रेजों का कुत्ता मानकर सहलाते रहना चाहिए!'' सत्याग्रहियों में से दानिस चिल्लाया।

रामकिशुन ने उसका हाथ पकड़कर बैठा दिया, वरना कुछ और बोलता। उसने दानिस के कथन पर मुलम्मा चढ़ाना आरंभ किया—''भाइयो, हमारे दोस्त का खून गरम है,...और नौजवान का खून गरम होना ही चाहिए। शायद इसीलिए वे ऐसे शब्दों का प्रयोग कर गए, जो उन्हें नहीं करना चाहिए था। वास्तव में जो आज अंग्रेजों के पक्ष में हैं, वे भी हमारे भाई हैं। वे आज भले ही हमारी बात न मानें, पर हम बराबर उनसे आग्रह करते रहेंगे। एक-न-एक दिन उनमें अवश्य सद्बुद्धि आएगी और वे हमारी बात स्वीकार करेंगे।''

''उन्हें कभी सद्बुद्धि नहीं आएगी। वे सही मायने में कुत्ते हैं, कुत्ते! अंग्रेजों के टुकड़ों पर पलनेवाले देशी कुत्ते! जिनकी जीभें सरकार का तलवा चाटने तथा जिनके दाँत हम काटने के लिए ही भगवान् ने बनाए हैं।'' यह भीड़ से उभरी दूसरी आवाज थी।

मुझे लगा, जैसे पूरे सुराजी दो भागों में बँटे हैं। वैसे ही यह भीड़ भी बढ़ रही है। कुछ लोगों का विचार था कि इस तरह तो हम दिन भर बैठे रहे जाएँगे, इससे क्या फायदा? हमें पुलिस सिपाहियों को धक्का देकर भीतर घुसना चाहिए और जैसे भी हो, छोटे सरकार को घेरकर बैठ जाना चाहिए। पर कुछ का खयाल था कि हमें ऐसे ही बैठे रहना चाहिए। अपनी सभा चलाते रहना चाहिए। आखिर कभी-न-कभी तो निकलेगा ही, जाएगा कहाँ?

विचारों की यह भिन्नता आपस में ही टकराती रही और अंत में चिनगारी-सी छूटी। एक सत्याग्रही पुलिस को झोंककर भीतर घुसने को हुआ। रामकिशुन के रोकते-रोकते उसका हाथ पुलिस के बदन से टकरा चुका था। पुलिस ने उसी क्षण डंडा

घुमाया। यह तो कहिए, किसी को लगा नहीं। रामकिशुन उस व्यक्ति को पकड़कर सीढ़ी पर बैठ गया। अब पियारी खड़ी हो गई। उसने कुछ खड़ी बोली और कुछ बनारसी बोली में कहना शुरू किया। उसका आशय था, 'आप लोग शांत हो जाइए। अपने विरोधियों को ऐसा मौका मत दीजिए कि वे सोचें कि हम लोग आपस में ही बँटे हुए हैं। वे तो ऐसा चाहते ही हैं कि हम लड़ें और हमारी शक्ति कम हो जाए।'

पियारी के कहने पर लोग शांत हो गए। मैंने उसी समय समझ लिया कि पियारी भाषण नहीं दे सकती। उसके बोलने में बड़ा गँवारूपन था। वह महज गा सकती थी और नारे लगा सकती थी। और सबसे बड़ी बात यह थी कि वह सुराजियों के बीच औरत की कमी को पूरा करती थी।

कुछ समय और बीता। बढ़ती हुई भीड़ बुदबुदाती जा रही थी कि किसी ने कहा, "अरे पुलिस!" इस आवाज के साथ ही एक हलचल हुई। कुछ लोग गलियों में भाग चले। जो बचे, उन्हें भी तितर-बितर करने के लिए पुलिस लाठी भाँजने लगी। रामकिशुन जोर से चिल्लाया, "आप लोग चुपचाप बैठ जाइए! लाठी खाइए, पर हाथ मत उठाइए। गांधीजी की बात मानिए।"

लगभग सभी बैठ गए। सोचता हूँ, क्या अनुशासन था उन दिनों! लोग गांधीजी का विरोध भी करते थे, पर उनके नाम के आगे नतमस्तक हो जाते थे। पुलिस ने भी डंडा भाँजना बंद कर दिया, केवल घेरकर खड़ी हो गई।

लगता है, लोगों को जबरदस्ती घुसते देखकर छोटे सरकार ने पुलिस को फोन कर दिया था, तभी वह शांति और व्यवस्था के नाम पर चली आई।

हम लोग चुपचाप बैठे रहे। बीच-बीच में नारे लगाते रहे। थोड़ी देर बाद रानी बहू उतरीं और एकदम हमारे निकट आकर खड़ी हो गईं।

"आप क्या चाहते हैं?" उन्होंने मुसकराते हुए बड़े शांत भाव से पूछा।

"हम लोग छोटे सरकार से मिलना चाहते हैं।" कई आवाजें एक साथ निकलीं।

"पर इतने लोगों का एक साथ उनसे मिलना कैसे हो सकता है?" मुसकराहट से लिपटी उनकी ध्वनि में बड़ी शीतलता थी। वह सफेद साड़ी और जंफर में बर्फ से घिरी ज्योति-शिखा-सी दमक रही थीं। भीड़ पर उनका प्रभाव पड़ना स्वाभाविक था।

"यदि हमारा मिलना उनसे नहीं हो सकता तो उनका मिलना हमसे तो हो सकता है? आप उन्हीं को हमारे बीच बुलाने की कृपा करें।" रामकिशुन ने रानी बहू को मात्र उत्तर दिया।

रानी बहू खिलखिला पड़ीं, "मिलने की इच्छा तो आपने व्यक्त की है, उन्होंने नहीं!" बड़ी सहजता से वे बोली थीं। भीड़ के बीच आकर भी उनके चेहरे पर जरा भी तनाव नहीं था और न ही घबराहट।

अंत में उन्होंने ही प्रस्ताव रखा कि आप में से दो–चार आदमी चलें और उनसे मिल लें, जिसे स्वीकार कर लिया गया।

रामकिशुन अपने दो साथियों और पियारी को लेकर कोठी के भीतर चला गया। दानिस भी चलना चाहता था। वस्तुतः उसका तेज मिजाज पता नहीं किस समय क्या कर दे, रामकिशुन ने सोचा और दानिस को बड़ी होशियारी से बाहर रोकते हुए बोला, ''यदि तुम भी चलोगे तो इस भीड़ को आखिर सँभालेगा कौन?''

मेरा तो चप्पा–चप्पा देखा हुआ था। यों रानी बहू आगे–आगे चल रही थीं। दीवानखाने में हमें सोफा पर बैठा दिया गया। वे कुरसियाँ इतनी गद्दीदार थीं कि हममें से सभी लगभग उसमें धँस गए। रानी बहू छोटे सरकार को बुलाने भीतर गईं।

मेरे लिए जाना–पहचाना दीवानखाने का वैभव हरेक पर आतंक बनकर छाने लगा। रामकिशुन की टकटकी धरन से लटकते फानूस से लग गई। फिर चारों ओर देखते हुए वह एकदम उठ खड़ा हुआ और बोला, ''हम लोगों को तो चौकी पर बैठना चाहिए। वह देखेगा तो क्या कहेगा कि गद्दी मिलते ही उसपर जम गए।''

अचानक भीतरी दरवाजे से छोटे सरकार निकले। उनके पीछे दो व्यक्ति थे, जिन्हें मैं नहीं जानता। बनैले सूअर की तरह खड़ी मूँछों के रोब पर उनकी आँखों से टपकती दहशत कुछ अजीब सी लग रही थी। साफ जाहिर था कि छोटे सरकार भीतर से सहमे–सहमे हैं। उन्होंने कभी भी सुराजियों का सामूहिक रूप से सामना नहीं किया था। यह शायद पहला अवसर था। वह सोफे पर धँसते हुए महज इतना बोले, ''कहिए, आप क्या चाहते हैं?''

रामकिशुन विस्तार से कहने लगा। सामने टेबल पर पड़े अंग्रेजी अखबार को खींचकर छोटे सरकार पढ़ने लगे। पियारी को यह अच्छा नहीं लगा। वह अपने को रोक न सकी। उसने रामकिशुन का हाथ दबाया और बोली, ''लगता है, आप हमें सुन नहीं रहे हैं?''

छोटे सरकार की आँखें अब पियारी की ओर घूमीं। उन्होंने अब मुझे देखा और देखते रह गए। जरूर वह मुझे पहचान गए थे। कुतूहल में डूबी उनकी आँखें मानो पूछ रही थीं—'तुम यहाँ कैसे?'

मैं सहम गया। थोड़ा सा संकुचित होते हुए मैं पियारी के पीछे दुबक गया।

छोटे सरकार पियारी की उठाई शंका के संदर्भ में बोले, ''कैसे पता कि मैं आपको सुन नहीं रहा हूँ?''

''आप तो अखबार पढ़ रहे हैं।'' रामकिशुन बोला।

''सुनने का काम कान करते हैं। और आप यकीन मानिए, मेरे दोनों कान चुस्त व दुरुस्त हैं।''

“लगता है, आपकी आँखें कुछ खराब हैं, इसीलिए वे अखबार में धँसी जा रही हैं।” पियारी ने अपने ढंग से कहा।

मैंने अनुभव किया कि छोटे सरकार का चेहरा सुर्ख होने लगा। ऐसा अपमानित करनेवाला उत्तर उन्होंने शायद ही जीवन में कभी सुना हो! फिर भी वह भीतर-ही-भीतर मसोसकर रह गए। उनकी आंतरिक झुँझलाहट ने वाणी ली, “अच्छा, अब आप अपनी बात ‘नट सेल’ में खत्म कीजिए।”

“नट सेल यही है कि आप राइट टैक्स मत दीजिए।” रामकिशुन बोला।

छोटे सरकार एक झटके से उठे और चल पड़े। पियारी भी ठीक वैसे ही उठी और उनका रास्ता रोकते हुए बोली, “आखिर आप चले कहाँ?”

“इससे तुमसे मतलब?” छोटे सरकार तड़पे। सामने औरत न होती तो एक धक्का अवश्य ही दे देते।

तब रामकिशुन भी उठ आया और बड़े शांत भाव से बोला, “देखिए, आप क्रोध मत कीजिए। क्रोध पाप का मूल है और पाप मूल अभिमान।” वह बोलते-बोलते मुसकराया और उनकी दोनों भुजाएँ पकड़कर बैठाने की चेष्टा की।

“खबरदार! जो सरकार की देह में हाथ लगाया।” उनके पीछे खड़े छोटे सरकार का नौकर गरज पड़ा।

‘अरे, क्या हो गया?” ऊपर और नीचे भी कुछ लोग दौड़े।

पर रामकिशुन मुसकराते हुए बड़े नाटकीय ढंग से बोलता रहा—“ॐ शांति, शांति, शांति···आप इतने उत्तेजित क्यों हो रहे हैं? सरकार हमारे चाचा की उम्र के हैं। चाचा को यदि भतीजा हाथ नहीं लगाएगा तो कौन लगाएगा?”

मेरी बगल में बैठा महेश भुनभुनाया—“अरे वाह रे चाचा-भतीजा!”

पियारी और रामकिशुन ने छोटे सरकार को घेरकर पुनः बैठा दिया। उनका चेहरा ताँबई होता जा रहा था। बरछी की तरह सदा से उठी मूँछें नीचे ढुलक गई थीं। वह भीतर से खौल रहे थे।

“हम लोग राइट टैक्स न देने का आपसे आश्वासन मात्र चाहते हैं।” महेश बोला।

“पर सरकारजी तो कोई टैक्स नहीं देते!” मुसकराती हुई रानी बहू बिलकुल हम लोगों के बीच आ गईं—“आप लोग तो उनका घेराव करेंगे न, जो टैक्स देते हैं!” इतना कहकर छोटे सरकार को उन्होंने वहाँ से हटा दिया। कितना विचित्र था कि हम लोगों ने भी उन्हें जाने दिया। रानी बहू अब मुसकराती हुई हमारे बीच बैठी थीं, जैसे प्रभामंडल के बीच कोई उज्ज्वल नक्षत्र हो।

रानी बहू ने हँसते हुए बताया, “टैक्स तो हमारे मुनीम लोग अदा करते हैं।

आपको उनका घेराव करना चाहिए। यों आपके घेराव को सफल बनाने के लिए मैं आपके बीच में हूँ।''

''मुनीम तो आपके नौकर हैं। जब मालिक की राय नहीं होगी तो नौकर बेचारा क्या करेगा?'' महेश बोला।

पर रानी बहू मुसकराती रहीं। उनके भावमय नेत्र कह रहे थे—शायद आप छोटे सरकार को जानते नहीं। व्यर्थ में पानी पीटने से क्या फायदा?

उन्होंने नौकरों को संकेत किया। चाँदी की एक बड़ी तश्तरी में तिरंगी बरफियाँ जलपान के लिए आ गईं।

''हम लोग आपकी इस कृपा के लिए आभारी हैं; पर हम इसे ग्रहण नहीं करेंगे। हम चाहते हैं आश्वासन और आप दे रही हैं बरफियाँ।'' रामकिशुन बोला।

इसी बीच एक नौकर भीतर से आया और उसने पियारी से कहा कि आपको छोटे सरकार बुला रहे हैं। इस अप्रत्याशित आमंत्रण पर वह एकदम सकपका गई। उसने अवश्य अनुभव किया होगा कि जब छोटे सरकार बैठे थे तब उनकी नजरें घूम-फिरकर उसी पर आकर अटक जाती थीं।

पियारी ने प्रश्नवाचक मुद्रा से चारों ओर दृष्टि घुमाई और ज्यों ही उठने को हुई, रानी बहू ने उसका हाथ पकड़कर बैठा दिया—''पहले जल पी लो तो जाना।'' वह बोलीं और नौकर से कहा कि सरकार से कह दो कि वह आती हैं।

फिर बरफियों के संदर्भ में वह बोलीं, ''इन्हें ग्रहण न करके आप हमारी सत्कार भावना को ठेस तो पहुँचा ही रहे हैं, साथ ही तिरंगे का अपमान भी कर रहे हैं।'' उन्होंने मुसकराते हुए ही बताया, ''जानते हैं आप लोग कि बरफी को तिरंगी बनाने के कारण इसके हलवाई को दो महीने की सजा हुई थी? फिर भी उसने तिरंगी बरफी बनाना नहीं छोड़ा। और आप लोग इन्हें खाना छोड़ रहे हैं।'' रानी बहू ने एक ऐसा तार छू दिया था, जिसका काफी देर तक झनझनाना स्वाभाविक था। ''पर हम इसे कैसे ग्रहण करें, जबकि सैकड़ों लोग बाहर यों ही बैठे हमारी प्रतीक्षा कर रहे हैं।''

''प्रतीक्षा करनेवाले नहीं—आगे बढ़कर कुछ करनेवाले ही कुछ पाने के अधिकारी होते हैं।'' रानी बहू ने हँसते हुए कहा और उठकर एक बरफी पियारी के मुँह में ठूस दीं।

घेराव का घेरा रानी बहू की आत्मीयता से चरमरा उठा। जलपान के बाद उन्होंने बड़े शांत भाव से कहना आरंभ किया—''पूरा नगर छोटे सरकार को और उनकी गतिविधियों को भलीभाँति जानता है, फिर भी आपने यहाँ आने का कष्ट किया। इसके लिए मैं आप लोगों की बुद्धि को धन्यवाद दूँ या अपने सौभाग्य को?'' और फिर वह हँस पड़ीं। उनकी यह हँसी बहुत कुछ कह गई। शायद वह स्वयं यह न कह पातीं कि पत्थर पर

सिर पटकने से क्या फायदा? आप लोग चलते बनिए।

किंतु बड़ी योग्यता से उन्होंने अपनी हँसी समेटी और कहा, "आपका ध्येय उत्तम है। आप अवश्य अपने कार्य में सफल होंगे।"

"हम कैसे विश्वास करें, जब हमें यहीं सफलता नहीं मिल रही है?" रामकिशुन बोला।

"पर आप यहाँ असफल कहाँ हुए?"

"छोटे सरकार चले भी गए, पर हम उनसे आश्वासन न ले सके।"

"पर मैं वचन देती हूँ कि मुझसे जो भी आपके उद्देश्य की पूर्ति के लिए हो सकेगा, वह अवश्य करूँगी।"

"तो क्या मैं आशा करूँ कि इस कोठी से राइट टैक्स नहीं दिया जाएगा?"

"यह आश्वासन तो मैं नहीं दे सकती, पर हाँ, यह अवश्य कह सकती हूँ कि आपके न रहने पर भी मैं आप सबका अकेले प्रतिनिधित्व करूँगी।" जिस तेजस्विता से रानी बहू बोली थीं कि हम सबके मुँह से अचानक यह निकल गया कि 'हमें आपसे ऐसी ही आशा थी।'

हम सब चलने को थे कि नीचे से फिर 'पुलिस, पुलिस' की आवाज आई। जरूर भीड़ ने कोई गड़बड़ी कर दी, जिससे वहाँ खड़ी पुलिस ने पुनः प्रहार आरंभ कर दिया। हम लोग ऊपर से दौड़े। हमारे पहले ही रानी बहू नीचे आ चुकी थीं। उन्होंने डपटते हुए पुलिस के जवानों को रोका—"यहाँ तो आपसी बात हो रही थी। आप लोगों की क्या आवश्यकता? किसने यहाँ आने के लिए आप लोगों को तकलीफ दी?"

"छोटे सरकार का कोतवाली टेलीफोन गया था।" दारोगा बोला, "उन्होंने कहा था कि शांति भंग का अंदेशा है, शीघ्र व्यवस्था कीजिए।"

"पर कोठी में तो ऐसा कुछ नहीं है। हो सकता है, उन्होंने नगर या देश के लिए ऐसा कहा हो।" रानी बहू की मुसकराहट हर अधर को छूती और हँसी में परिवर्तित होती निकल गई।

पुलिस तो उसी क्षण चली गई थी। भीड़ सुराजियों के लौटने के साथ ही लौटी। पर मैं रोक लिया गया था।

मेरा हाथ पकड़े-पकड़े रानी बहू मुझे ऊपर ले आईं। अब माँ दिखाई पड़ीं। उनकी आँखें आग उगल रही थीं। उनके चेहरे पर बढ़ती हुई लालिमा कह रही थी— 'कमीना, तुझे मना किया था न, फिर तू पियारी के साथ क्यों आया?'

किंतु रानी बहू कुछ नहीं बोलीं। उन्होंने अपने कमरे में मुझे लाकर बड़े प्यार से बैठाया और मेरी माँ से मुसकराते हुए बस इतना कहा, "जीजी, अब जग्गू तो बड़ा योग्य हो गया है। देश के लिए कुछ कर डालने का हौसला बाँधना है।"

मैं आज तक यह समझ नहीं पाया कि वह सचमुच मेरी प्रशंसा थी या रानी बहू का मेरे प्रति किया गया व्यंग्य।

□

सन् १९३९ का कोई दिन। इतना याद है कि जाड़े का दिन था।

अजीब कोलाहल था वातावरण में। खबरों और अफवाहों का बाजार गरम था। द्वितीय विश्वयुद्ध के एक-से-एक भयानक समाचार जनमानस को झकझोर रहे थे। पोलैंड आठ दिनों में चला गया। फ्रांस महीने भर भी हिटलर के सामने टिक न सका। उधर राष्ट्रीय क्षितिज पर भी एक विचित्र घटना घटी।

छुट्टी हो गई थी। मैं कबीरचौरा मिडिल स्कूल से चल पड़ा था। संध्या अपना आँचल भी लगभग समेट चुकी थी। तिरंगा झंडा लिये नौजवानों का एक जुलूस चला आ रहा था। आगे-आगे कैनवास पर बना हुआ सुभाष बाबू का एक आदमकद चित्र था।

जुलूस जब सामने आया तब मैंने देखा, दानिस उछल-उछलकर हवा में मुक्के मार रहा है और 'सुभाष बाबू जिंदाबाद' के नारे लगा रहा है। मुझे देखते ही वह जुलूस से छूटकर मेरे पास आया और बड़ी खुशी में बोला, ''तुम नहीं जानते, गांधीजी हार गए।'' फिर बस्ता सहित मुझे गोद में उठाकर नाचने लगा।

अब मैं लोगों की दृष्टि में आ गया था। आस-पास के लोग इस अजीब दृश्य को देखकर तालियाँ बजाने लगे। मैं तमाशा बनता जा रहा था। मैंने स्वयं को छुड़ाया और भागकर पटीरी पर चला आया।

पहले तो मैं कुछ समझ नहीं पाया कि गांधीजी किससे हारे? क्यों हारे? अंग्रेजों से हारने का तो कोई सवाल ही नहीं था। फिर लोग खुश क्यों होते? वह भी दानिस ऐसे लोग, जिसकी नस-नस में राष्ट्रीयता कूट-कूटकर भरी है।

मैं असमंजस की स्थिति में देर तक नहीं था। मुझे असलियत का पता लग गया। वस्तुतः गांधीजी सुभाष बाबू को दोबारा कांग्रेस का अध्यक्ष बनाना नहीं चाहते थे। वे किन्हीं सीतारामैया के पक्ष में थे। पर सुभाष बाबू ने अध्यक्ष पद का चुनाव जीत लिया। गांधीजी ने सीतारामैया की हार को अपनी हार मान ली।

घटना सैकड़ों मील दूर त्रिपुरी में घटी थी, किंतु उसकी लहर ने बनारस को भी डुबो लिया था। जवानों के खून में उबाल आ गया था। बूढ़ों और प्रौढ़ों के लिए यह घटना मात्र चिंतन के धरातल पर थी।

मैं इस नए माहौल से परिचित होता आगे बढ़ा चला जा रहा था कि किंग एडवर्ड अस्पताल—उन दिनों शिवप्रसाद गुप्त अस्पताल का यही नाम था—के सामने भीड़ दिखाई दी। वह जुलूस भी थोड़ी देर के लिए रुका।

कुतूहल मेरी प्रवृत्ति में था। जहाँ कुछ हुआ कि मैं विशेष जानकारी के लिए उत्सुक हो जाता। मैं भी उसी भीड़ में घुसा। किसी ने कहा, ''किसी लकड़सुँघवा को किसी ने मार डाला है।''

किसी ने कहा, ''नहीं, अभी वह जीवित है।''

लकड़सुँघवा मेरी जिज्ञासा का केंद्रबिंदु हो गया। मैंने सुना तो बहुत था कि कुछ लोग साधु के वेश में आते हैं और एक विशेष प्रकार की टेढ़ी-मेढ़ी लकड़ी सुँघाकर बच्चों को वश में कर लेते हैं और बहकाकर ले जाते हैं; पर मैंने लकड़सुँघवा देखा नहीं था। कैसा होता है लकड़सुँघवा? मेरा कुतूहल जोर मार रहा था। ...पर भीतर जाऊँ तो कैसे?

तब तक एक मोटर आई। उसमें से एक गोरा साहब उतरा। उसके साथ कुछ गोरे सिपाही भी थे। वह अपने रोब-दाब के साथ भीड़ में घुसता चला गया।

''मजिस्ट्रेट साहब आ गए!'' कहीं से एक आवाज उभरी—''अब मारनेवालों का बयान नोट होगा।''

मेरे मस्तिष्क ने घटनाओं का संबंध-सूत्र ढंग से जोड़ना आरंभ किया।

जिज्ञासा बढ़ती गई। उधर पुलिस ने भी भीड़ को तितर-बितर किया। अब मुझे एक उपाय सूझा। मैं भागता हुआ पीछे बगीचे की ओर आया और वहीं से उस बड़े बंद कमरे में खिड़की से झाँकने लगा, जहाँ मजिस्ट्रेट और डॉक्टर उपस्थित थे। सामने बिस्तर पर मरीज पड़ा था। उसकी पीठ हमें दिखाई दे रही थी। सिर पट्टियों से बँधा था।

मजिस्ट्रेट पूछ रहा था, ''वह लड़का आपको कहाँ मिला था?''

''वह स्टेशन पर भीख माँग रहा था।'' उसकी शिथिल और हलकी आवाज हमें साफ सुनाई दी।

''उसने आपसे क्या कहा?''

''वह भगवान् के नाम पर एक पैसा माँग रहा था। अपने टूटे हाथ से वह पेट दिखा रहा था और कह रहा था कि बड़ी भूख लगी है।''

''तब आपने क्या कहा?''

''मैंने कहा कि चलो, तुम्हें खाना खिला दूँ। पर वह चलने को तैयार नहीं हुआ। दूर पीपल के पेड़ के नीचे खड़े और सिगरेट पीते एक गुंडे को रह-रहकर ताकता रहा। वह डरा-डरा सा मालूम हो रहा था। मैंने सब समझ लिया।''

''क्या समझ लिया?''

''यही कि इसका हाथ जन्म से टूटा नहीं है, बल्कि तोड़ दिया गया है। यह किसी अच्छे घर का लड़का है। इससे भीख मँगवाई जा रही है।''

मजिस्ट्रेट ने डॉक्टरों की ओर देखा और कुछ सोचता रहा। फिर बोला, ''और

लोगों को तो ऐसे लड़कों को देखने से कुछ विशेष नहीं लगता!''

''मुझे इसलिए लगा कि मैं भी कभी भीख माँगता था। और ऐसे गिरोहों से वाकिफ हो गया था।''

''आप भी कभी भीख माँगते थे।'' मजिस्ट्रेट की ही नहीं, डॉक्टरों की भी मुद्राएँ प्रश्नवाचक हो गईं।

तब तक किसी ने पीछे से मेरा कान पकड़कर जोर से खींचा, ''अबे साले, यहाँ क्या झाँक-ताक लगाए है। चल यहाँ से।'' मैं खिड़की से नीचे आया। वह मुँछैल लंबा-तगड़ा अब भी बोलता जा रहा था, ''कमीने, तेरा तो कुछ भी नहीं होगा, पर हम लोगों की नौकरी चली जाएगी। तुझे क्या मालूम कि डाइंग डिक्लरेशन कॉन्फिडेंटल होता है।''

उसका अंतिम वाक्य मेरी समझ से दूर था। मैं भाग चला, पर जिज्ञासा मेरा पीछा किए चली जा रही थी। वातावरण में मात्र यही गूँज रहा था कि एक लकड़सुँघवा मारा गया।

…पर लकड़सुँघवा होता कैसा है? मैं ठीक से देख नहीं पाया। यह लड़कों को पकड़ता क्यों है? मैं समझ नहीं पाया। फिर उसने तो स्वयं को भिखारी कहा था। हर लकड़सुँघवा क्या भिखारी ही होता है? वह कह रहा था कि मैं ऐसे गिरोह से वाकिफ था। कौन सा गिरोह है वह? क्या लोग गिरोह बनाकर लड़कों को पकड़ते हैं? तब तो बड़ा खतरनाक है। आखिर मैं भी तो लड़का ही हूँ। अब कुछ बड़ा अवश्य हो गया हूँ। फिर भी यदि लोग मुझे गिरोह बनाकर पकड़ने आएँगे तो मैं बच कैसे सकता हूँ? एक भय मेरी ही तर्कना से पैदा होकर मुझे भयातुर करने लगा। मैं जल्दी-जल्दी बिना किसी ओर देखे घर की ओर लपका।

भय की ऐसी अनुभूति मुझे बहुत कम हुई है। मेरा भय चिनगारी की तरह सुलगकर जंगल की आग की तरह लपटें उगलने लगा। मैं सड़क पर चला जा रहा था, पर लग रहा था कि मैं भय के जंगल से गुजर रहा हूँ, जहाँ चारों ओर खूँखार जानवरों के गिरोह हमें चबा जाने के लिए घूर रहे हैं और उनके हाथों में है 'लकड़सुँघवा' की टेढ़ी-मेढ़ी लकड़ी।

किसी ने पीछे से मेरी कमीज का कॉलर पकड़कर खींचा। मैं काँप उठा। मुझे लगा कि उस गिरोह ने ही मेरे ऊपर पंजा मारा है। मेरी दृष्टि जब मुड़ी, मैंने देखा, हँसता हुआ हमीद खड़ा है।

''क्यों बे, ऐसा डर क्यों गया?''

मैं झेंप गया। उसका ध्यान दूसरी ओर खींचते हुए बोला, ''तुम्हें पता चला? एक 'लकड़सुँघवा' मारा गया है।''

"लकड़सुँघवा!" वह अचानक गंभीर हुआ—"कहाँ मारा गया है?"

"मारकर लोग उसे अस्पताल ले आए हैं।" मैं बोला।

इस बार हमीद जोर से हँसा—"अरे पगले, वह लकड़सुँघवा नहीं है। सुराजी है, सुराजी।" उसकी प्रगल्भ हँसी अब भी मेरे अज्ञान की धज्जियाँ उड़ाती चली जा रही थी—"देखना, हर सुराजी ऐसे ही लात खाएगा। तुम बस तमाशा देखते जाओ।" इतना कहकर वह मुसकराता हुआ चला गया।

'हर सुराजी ऐसे ही लात खाएगा।' यह एक नया बीज था, जो मेरी जिज्ञासा की धरती पर बोया गया।

□

दूसरे दिन संध्या को 'आज' अखबार के (उन दिनों 'आज' का सायंकालीन संस्करण ही छपता था) काशी समाचार में एक बड़ी हेडिंग थी—'लड़कों को भगाने और उनका अंग-भंग कर भीख मँगवानेवाले प्रदेश व्यापी गिरोह का भंडाफोड़।' सुमेर चाचा की दुकान के बाहर एकत्र हुए लोगों ने मुझे ही अखबार जोर-जोर से पढ़ने को दिया। मैं पढ़ने लगा, जिसका कुछ अंश अब भी मुझे याद है—'पुलिस को एक ऐसे गिरोह का पता चला है, जो बच्चों को प्रलोभन देकर बहका ले जाता है। उनके अंग-भंग किए जाते हैं और उन्हें भीख माँगने के लिए विवश किया जाता है। इस पाप कर्म का रहस्योद्‌घाटन किया एक ग्यारह-बारह वर्ष के लड़के ने। लड़के का हाथ टूटा है और वह मिर्जामुराद के पास जनसा का रहनेवाला बताया जाता है।

'घटना उस समय प्रकाश में आई, जब अज्ञात हत्यारे ने एक राष्ट्रीय कार्यकर्ता के सिर पर लोहे की 'रॉड' द्वारा पीछे से हमला किया। मार खाते ही वह कार्यकर्ता गिर गया और उसका ख़द्‌दर का कुरता खून से लथपथ हो गया। आस-पास के लोगों ने दौड़कर उस हत्यारे को धर दबोचा। तब तक पुलिस भी आ गई। कहते हैं, वह लड़का भी उक्त हत्यारे के साथ ही था। गिरफ्तार हो जाने के बाद उसने उस लड़के को भाग जाने का इशारा किया, पर वह हक्का-बक्का-सा खड़ा-का-खड़ा रह गया। पुलिस ने लड़के को भी हिरासत में ले लिया और घायल को तुरंत किंग एडवर्ड अस्पताल में दाखिल कराया। उस समय उसको होश नहीं था।

'अपनी करुण कहानी कहते हुए उक्त बालक ने बताया कि लगभग साल भर पहले जादू का खेल दिखानेवालों का एक गिरोह हमारे गाँव में आया था। उन लोगों ने तरह-तरह के जादू और हाथ की सफाई के खेल दिखाए थे। वे जमीन से मिट्‌टी उठाकर रुपया भी बना देते थे। उस समय गाँव के बहुत से लोग वहाँ इकट्‌ठे हो गए थे। उस भीड़ में मैं भी था। एक व्यक्ति ने पीछे से मेरा कंधा दबाया और मुझे बाहर ले आया। उसने बड़े प्रेम से मुझसे कहा कि मिट्‌टी से रुपया ही नहीं, मिठाई, खिलौने और

जो भी तुम चाहो, बना सकते हो। यह सब जादू की करामात है। तुम चाहो तो मैं तुम्हें जादू सिखा सकता हूँ।

'लड़के का कहना है कि वह उन लोगों के बहकावे में आ गया। उसे लेकर लोग एक सुनसान कुएँ पर आए। वहीं उन लोगों ने पानी पीया। कुएँ पर ही लड़के को एक पेड़ा खाने को दिया गया। पेड़ा खाते ही उसे नींद आ गई। जब उसकी आँखें खुलीं तो उसने स्वयं को एक बंद कमरे में पाया। उस समय रात हो गई थी। सचेत होते ही उसने घर पहुँचाने को कहा, तब उसे थप्पड़ और घूँसों से मारते-मारते लस्त कर दिया गया। थोड़ी देर बाद उस लड़के ने पुनः घर पहुँचाने की जिद शुरू की। इस बार एक दूसरे आदमी ने उसके दाहिने हाथ पर लोहे की छड़ से बड़े जोर से मारा और हाथ बेकार कर दिया। जब वह असह्य पीड़ा से छटपटाने लगा तब कई लोग उस अँधेरे कमरे में आ गए। लड़के के हाथ और पैर रस्सी से बाँध दिए गए और धमकाया गया कि यदि सिसकी भी मुँह से निकली तो बेंत से मारते-मारते खाल खींच ली जाएगी। ...बालक ने रोते हुए बताया कि बार-बार आग्रह करने, रोने-गिड़गिड़ाने पर भी उसे पीने को पानी तक नहीं दिया गया।'

मुझे याद है, उस समय वहाँ उपस्थित हर व्यक्ति के चेहरे पर घृणा फूट पड़ी थी।

"राम-राम! इ कमीनों को तो कुत्तों से नुचवाना चाहिए।" यह आवाज रामभरोसे की थी।

"सालों को तेल की खौलती कड़ाही में झोंक देना चाहिए।" मँगरू बोला।

लोगों की इन प्रतिक्रियाओं द्वारा मेरा पढ़ना रुक गया था, पर लोग मुझे सुनने के लिए व्याकुल थे। सुमेर चाचा ने मुझे आगे पढ़ने के लिए कहा। मैं वैसे ही जोर-जोर से पढ़ने लगा—'उस लड़के को इतना डरा दिया गया था कि वह किसी से कुछ कहने की हिम्मत नहीं कर सकता था। अब उसके सामने हत्यारों के इशारों पर चलने के सिवा कोई चारा नहीं था।

'...उससे भीख माँगने का काम लिया जाने लगा। उस लड़के ने बताया कि वह बहुत दिनों तक लखनऊ के चारबाग स्टेशन पर भीख माँगता रहा। उस समय उसके साथ चार लड़के और थे। उनमें से तीन की एक-एक आँख फोड़ दी गई थी और चौथा इस लड़के की तरह ही लूला बना दिया गया था। दूर से ही उसके मालिक के आदमी उसपर पाशविक नजर रखते थे, क्या मजाल कि कोई लड़का बहक जाए और किसी से कुछ कहे।

'उसी लड़के का कहना है कि एक दिन हमारे मालिक ने हम तीन लड़कों को दूसरे गिरोह के हाथ बेच दिया। वह मुझे बनारस ले आया। यदि उसे मालूम होता कि मैं

बनारस के आस-पास का ही रहनेवाला हूँ तो मैं जिंदगी में कभी बनारस न लाया जाता।

'यहाँ मैं पहले एक बगीचे में रखा गया। बनारस कैंट स्टेशन पर भीख माँगने का काम हम तीनों लड़कों को दिया गया। दूर प्लेटफॉर्म पर हमारी निगरानी करनेवाला आदमी रहता था, जिसकी नजर से जरा भी ओझल होना अपनी शामत बुलाना था।'

इस लंबे विवरण के अतिरिक्त एक मुख्य बात और छपी थी कि पुलिस का अनुमान है कि इस गिरोह और कुकृत्य के पीछे नगर के कुछ सफेदपोश लोगों का हाथ है। सरगर्मी से जाँच की जा रही है।

उसी पृष्ठ पर बॉक्स में एक दूसरा समाचार और था, जिसकी हेडिंग थी कि 'कार्यकर्ता की हालत चिंताजनक'। '...स्थानीय कैंट स्टेशन पर जिस सुराजी कार्यकर्ता पर हमला किया गया था, वह समाचार लिखने के समय तक (कोमा) बेहोशी की स्थिति में है। बीच में उसे कुछ समय के लिए होश आया था, उसी समय उसका मृत्यु पूर्व बयान दर्ज कर सीलबंद कर दिया गया है।'

यह वही कार्यकर्ता था, जिसने उक्त अपंग बालक को हत्यारों के गिरोह से मुक्ति दिलाने की चेष्टा की थी।

समाचार पढ़ लेने के बाद शायद ही वहाँ कोई ऐसा व्यक्ति रहा हो, जिसने उन हत्यारों के नाम पर थूका न हो।

"इन सालों को मासूम और बेगुनाह बच्चों की जिंदगी बरबाद करते जरा भी रहम नहीं आती?"

"यदि रहम आती तो कमीने ऐसा करते क्यों?" सुभान बोला।

"सबसे बड़ी बात तो यह है कि ऐसा घिनौना काम कोई विदेशी नहीं, बल्कि अपने देशवासी कर रहे हैं।" मँगरू ने कहा।

"चाहे देशी हो या विदेशी, जब हैवानियत सवार होती है तब आदमी आदमी नहीं रह जाता!" सुभान बोला।

बात इसी संदर्भ में चलती रही। शाम काली पड़ने लगी। गाड़ीवान और पल्लेदार आदि अपना 'सीधा-पिसान' लेने आने लगे। सुमेर चाचा दुकानदारी में व्यस्त गया। अन्य लोग भी चलते बने; पर मेरे मस्तिष्क में विषैला धुआँ घूमता रहा।

मैं भीतर आया। मैंने सारी बातें चंपो को बताई। वह काँप उठी।

"हे भगवान्! कैसे आँखें फोड़ी जाती हैं?" इतना कहकर उसने दोनों हथेलियों से अपनी आँखें बंद कर लीं, गोया दो भयानक सूजे उसके नेत्रों के सामने चले आ रहे हैं।

चाची ने बताया कि इधर आएदिन लड़कों के गायब होने की खबरें सुनी जाती थीं। हम लोग समझते थे कि साधु लोग उन्हें पकड़कर ले जाते हैं, किंतु यह सोचा भी

नहीं जा सकता था कि लड़कों की जिंदगी बरबाद कर ऐसा नीच धंधा करनेवाले लोग भी हो सकते हैं।

साधु की बात चलते ही मेरे मस्तिष्क में टेढ़ी-मेढ़ी लकड़ी लिये लकड़सुँघवा की एक विकृत आकृति उभर आई।

"क्या करते होंगे साधु लड़कों को पकड़कर?" चंपो ने माँ से पूछा।

"ले जाकर उन्हें साधु बनाते हैं।" कलावती चाची ने कहा। पर उसने समझ लिया कि बच्चे मेरी बात समझ नहीं पा रहे हैं। उसने विस्तार से समझाया, "जैसे हर व्यक्ति अपना परिवार बढ़ाना चाहता है वैसे ही साधु भी बच्चों को चुरा-चुराकर उनको साधु बनाकर ही अपना परिवार बढ़ाते हैं।"

हम मौन सुनते रहे। हमारे मानस के समक्ष ऐसे कई साधु समूह आए, जिनमें दो-एक बच्चे भी साधुओं के वेश में चिमटा बजाते हुए 'जय सियाराम, जय-जय सियाराम' गाते दिखाई पड़े।

"इसका मतलब है, साधु लड़कियों को नहीं पकड़ते?" चंपो बोली, "क्योंकि सधुवाइनें तो नहीं होतीं!"

"होती क्यों नहीं हैं, पर बहुत कम होती हैं।"

चंपो ने संतोष की साँस ली और मुझे एक ऐसी दृष्टि से देखा जैसे सारा खतरा मेरे ही ऊपर हो। सचमुच मेरा मन तूफान के दीये की तरह काँपने-बुझने के करीब आकर फिर भभकने लगा। मैंने सोचा—बच्चे ही हैं, जिनके अंग-भंग कराकर भीख मँगाया जा सकता है, जिन्हें साधु बनाया जा सकता है, जिनसे मेहनत के ऐसे-ऐसे कार्य कराए जा सकते हैं, जिन्हें करना शायद दूसरे पसंद न करें। इस बार गरमी की खड़ी दोपहरी में पंखा खींचता शीतल मेरे सामने था। ...शीतल पसीने से लथपथ पंखा खींच रहा है और भीतर छोटे सरकार का लड़का गद्दी पर सो रहा है। और एक हमीद भी तो है। वह कौन बड़ा हो गया है? आखिर लड़का ही है न? ...ये सब लड़के और कितना अंतर उनकी परिस्थितियों में? दानिस कहता है कि स्वराज्य के बाद सब ठीक हो जाएगा, सारा भेदभाव मिट जाएगा।

मेरा चिंतन उस समय गिरकर चूर-चूर हो गया। जब बाहर से आ रही माँ की घबराई हुई आवाज मुझे खोजती हुई मुझसे ही टकराई। वह मुझे पुकारती चंपो के घर में घुसी आईं।

"चल, घर चल।" मेरा हाथ पकड़कर बिना किसी से कुछ कहे वह चल पड़ीं।

वह कोठी से लौटी थीं। रोज ही वह इस समय कोठी से लौटती थीं, पर इतनी घबराई तो कभी नहीं दिखाई दीं। जरूर आज उन्हें भी लड़कों को अपंग बनानेवाली खबर मालूम हो गई है।

□

आज का अंधकार संशय और आशंका से कुछ अधिक घना लग रहा था। जब मैं सोने गया, माँ के अधरों पर वही अखबारी खबर विभिन्न अफवाहों तथा परिकल्पनाओं के साथ बुदबुदा रही थी। उन्होंने पियारी से भी चर्चा की; पर वह मौन थी, गुम-सुम थी, कुछ खोई हुई-सी। माँ की हर बात उसे सतही तौर पर छूती थी और वह हाँ-हूँ करती जाती थी।

''लगता है, तुम कहीं और हो।'' माँ ने उसकी मन:स्थिति का अनुमान लगाकर पूछा।

''नहीं तो।'' वह फिसलते-फिसलते जैसे सँभली।

''तब क्या सोच रही हो?''

''सोचती हूँ, कहीं भाग जाऊँ या साधु हो जाऊँ?'' उसकी आवाज लड़खड़ा रही थी, ''आज सोमारू फिर मिला था।'' फिर वह चुप हो गई। विचारों में डूबती हुई धरातल खोजने लगी।

दुनिया की खबरों में सदा रस लेनेवाली पियारी का आज इतना आत्मकेंद्रित होना उसकी मूक व्यथा का परिचायक था।

माँ ने उसकी पीड़ा टटोली, ''तो क्या कहा सोमारू ने?''

''आज सोमारू उस दिन जैसा नहीं था। उसके मुख से शराब की दुर्गंध आ रही थी।'' वह कुछ रुककर बोली, ''वह कह रहा था कि तू अभी तक चंदर से मिलने नहीं गई। ...ऐसे नहीं जाएगी। तेरी दवाई करनी पड़ेगी।'' पियारी चुप हो सोच में डूब गई।

''युद्ध की योजना और पति के चुनाव में एक बार की गई भूल जिंदगी भर पछतावा बन जाती है।'' माँ ने बड़ी गंभीरता से कहा। फिर अनुभव किया कि वह डूबती हुई किसी सहारे के लिए छटपटा रही है। माँ ने पुन: पूछा, ''तो क्या सोचा तुमने?''

''कुछ सोच नहीं पा रही हूँ!'' पियारी की आँखें नम होने लगीं, ''इस दुनिया से दूर चले जाने के सिवा कोई रास्ता दिखाई नहीं देता।''

''रास्ता होता नहीं पियारी, बनाना पड़ता है।'' माँ बहुत कम इतना गंभीर होती थीं—''जहाँ तुमने जिंदगी से भागने की कोशिश की, वह खतरनाक हो जाएगी और भयानक छाया की तरह तुम्हारा पीछा करेगी। उसे भोगो और एक साहसी की तरह भोगो।''

पियारी चुप रही।

माँ कहती गईं, ''तू चंदर ऐसे खूँखार को झेल गईं, अब सोमारू को झेलने से डरती हो?''

''डरती तो नहीं हूँ, पर सोचती हूँ कि क्या जीवन भर झेलना ही पड़ेगा?''

इस बार माँ हँस पड़ीं। निश्चय ही उनकी यह हँसी बनावटी थी—''अंग्रेजों से लड़ाई लेने का मतलब ही जिंदगी भर झेलने का व्रत लेना है।'' माँ कुछ क्षणों के लिए रुकीं। फिर बोलीं, ''अब सोमारू आएगा तो तुम मत मिलना। मैं उसे ठीक कर दूँगी।''

''आप ठीक कर देंगी!'' पियारी की हँसी स्वाभाविक थी।

''हाँ पियारी, मैं ठीक कर दूँगी।'' माँ कहती गईं, ''मैं जानती हूँ कि तुझे विश्वास नहीं होगा, पर तुझमें और मुझमें बड़ा फर्क है। तू एक फिसली हुई औरत है। औरत जब एक बार फिसलती है तो हर कोई उसे धक्का मार सकता है; पर मैं एक चट्टान हूँ, पियारी। किसी की हिम्मत नहीं, जो मुझसे टकरा सके और जिस पर टूट पड़ूँगी, वह चूर-चूर हो जाएगा।''

पियारी ने अवश्य एक संतोष की साँस ली। उसे लगा कि अब वह एक चट्टान से बँधी है। न तो वह फिसल सकती है और न कोई उसे धक्का मारकर गिरा सकता है।

बातों का सिलसिला चलता रहा। मैं अब सो गया, मुझे कुछ पता नहीं।

दूसरे दिन सवेरे-सवेरे रामकिशुन दौड़ा आया। उसने बताया कि लाला (जगजीवन दास) के यहाँ छापा पड़ा है। उसके रामकटोरा स्थित बगीचे से पाँच लड़कियाँ बरामद हुई हैं, जो बिहार और नेपाल से भगाई हुई बताई जाती हैं।

''वह तो बड़ा भला आदमी मालूम पड़ता था।'' माँ बोलीं।

''बुराई छिपने के लिए हमेशा भलाई ओढ़े रहती है।'' रामकिशुन ने कहा।

''मेरे सामने भी वह साधु और सज्जन की तरह ही आता था।'' पियारी बोली।

''रावण भी तो सीता के सामने साधु और सज्जन की तरह गया था!'' इतना कहते ही रामकिशुन जोर से हँस पड़ा। उसके साथ माँ भी हँसीं, पर पियारी गंभीर ही रही। उसकी आकृति के भाव से ऐसा लगा जैसे वह महसूस कर रही है कि यह उपमा ठीक नहीं है। उसने अनेक बार खोजा है, उसके भीतर कोई सीता नहीं हैं, किंतु शीघ्र रामकिशुन ने अपनी बात पूरी की—''यदि ऐसा न करता तो उन पाँच सीताओं को यह रावण हर कैसे लाता?''

बात पियारी से हट चुकी थी। उसका चिंतन टूट चुका था।

''आखिर पुलिसवालों को इस रहस्य का पता कैसे चला?''

''उस लूले लड़के ने बताया कि मुझे इस बगीचे में भी रखा गया था।'' रामकिशुन ने बताया कि उस लड़के ने लाला और उसकी रखैल की भी पहचान बताई है।

''रखैल?'' माँ का मुँह खुला-का-खुला रह गया—''वह मोटी-सी, काली बनी-ठनी औरत उसकी रखैल है?'' माँ का विस्मय पुनः मुखर हुआ।

''रखैल ही नहीं, लड़कियों को भगानेवाली गोल की सरगना है।''

इतना सुनना था कि मेरी आँखों के सामने जगजीवन की मुद्राएँ अनेक भंगिमाओं के साथ आने लगीं। मृत्युंजय मंदिर में हनुमानजी के सामने 'हनुमान चालीसा' गाता और विभोर होता हुआ जगजीवन! मुझे प्रसाद देता हुआ जगजीवन! चंपो को घूर-घूरकर देखता हुआ जगजीवन! उसे लेकर घर आने के लिए कहता हुआ जगजीवन! ...इसी समय अपनी विद्रूप हँसी के साथ उसका नौकर भी मेरी स्मृति में मुझे बरजता आ गया था—'देख, अपनी बहन को लेकर कभी मत आना, वरना यह दानव उसे चबा जाएगा।' ...फिर वह जगजीवन मुझे दिखाई दिया, जो भारत माता मंदिर के उद्घाटन के समय उपस्थित था। उस भीड़ में भी पियारी के निकट चला आया था। दानिस ने फटकारते हुए कहा था कि 'यह साला यहाँ भी चला आया। ऐसे लोग कांग्रेस को बदनाम करके रख देंगे।'

तसवीरें एक के बाद एक आती और चली जाती रहीं कि रामकिशुन की आवाज इस आखिरी तसवीर से चिपक गई—"दानिस कह रहा था कि देखना, कैसे-कैसे गुल खिलते हैं! यह जगजीवन नाम का जीव आदमी नहीं है, पशु है, पशु। यह कमीना पकड़ा नहीं जाएगा तो अनर्थ हो जाएगा।"

"क्यों? क्या ऐसा भी हो सकता है कि इतना होने पर भी न पकड़ा जाए?" माँ बोल पड़ीं।

"क्यों नहीं हो सकता?" रामकिशुन ने कहा, "वह सरकार का खैरख्वाह है, अमन सभाई है। उसके लिए सरकार कुछ भी कर सकती है। ...इसीलिए तो हम लोगों ने निश्चय किया है कि उसके खिलाफ तगड़ा प्रदर्शन होना चाहिए, जिससे सरकार यदि उसे छोड़ना भी चाहे तो हिम्मत न करे।"

रामकिशुन वस्तुतः प्रदर्शन की बात कहने ही आया था। उसे पियारी को दस बजे ले जाना था, नहीं तो इस समय आकर यह सब बताने से उसका प्रयोजन क्या? बात लगभग खत्म हो चुकी थी, पर बाल-संदर्भ से लिपटी मेरी जिज्ञासा मौन न रह सकी।

"उस बगीचे में कुछ लड़के भी बरामद हुए?" मैंने पूछा।

"हाँ, सुना है। दो लड़के भी मिले हैं; पर वे कुछ कह नहीं रहे हैं। उन्हें इतना सताया गया है कि वे कुछ भी बताने से डर रहे हैं। एक ने तो रोते हुए इतना कहा है कि यदि मैं कुछ कहूँगा तो दोनों आँखें फोड़ दी जाएँगी या मैं मार डाला जाऊँगा!"

मेरी माँ के रोम-रोम से घृणा टपक पड़ी, पर मैं तो काँप उठा। मेरा मन कह रहा था कि उस साक्षरता दिवस की शाम को वह मुझे अकेला ले आया था। वह चाहता तो उस दिन मुझे पकड़ लेता। ...हे भगवान्! तुमने मुझे कैसे बचा दिया?

लाला इतना नीच होगा, मैंने कभी सोचा भी नहीं था। मेरे मुख से निकल पड़ा, "उसे पकड़कर जेल में डाल देना चाहिए।"

"अरे, जेल भेजना तो दूर रहा, उसे अभी तक पकड़ा भी नहीं गया है।" रामकिशुन ने कहा।

प्रदर्शन की योजना बन गई। पियारी दस बजे जाएगी; पर माँ मुझे जाने देना नहीं चाहती थीं। उनका विश्वास था कि यदि मैं घर पर रहा तो अवश्य चला जाऊँगा। मेरी जिज्ञासा और उससे उत्पन्न मेरा आक्रोश कुछ ऐसा ही था। निदान, माँ ने मुझे अपने साथ ही बस्ता लेकर चलने को कहा।

मैं कोठी चला आया। फाटक पर ही नगीना की मुसकराहट ने मेरी अगवानी की। रानी बहू के कमरे में ले आकर माँ ने मुझे चुपचाप बैठकर पढ़ने के लिए कहा।

हाथ की मशीन से कुछ सिलते हुए, चश्मे के भीतर से एक मुसकराती नजर रानी बहू ने मुझ पर डाली और बोल पड़ीं, "क्यों, आज स्कूल बंद है क्या?"

माँ कुछ बोलीं नहीं, अपने काम में लग गईं। मैं जमीन पर ही बैठकर बस्ता खोलने लगा।

"अरे, वहाँ क्यों बैठते हो? यहाँ बैठो।" उन्होंने मुझे चौकी पर बैठने को कहा, फिर एक ऊँची आवाज लगाई—"अरे जीजी, जरा सुनो तो!"

माँ दौड़ी हुई आईं।

"खाली पेट भजन भी नहीं होता जीजी, पढ़ाई तो दूर रही।" रानी बहू मुसकराईं और मुझे कुछ खिलाने के लिए कहा।

माँ भंडार की ओर चली गईं।

"आज छुट्टी है क्या?" रानी बहू ने पुनः प्रश्न दोहराया।

"नहीं।"

"तब तुम क्यों चले आए?"

मैं चुप ही रहा। मेरा मौन कह रहा था कि इसे तो माँ से ही पूछना चाहिए। एक तश्तरी में बेसन के दो लड्डू और थोड़ा सा सेव लेकर माँ आ गईं।

"आखिर आज जग्गू को कैसे ले आईं?" बड़े ही सहज भाव से रानी बहू ने पूछा।

"न लाती तो और क्या करती, बहू? ...यह प्रदर्शन करने चला जाता।" माँ की आक्रोशपूर्ण विवशता के तप्त तवे को रानी बहू की इस बार की हँसी ने छनछनाकर ठंडा कर दिया।

"अच्छा, तो यह सुराजी हो गया है!" रानी बहू बोलती गईं, "किसके सामने प्रदर्शन करनेवाला था यह?"

माँ ने सारी घटना कह सुनाई। वह सुनकर गंभीर हो गईं।

रानी बहू जब गंभीर भी होती थीं तो विचित्र ढंग से मुसकराती थीं। कुछ ऐसी ही

मुद्रा में वह बोलने लगीं, "जीजी, हम प्रयत्न चाहे जितना करें, पर नियति मनुष्य को वहीं ले जाती है जहाँ वह चाहती है।"

माँ के लिए यह वाक्य निरर्थक था, संदर्भहीन था; पर रानी बहू बोलती चली जा रही थीं, "तू तो इसे प्रदर्शन से दूर हटा लाई है, पर हो सकता है, नियति की मनशा इसे प्रदर्शन के करीब लाने की ही हो।" फिर वह हँस पड़ीं। कितनी कुतूहलपूर्ण थी वह हँसी! कितनी अर्थमय थी वह भंगिमा!

दोपहर का खाना खाकर मैं छत पर चला आया। दूब की तरह मुलायम जाड़े की धूप में लेटते ही मेरी आँखें लग गईं। थोड़ी ही देर बाद मेरे सिर की ओर एक हलकी गुदगुदी हुई। मैंने जागकर देखा, शीतल मुसकरा रहा था।

"तुम कितने बदमाश हो! मैं जब गरमी में आया था, तुम्हारे हाथों से डोर ले ली और खुद पंखा झलने लगा और तुम्हें सोने दिया और तुमने मुझे सोते ही जगा दिया।"

वह कुछ नहीं बोला बल्कि गंभीर हो गया। ऐसा लगा जैसे वह अपनी गलती महसूस कर रहा हो।

"आजकल तुम यहाँ क्या करते हो?" मैंने पूछा।

"कुछ नहीं। मेरी नौकरी केवल गरमियों में ही लगती है।" उसने कहा। एक क्षण रुककर वह बड़े रहस्यमय ढंग से मेरे कान में बोला, "एक तमाशा देखोगे?"

"कैसा?"

"बंबइया तमाशा।"

"क्या तुम बंबई गए हो?" मैंने पूछा।

"नहीं, नगीना बताता था कि ऐसा तमाशा बंबई में खुलेआम होता है।" फिर वह हँसने लगा। उसी से पता चला कि नगीना बंबई हो आया है और यहाँ भी उसी ने यह तमाशा शीतल को दिखाया है।

अब भला मैं छत पर कैसे रह सकता था! शीतल के साथ ही नीचे दीवानखाने में आया। इसी के बगल में छोटे सरकार का कमरा था। उधर हम लोगों का जाना वर्जित था। लकड़ी के पार्टिशन में कुछ दरारें पड़ गई थीं। उन्हीं में से शीतल ने झाँका और मुँह बिचकाते हुए धीरे से कहा, "अरे यार, अब तो तमाशा खत्म हो चुका है।"

मैं कुछ समझ नहीं पाया। मैंने भी अपनी आँखें दराज में लगा दीं। अरे, यहाँ तो वही जगजीवन दास है। उसकी काली-मोटी रखैल भी बगल में बैठी है। सामने टेबल पर एक बड़ी खूबसूरत बोतल में लाल रंग की दवा जैसी कोई चीज है और पास ही तीन सुंदर प्यालियाँ रखी हैं। छोटे सरकार टेलीफोन से किसी से बातें कर रहे हैं—"ठीक है हुजूर! डिमांस्ट्रेशन से तो आपकी पोजीशन जरूर आकवर्ड हो गई है, पर सर, जरा रियलिटी को समझने की भी मेहरबानी कीजिए। लाला जगजीवन दास बड़े शरीफ

आदमी हैं। वह व्यर्थ में फँसाए जा रहे हैं। हाँ, हैलो, हैलो··· लगता है, बातों का सिलसिला कहीं टूट रहा है।

"जी हाँ, फोन में कुछ गड़बड़ी हो गई थी। मैं कह रहा था हुजूर, लाला जगजीवन दास की शहर में एक इमेज है। अनेक सामाजिक संस्थाओं में उनका योगदान है। कई सोशल ऑर्गेनाइजेशन में वह पैटर्न हैं। वह भला ऐसा काम कैसे कर सकते हैं! जी, जी हाँ, जी हाँ। मैं कब कहता हूँ कि उनके बगीचे में लड़कियाँ नहीं बरामद हुईं? ···पर हुजूर, यह काम क्या उनके बदमाश नौकर का नहीं हो सकता? जी! जी हाँ, जी। जी हाँ। अरे हुजूर, वह लड़का तो आवारा है। साला भीख माँगनेवाला! दुनिया भर की कहानी उसे लेकर गढ़ी जा रही है, और महज इसलिए कि लाला हुजूर की खिदमत में है, सरकार के प्रति वफादार है। ···जी, जी हाँ। ···पर सर, आपको भी कुछ सोचना चाहिए। ये सुराजी तो उसकी जिंदगी ही बरबाद करने पर लगे हैं।"

इसके बाद ही शीतल फिर कहीं से आ गया। उसने मेरा हाथ पकड़कर खींच लिया—"इतनी देर तक कान लगाए खड़े हो, कोई देख लेगा तो क्या कहेगा?"

"कहेगा क्या? कोई चोरी थोड़े ही कर रहा हूँ!"

"पर सुन तो चोरी से ही रहे हो।" शीतल बोला, "अभी रानी बहू दीवानखाने से आ गई हैं।"

"तो क्या उन्होंने देखा?" आशंका का फंदा मुझे घेरने लगा।

"यह तो मैं कह नहीं सकता।" मैं शीतल के साथ ही वहाँ से हट गया। शीतल के लिए तो ये सारी बातें निरर्थक थीं, व्यर्थ थीं। वह उछलता-कूदता नीचे चला गया, पर मेरा मन घटनाओं का सूत्र जोड़ने लगा। लाला अपने घर से भागा है, यहाँ शरण लेने आया है। वह छोटे सरकार से सिफारिश करवा रहा है कि उसके खिलाफ कोई काररवाई न हो। रामकिशुन ठीक ही कह रहा था कि वह 'अमन सभाई' है। मिल-मिलाकर छूट जाएगा। तब तो उसके विरुद्ध प्रदर्शन होना जरूरी था। माँ यदि न ले आतीं तो मैं अवश्य प्रदर्शन में जाता, जोर-जोर से नारे लगाता। यह हम बच्चों के साथ हुए जुल्म का सवाल है। हमारे भविष्य के साथ खेलनेवाले कमीनों को हम जिंदा नहीं छोड़ेंगे।

मैं भीतर-ही-भीतर उबलने लगा। मेरी मुट्ठियाँ क्रोध में बँधने लगीं और जाने मैंने हवा में हाथ भी चलाया हो, पर मैं अधिक देर तक इस स्थिति में नहीं रह सका। मेरे कान फिर दराज से लग गए। बातें चल रही थीं।

"कलक्टर साहब का कहना है कि उस लड़के का बयान तो आपके खिलाफ है ही। अब गिरफ्तार की गई लड़कियों के बयान बाकी हैं। यदि उसमें कोई सुधार हो जाता है तो लाला के प्रति रहम करने की गुंजाइश निकल आएगी, वरना लाला गिरफ्तार किया जाएगा। क्योंकि जनता बड़ी नाराज है। हर किसी आदमी के लिए पूरे शहर को नाखुश

नहीं कर सकते।''

''पर हम उनके लिए सबको नाखुश किए बैठे रहें!'' लाला के स्वर में झुँझलाहट थी, यद्यपि उसके चेहरे की हवाई उड़ी हुई थी। निश्चय ही उसने इस विपत्ति से उबरने के लिए सवा मन लड्डू जरूर हनुमानजी को माना होगा।

छोटे सरकार का कहना था कि ''हम-आप गवर्नमेंट का साथ देकर उसके प्रति कोई एहसान नहीं करते, बल्कि साथ देते हैं अपने आराम और सुख के लिए। इस समय कलक्टर साहब बड़े पसोपेश में पड़े हैं कि तुम्हें बचाया कैसे जाए और जनता भी नाखुश न हो।'' फिर अचानक छोटे सरकार की मुद्रा बदली—''हाँ, एक बात तो मैं भूल ही रहा था। कलक्टर साहब पूछ रहे थे कि यह यशोदा कौन है?''

मैंने देखा कि उस मोटी-काली औरत का चेहरा फक पड़ गया। लाला घबराहट में बोल पड़ा, ''तब आपने क्या कहा?''

''मैंने कहा कि वह लाला द्वारा चलाए जा रहे बालिका विद्यालय की प्रबंधिका है। बड़ी भली औरत है।'' छोटे सरकार उस काली-मोटी औरत को देखकर बड़े विचित्र ढंग से मुसकराए और बड़ी गंभीरता से बोले, ''किंतु कलक्टर साहब कह रहे थे कि लोगों का कहना है कि वह लाला की रखैल है और लड़कियाँ भगाने में उसका प्रमुख हाथ है। हमें उसकी तलाश है।''

काली-मोटी औरत के चेहरे पर पसीना आने लगा।

''क्या करेंगे वे यशोदा को ले जाकर?'' लाला बोला।

''गिरफ्तार करेंगे, बयान लेंगे, इन्क्वायरी करेंगे!''

''बिना वारंट के कैसे गिरफ्तार करेंगे?''

''आप क्या समझते हैं, वारंट नहीं है?'' छोटे सरकार हँसे। ''अरे जनाब, आपके साथ-ही-साथ इसके नाम का भी वारंट निकला है।''

''तब क्या किया जाए?'' लाला व्यग्र हो उठा, ''अब आप ही कोई रास्ता निकालिए!''

''अब रास्ता क्या है?'' छोटे सरकार सोचने लगे, ''एक काम किया जा सकता है। वे जो लड़कियाँ गिरफ्तार हुई हैं, अब उनके अभिभावक पुलिस द्वारा बुलाए जा रहे हैं। आप पहले से ही उनके घर आदमी भेजकर मामला ऐसा फिट कर लीजिए कि वे आपके खिलाफ बयान ही न दे सकें।''

''किंतु उनके घरों का पता हमें कैसे चलेगा?'' लाला की लाचारी अब भी पसीने-पसीने थी।

''नहीं, मिलेगा क्यों नहीं!'' यशोदा बोली, ''नरेंद्र बहादुर जानता है।''

बाद में पता चला कि नरेंद्र बहादुर एक नेपाली है और लड़कियों का व्यापार

लाला उसी के माध्यम से चलाता है।

लाला को मालूम था कि नरेंद्र बहादुर भी भागा है। वह सिर पर हाथ रखकर असहाय-सा सोफे पर ढुलक गया। उसे ऐसा लगा कि वह डूबता जा रहा है, हाथ-पैर मार रहा है और एक तिनका भी उसकी पकड़ में नहीं आ रहा है।

''क्या सोच में पड़ गए, लाला?'' सरकार ने पूछा।

''अब उस बहादुर के पट्ठे को कहाँ से खोजकर निकालूँ?'' वह स्वयं पर ही झुँझलाया।

''वह कहीं गया नहीं होगा। दूधविनायक पर ही उसका बहनोई रहता है, वह वहीं छिपा होगा।'' यशोदा ने तिनका ही नहीं, लाला के हाथों में पूरी डोर थमा दी।

लाला उठ बैठा। फिर भी वह निराश था—''किंतु उनके अभिभावकों को आखिर ठीक कैसे किया जाएगा?'' वह बोला।

''पैसे से।''

''पैसे से!'' उसकी आवाज उखड़ी-उखड़ी थी—''क्या पैसे से सबकुछ हो सकता है?''

''सबकुछ हो सकता है।'' छोटे सरकार का विश्वास मुसकराया—''अरे, पैसे से भगवान् भी ठीक हो सकता है, लाला! आदमी तो आदमी है।'' सरकार ने लाला की पीठ पर एक हाथ मारकर उसे हिलाया, जैसे उसके सोए हुए विश्वास को जगा रहा हो।

इसी बीच शीतल फिर चला आया। उसने मेरा हाथ खींचकर दराज से दूर हटाया।

''ऐसा क्या है कि तुम्हारी आँखें वहीं चिपक गईं?'' दीवानखाने में मुझे लाकर उसने पूछा।

''बंबइया तमाशा।''

''ऐं, बंबइया तमाशा!'' वह एकदम उछल पड़ा और सीधे दराज में जाकर आँखें लगा दीं। फिर एक ही क्षण में मुँह बिचकाते हुए हट आया—''यह बंबइया तमाशा थोड़े ही है!''

''तब क्या होता है बंबइया तमाशा?''

उसने जो कुछ भी बताया, वह आश्चर्यजनक के साथ घृणास्पद भी था। उसने कहा कि ''वह काली-मोटी औरत उस समय छोटे सरकार की गोद में लेटी थी और वह सरकार···'' शीतल कहते-कहते रुक गया। वह कहे भी तो किससे कहे। उसकी आँखें मुसकराती रहीं और अधर आँखें मारते रहे।

''तो यही होता है बंबइया तमाशा?'' मैंने पूछा।

''हाँ, नगीना ने यही दिखाया था और बताया था कि बंबई में लोग बगीचों में

और समुद्र के किनारे बहुधा ऐसा ही करते हैं।''

''उस बंबइया तमाशा के समय वह आदमी कहाँ था?'' मेरा मतलब लाला से था।

''तब वह नहीं आया था।'' शीतल बोला और बड़ी अदा से मुसकराता रहा। बड़ा खुश था वह। ऐसा तमाशा शायद उसने कभी नहीं देखा था।

मैं दीवानखाने की चौकी पर बैठा था, पर मेरा मन कहीं और था। सामने शीतल था, उसकी मुसकराहट थी; पर शीतल धीरे-धीरे सैकड़ों अपंग बच्चों में बदलता गया। लूले, लँगड़े, अंधे, ऐसे हजार-हजार अपाहिज बच्चे मुझे घेरने लगे। शीतल की मुसकराहट भी एक भयानक चीख में बदल गई। सबके सब गला फाड़-फाड़कर मानो मुझसे कहने लगे—'यदि इन सफेदपोश आस्तीन के साँपों का फन नहीं कुचला गया तो एक दिन तुम्हारी भी यही गति होगी।'

मैं एकदम घबरा उठा। घृणा अपनी सीमा पार कर पागल हो जाती है। मेरी भी घृणा सीमा पार कर चुकी थी। मैं लगभग पागल हो गया था। मैं उठा और शीतल के दोनों कंधों को झकझोरते हुए बोला, ''शीतल, तू मेरा साथ दे। मैं इनके फन कुचल दूँगा! इनका सत्यानास कर दूँगा! इनकी दुनिया में आग लगा दूँगा!''

मेरी आवाज तेज होती गई, पर शीतल की समझ उनमें कुछ पा न सकी। उसे मेरी बदली हुई मन:स्थिति पर आश्चर्य था। यह क्या हो गया इसे? वह सोचने लगा। तब तक साँप सीधे बिल से निकला। लाला बगल के कमरे से दीवानखाने में आया।

''अरे, तुम यहाँ कैसे?'' वह बोला। मेरा क्रोध उबाल खा ही रहा था। वह आपे से बाहर हो गया। मैंने उसके मुँह पर ही थूक मारा—''थू, थू, थू!'' एक बार नहीं, मैंने अनेक बार थूका। ''कमीने! नीच!! कुत्ते!!! तू हम जैसे नादान बच्चों की जिंदगी से खेलता है! तुझे शर्म नहीं आती है!''

लाला कब का चला गया था, फिर भी मैं थूकता रहा था। वस्तुत: मैं नहीं थूकता रहा था, मेरे माध्यम से हजारों अपंग बच्चे उसपर थूक रहे थे।

मेरी कल्पना में रानी बहू थीं। माँ से कहती हुई उनकी आवाज बार-बार गूँज रही थी—'तुम तो इसे प्रदर्शन से दूर हटा लाई हो, पर हो सकता है कि नियति की मनशा इसे प्रदर्शन के करीब लाने की रही हो!'

और फिर रानी बहू की वह स्वाभाविक मुसकराहट मेरे मन से चिपक गई, बेतरह चिपक गई।

□

## : सात :

सूरज मेघों की रजाई ओढ़कर आया था। जाड़े की बदली गरमा रही थी।

हम लोग अभी भी बिस्तर में पड़े थे। आज माँ भी नहीं उठी थीं। कल से उन्हें जुकाम है। पियारी ने रात को उनके सिर की मालिश की थी और बताया था कि थोड़ा बुखार है। इस समय वह अलसाई पड़ी थीं। दूसरा दिन होता तो वह कब की उठ गई होतीं।

बदली में दिन का पता नहीं चलता। यों समय काफी हो गया था। पियारी ने नीचे से पानी भरना आरंभ कर दिया था। अचानक बाहरी दरवाजे पर किसी की दस्तक सुनाई दी। हम लोगों ने सोचा, कोई आया है। माँ ने सामान्य ढंग से करवट बदल ली। 'पियारी नीचे है ही, वह देख लेगी।' माँ ने सोचा।

दूसरी बार फिर खटखटाहट हुई। धड़धड़ाती हुई सीढ़ी चढ़ने की पियारी की आहट लगी। क्षण भर में वह खाली बालटी लिये कमरे में हाजिर थी। घबराई-घबराई-सी उसकी आँखें माँ के चेहरे पर लग गईं।

"लगता है, सोमारू आया है।" उसने धीरे से कहा।

इस बार की खटखटाहट और तेज थी।

"रुको, आती हूँ।" माँ बिस्तर पर से चिल्लाईं और झोंके से उठीं। "देखो, तुम नीचे मत आना।" उन्होंने पियारी को सावधान किया और पहाड़ी से ढुलकते शिलाखंड की तरह धड़धड़ाती हुई सीढ़ियाँ उतरती चली गईं। उनकी चाल से बिलकुल नहीं लगा कि उनकी तबीयत खराब है। पीड़ा के कारण रात में माँ ने सिर पर कपड़े बाँध रखे थे, वह अब भी बँधे थे।

"कहिए, क्या काम है?" दरवाजा खोलते ही माँ एक अनजान की तरह बोलीं।

"आपकी तबीयत कैसी है?" सोमारू की सकपकाई आवाज हम लोग ऊपर से ही सुन रहे थे।

"हमारी तबीयत से आपको क्या वास्ता? बताइए, आप चाहते क्या हैं?"

माँ इतना उखड़कर अपने जीवन में शायद ही किसी से बोली हों। पियारी बड़े असमंजस में पड़ी। वह सोमारू के स्वभाव से परिचित थी। इस बरसाती सर्दी में कहीं पीकर न आया हो—उसने सोचा। पर वह कर क्या सकती थी?

कभी-कभी एक नादान बच्चे की उपस्थिति भी माँ के लिए बहुत बड़ा संबल होती है। पियारी ने इसी संबल का आश्रय लिया और मुझे नीचे भेज दिया।

"मैं पियारी से मिलना चाहता हूँ।" सोमारू की आवाज से लगा कि वह माँ की बातों से खिन्न ही नहीं, कुछ-कुछ रुष्ट भी है।

"किस पियारी से मिलना चाहते हैं?" माँ ने कहा।

"आप तो ऐसे बोल रही हैं जैसे बिलकुल अनजान हों।" सोमारू की आवाज थोड़ी कठोर हुई। "लगता है, आप मुझको जानती नहीं हैं!"

"जानती हूँ। अच्छी तरह जानती हूँ, तभी तो बातें कर रही हूँ, वरना दरवाजा ही न खोलती।"

वह कुछ क्षणों के लिए मौन हो गया। फिर अपने पर नियंत्रण करते हुए बोला, "मैं चंदर की पियारी से मिलना चाहता हूँ।"

"चंदर की पियारी तो मर चुकी है।" माँ ने छूटते ही कहा।

वह अवाक् रह गया। धीरे से बोला, "मर चुकी है! यह आप क्या कह रही हैं?"

"हाँ-हाँ, विश्वास कीजिए, वह मर चुकी है।"

"कब मरी है?"

"जिस दिन चंदर ने उसे मारकर फेंक दिया था।"

सोमारू के चेहरे पर हँसी दौड़ गई—"उसके बाद तो वह जीवित थी!" वह बोला।

"जो जीवित बची है, वह चंदर की पियारी नहीं है, वरन् राष्ट्र की पियारी है।" माँ की ध्वनि में गजब की तेजस्विता थी।

सोमारू चुप हो गया।

"अब आप जा सकते हैं।" माँ ने कहा। वह अभी खड़ा ही था कि उन्होंने झट से दरवाजा बंद कर लिया।

ऊपर आकर माँ फिर खाट पर ढुलक गईं। वह मौन ही थीं। पर पियारी का भय बोल पड़ा, "तुमने तो उसे भगा दिया। यदि उसने मुझे रास्ते में रोका तो?"

"तो मत रुकना।" माँ का सीधा जवाब था।

"न रुकना, कहना तो सरल है।" पियारी की विवशता अब भी बुदबुदा रही थी, "यदि वह कुछ कर बैठा, तब क्या होगा?"

"कैसे कुछ करेगा जी? कुछ कर डालना आसान है क्या?" माँ बोलीं और गंभीरता से कहती गईं, "जब तक तुम दबती रहोगी, दुनिया दबाती जाएगी। और जहाँ खड़ी हो जाओगी, किसकी मजाल है कि तुम्हें छू सके।"

"तुम हमारी लाचारी नहीं समझतीं, जीजी! एक बार दब जाने के बाद चंदर के सामने उठना बड़ा कठिन है।"

मुझे भी आश्चर्य था कि पुलिस के सामने धक्का मारकर निकल जानेवाली पियारी इस समय इतनी निरीह क्यों है?

"लगता है, तुम्हारे मन में अभी भी कहीं-न-कहीं चंदर के प्रति मोह शेष है।" माँ ने कहा।

"नहीं, ऐसी बात तो नहीं है।"

"तब तुम्हारी लाचारी का कोई कारण समझ में नहीं आता।" क्षण भर रुकने के बाद माँ ने अत्यंत गंभीर स्वर में कहा, "जब तक तुम राख बनी रहोगी पियारी, हर कोई तुम्हें दबा सकता है। जहाँ तू अंगार हुई, क्या मजाल कि कोई तुझे छू सके।" पियारी सोचती रही, माँ बोलती गईं—"अंगार हुई चंडिका के समक्ष शिव भी खप्पर ले दया की भीख माँगने लगते हैं।"

उस समय माँ का यह मिथक प्रयोग मेरी समझ में नहीं आया, किंतु पियारी अवश्य ही कुछ अधिक समझ रही थी। "तुम तो जीजी, बहुत ऊँची बात कह रही हो।" मुसकराहट की कुछ बूँदें अधरों से बिखरीं। लगा, उसके भीतर नवीन विश्वास और साहस का कोई स्रोत फूट पड़ा है।

□

स्कूल में प्रार्थना के बाद हम लोग प्रार्थना के स्थल पर बैठा दिए जाते थे। इसके बाद हेडमास्टर साहब का भाषण होता था। आज भी ऐसा ही हुआ। हेडमास्टरजी भाषण करने के लिए आगे आए। उनके हाथ में एक पत्रिका थी, जिसमें युद्ध की तसवीरें थीं। कैसे लोग खाइयों में बैठकर लड़ते हैं? कैसे हवाई जहाज से गोले गिराते हैं? और कैसे नगर-के-नगर बरबाद हो जाते हैं। यह सब चित्रों में ही दिखाया गया था।

पहले उन्होंने चित्र दिखाए। उन्हें समझाया, फिर बोलने लगे, "जानते हो, ऐसी भीषण तबाही और बरबादी लानेवाले दुनिया में महज तीन ही देश हैं—जर्मनी, इटली और रूस। उन्होंने बेगुनाह लोगों का खून किया, हजारों को अपाहिज किया, हजारों की दुनिया बरबाद कर दी। ये मानव के दुश्मन हैं, मानवता के दुश्मन हैं, इसलिए हमारे दुश्मन हैं। यह सही है कि यह लड़ाई इस समय हमारे देश से दूर है, पर उस जर्मनी ने हमारे सम्राट् पर, ब्रिटिश हुकूमत पर हमला किया है, इसीलिए हम इसे अपने ऊपर किया गया हमला मानते हैं। अब हमारा भी कुछ कर्तव्य है ..." उनके लंबे भाषण का

निष्कर्ष था, ''हम कुछ न कर सकें, पर लड़ाई के लिए चंदा तो एकत्र कर सकते हैं। हमने अपने स्कूल में भी लड़ाई के लिए एक कोष खोला है। तुम सब इसमें चंदा दो। ज्यादा नहीं, जो भी तुमसे बने—एक पैसा-अधेला। तुम रोज इसमें देने की कोशिश करो। अपने जलपान के पैसे में से आधा भी यदि तुम रोज देते जाओगे तो बहुत होगा। इससे तुम अपने राजा की मदद करोगे। राजा हमारा है। वह महान् है। वह बहुत दिनों तक जीवित रहे। ...लॉन्ग लिव द किंग।''

हेडमास्टर साहब अपने हर भाषण के अंत में 'लॉन्ग लिव द किंग' कहते थे। कुछ अध्यापक जोर से और कुछ बहुत धीरे से इस नारे को दोहराते थे। कुछ ऐसे भी थे, जो चुप ही रहते थे। यही दशा लड़कों की भी थी। छोटे लड़के खूब जोर से बोलते थे। हम बड़े लड़के अधिकांश मुँह हिलाते थे या फिर मौन रह जाते थे।

प्रार्थना के समय दिए गए भाषणों में नित्य हम सुनते थे कि हमारी सेनाएँ बड़ी बहादुरी के साथ पीछे हटी हैं। मैं नहीं समझता कि पीछे हटने में किस बहादुरी की आवश्यकता पड़ती है। आखिर हमारी जिज्ञासा एक दिन कक्षाध्यापक श्री लालजी सहाय के समक्ष बोल ही पड़ी।

वह जोर से हँस पड़े—''जब अपनी सेना पीछे हटती है, तब क्या कहा जाए कि कायरों की तरह पीछे हटी?'' वह हँसते ही रहे, फिर बड़े व्यंग्यात्मक ढंग से बोले, ''यह हमेशा याद रखो कि दुश्मन की सेना जब पीछे हटती है तो कायरों की तरह हटती है और जब अपनी सेना पीछे हटती है तब बहादुरों की तरह हटती है।''

उस समय लड़के अध्यापकों के मुँह नहीं लगा करते थे। जो वे कहते थे, उन्हें वेद-वाक्य की तरह स्वीकार कर लिया जाता था। मैं भी चुप हो गया। मेरे साथ मेरी कक्षा के तीन-चार लड़के और थे। वे भी बोलने की इच्छा रखते हुए भी न बोल पाए।

मेरे कक्षाध्यापक के साथ दो-चार अध्यापक और थे। मध्याह्न की छुट्टी थी। बाहर धूप में बैठकर सभी दाना खा रहे थे। अपनी शंका के सतही समाधान से भीतर-ही-भीतर संतुष्ट न होते हुए भी हम चुपचाप हटने लगे।

''सुनो, हम तुम्हें बताते हैं!'' यह आवाज दूसरे अध्यापक बद्री प्रसाद की थी। वे बोले, ''कबड्डी का खेल जानते हो? उसमें भी विरोधी को धर दबाने के लिए पहले पीछे ही हटना पड़ता है, और यही बहादुरी से पीछे हटना होता है। बात समझ में आई?''

हम लोगों ने स्वीकृति में सिर हिला दिया।

वहीं बैठे एक दूसरे अध्यापक ने कहा, ''खूब समझाया भाई! मान गया।'' वह भी हँसने लगा। जैसे जो हमें समझाया गया, वह महज समझाया गया है, असलियत कुछ और है।

एक क्षण बाद ही उस अध्यापक ने मुझे फिर बुलाया। आश्चर्य था कि इस बार उन्होंने केवल मुझे ही बुलाया था। मैं अपने मित्रों को छोड़कर पुनः हाजिर हुआ।

''तुम्हारा नाम क्या है?'' उन्होंने पूछा।

''जयनाथ।'' मैंने कहा।

''केवल जयनाथ या कुछ और भी?''

''जयनाथ शर्मा।'' मैं बोला।

''मैंने तुम्हें कहीं और भी देखा है।'' वे कुछ सोचने लगे।

''देखा होगा! अरे भाई, इसमें सोचने की क्या बात है?'' मेरे कक्षाध्यापक ने कहा।

''सोचने की बात क्यों नहीं है? मैंने इसे सुराजियों के जुलूस में देखा है।'' फिर वे मुझसे पूछ बैठे, ''क्यों जी, तुम सुराजी होना चाहते हो?''

मैं चुप ही रहा।

''बोलो, बोलो, इसमें डरने की क्या बात है? तुम यदि सुराजी नहीं हो तो क्या सुराजी होना चाहते हो?''

मैंने संकोच में ही सुराजी ढंग से सिर हिलाया।

''शाबाश! तुम्हारे ऐसी संतानों पर ही देश नाज करेगा।'' वह कहते गए, ''सुराजी होने के लिए पहले हिम्मती होना चाहिए। तुम लोग हिम्मत करो और प्रार्थना के समय जब हेडमास्टर साहब भाषण करते हैं तब उन्हीं से इस प्रकार के सवाल करो।''

''यदि नाराज हो जाएँगे तब?''

''नाराज क्यों होंगे? यदि मान लो, नाराज ही होंगे तो क्या कर लेंगे?''

''मारेंगे।''

''मार सह लेना।'' तब उन्होंने एक सत्य घटना सुनाई—''इसी बनारस की बात है, शायद तुम्हारे जन्म के पहले की। तुम्हारी ही तरह एक लड़का था। उसे सुराजी होने के कारण ही सजा हुई थी। वह हर बेंत की मार पर मुसकराता था। जानते हो उसका नाम?''

''... ...''

''उसका नाम था—चंद्रशेखर आजाद।'' उन्होंने बताया।

''क्या उसको चोट नहीं लगती थी, जो वह मुसकराता था?'' मैंने शंका की।

वह सोचने लगे—''इस संबंध में मैं तुम्हें फिर बताऊँगा, क्योंकि जिसके द्वारा तुम्हें बताया जा सकता है, आज वह वस्तु हमारे पास नहीं है।''

आखिर किस वस्तु के द्वारा ये मुझे समझाएँगे? क्या यह बेंत से मारकर बताएँगे कि चोट की अनुभूति कैसी होती है? तब बेंत तो हेडमास्टर के कमरे में है ही। उसे

कहीं से लाना तो है नहीं। फिर वह कौन सी वस्तु है, जिसे वह लाना चाहते हैं? मैं सोचता रहा।

मेरे उन साथियों में उत्सुकता थी ही, जिन्हें छोड़कर मैं मास्टर साहब से मिलने गया था।

"यार, आजकल तुम्हारी बड़ी पूछ हो रही है।" मेरे साथियों में से एक ने चिकोटी काटी।

मैंने बात बढ़ाई नहीं, बल्कि संक्षेप में सबकुछ बता दिया। हम शीघ्र ही इस निष्कर्ष पर पहुँच गए कि 'लॉन्ग लिव द किंग' के नारे लगानेवाले इन अध्यापकों के भीतर भी विद्रोह की चिनगारी सुगबुगा रही है। पता नहीं कब विस्फोट हो जाए!

□

दूसरे दिन माँ ने कहा, "आज स्कूल मत जाना।" माँ मुझे स्कूल जाने से कभी रोकती नहीं थीं। जरूर कोई विशेष बात होगी। ऐसा तो नहीं कि कल की स्कूल की घटना माँ को मालूम हो गई हो, क्योंकि वह मुझे सुराजी बनाना नहीं चाहती थीं। उनका सोचना था कि स्वराज इतना आसान नहीं है। उसमें डालकर वह अपने इकलौते बेटे की जिंदगी बरबाद करने के पक्ष में कभी नहीं थीं। फिर हो सकता है, बेंतवाली बात माँ को भी मालूम हो गई हो। बेंत की मार और माँ का हृदय! आग की लपट और बिना जले पिघल जानेवाली मोमबत्ती। कहीं उसके द्रवित हृदय ने ही तो मुझे रोक नहीं लिया?

किंतु शीघ्र ही पियारी से पता चल गया कि आज हम लोग अस्पताल चलेंगे। ठीक होते-होते उस व्यक्ति की हालत अचानक बिगड़ गई है, जिसने बच्चों को भगाने और अपंग बनानेवाले गिरोह का भंडाफोड़ किया था। सुना है, उसने रानी बहू को बुलाया है। मेरी जिज्ञासा की उर्वर धरती पर एक बीज और पड़ गया। आखिर रानी बहू से उसका क्या संबंध? फिर भी रानी बहू उससे मिलेंगी, अवश्य मिलेंगी, छोटे सरकार के जान या अनजान में मिलेंगी, घर की परंपरा तोड़कर मिलेंगी। मेरी कल्पना में एक प्रौढ़ संभ्रांत महिला ऊँची अलंघ्य चहारदीवारी पर छलाँग लगाती उभरी।

मुझे यह भी पता चल गया कि रानी बहू पहले मेरे घर आएँगी और यहीं से माँ को लेकर वह अस्पताल जाएँगी। मैं और पियारी उनके साथ रहेंगे।

जब कभी रानी बहू के यहाँ जाने या उनके साथ चलने की बात आती थी, मेरा मन अपने गंदे और फटे कपड़ों की ओर जाता था। मेरी सारी मानसिकता उस भद्र महिला से सादर सान्निध्य स्थापित करने के लिए उतावली हो उठती थी। पर पता नहीं क्यों, मेरे वस्त्र आड़े आ जाते थे और मैं रानी बहू के निकट पहुँचते-पहुँचते एकदम दूर ढकेल दिया जाता था। ऐसा लगता था कि गरीबी की मुँड़ेर से रानी बहू की खुली खिड़की में झाँकने में मेरे जैसे बालक के समक्ष एक कपड़े की दीवार है।

इस समय सचमुच मैं निराश था कि क्या पहनूँगा? माँ ने अपनी टूटी संदूक से खादी का एक कुरता और पाजामा निकालकर दे दिया। जरूर इसे भी वह कोठी से ले आई थीं और छिपाकर ऐसे अवसरों के लिए रखा था। मिलते ही मैं मुसकरा पड़ा। वह भी मुसकराईं। पर मेरी मुसकराहट में अस्त होती हुई लाचारी थी और उनकी मुसकराहट में उदित होता हुआ उस लाचारी का समाधान।

दस बजने में अभी कुछ बाकी रहा होगा कि नगीना आ गया।

"बहूजी कहाँ हैं?" माँ ने उसे देखते ही पूछा।

"वह सड़क पर मोटर में बैठी हैं। आपको बुलाया है।"

मोटर का नाम सुनते ही मेरा मन नाच उठा। मोटर पर चढ़ने में मुझे बड़ा मजा आता था। क्यों नहीं चंपो को भी साथ ले लिया जाए? मैंने सोचा, पर मैं लाचार था।

उस आदमी ने रानी बहू को क्यों बुलाया है? अब भी यह रहस्य हमें पकड़े हुए था। माँ भी नहीं जानती थीं और लगता था, रानी बहू भी नहीं जानती थीं। मोटर में बैठने के बाद जब माँ ने इस संबंध में उनसे पूछा तो उन्होंने बड़े सहज भाव से कहा, "जीजी, मैं कुछ विशेष नहीं जानती। परसों शाम मेरे यहाँ कांग्रेस का एक स्वयंसेवक आया था। उसने बताया था कि उस व्यक्ति की हालत अचानक बिगड़ गई है। उसके सिर का घाव तो अच्छा हो गया है, पर पैर के घाव में 'सेप्टिक' हो गया है।"

"क्या उसे पैर में भी चोट लगी थी? अखबार में तो नहीं था।" माँ बोलीं।

"नहीं, था। पूरी खबर के नीचे छपा था।" रानी बहू बोलीं, "पहले उसे पैर पर ही मारकर गिरा दिया गया था, सिर पर तो बाद में मारा गया। यद्यपि वह सिर की मार से ही अचेत हुआ था।"

"अब 'सेप्टिक' होने पर क्या होगा?"

"उसका पैर काटना पड़ेगा। फिर भी कोई गारंटी नहीं कि वह बच ही जाए।" रानी बहू बोलीं, "वह स्वयंसेवक कह रहा था कि उसने जीवित रहने की आशाएँ खो दी हैं। डॉक्टरों का भी कहना है कि हालत अच्छी नहीं है।" रानी बहू चुप हो गईं। गाड़ी मैदागिन चौराहे से मुड़कर कबीरचौरा की ओर बढ़ चुकी थी।

सोचते-सोचते अचानक रानी बहू बोल पड़ीं, "कितना विचित्र है जीजी, यह संसार भी! कभी-कभी यहाँ अपने पराए हो जाते हैं और पराए अपने। जैसे जनम-जनम का साथ हो। आखिर उस व्यक्ति को मुझसे क्या लेना-देना है कि उसने मरने से पहले सिर्फ मुझसे मिलने की इच्छा व्यक्त की है!"

"क्यों? उसका घर-परिवार नहीं है? कोई अपना नहीं है?" माँ ने पूछा।

"यही तो वह स्वयंसेवक कह रहा था कि जब उससे पूछा गया कि आप किसी से मिलना चाहते हैं? आप यदि परिवारवालों का पता दें तो उन्हें बुला दिया जाए। तब

उस व्यक्ति ने कहा—मेरा कोई परिवार नहीं, मेरा कोई अपना नहीं। हाँ, मृत्यु के पूर्व मुझे एक महिला से मिला दें तो बड़ी कृपा होगी। इसके बाद उसने मेरा पता-ठिकाना बताया।'' वे चुप हो गईं। उनके सजल नेत्र सीधे स्टीयरिंग के पार भागती हुई सड़क पर जड़ हो गए थे।

मैं भी कितना शरारती था, आज सोचता हूँ तो हँसी आती है। उधर माँ से रानी बहू की बातें हो रही थीं, इधर मुझे एक पान की दुकान पर अपने किसी साथी के गले में बाँहें डाले पान चबाता और बीड़ी पीता सोमारू दिखाई दिया। मैंने पियारी को चुटकी काटकर इशारा किया। उसने मुँह बिचकाकर निगाहें नीची कर लीं। मोटर आगे बढ़ गई। अस्पताल के अहाते में पहुँचते ही कुछ बच्चे और दो चपरासी मोटर के पास आ गए। कुछ लोग दूर से ही देखते रहे, क्योंकि हम लोग मोटर से ही आए थे। मोटर में आया हुआ आदमी उस समय आदमी नहीं होता था, 'बड़ा आदमी' होता था।

हम लोग बड़े आदमी थे, शायद इसीलिए बिना किसी परेशानी के उसके बिस्तर तक पहुँच गए। उसे देखते ही एक विस्मय हमारे चेहरों पर चिपक गया। हम अवाक्-से एक-दूसरे का मुँह देखते रह गए। यह तो वही अँगूठी चुरानेवाला भिखारी है। मैंने शीघ्र ही पहचान लिया।

वह कराह रहा था। असह्य पीड़ा से उसकी आकृति नीली पड़ गई थी। उसके पहचानने की शक्ति भी क्षीण हो गई थी। निश्चित रूप से उसने हम लोगों को नहीं पहचाना। रानी बहू ही आगे बढ़कर बोलीं, ''कहिए, मैं आपकी क्या सेवा कर सकती हूँ?''

उसके नेत्र विस्फारित हुए और अचानक उनसे एक खुशी झाँकने लगी। वेदना के ज्वालामुखी से निकले धुएँ की तरह उन दृष्टि-किरणों ने हमारा स्पर्श किया। शीघ्र ही वह पहचान गया।

तप्त मरु में गुलाब खिला। उसके अधरों पर मुसकान उग आई।

''बड़ी कृपा की आपने! मुझे तो विश्वास ही नहीं था कि इस जीवन में अब आपके दर्शन होंगे।'' वह बोला और हमारी ओर करवट बदलने की कोशिश की कि अपरिमित पीड़ा से कराह उठा। वह उस पैर को जरा भी हिला नहीं पाया, जिसमें सेप्टिक हुआ था।

''घबराइए नहीं, मैं ठीक किए देती हूँ।'' रानी बहू ने कहा और उसके पैरों की ओर झुकीं।

''नहीं, नहीं, बिलकुल नहीं।'' वह चीख उठा, ''बल्कि बहूजी, आप मेरे पास आइए।''

रानी बहू उसके सिरहाने की ओर बढ़ीं। उसने उनका हाथ पकड़ा और बड़ी

ममत्व भरी दृष्टि से उन्हें देखता रहा, फिर धीरे से बोला, ''आप अपना पैर जरा ऊपर उठाएँगी?''

एक अजीब सम्मोहन रानी बहू को घेरने लगा था। उन्होंने यंत्रवत् अपना पैर ऊपर उठा दिया। उसने उसे अपनी लोहे की चारपाई पर रखकर अपना सिर उसपर ढुलका दिया, फिर एकदम फूट पड़ा। बच्चों की तरह बिलखने लगा—''मैं अपने कर्मों का फल भोग रहा हूँ, बहूजी! हमने पाप किया है, यह उसी का नतीजा है।'' रानी बहू उसे समझाती रहीं, वह बिलखता रहा—''नहीं, नहीं। मैं चोर हूँ, उचक्का हूँ। मैंने भी बेगुनाह बच्चों को सताया है।'' वह सिसक-सिसककर रोने लगा।

माँ उसे समझाती जा रही थीं, ''कभी रहे होगे बुरे आदमी, पर इस समय तो एक भले आदमी हो। तुम्हारी आत्मा पश्चात्ताप में तपकर पवित्र हो चुकी है।''

''इससे क्या होता है? हमारे कर्म तो हमारा पीछा नहीं छोड़ते!''

''वह तो कभी नहीं छोड़ेंगे। धर्म-कर्म ही तो मनुष्य के अंतिम समय के साथी हैं।'' रानी बहू ने मुसकराते हुए दार्शनिकों की तरह कहा। बड़ी सांत्वना थी उस मुसकराहट में। पर सांत्वना के इन छींटों से आग और भभक उठी। वह दहाड़ मारकर रो पड़ा—''कभी भी नहीं! धधकती चिता पर भी नहीं! मेरे कर्म वहाँ भी मुझे बेधते रहेंगे!''

सारा वार्ड उसकी चीखों से आंदोलित था। बहुत से लोग उसकी चारपाई के निकट आ गए थे। सब चुप थे। विस्मय से उसे देखते रहे। उनके सामने एक भद्र पुरुष का अभद्र अतीत छिपकली की कटी दुम-सा छटपटा रहा था।

उसने स्वयं पर नियंत्रण किया और बड़े कातर स्वर में बोला, ''एक काम कीजिएगा?''

''हाँ-हाँ कहिए।'' रानी बहू सिर सहलाती हुई इतनी ममता से बोलीं जैसे उसे आश्वस्त कर रही हों। फिर भी वह चुप रह गया। पीड़ा आँखों से बहती रही।

''आप मेरा पैर देख रही हैं? कितना दर्द है इसमें! शायद यह काटा जाएगा, फिर भी मैं नहीं बचूँगा। अपनी चिता पर भी मैं डेढ़ टाँग से ही चढ़ूँगा।'' क्षण भर के लिए उसका रुदन साँस लेने के लिए रुक गया।

रानी बहू उसे समझाती रहीं, जीवन में हार न मानने की सलाह देती रहीं। पर वह पागलों-सा बड़बड़ाता रहा, ''शायद उस दर्द को मैं ही महसूस कर सकता हूँ, उन अबोध बच्चों के दर्द को, जिन्हें ये कमीने लँगड़ा और लूला बनाते हैं।''

अब मुझे लगा, उसकी चीख में हजारों बच्चों की चीखें हैं। उसके सेप्टिक हुए पैर में हजारों बच्चों के टूटे पैर का दर्द है। उसकी आँखों में हजारों बच्चों के आँसू हैं।

उसी संदर्भ में उसने रानी बहू से कहा, ''अब तो मैं चला जाऊँगा, पर आप कुछ कीजिए कि इन बेगुनाह बच्चों को अब इस देश में सताया न जा सके।''

उसके इतना कहते ही भाषण की भंगिमा में दानिस आ गया—"सबकुछ स्वराज्य के बाद ही ठीक हो जाएगा। पराधीनता ही सारे पापों की जड़ है।"

रानी बहू का हाथ पकड़कर वह रोता रहा—"जब तक आप वचन नहीं देंगी, मैं शांति से मर नहीं सकूँगा। आपने मेरे जीवन की धारा मोड़ दी है। मैं जानता हूँ, आप में बड़ी ताकत है। आप अवश्य कुछ-न-कुछ कर सकती हैं। कहिए न!" उसने अपनी कातर दृष्टि रानी बहू की आँखों में डाल दी।

"प्रयत्न करूँगी।" रानी बहू धीरे से बोलीं।

वह पागलों-सा हँस पड़ा—"मुझे मिल गया, वचन मिल गया। अरे! नर्स, अब डॉक्टर से कहो कि पैर काटने की जरूरत नहीं है। अब इस देश में किसी भी बच्चे का पैर काटा नहीं जाएगा, उसका अंग-भंग नहीं होगा।"

नर्स ने आकर हम लोगों को हटा दिया। उसे लगा, मरीज दर्द से विक्षिप्त होता जा रहा है। रानी बहू सीधे डॉक्टर के यहाँ पहुँचीं। हम लोग उसके कमरे के बाहर ही खड़े रहे। जब वे कमरे से बाहर निकलीं, उनका चेहरा उतरा था। किसी ने उनसे कुछ पूछा नहीं। वे सीधे मोटर की ओर चलीं। फिर अचानक जैसे उन्हें कुछ याद हो आया। वह एकदम मरीज के वार्ड की ओर दौड़ीं। हम लोग चुपचाप खड़े उनकी व्यग्रता देखते रहे। एक क्षण बाद ही वह नर्स के साथ आती दिखाई दीं। मैंने उन्हें बातें करते हुए सुना—"सिस्टर, जैसे भी हो, आप मरीज को बचाइए।"

"हम तो कोशिश कर ही रहे हैं, बट वी सर्व ही क्योर। हम तो प्रयत्न ही कर सकते हैं, अच्छा करना तो उसके हाथ में है।" गंभीरता से बोझिल उसकी आँखें आकाश की ओर उठ गईं। उसका संकेत परमात्मा की ओर था।

"यही तो डॉक्टर ने भी कहा है।" रानी बहू बोलीं।

"और कोई क्या कह सकता है?"

"मेरा मतलब है…" रानी बहू एक क्षण के लिए रुकीं—"ऐसा न हो कि पैसे के अभाव में किसी दवा की कमी पड़ जाए।"

"अब दवा की नहीं, उसे दुआ की जरूरत है।" उसकी भीगी आवाज थर्राई—"आज शाम को मैं भी उसके लिए प्रार्थना करूँगी।" उस क्रिश्चियन नर्स की आँखें पुन: आकाश की ओर उठ गईं।

मोटर चल पड़ी। रानी बहू का शोकाकुल स्वर फूटा, "अब उसके बचने की कोई उम्मीद नहीं है।" फिर माहौल गमगीन हो गया, "देखो जीजी, नियति भी आदमी को क्या से क्या बना देती है! कभी वह चोर था, बदमाश था। बच्चों को अपाहिज बना देनेवाले गिरोह में भी शामिल था। आज वह क्या हो गया! मैंने कभी किसी शैतान को इनसान बनते नहीं देखा था।"

''उसे इनसान भी तो बनाया आपने ही।'' माँ बोलीं।

''मैं तो एक निमित्त मात्र थी, उसे नियति ही मुझ तक खींच लाई थी।'' रानी बहू की आवाज कुछ भीगने लगी थी—''आज वह सारे सताए गए अपाहिज बच्चों का दुःख-दर्द अपने में समेटकर मरना चाहता है।''

मोटर अब दारानगर की सड़क की ओर मुड़ चुकी थी।

''यह भी कितना विचित्र है कि मैंने उसके जीवन की धारा मोड़ी और उसने मेरी।'' रानी बहू का यह वाक्य काफी देर तक गूँजता रहा।

□

वह मर गया। सुबह उसका शव टाउन हॉल में रखा गया और वहीं से दस बजे के करीब उसकी शवयात्रा निकलने को थी। लोग जुटने लगे। यह पहला जुलूस था, जिसे सही मायने में जनता का जुलूस कहा जा सकता है, जिसमें सुराजियों के अतिरिक्त बहुत सारे लोग थे, जिन्हें हिंदुस्तान की आजादी से कोई मतलब नहीं। माँ के साथ मैं भी गया था। मेरे साथ चंपो भी थी। अच्छी-खासी भीड़ थी, फिर भी दानिस, हमीद, महेश, रामकिशुन आदि बहुत सारे जाने-पहचाने चेहरे दिखाई पड़ रहे थे। रानी बहू ने शव पर गुलाब के फूल चढ़ाए और एक बेशकीमती दुशाला ओढ़ाया। नगर प्रशासन ने भी काफी सहानुभूति दिखाई थी। उस दिन स्कूलों में छुट्टी कर दी गई। सभी बच्चे झुंड-के-झुंड टाउन हॉल में चले आ रहे थे। लग रहा था, बच्चों का कोई मसीहा मर गया है।

अनाथालय के बच्चे बैंड बजा रहे थे। समय हो गया था, फिर भी शव उठाया नहीं गया। आखिर किसकी प्रतीक्षा है? यह प्रश्न मेरे सामने ही नहीं, औरों के सामने भी था, फिर भी समय सरकता गया। अब लोगों के लिए कुड़बुड़ाना लाजिमी था।

''वह आ रहा है।'' एक आवाज भीड़ पर रेंग उठी।

मैंने सोचा, कोई नेता या बड़ा आदमी होगा, किंतु एक मुझसे भी छोटा लूला लड़का कुछ लोगों के साथ चला आ रहा था। उसने शव के पास पहुँचकर माला पहनाई।

रानी बहू ने माँ को बताया, ''यह वही लड़का है, जिसे आततायियों के गिरोह से उसने मुक्ति दिलाई थी।''

''और उसके साथ कौन है?'' माँ ने पूछा।

''पीछेवाला तो शक्ल से उसका बाप लगता है। और लोग भी उसी के परिवार के होंगे।'' रानी बहू ने कहा।

अब शव उठाया गया। पहला कंधा उस लड़के ने दिया।

''देखो जीजी, जिसका कोई नहीं था, उसके लिए इतने लोग इकट्ठे हो गए।'' इतना कहते-कहते उनका गला रुँध गया। मैंने देखा, रानी बहू अपनी आँखें पोंछ रही थीं।

मुझे भी अपने पिता की शव-यात्रा याद हो आई। उन्हें भी मैंने ऐसे ही कंधा लगाया था। उस समय मेरा बचपन मृत्यु की पहचान से कितना दूर था।

मैं सोचता रहा। शवयात्रा आगे बढ़ी। अब दानिस बिलकुल मेरी बगल में था। माँ, चंपो और पियारी रानी बहू के साथ औरतों के झुंड में चली गई थीं। सुराजी गीत गाता जुलूस आगे बढ़ चला।

एक घटना घटी। अचानक लाला जगजीवन दास भीड़ में घुसता दिखाई दिया। वह सीधे शव के पास पहुँचा और टिकठी का एक बाँस पकड़कर चलने लगा। लगा, जैसे उसका कोई सगा-संबंधी मर गया है। दानिस की भभकती आँखें उसे निहारती रहीं, फिर वह एकदम बाज की तरह उसपर टूटा और खींचकर एक घूँसा उसके मुँह पर दे मारा। लाला टूटे पेड़-सा भीड़ पर अरबराया।

दानिस बड़बड़ाता रहा, ''साला, कमीना! एक ओर इन बच्चों की जिंदगी के साथ खिलवाड़ करता है और दूसरी ओर कंधा देने चला है!''

लाला के कुछ आदमी उस भीड़ में अवश्य थे, जो उसके गिरते ही दानिस पर झपटे। पर वह भी कमाल का आदमी था, लगा जोरों से मुक्के चलाने—''आओ साले, तुममें से सबको मजा चखाता हूँ!'' दो-एक को तो उसने ऐसा मारा कि किनारे झटक गए। भगदड़-सी मच गई। कुछ लोग छुड़ाने के लिए आगे बढ़े। अब तक पुलिस भी आ गई थी। वह लाला को सँभालकर किनारे ले आई। उसके किराए के आदमी कब तक टिकते! वे भी उसी के पीछे हो लिये।

अब उसे पुलिस का आश्रय था। लाला दूसरी पटरी पर खड़ा होकर क्रुद्ध बनैले भैंसे-सा फुफकारने लगा। दानिस भला इसे क्यों सहता? वह भी आगे आया और खौलते हुए तड़पा, ''क्या देख रहा है स्साले? होने दे स्वराज्य, तेरी दोनों आँखें निकाल ली जाएँगी।''

मेरी भी इच्छा हुई कि बगल में पड़ा नंबरिया ईंटा उठाकर उसकी शक्ल पर दे मारूँ। न रहेगी आकृति और न रह जाएँगी कौड़ी जैसी तरेरती आँखें; पर मैं कुछ न कर सका, केवल भभकता रहा।

जुलूस आगे निकल चुका था। लोग समझा-बुझाकर दानिस को ले चले, पर उसका बड़बड़ाना बंद नहीं हुआ—''ये कमीने दोमुँहे साँप हैं! एक ओर ये समाज-सेवक बनते हैं, सुराजियों से हमदर्दी दिखाते हैं और दूसरी ओर साले चकले चलाते हैं, ऐयाशी करते हैं। औरतों की इज्जत उतारते हैं।'' मेरे ही साथ चल रहे एक बुजुर्ग को संबोधित करते हुए वह बोला, ''आप जानते हैं? बेगुनाह लड़कों को फँसाकर जब लोग ले जाते थे तो इसी कमीने के बगीचे में छिपाते थे। यह स्साला बच्चों को अपाहिज बनानेवाले और उनसे भीख मँगवानेवाले गिरोह का सरगना है। ...और चला है कंधा देने!''

"तब पुलिस इसे क्यों नहीं पकड़ती?" उसने कहा।

"यही तो रोना है।" दानिस बोला, "पुलिस, प्रशासन, सरकार सब मिले हुए हैं।"

बूढ़ा हँस पड़ा। उसकी झुर्रियों में गहराई आई—"स्वराज्य के बाद भी तो पुलिस यही रहेगी…आदमी यही रहेंगे।" वह मुसकराता रहा—"जब तक आदमी नहीं बदलेगा, कुछ नहीं होगा, दोस्त!"

"इसीलिए तो गांधी आदमी बदलने की बात करते हैं।" दानिस बोला।

"एक जिन्ना को तो बदल नहीं पाए, देश के लोगों को बदलना दूर की बात है!"

दानिस को लगा जैसे वह अपने मन की ही बात सुन रहा है, यद्यपि उसके तर्क ने गांधीजी की ही आड़ ली थी।

मुझे उन लोगों की बातें ज्यादा समझ में नहीं आईं, फिर भी मैं इतना विश्वास करने लगा था कि गांधीजी में भी अविश्वास करनेवालों की संख्या देश में कम नहीं है।

भीड़ जीवन के परम सत्य—राम नाम सत्य है—को दोहराती आगे बढ़ी चली जा रही थी।

□

# : आठ :

२६ जनवरी, १९४१।

'स्वतंत्रता हमारा जन्मसिद्ध अधिकार है।' तिलक की अमर वाणी आज गलियों में गूँज रही थी। आजादी के लिए छटपटाती शाम अचानक एक दहशत में डूब गई। सुभाष बाबू गोरी पलटन के पहरे से निकल भागे। कमाल कर दिया इस बंगाल के जादूगर ने। धरती निगल गई या आसमान उठा ले गया? ऐसा तो नहीं कि अंग्रेजों ने उन्हें खुद गायब कर कहीं मार डाला हो? इस समय वे ब्रिटिश सरकार के सबसे बड़े दुश्मनों में एक हैं। ...कुछ भी हो सकता है। तरह-तरह की आशाएँ और आशंकाएँ उठतीं टकराती रहीं।

आज कोठी में बाल कल्याण समिति की बैठक है। यह समिति रानी बहू ने बनाई है। उसी में भाग लेने जाते समय दानिस ने बताया, ''किसी प्रकार की शंका करने की जरा भी गुंजाइश नहीं है। सुभाष बाबू इस युग के शिवाजी हैं, शिवाजी! जैसे शिवाजी औरंगजेब के कड़े पहरे से निकल भागे थे वैसे ही हमारे सुभाष भी। और जैसे शिवाजी ने औरंगजेब को मजा चखाया था, देखना, वैसे ही सुभाष बाबू भी अंग्रेजों को जरूर मजा चखाएँगे।'' दानिस का आत्मविश्वास बाँसों उछलता रहा। वह मेरे बगल में चल नहीं रहा था, लग रहा था जैसे कूद रहा है। वह तो सुभाष का दीवाना था, बिलकुल फैनेटिक।

''शिवाजी, सुभाष, शेर सभी 'सीन' से और औरंगजेब, अंग्रेज सभी 'अल्लिफ' से। यह भी क्या वाकया है! कमाल हो गया!'' दानिस ने मेरा कंधा बड़े जोर से झकझोरा।

''किंतु कोई छोटी सीन है और कोई बड़ी सीन!'' मैं बोला।

''अरे, छोटी चीज ही बड़ी होती है न!'' उसकी सुभाष-भक्ति ने उफान मारा— ''देखना, छोटा सीन बड़ा हो जाएगा। एक दिन जरूर हमारा सुभाष हिंदुस्तान के बाहर से शेर की तरह दहाड़ेगा!''

दानिस अपने नेता के खिलाफ कुछ भी सुनने को तैयार नहीं था। वह उसके लिए खुदा था, भगवान् था। जैसे भगवान् कभी नहीं मरता वैसे सुभाष भी कभी मरनेवाला नहीं है। मैं बिना किसी प्रतिवाद के उसे सुनता रहा। मैदागिन से आगे बढ़ने पर रामकिशुन भी आकर मिल गया। वह भी समिति की बैठक में जा रहा था।

यह बाल कल्याण समिति मनोहर की अंतिम इच्छा का परिणाम थी। यह मनोहर वही व्यक्ति था, जिसने बच्चों को अपाहिज बनाकर उनसे तरह-तरह के कार्य करानेवाले गिरोह का भंडाफोड़ किया था और शहीद हो गया था। उसने जाते-जवाते रानी बहू के पाँव पालकी के बाहर निकलवा ही दिए। सामंती जीवन में पली-ढली अब वह सड़क पर आ गई थीं। उन्होंने बाल कल्याण के लिए स्वयं को अर्पित कर दिया था। दिन भर उसी में लगी रहती थीं।

उसका संविधान बन गया था, पर संस्था अभी रजिस्टर्ड नहीं हुई थी। पंजीकरण के संबंध में ही विचार करने के लिए एडहॉक कमेटी की मीटिंग बुलाई गई थी। इसमें कलक्टर फिलिप भी आने वाले थे। वे इस संस्था के संरक्षक थे।

जहाँ तक मेरा खयाल है, किसी खुशामद की दृष्टि से मिस्टर फिनले को संरक्षक नहीं बनाया गया था; बल्कि जब मणिकर्णिका पर मनोहर की लाश जल रही थी तब फिलिप स्वयं वहाँ उपस्थित थे और टोप उतारकर दिवंगत आत्मा का अंतिम अभिवादन किया था। इसी से लोगों की यह धारणा हो चली थी कि कलक्टर साहब की सहानुभूति अवश्य इस संस्था को मिलेगी। दूसरी बात यह थी कि उन दिनों कलक्टर जिस संस्था के संरक्षक हो जाते थे, उसके काम में कोई बाधा नहीं आती थी, वरन् हर कठिनाई आसान हो जाती थी।

हम लोग जब पहुँचे, दीवानखाना भर चुका था। बीच में रानी बहू बैठी थीं। माँ और पियारी उनके बहुत पीछे थीं। रानी बहू के बगल में बड़े सरकार थे। उनसे अधिक उनकी मूँछें तनी थीं। गद्दीदार विशाल चौकी के बीचोबीच कई मसनदें लगी थीं और कुछ लोगों के बैठने के लिए जगह छोड़ी गई थी। वहीं पान-सिगरेट आदि की एक बड़ी तश्तरी और इत्रदान रखे थे।

मैं तो देखता ही रह गया। ऐसी शानदार सभा कभी नहीं देखी थी। वैभव के उस आतंक ने हमें चुपचाप सबसे पीछे बैठने को मजबूर किया। हमारी ही पंक्ति में कुछ दूरी पर वह अपाहिज लड़का भी अपने पिता के साथ बैठा था, जिसके लिए मनोहर शहीद हुआ था।

दानिस कई बार कसमसाया। वह एक बार उठा और फिर बैठ गया। ऐसा लगा जैसे वह भीतर-ही-भीतर उबल रहा है। उसने धीरे से रामकिशुन के कान में कहा, "यह बाल कल्याण समिति की बैठक है या कलक्टर की अभिनंदन गोष्ठी?"

रामकिशुन ने उसे चुप रहने की सलाह दी और बोला कि जरा देखो, क्या होता है? फिर भी उसकी कसमसाहट कम न हुई। इधर मेरी जिज्ञासा प्रत्येक व्यक्ति और वस्तु का स्पर्श करती हुई उस चाँदी की तश्तरी पर जाकर अटक गई। ''उसमें वह छोटी सी लकड़ी जैसी चीज क्या है?'' मैंने रामकिशुन से धीरे से पूछा।

वह हँसा, बोला, ''वह चुरुट है।'' और बताया कि ''साहब लोग उसे पीते हैं। इसे तुम बीड़ी का बाप, दादा, परदादा समझो।''

अचानक चार-चार बीड़ी साथ पीनेवाला पाँचू साव मेरी आँखों के सामने आ गया।

फिर पिछले दरवाजे से लाला जगजीवन दास आया और छोटे सरकार से सटकर उनके पीछे ही बैठ गया। उसकी काली-मोटी रखैल दो-एक को केहुनियाती एकदम छोटे सरकार के बगल में आकर 'धम' से बैठ गई और तश्तरी उठाकर मुसकराती हुई पान उनकी ओर बढ़ाया। छोटे सरकार के इनकार करने पर वह एक बीड़ा उठाकर बड़े इतमीनान से चबाने लगी।

उसका आना, बैठना और मुसकराना किसी को भी अच्छा नहीं लगा। रानी बहू तो उसके आते ही काफी दूर खिसक गईं और ऐसा मुँह बिचकाया जैसे दूध के गिलास में मक्खी गिर गई हो। मैं भी उसका चेहरा देखता रह गया। आज उसने कितना पाउडर लगा रखा था—स्लेट पर पुती हुई खड़िया भी मात।

दानिस बड़बड़ाया—''ये स्साले, सबके सब बाहर हैं। इनमें से कोई भी गिरफ्तार नहीं हुआ? वह बूढ़ा ठीक कह रहा था।'' दानिस आवेश में उठा। निश्चित ही वह अपाहिज बच्चे की ओर जाता, किंतु रामकिशुन ने उसका हाथ पकड़कर पुनः दबा दिया। सागर का उफान एक बार फिर थाम लिया गया।

थोड़ी देर बाद गली एकदम खड़बड़ा उठी। दारोगा-सिपाही अपनी ड्यूटी पर तैनात हुए। एस.एस.पी. के साथ कुछ गोरे सिपाही धड़ाधड़ सीढ़ियों से होते हुए दीवानखाने तक चले आए। ...और साहब आ गया।

क्या आवभगत! क्या खुशामद! क्या मक्खनबाजी!...कि कुछ मत पूछिए। यही समझिए कि चौकी पर बैठने के पहले उसका लंबा बूट उतारने के लिए पाँच-सात साथ ही झुक गए। अंत में एक पैर छोटे सरकार और दूसरा लाला के कब्जे में आया। जब तक वह जूता उतरवाकर ऊपर चौकी पर आए तब तक लाला की रखैल एक के ऊपर एक तीन मसनद रखकर बड़ी अदा से बोली, ''हुजूर, आप ऊपर ही बैठिए। नीचे बैठने में आपको तकलीफ होगी।''

''अरे राजा! अपने कोरा में काहे नाहीं बइठाय लेतू?'' यह आवाज किधर से आई, मैं कह नहीं सकता; पर यह आवाज जितनी धीमी थी उतनी ही दहशत से भरी हुई

भी। अवश्य ही फिलिप के कानों से भी टकराई होगी, क्योंकि वह बिलकुल सकपका गया। मजेदार बात तो यह थी कि अंग्रेज लोग खड़ीबोली तो समझ लेते थे, पर बनारसी-भोजपुरी उनके पल्ले नहीं पड़ती थी।

"थैंक यू, धन्यवाद!" कहकर वह उस मोटी-काली औरत की ओर देखकर मुसकराया और 'धम' से उन मसनदों पर बैठ गया। वह इतना ऊपर और हम एकदम नीचे जमीन पर। हमें लगा, जैसे वह हमारे ही ऊपर बैठा हो।

साहब बड़े रोब से बोला, "अब बाल कल्याण समिति की बैठक आरंभ होती है। बोलिए, एजेंडा क्या है? हमें क्या करना है?"

"करना क्या है, हुजूर! आपका चरण पड़ गया, सब काम पूरा हो गया। और जो नहीं हुआ है, उसे तो हम लोग पूरा कर ही लेंगे।" पास बैठे छोटे सरकार बोल पड़े। हाँ में हाँ मिलाते हुए लाला ने भी दाँत निपोर दिया। पर फिलिप पर इसका बहुत प्रभाव नहीं हुआ। वह कुछ सोचता रहा।

अब दानिस से रहा नहीं गया। वह उठ खड़ा हुआ और बोला, "हुजूर, बे-अदबी माफ हो तो मैं कुछ निवेदन करूँ?"

"हाँ-हाँ, कहो। क्या कहना चाहते हो?" एक अकड़ती आवाज गूँज गई।

"यही पूछना चाहता हूँ हुजूर, कि यह बाल कल्याण समिति के सदस्यों की मीटिंग है या आपके मक्खनबाजों की?"

"व्हाट नॉन सेंस! क्या बोलता है?" उसे जैसे गरम लोहा छू गया।

रामकिशुन ने दानिस को पकड़कर जबरदस्ती बैठाया। "हुजूर, माफ करें! हमारे दोस्त को पूछना नहीं आया। वह ऐसी सभा में जिंदगी में पहली बार आया है।" रामकिशुन बड़े विनय के साथ बोला।

"तहजीब से बोलना अपने दोस्त को सिखाओ।"

"जी हाँ, पर तहजीब तो तजरबे से न आती है, हुजूर! वह जानना चाहता है कि यह मीटिंग किनकी है?"

"उन सबकी है, जो यहाँ हाजिर हुए हैं।" फिलिप की आवाज में एक कड़क थी। वहाँ बैठे चमचों ने हाँ में हाँ मिलाया।

"पर यहाँ ऐसे लोग भी हाजिर हैं, जो सफेदपोश क्रिमिनल हैं।"

"यह आवाज किधर से आई?"

कलक्टर की आग उगलती निगाह चारों ओर घूम गई। एक बार मीटिंग दहशत में आ गई।

"किसने कहा यह अल्फाज?" फिलिप पुनः कड़का। पर हर जबान खामोश थी।

यह खामोशी जब अधिक बोझिल पड़ी तब मैंने देखा, उस लूले लड़के के पीछे बैठा एक आदमी उठ खड़ा हुआ—"हुजूर, मैंने अर्ज किया था।" वह लगभग काँप-सा रहा था, पर सँभलते हुए बोलता गया, "हुजूर, मैं उस अभागे लड़के का अभागा बाप हूँ, जो अपाहिज बनाया गया है।" अब सबकी निगाहें उसकी ओर घूम गईं। वह बोलता रहा, "मेरा लड़का कह रहा है कि उन अपराधियों ने मुझे बेहोश कर जिस बगीचे में रखा था, उसका मालिक हुजूर की बगल में बैठा है और वह औरत, जो ऐसे हैवानी कार्य में मदद करती है, हुजूर की खिदमत में है।" इतना वह कैसे कह गया, यही आश्चर्य है। फिर वह काँपता हुआ दीवार का सहारा लेते हुए बैठ गया।

दीवानखाना अजीब चुप्पी से गुजरता रहा। फिलिप भी मौन सोचता रहा। फिर बोला, "वह लड़का कहाँ है?"

बैठे-बैठे ही उसके पिता ने उसे खड़ा कर दिया।

"क्या तुमने अपने बाप से ये बातें कही हैं?"

लड़के ने सिर हिलाकर स्वीकार किया।

"कौन हैं वे लोग?"

लड़के ने अँगुली से दोनों की ओर संकेत किया। साहब ने तरेरते हुए दोनों को देखा। लाला की सिट्टी-पिट्टी गुम हो गई। उसकी जो निगाह नीची हुई कि फिर उठ न सकी। सर्दी में भी उसके चेहरे पर पसीना चुकचुका आया। किंतु उस औरत की बेहयाई की हद नहीं। वह अब भी बहूदे ढंग से मुसकरा रही थी।

मामला बिगड़ता देख छोटे सरकार ने बड़े अदब से कहा, "इन दोनों व्यक्तियों ने जमानत करा ली हैं। और हुजूर, जब तक जुर्म साबित न हो जाए तब तक हम किसी को गुनहगार कैसे कह सकते हैं?"

अब दानिस फिर खड़ा हो गया। रामकिशुन ने बहुत रोका, पर आग लपट फेंक चुकी थी। वह रामकिशुन को झटकते हुए भुनभुनाया, "क्या रोकते हो जी? बहुत होगा, जेल में डाल दिया जाऊँगा, पर अपने मन की आवाज दबने नहीं दूँगा।" अब वह साहब को संबोधित करते हुए जोर से बोला, "हुजूर, एक मुलजिम का जुर्म जब तक साबित नहीं हो जाता तब तक वह गुनहगार नहीं है, ऐसा छोटे सरकार का कहना है। मैं उन्हीं से पूछता हूँ कि क्या जुल्म साबित होने के पहले वह एक शरीफ आदमी माना जाएगा? क्या वह मुलजिम नहीं है? क्या उसकी हैसियत आपके बगल में बैठने की है? और उस मीटिंग में, जो बाल कल्याण समिति के नाम से बुलाई गई है।" दानिस के स्वर में भावुकता आई—"हुजूर, आप उस महान् शाहंशाह के नुमाइंदे हैं, जिसके राज्य में सूरज नहीं डूबता। सात समंदर पार से इतनी बड़ी सल्तनत पर आप राज चला लेते हैं। आखिर क्यों? क्योंकि आप दूध का दूध और पानी का पानी करते हैं। आप ही बताइए, उस

मनोहर ने जान की बाजी लगाकर जिनके काले कारनामों का भंडाफोड़ किया, वे आपकी बगल में बैठें और जिस अपाहिज लड़के को दोजख की आग से उस पाक रूह ने निकाला, वह नौकरों की तरह सबसे पीछे जमीन पर बैठे। और उस बाल कल्याण समिति की मीटिंग में, जो यह संकल्प लेकर बनी है कि अब इस देश में बच्चे अपाहिज नहीं बनाए जाएँगे, उनकी जिंदगी से खिलवाड़ नहीं किया जाएगा।'' इसके बाद उसे खाँसी आ गई। वह थोड़ा रुका और फिर मुद्रा बदलकर बोला, ''हुजूर, गुस्ताखी माफ हो तो मैं कहूँ कि इस समय सारे मुलजिमों ने आपको घेर रखा है। ये आपकी खिदमत में महज इसलिए लगे हैं कि पुलिस पर इनका रोब जम सके। इनके खिलाफ चल रही जाँचें ठंडी पड़ जाएँ। ये चमचागिरी की बदौलत न्याय का गला घोंट सकें। और शायद आप यह नहीं जानते होंगे हुजूर, कि जो छोटे सरकार आज मुलजिमों की हिमायत कर रहे हैं, उनके भी कारनामे कम नहीं हैं··· ।''

बात खत्म नहीं हुई कि रानी बहू हड़बड़ाकर उठ खड़ी हुईं। उन्हें लगा कि गाड़ी पटरी से उतर रही है। उन्होंने बड़ी होशियारी से ब्रेक लगाया—''आए हम हरिभजन को ओटन लगे कपास।'' उनके अधर से छूटकर एक सहज मुसकराहट लोगों के होंठों पर चिपक गई। सभा का माहौल ही बदल गया। उन्होंने पीछे बैठे उस अपाहिज लड़के और उसके पिता को बुलाकर अपनी बगल में बैठाया। रानी बहू सामान्य भाव से बोलती रहीं, ''यह ठीक है कि यहाँ ऐसे लोग आ गए हैं, जिन्हें बुलाया नहीं गया था; किंतु यदि कोई आ जाता है तो मैं उन्हें रोक कैसी सकती हूँ? यह सभा उन सबके लिए भी है, उनकी भी है। भले आदमियों का स्वागत तो है ही, लेकिन यदि समाज के अवांछनीय तत्त्व भी चले आते हैं तो मैं उन्हें धक्के मारकर निकालने के पक्ष में नहीं हूँ। रह गया उनके कर्मों का सवाल? वह तो उसका फल भोगेंगे ही, चाहे आज भोगें या कल।'' इसके बाद उन्होंने 'गीता' का एक श्लोक सुनाया, जिसकी एक पंक्ति अब भी मुझे याद है—''अवश्यमेव भोगतव्यं कृतंकर्म शुभाशुभम्''

वह बोलती रहीं, ''चाहे कोई बड़ा हो या छोटा, कर्म के इस सिद्धांत से मुक्त नहीं है। यदि हमने कोई खराब काम किया है तो उसका फल हमें अवश्य भोगना पड़ेगा। समय हमें माफ नहीं करेगा। इतिहास हमें माफ नहीं करेगा।'' दानिस ने बड़े जोर से ताली बजाई। फिर तो सारी सभा तड़तड़ा उठी। मैंने देखा, सीढ़ी पर खड़ा दारोगा भी ताली बजा रहा था।

छोटे सरकार की मूँछें अब भी खड़ी थीं, पर वह खुद गड़ा जा रहा था। उसका सत्त्व धूल-धूसरित हो गया था। रानी बहू की तेजस्विता भभक रही थी—''मुझसे यह भूल अवश्य हुई कि मैंने इस बच्चे और इसके पिताजी को बुलाकर आगे नहीं बैठाया। दरअसल, मैंने इन्हें देखा नहीं। इस भूल के लिए मैं आप सबसे क्षमा माँगती हूँ।''

रानी बहू का इस समय हाथ जोड़ना एक सामंती गृहलक्ष्मी का जन अभिवादन था। लोग गद्‌गद हो उठे। वह बोलती गईं, ''यही बच्चा हमारे संकल्प के मूल में है। यदि यह न होता तो आज यह बाल कल्याण समिति न होती और मैं इसके प्रति समर्पित न होती।'' इसके बाद वे एक क्षण के लिए रुकीं। आकृति का रंग एकदम बदल गया—''केवल एक के समक्ष मैंने समर्पण किया था। नियति को वह भी नहीं भाया। वह असमय में ही प्रभु को प्यारा हो गया। मेरा सिंदूर पुँछ गया।'' आवाज भीगती गई—''अब मेरे लिए और क्या है? मेरे दो बच्चे और यह बाल कल्याण समिति। ...मेरा यह समर्पण ही अब मेरे जीने का आधार है। मैं प्रयत्न करूँगी कि इन बच्चों के प्रति होनेवाला अन्याय बंद हो। हमारे लिए सबसे अच्छा दिन होगा, जब इस देश में बालकों के भविष्य पर डाका नहीं डाला जाएगा, उनके अधरों से उनकी मुसकराहट छीनी नहीं जाएगी।'' फिर तालियाँ गड़गड़ा उठीं।

रानी बहू का बोलना जारी था—''हमारा परम सौभाग्य है कि आज हमारी मीटिंग में कलक्टर साहब पधारे हैं। हम उनका हार्दिक स्वागत करते हैं। वह तो हमारे संरक्षक हैं ही, उनकी कृपा और उनका सहयोग हमें सदा मिलता रहेगा। साथ ही उनका हाथ हमारे सिर पर रहना इस बात का सबूत है कि यह न तो राजनीतिक संस्था है और न सांप्रदायिक, वरन् शुद्ध सेवा की भावना से इसकी स्थापना हुई है। हमें हर किसी के सहयोग की जरूरत है। आशा है, आप सारे भेदभाव भुलाकर हमारा सहयोग करेंगे।''

इसके बाद सभा की काररवाई बड़ी शांति से चली। छोटे सरकार, लाला और उनकी रखैल ऐसे बुझे कि धुआँ भी न छोड़ सके। अंत तक मुरझाए बैठे रहे। कई महत्त्वपूर्ण सुझाव आए। कलक्टर ने हर संभव सहायता देने का आश्वासन देते हुए कहा, ''ईसा ने कहा था कि बच्चे ही स्वर्ग के राज्य के सच्चे अधिकारी हैं। ऐसे भोले-भाले बच्चों के साथ जो ऐसा नीच कर्म करते हैं, उन्हें ईश्वर कभी माफ नहीं करेगा।''

फिलिप के इस कथन का लोगों ने हर्ष-ध्वनि से स्वागत किया। अंत में यह भी निर्णय लिया गया कि बाल कल्याण की योजना तो चलाई जाए, साथ ही ऐसे जघन्य अपराध में जो लोग शामिल हैं, उन्हें उचित दंड दिलाने के लिए यह संस्था पैरवी भी करे।

इसे संयोग ही कहिए या उपस्थित लोगों का दबाव कि पैरवी के लिए जिन पाँच आदमियों की सब-कमेटी बनाई गई, उनमें दानिस का भी नाम आ गया।

अंत में कलक्टर साहब ने ही धन्यवाद दिया—''गोकि मैं इस समिति का संरक्षक हूँ, इसलिए आप सबको धन्यवाद देना मेरा कर्तव्य है। आप लोग यहाँ आए और अपने बेशकीमती सुझाव दिए। सरकार आपके सुझावों पर जरूर ध्यान देगी और उसने दिया भी है। देखिए, आपके सुझाव पर ही हम लोगों ने दंगा टैक्स स्थगित कर दिया।''

“अभी तो स्थगित ही हुआ है न, समाप्त तो नहीं हुआ।” सभा के बीच से ही एक आवाज छूटी।

“अरे भाई, जो स्थगित हुआ है, वह समाप्त भी हो जाएगा।” फिलिप मुसकराया—“आपने बाल कल्याण समिति बनाई है। आप बच्चों के कल्याण के संबंध में सोचते हैं, बड़ी अच्छी बात है; पर आप सोचें, बच्चे-बूढ़े-जवान सभी का तभी कल्याण होगा, जब देश का कल्याण हो। आज हमारे देश पर मुसीबत है। लड़ाई लगी है। हमें आपके तन-मन-धन से सहायता की आवश्यकता है। ...”

“पहले स्वराज्य का वादा, तब सहायता की बात।” हमारे पास ही बैठा शिवदेव बोल पड़ा।

शिवदेव भी सुराजी है। मैं इसे पहले से जानता हूँ। इसे मैंने कई बार रामकिशुन के साथ देखा। इस समय भी रामकिशुन ने ही उसका हाथ दबाया—“अरे, चुप भी तो रहो, जरा उन्हें भी सुनो।”

फिलिप ने ‘वार फंड’ के लिए अपील की और छोटे सरकार ने झट से अपनी अचकन से निकालकर एक सौ रुपए का नोट साहब के चरणों में अर्पित किया।

“देखिए, शुरुआत अच्छी हुई है।” फिलिप ने मुसकराते हुए कहा।

लाला ने भी जेब से निकालकर कुछ देना चाहा, पर साहब ने अपनी त्योरियाँ ऐसी चढ़ाईं कि वह सकते में आ गया। लाला का नोट उसकी मुट्ठी में छटपटाता रह गया।

फिलिप का व्यवहार संकेत दे रहा था कि लाला, तुम्हारी ‘इमेज’ लोगों में खराब है। हम सबके सामने तुम्हारा पैसा लेकर सरकार को बदनाम होने देना नहीं चाहते। उसने बड़ी होशियारी से बात घुमा दी—“यह सभा तो बाल कल्याण समिति की है। हमने ‘वार फंड’ का जिक्र तो यों ही कर दिया था। आप में से जो भी चंदा देना चाहें, वह चौधरी साहब (छोटे सरकार) को दे देंगे।” इतना कहते ही वह उठ खड़ा हुआ। सभी लोग सम्मान में खड़े हो गए। सभा खड़बड़ा गई।

“हुजूर, एक हमारी भी अर्जी है।” दानिस चिल्लाया।

“कहिए।” रुकते हुए साहब बोला।

“जैसे आपने ‘वार फंड’ की अपील की है वैसे ही बाल कल्याण फंड की भी शुरुआत आपके हाथों से हो जाती तो बड़ी कृपा होती!”

“लगता है, आपने मेरे हाथ का सौ का नोट देख लिया है।” साहब के अधरों से हँसी छूटकर दीवानखाने पर बिखर गई। वह मुसकराते हुए बोलते रहे, “आप लोग तो जानते ही हैं कि वह नोट मेरा नहीं है, बल्कि ‘वार फंड’ का है, फिर भी मैं आपके फंड में सौ रुपए देने का वादा करता हूँ।”

खुलकर तालियाँ बजीं।

"बोहनी तो अच्छी हुई, अब छोटे सरकारजी का भी हाथ खोलना चाहिए।" रामकिशुन बड़े मौके से बोला।

खीस निपोरते हुए छोटे सरकार ने दस का नोट रानी बहू को थमा दिया। शिवदेव बड़बड़ाया—"स्साला लड़ाई के लिए सौ रुपए और बाल कल्याण के लिए दस रुपए।"

यद्यपि आवाज काफी मंद थी, फिर भी छलककर उसका कोई-न-कोई हिस्सा छोटे सरकार के कान में अवश्य पड़ा। तभी तो वह गिड़गिड़ाया—"अरे भाई, मैं तो साहब के पैर की धूल हूँ। जब उनकी ओर से सौ रुपए हैं तब मेरी ओर से दस रुपए बहुत हैं,...हि...हि...हि... !"

सोचता हूँ, यह छोटे सरकार भी खूब थे। एक ओर साहब को मक्खन भी लगाया और दूसरी ओर पैसा भी बचाया। फिर जल्दी ही वह साहब को लेकर अपने कमरे में चला गया। कहीं बात बढ़ न जाए तथा कुछ और न देना पड़े।

भीतर खाने-पीने का दौर शुरू हुआ होगा, पर लाला ही रह गया। जब साहब की ही नजर उसकी ओर से फिर गई, तब भला छोटे सरकार की हिम्मत थी कि उसे अपने कमरे में ले जाते। वह बुझा-बुझा-सा खड़ा रहा, जैसे हजारों जूते उसके सिर पर पड़े हों। पर उसकी यह स्थिति हमारी प्रसन्नता का कारण बनी। हमें लग रहा था कि हमने दाँव मार लिया है।

अब लाला की रखैल रानी बहू से कुछ बातें कर रही थी, वैसी ही मुसकराती हुई, इठलाती हुई। औरत की बेहयाई और बाढ़ की नदी की कोई हद नहीं होती। जब वह कोठी से बाहर निकली तब भी लाला के पीछे इठलाती हुई चली जा रही थी। उसकी ओर संकेत कर शिवदेव ने रामकिशुन के कान में कुछ धीरे से कहा।

"तुम्हीं पूछो।" रामकिशुन बोला।

"नहीं, तुम्हारा ही पूछना ठीक होगा।"

"कहिए, आप कहाँ रहती हैं ?"

वह अपनी आदत के अनुसार एक बार फिर इठलाई—"जिस किसी ने ठौर दे दिया, वहीं दिन बीत गया।"

"नागिन की भी अपनी कोई बिल नहीं होती।" दानिस बोला तो धीरे से ही, पर लगा तीर की तरह। अधरों पर सदा खेलनेवाली उस महिला की मुसकान एकदम सूख गई।

लाला भी दानिस को तरेरता रह गया।

□

जो मैं नहीं चाहता था, आज वही हो गया। मैं नहीं समझता कि मुझमें कहाँ से

वह हिम्मत आ गई। माता-पिता का शांत रहने का स्वभाव मुझमें ऐसा विस्फोटक कैसे बन बैठा!

स्कूल के हेडमास्टर प्रार्थना के बाद अपने भाषण में बोल गए, "एक ओर दुश्मन वार-पर-वार किए जा रहा है, दूसरी ओर सुभाष ऐसे लोगों ने गद्दारी की हद कर दी। वह काबुल होते हुए जर्मनी जाकर हिटलर से मिल गया। जब अपना राजा मुसीबत में हो तो क्या हमें ऐसा करना चाहिए? ऐसे गद्दार, धूर्त और बेईमान हिंदुस्तानियों पर अंग्रेज विश्वास न करें तो आश्चर्य क्या?"

मुझसे रहा नहीं गया। मेरी नसों में एक अजीब उत्तेजना सुरसुरा गई और मैं एक झटके से उठ खड़ा हुआ—"बंद कीजिए अपना भाषण। हम आपको सुनना नहीं चाहते।"

एक 'करंट' जैसा उस सभा में दौड़ गया। मेरा विरोध सामूहिक रूप से फनफनाया। बहुत से लड़के उठ खड़े हुए—"नहीं सुनेंगे आपको। नहीं सुनेंगे आपको। हेडमास्टर मुर्दाबाद! अंग्रेजी शासन मुर्दाबाद! भारत माता जिंदाबाद! सुभाष बाबू जिंदाबाद! गांधीजी जिंदाबाद! ...जिंदाबाद!"

लड़के नियंत्रण से बाहर थे। अध्यापक चिल्लाते रह गए, पर कोई माननेवाला नहीं था।

"हमारे नेता को हेडमास्टर साहब ने गद्दार, धूर्त और बेईमान कहा है। जब तक वे अपनी बात वापस नहीं लेते तब तक पढ़ाई नहीं होगी।" यह हम विद्यार्थियों का अलग-अलग नहीं, वरन् हमारी भीड़ का निर्णय था। भीड़, जो सुनना नहीं जानती, केवल चिल्लाना जानती है।

हेडमास्टर अपना-सा मुँह लेकर अपने कमरे में चले गए। अन्य अध्यापकों ने उनका अनुसरण किया।

हमेशा की भाँति व्यक्तिगत विवेक पर भीड़ की भावुकता ही हावी थी, वरना हर विद्यार्थी डर रहा था। उसे लग रहा था कि उसे ऐसा नहीं करना चाहिए। हम अभी मैदान में ही चोंच में चोंच मिला रहे थे कि पूरन चपरासी आता दिखाई दिया।

"कहो, जयनाथ केकर नाव हौ?"

उसका इतना पूछना था कि भयग्रस्त चुप्पी हमारे बीच रेंग गई। भीड़ का हो-हल्ला बुदबुदाहट के गलियारे से गुजरता हुआ खामोशी के सन्नाटे में आया। हर बालक के सामने एक ही प्रश्न था—'अब क्या होगा?'

मैं भी चुप था। अध्यापक बद्री प्रसाद ने मेरी पीठ पर हाथ रखा और चपरासी से बोले, "जाकर हेडमास्टर साहब से कह दो कि जयनाथ आ रहा है।" फिर वह मुझे लेकर बरगद के पेड़ के नीचे आए। स्कूल के पश्चिम-दक्षिण के छोर पर खड़ा यह बूढ़ा बरगद कितने तूफान झेल चुका है और हर साल अपनी आकाशीय जड़ों की कलम

करवाता रहता है।

"तुम डर गए क्या?" बद्री प्रसाद ने बड़े प्रेम से पूछा।

उनके हाथ में देवी को चढ़ा हुआ आधा नारियल था। उसपर लगी रोली उन्होंने मेरे माथे पर लगाई। मेरा सारा शरीर झनझना उठा, मानो कोई प्राग्युगीन आचार्य वटवृक्ष के नीचे किसी शिष्य को दीक्षित कर रहा हो।

मुझे ठीक याद है, उस दिन शुक्रवार था। बद्री प्रसाद देवी के भक्त थे। संकठाजी का दर्शन करते हुए स्कूल आए थे।

"अब तुम्हें भयमुक्त हो जाना चाहिए।" तिलक लगाते ही वे बोल पड़े, "तुम्हारी उस दिन की समस्या का समाधान आज होगा।"

मैं मौन उन्हें देखता रह गया। मेरा विस्मय पूछता रहा—'किस दिन की समस्या का?'

"उस दिन तुमने पूछा था न कि बेंत-पर-बेंत पड़ रही थी, फिर भी चंद्रशेखर आजाद विचलित क्यों नहीं हुए?" बद्री प्रसाद मुसकराए—"क्योंकि उनको चोट नहीं लग रही थी।"

'ऐसा कैसे हो सकता है?' मैंने कहा नहीं, महज देखता रह गया था; पर मेरा प्रश्न मौन ही में मुखर हो उठा था।

"इस नारियल से तुम गरी अलग कर सकते हो?" उन्होंने नारियल का टुकड़ा मुझे दिखाते हुए पूछा और खुद ही बोले, "शायद तुम आसानी से अलग नहीं कर सकते। जब भी इसे पटकोगे, इसपर चोट करोगे, गरी खोपड़े से लगी रहेगी। चोट खाएगी, क्योंकि नारियल अभी कच्चा है। यही नारियल जब पक जाएगा, गरी खोपड़े से आप-से-आप अलग हो जाएगी। चोट खोपड़े पर पड़ेगी, पर गरी का कुछ नहीं होगा। जब तक देशभक्ति कच्ची रहेगी, बेंत की चोट का अनुभव होगा। जहाँ देशभक्ति पक्की हुई कि तुम चोट- मुक्त हुए।" यद्यपि यह बात मेरी समझ से दूर थी, फिर भी उनकी मुसकराहट मुझमें प्रवेश करती गई। मुझे लगा कि मैं खुलता जा रहा हूँ।

"अब तुम जाओ और हेडमास्टर के प्रश्नों का निर्भीक होकर सामना करो। भगवती तुम्हारी रक्षा करेंगी।" उनकी मुसकराहट इस तेजस्वी आशीर्वाद में बदल गई।

अब मैं एक तप्त वायु का झोंका था, जो मात्र आगे बढ़ना जानता है। ...और क्षणमात्र में हेडमास्टर साहब के सामने हाजिर हुआ।

"तुम आ गए!" उनकी आग्नेय आँखों से चिनगारियाँ छूटीं—"तुम्हारी यह हिम्मत कि तुमने मेरा विरोध किया?"

"मैंने आपका नहीं, आपके कथन का विरोध किया था, आपकी अंग्रेजपरस्ती का विरोध किया था।"

''यह अंग्रेजपरस्ती नहीं, देशभक्ति है।''

''वह देशभक्ति नहीं, गुलामी है।''

वह मुझे घूरकर देखते रह गए। मैं पता नहीं इतना कैसे कह गया। उस युग का अनुशासन याद आता है तो आज भी काँप उठता हूँ। क्या मजाल था कि मिडिल स्कूल के हेडमास्टर से कोई लड़का जबान लड़ा दे। उसके होश ठीक कर दिए जाते थे। पर मैं होश में था ही नहीं। जरूर कोई शक्ति मेरे भीतर से बोल रही थी और वही शक्ति उस समय मुसकरा पड़ी, जब हेडमास्टर साहब ने पूरन से बेंत मँगवाया।

''तुम इस बेंत को देखकर मुसकरा रहे हो!'' हेडमास्टर साहब चकित थे।

मेरी मुसकराहट और गाढ़ी हो गई।

''तुम्हें इससे डर नहीं लग रहा है?''

''नहीं।'' मैं वैसे ही मुसकराते हुए बोला, ''मैं परीक्षा से नहीं डरता।''

''पीरक्षा?'' उनकी आँखों में कुतूहल था—मैं बेंत मारने जा रहा हूँ और यह परीक्षा की बात करता है।

''किस बात की परीक्षा?'' वे पूछ ही बैठे।

''मेरी देशभक्ति की।'' मैंने कहा, ''मेरी देशभक्ति पक्की है या कच्ची?''

''तुम्हारा मतलब?'' उनकी आँखों की चिनगारियाँ रहस्य में बुझने लगी थीं।

''मतलब यही कि यदि मेरी देशभक्ति पक्की होगी तो मैं चंद्रशेखर आजाद की तरह बेंत खाता और मुसकराता रहूँगा। यदि कच्ची होगी तो चीख पड़ूँगा।''

आप विश्वास कीजिए, हेडमास्टर मुझे देखते रह गए थे। वहाँ दो-तीन अध्यापक और बैठे थे। उनके चेहरे पर अजीब सन्नाटा था।

''अच्छा, मेरी आँखों के सामने से हट जाओ।'' किंतु आवाज में झुँझलाहट नहीं थी—'निकल जाओ कमरे के बाहर, जब मैं बुलाऊँगा तब आना।''

मैं कमरे के बाहर दालान में चला आया। मेरी मुसकराहट सूख गई थी। मैं सोचने लगा था कि यह सब मैं कैसे कह गया? मुझमें कहाँ से इतनी हिम्मत आ गई? आज भी सोचता हूँ तो आश्चर्य होता है। मेरी मानसिकता भी तो इतनी विकसित नहीं थी।

बाहर लड़के मेरी प्रतीक्षा कर रहे थे। मुझे देखते ही हर निगाह पूछने लगी—क्या हुआ? पर मैं चुप था। एक प्राणवान् जड़ता मुझे दबाए जा रही थी। उस भीड़ से आई एक आवाज मुझे सुनाई पड़ी—''लगता है, इसका नाम काट दिया गया है।''

थोड़ी देर बाद हेडमास्टर भीतर से निकले और लड़कों को संबोधित करते हुए बोले, ''आज पढ़ाई नहीं होगी। तुम लोग घर चले जाओ। एक भी लड़का स्कूल में दिखाई नहीं देना चाहिए।'' उन्होंने अध्यापकों से भी चले जाने के लिए कहा।

मैं भी चलने लगा।

"तुम्हें अभी नहीं जाना है।" उनकी लड़खड़ाती हुई आवाज सुनाई पड़ी और मैं रुक गया।

देखते-ही-देखते स्कूल खाली हो गया।

मैं मौन उस दालान में खड़ा रहा। सन्नाटे का दबाव मेरे मस्तिष्क पर बढ़ता गया। क्या होगा मेरे साथ? ऐसा तो नहीं कि मैं पुलिस को दे दिया जाऊँ? भयग्रस्त चिंतन ने काफी देर तक मुझे आत्मकेंद्रित कर दिया था। अचानक मुझे लगा कि कोई मेरे पीछे आ रहा है। मैंने मुड़कर देखा, हेडमास्टर साहब थे। वे चुपचाप मेरे कंधे पर हाथ रखकर मुझे अपनी कोठरी की ओर ले गए। स्कूल के अहाते में ही पश्चिम-उत्तर की ओर अंग्रेजी खपरैल से छाई हेडमास्टर साहब की कोठरी थी।

भीतर घुसते ही उनकी आँखें छलछला आईं—"बेटा, मैं तुमसे बहुत प्रभावित हूँ। आज भारत माता को तुम्हारे ऐसे सपूतों की ही जरूरत है।" इतना कहते-कहते उनका गला रुँध गया। ज्वालामुखी पिघल गया था। लावा आँखों से बहने लगा।

मैं इस अप्रत्याशित परिवर्तन पर चकित था। मुझे लगा कि कुछ समय पहले के हेडमास्टर नहीं हैं वरन् पश्चात्ताप में जलता हुआ एक सहज आदमी है।

"तुमने ठीक कहा कि मैं गुलाम हूँ।" उन्होंने रुँधे गले से ही बोलना आरंभ किया—"पर अंग्रेजों का गुलाम नहीं हूँ, गुलाम हूँ इस पेट का।" उनका हाथ जब पेट पर गया, पूरन भी उन्हें विस्फारित नेत्रों से देख रहा था। वह कहते गए, "मैं जो कुछ बोलता हूँ, क्या अपने मन से बोलता हूँ? यह सब सरकार का हुक्म है, जिसका मानना नौकरी बरकरार रखने के लिए जरूरी है। तुमने देखा नहीं, प्रार्थना के समय पीछे दो-तीन बाहरी आदमी हमेशा खड़े रहते हैं। वे सी.आई.डी. के लोग हैं और रोज की रिपोर्ट सरकार को भेजते हैं।"

"तो क्या आज की रिपोर्ट भी गई होगी?"

"अवश्य।"

मैं मुसकराया। मेरा रोम-रोम पुलकित हो उठा। मुझे लगा, जिस रास्ते से भगतसिंह, चंद्रशेखर आजाद आदि गए हैं, वह रास्ता आप-से-आप मेरे लिए खुलता जा रहा है।

"तुम्हारी मुसकराहट कितनी आजाद है, पर मेरा पेट कितना गुलाम! यह मेरा ही पेट नहीं है, मेरे लंबे परिवार का पेट है।" शायद वह कहना चाहते थे कि यह गरीब हिंदुस्तान का पेट है। किंतु इसके बाद वे कुछ बोले नहीं। मुझे बड़े प्रेम से मचिया पर बैठाया, गुड़ और दाना खिलाया। पूरन ने पानी पिलाया।

जब मैं चलने लगा, वे बोले, "बेटा, ये सब बातें किसी से कहना मत। सीधे घर चले जाना। अब तुम प्रार्थना के बाद स्कूल आया करना। मैं तुम्हारे कक्षाध्यापक से कह

दूँगा, वे तुम्हें कुछ नहीं बोलेंगे।''

मैं वहाँ से चल पड़ा। मुझे लगा, मेरे भीतर कोई बोल रहा है—'आज तुम प्रार्थना से बहिष्कृत हुए कितनी शान के साथ! हो सकता है, एक दिन तुम स्कूल से भी बहिष्कृत हो। वह शान कितनी निराली होगी!'

□

शाम होते-होते इस मामूली-सी चिनगारी का धुआँ सारे शहर में फैल गया। आज मिडिल स्कूल बंद हो गया। लड़कों ने हेडमास्टर के खिलाफ विद्रोह कर दिया।

सुमेर चाचा की दुकान पर बीड़ी सुलगाते हुए मँगरू ने बात छेड़ी—''सुमेर भैया, लड़के भी सुराजी हो रहे हैं। अब पढ़ाई बंद कर देने पर उतारू हैं। उन्होंने 'हेडमास्टर मुर्दाबाद' के नारे लगाए और स्कूल छोड़कर बाहर आ गए।'' उसने बहुत कुछ जोड़-घटाकर बताया।

अब सुमेर चाचा मेरी ओर मुखातिब हुआ—''तुम भी तो उसी स्कूल में पढ़ते हो। क्या बात थी?''

मैंने संक्षेप में सारी बात बता दी। पर ऐसा कहा, जैसे इस घटना से मेरा कोई संबंध ही न हो। फिर भी सुमेर चाचा ने पूछा, ''तुम तो इस सब खुराफात में शामिल नहीं थे?''

मैंने नकारात्मक ढंग से सिर हिलाया।

उसने फिर भी मुझे समझाया—''देखो, इस सब झंझट में मत पड़ना। लड़कों का पहला काम पढ़ना-लिखना होना चाहिए। सुराज-उराज के चक्कर में अभी से पड़ोगे तो बरबाद हो जाओगे। कौन जाने, आजादी मिले या न मिले!''

उसकी बात पूरी होने से पहले ही मैं दुकान से घिसककर भीतर चला आया, क्योंकि झूठ बोल चुका था। उसे छिपाने के लिए हजार झूठ बोलने का साहस जुटा नहीं पाया।

भीतर चंपो थी। उम्र के चढ़ाव ने जहाँ उसे और अधिक आकर्षक बना दिया था, वहीं मेरे और उसके बीच की दूरी भी बढ़ा दी थी। अब वह मुझे देखती थी तो मुसकराती थी, पर बोलती बहुत कम थी। बस मतलब की बात। उसका घर से निकलना भी कम हो गया था। किंतु इस बार उसने मुझे देखते ही आँखों से संकेत कर दालान की ओर चलने को कहा। पहले तो मैं कुछ ठीक समझ नहीं सका। चाची की उपस्थिति में वह बोल नहीं पा रही थी। उसका दूसरा इशारा इतना गंभीर था कि चाची के जरा सा हटते ही मैं दालान की ओर खिंच गया।

अँधेरा घिर रहा था। एकांत में आते ही वह बोली, ''आज हमीद कह रहा था कि पुलिस तुम्हें भी पकड़ने वाली है।''

''क्या हमीद आया था?''

''आया नहीं था, सरकारी बंबे पर वह जवाहिर से कह रहा था।'' उसकी आवाज भय से सहमी थी—''क्या तुम भी सुराजी हो रहे हो?''

मैं कुछ नहीं बोला। केवल सोचता रहा कि स्कूल की चिनगारी का धुआँ आखिर कहाँ तक पहुँच गया! क्या यह संभव है कि मैं गिरफ्तार कर लिया जाऊँ? वह अँधेरा मुझे कुछ अधिक गाढ़ा लगने लगा।

''तुम चुप क्यों हो?'' वह बोली, ''जरा सोचो, यदि तुम गिरफ्तार हो गए तो चाची का क्या होगा? वह बेचारी रोते-रोते मर जाएँगी।'' वह बोलते-बोलते कुछ मेरे निकट आ गई थी। उसका दाहिना हाथ मेरे कंधे पर था। मैंने एक अजीब पुलक का अनुभव किया।

''माँ तो रोते-रोते मर जाएँगी और तुम?'' मैंने पूछा।

''क्या समझते हो, मैं नही रोऊँगी?'' उसकी नम आवाज मानो मुझसे कह रही थी—जरा मेरी आँखों में झाँककर देखो।

''तब मैं गिरफ्तार नहीं होऊँगा।''

''सच!'' उसने दोनों हाथों से मेरे कंधे हिलाए—''तुम कितने अच्छे हो, जग्गू!''

''पुलिस नाबालिग लोगों को गिरफ्तार नहीं करती।''

''यह तुम क्या कह रहे हो?'' वह बोली, ''तुम अंग्रेजों का विरोध करोगे और पुलिस तुम्हें पकड़ेगी नहीं?''

''पकड़ेगी, पर बेंतों की सजा देकर छोड़ देगी। दर्जन, दो दर्जन बेंत खाकर फिर तुम्हारे पास चला आऊँगा।''

''बेंत की सजा! हे राम! कैसे सहेगा तू? तेरी देह तो छिल जाएगी।'' वह मेरी पीठ सहलाने लगी। वह इतनी घबरा गई थी जैसे मैं सचमुच बेंत खाकर आ रहा हूँ। उसकी साँसें मेरे गालों से टकराती रहीं।

''अरे चंपो, आज दीया नहीं जलेगा क्या?'' अचानक भीतर से चाची की भर्राई आवाज आई और साफ जाहिर हुआ कि वह बढ़ती चली आ रही हैं।

''अभी आई!'' कहती हुई चंपो फँसने के डर से उस धुँधलके में मछली की तरह तैरकर निकल गई। मैं भी पास के दरवाजे से गली में आ गया।

इधर कुछ दिनों से मैं अनुभव कर रहा था कि चाची चंपो को अधिक देर तक मेरे साथ अँधेरे में नहीं छोड़ती। बचपन की अबोधता ज्यों-ज्यों समझदारी में बदलने लगती है त्यों-त्यों खतरनाक होती जाती है। हो सकता है, चाची ने इस समय भी ऐसे किसी खतरे का अनुभव किया हो और उसे दीया जलाने के बहाने बुला लिया हो।

बाहर गली में अभी धुँधलका उतरा नहीं था। लोग आ-जा रहे थे, पर मैं उनसे

अलग था। मेरे भीतर मेरा स्कूल जल रहा था और मैं प्रह्लाद की तरह उस आग से खेल रहा था। अब भी मेरी पीठ उस ममत्व भरे स्पर्श का अनुभव कर रही थी।

मैं बीरू के चबूतरे की ओर बढ़ा ही होऊँगा कि मुझे दानिस की आवाज सुनाई पड़ी—"अरे जग्गू! कमाल कर दिया यार तुमने भी।" भारी प्रसन्नता में उसने मुझे गोद में उठा लिया और खुशी से नाचने लगा—"तूने वह कर दिया, जो आज तक नहीं हुआ था।" वह बोला।

मुझे भी लगा कि मैंने मास्टर बद्री प्रसाद के कंधे पर चढ़कर आकाश के तारे तोड़ लिये हैं। मेरा भी नाम उस सूची में लिखा जाना है, जिसमें सबसे ऊपर चंद्रशेखर आजाद का नाम है।

इसके बाद वह मेरी पीठ ठोकता मुझे अपने घर ले गया। मैं पहली बार उसके यहाँ जा रहा था। वह मृत्युंजय के पीछे ही एक गली में रहता था। वहाँ मुसलमानों की बस्ती थी। अधिकांश घरों में चूल्हे जल चुके थे। जाड़े की डूबती शाम में खपरैल ओढ़े छोटे-छोटे घर सुलगती बोरसियों की तरह धुआँ उगल रहे थे।

थोड़ी दूर चलने के बाद दानिस एक बुझे हुए लैंप पोस्ट के पास खड़ा हो गया और बोला, "यहाँ से ठीक आगे बढ़कर तीसरे घर का दरवाजा खटखटाओ और मेरा नाम लेकर कहो कि मैं उससे मिलना चाहता हूँ।"

"क्यों, वह किसका घर है?" मैंने कुतूहल से पूछा।

"घर तो मेरा ही है, पर तुम बुलाओ न!" वह मुसकराया। आज सोचता हूँ तो हँसी आती है। कितना अजीब था दानिस! हर बात को एक पहेली बना देता था।

मैंने वैसा ही किया। दरवाजा खटखटाया—"दानिस है?"

"नहीं।" एक भर्राई बूढ़ी आवाज आई। "कौन हो तुम?"

"मैं उसका दोस्त हूँ। मिलना चाहता हूँ।"

"पर वह इस समय है नहीं।" आवाज अब दरवाजे से सट गई थी।

"अच्छा, दरवाजा खोलिए। मैं बैठूँगा। वह आता ही होगा।" मैंने फिर कहा।

"जब वह आता ही होगा तो बाहर ही खड़े रहो। मिल लेना।"

आवाज अब आशंका भरी झिड़कन में बदल चुकी थी। मैंने अनुभव किया कि भीतर से एक काँपती लौ दरवाजे के पास आ रही है और दराज से चिपकी एक जोड़ी आँखें मुझे पहचानने की कोशिश कर रही हैं।

"मैं कहती हूँ, इस समय जाओ, कल सवेरे आना तो भेंट होगी।" फिर वह रोशनी भीतर चली गई।

अब तक दानिस भी लैंप पोस्ट से कुछ आगे बढ़ आया था। मेरी असफलता पर वह हँस रहा था—एक गौरवमय हँसी, पर किस बात के लिए और क्यों?

अब दानिस ने खुद दरवाजा खटखटाया। भीतर से वही झिड़की फिर दोहराई गई—''मैंने कहा न, इस समय चले जाओ, कल सुबह आना।''

''अरे मैं हूँ, अम्मीजान!'' दानिस हँस पड़ा।

भीतर जैसे विश्वास नहीं हुआ। फिर रोशनी दरवाजे के पास आई और आँखें दराज से चिपकीं।

''तू कितना नटखट है, दानिस! ऐसे नाजुक मौके पर भी तुझे मजाक सूझता है।'' दरवाजा खोलने पर माँ झुँझला पड़ी। मुझे लगा कि कोई गंभीर बात जरूर है।

''मैं देख रहा था कि तू क्या करती है!'' माँ से लिपटते हुए दानिस बोला।

''तू मेरे ही पेट का पैदा और मेरा ही इम्तहान लेता है!'' अम्मीजान हँसती हुई भीतरी दालान में आईं। दानिस ने दरवाजा बंद किया।

रोशनी से अधिक धुआँ फेंकती मिट्टी के तेल की वह ढिबरी एक ताखे पर यथावत् रख दी गई। मेरे लिए यह घर बिलकुल अनजान था, कुछ विचित्र-विचित्र भी। दालान के ही एक किनारे पर बकरी थी। सर्दी की मार से बचाने के लिए उसके शरीर पर बोरे का एक टुकड़ा बाँध दिया गया था। उसके पास ही दरबे में मुरगियाँ सुगबुगा रही थीं।

दानिस मुझे लेकर दाईं ओर की कोठरी में घुसा।

''आओ, तुम्हें एक महान् विभूति से मिलवाता हूँ।'' वह बोला।

मैंने देखा, कंबल ओढ़े एक अधेड़ व्यक्ति सामने बैठे आग ताप रहे हैं। ढिबरी की मद्धिम रोशनी में कुछ-कुछ दाढ़ी और सिर के बिखरे बड़े-बड़े बालों से ढकी आकृति राख पड़े अंगारे की तरह सुलग रही है। उनकी आँखों में अद्भुत चमक है।

''यह है मेरा दोस्त जयनाथ, जिसे हम जग्गू कहते हैं।'' उसने मेरा परिचय दिया और घटी स्कूल की घटना की बड़ी बढ़ा-चढ़ाकर चर्चा की।

वे मुसकराए—''देश को तुम्हारे ऐसे बच्चों की ही जरूरत है। हम लोगों का क्या? हम तो सिर पर कफन बाँधकर हर क्षण मौत के दरवाजे पर दस्तक दे रहे हैं।'' वे बोले और बड़े प्रेम से मुझे अपनी बगल में बैठाया। बोरसी मेरी ओर खिसकाई और अनुभव के भार से दबी उनकी संघर्षशील दृष्टि मुझे हर कोने से टटोलने लगी। फिर धीरे से उन्होंने अपने कुरते की जेब में हाथ डाला। मुट्ठी भर जो कुछ निकला, उसमें कुछ पैसे, मूँगफली और दो बीड़ियाँ थीं। मूँगफली मुझे और दानिस को दी। पैसे पुनः जेब में डाले और बीड़ी सुलगाकर पीने लगे।

मैं उनके परिचय के लिए आतुर था, पर मैं कुछ पूछ नहीं पाया। केवल आँखें रह-रहकर उन्हें छूती रहीं।

''ये हैं रामप्रसाद भारतीयजी।'' मूँगफली का छिलका बोरसी में डालते हुए

दानिस बोला।

"रामप्रसाद नहीं, महज भारतीय कहो।" वे बोले।

"वह तो देखने से ही आप लगते हैं।" मेरे मुख से निकल पड़ा।

"यही तो इस देश का दुर्भाग्य है बेटे, कि हर भारतीय दिखाई पड़नेवाला व्यक्ति भारतीय नहीं है।" उन्होंने बीड़ी का एक तेज कश खींचा और धुआँ उगलते हुए कहा, "यदि ऐसा होता तो मुझे कलक्टर हार्डी पर बम न फेंकना पड़ता।"

इतना सुनते ही मैं एक ताप का अनुभव करने लगा। एक गीली लकड़ी की तरह मैं अंगारे की बगल में था।

"जिसे इस देश के प्रति प्रेम नहीं, उसे भी तुम भारतीय समझते हो!" बूढ़ा बड़ी वितृष्णा से बोलता रहा, "हममें हजारों लोग ऐसे हैं, जो आज भी अंग्रेजों को खुदा समझते हैं, उनकी दिलोजान से मदद करने के लिए लगे रहते हैं। यदि ऐसा न होता तो अंग्रेज कब के चले गए होते!"

वे रुक-रुककर बीड़ी का कश खींचते, कुछ सोचते और बोलते रहे। अब मुझे ज्ञात हुआ कि आगरे के कलक्टर एम.पी. हार्डी लड़ाई के लिए जबरिया चंदा वसूली के नाम पर अत्याचारों के पहाड़ ढहा रहा था। दूसरी ओर कुछ भारतीय ऐसे भी थे, जो उसके सम्मान में भोज दे रहे थे। भारतीयजी और उनके साथियों ने उस भोज में ही कई बम फेंके। कलक्टर के साथ ३२ लोग और घायल हुए। बम फेंकनेवाले सभी गिरफ्तार कर लिये गए, पर भारतीयजी निकल भागे।

घटना का विस्तार से वर्णन करते समय एक अवसर ऐसा भी आया, जब वे क्रोध से होंठ चबाने लगे—"वासुदेव (गुप्त) तो न पकड़ा जाता, पर हमारे ही दोस्त बननेवाले एक व्यक्ति ने धोखा दिया। ...नमक हराम, कमीना, दगाबाज!" और फिर अनेक गालियाँ उन्होंने आवेश में सुना डालीं।

धुएँ की तरह काँपता उनका शरीर अब एक घने बादल-सा थमा। वे प्रकृतिस्थ हुए। तब दानिस बोला, "पर यह खबर किसी अखबार में नहीं छपी?"

"छपती कैसे? अखबारों पर सेंसर जो है। यह तो कहो कि जर्मन रेडियो ने पूरे विस्तार के साथ इस घटना को प्रसारित किया, वरना आगरा के बाहर के लोग जानते भी न। तुम लोग भी जर्मन रेडियो सुनो।"

"पर हम जर्मन भाषा जानते नहीं, और रेडियो की अंग्रेजी भी समझ में नहीं आती।"

"कोई बात नहीं, नौ से साढ़े नौ बजे रात के बीच रेडियो बर्लिन का कार्यक्रम हिंदी में होता है। वह सुनने के काबिल है।" उन्होंने कई घटनाओं की चर्चा की, जो अखबारों में नहीं छपी थीं, पर जिनका प्रसारण बर्लिन से हुआ था।

"आखिर ये खबरें वहाँ पहुँचीं कैसे?"

"यही तो आश्चर्य है।" उन्होंने बताया, "जर्मनी ने विज्ञान और टेक्नोलॉजी में काफी तरक्की की है। तभी तो उन्होंने अंग्रेजों के दाँत खट्टे कर दिए हैं। सालों का होश दुरुस्त है।"

'दुश्मन का दुश्मन दोस्त' कहावत बड़ी पुरानी होती हुई भी मौजूद थी। उस समय जर्मनों को हम अपना दोस्त समझते थे। उसका प्रचार भी कुछ ऐसा ही था। हम आर्य हैं। हिंदुस्तानियो, तुम भी आर्य हो। हमारा-तुम्हारा खून एक है। तुम स्वस्तिक को पूजते हो। हमारे झंडे में भी स्वस्तिक है (यद्यपि नाजी झंडे में उलटा स्वस्तिक होता था)। हमारी-तुम्हारी संस्कृति एक है। ये अंग्रेज हम दोनों के दुश्मन हैं। हम इन्हें खत्म करके ही दम लेंगे। तुम भी इसी समय आजादी के लिए जिहाद बोल दो।

बातचीत से ही मालूम हुआ कि भारतीयजी गांधीजी की इज्जत तो करते हैं, पर उन्हें अपना नेता स्वीकार नहीं करते। उनका विचार था कि स्वराज्य भीख माँगने की चीज नहीं है और न वह माँगने से मिलेगा ही। गांधीजी ने इतनी आरजू-मिन्नत की, पर अंग्रेजों ने गांधीजी को नहीं छोड़ा।

कुछ बात थी कि जब इन क्रांतिकारियों की हिंसक तेजस्विता अहिंसा की ओर बढ़ती थी तो वह सुभाष बाबू की ओर आकर रुक जाती थी। गांधीजी उनकी समझ से बहुत दूर थे। इस समय भी सुभाष बाबू के इर्द-गिर्द हमारी बातों का सिलसिला घेरा बना बैठा था।

समय बढ़ता जा रहा था। मुझे देर हो रही थी। मौका मिलते ही चरण छूकर विदा लेना चाहा, पर वे रोकते हुए बोले, "अभी बहुत रात भी नहीं हुई है। खाना खाकर जाना।"

"नहीं, देर हो रही है। माँ आसरा देख रही होंगी।" मैंने कहा।

दानिस ने भी मेरी परिस्थिति बताते हुए मेरी बात का समर्थन किया।

मैं चलते हुए पुनः उनके चरण की ओर झुका। वे गद्गद हो उठे—"बेटा, मैं तुम्हें कुछ दे नहीं सकता, सिवाय आशीर्वाद के।" उनके स्वर में निरीहता थी, पर आँखें असहाय नहीं थीं। वे बोलते रहे, "हमारी सांस्कृतिक परंपरा है कि किसी बच्चे से मिलते समय उसे कुछ देना चाहिए।"

"आपने तो आशीर्वाद दिया ही है।" मैंने मुसकराने की चेष्टा की, पर वे संतुष्ट नहीं दिखे। उन्होंने खड़े होते हुए जेब में पुनः हाथ डाला।

"रुकिए।" दानिस के दिमाग में पुनः एक चीज कौंध गई—"आप एक वस्तु दे सकते हैं।" फिर वह वहीं से चिल्लाया, "अरे, जो किताब मैंने दी है, उसे दे जाओ।"

क्षण भर में ही एक लड़की घाघरा और चोली पहने किताब लेकर हाजिर हुई।

गोरा रंग, बड़ी-बड़ी आँखें और मुसकराता चेहरा। पहली दृष्टि में ही वह मेरे मन में उतरने लगी; पर मेरी आरोपित शिष्टता ने उसे जी भर के देखने नहीं दिया। उसकी आँखें भी झुकी रहीं एक खिलनेवाली कमल-कली की तरह।

"यह मेरी बहन सलमा है।" दानिस ने परिचय दिया और उसके हाथ से किताब लेकर भारतीयजी को देते हुए बोला, "इसे आप दे सकते हैं। यह जग्गू के यहाँ सुरक्षित रहेगी।"

"हाँ, माँ को भी मत दिखाना।" दानिस ने आगाह किया। मेरे मस्तिष्क में अतीत एक बार फिर चमक गया। हमीद ने भी मुझे एक किताब कभी दी थी माँ से छिपाकर रखने के लिए। और यह दूसरी किताब है। और फिर हमीद तथा दानिस का व्यक्तित्व एक-दूसरे की बगल में खड़ा हो गया। रोशनी की बगल में अँधेरा, गंगा की बगल में बहता हुआ नाबदान। कितना अंतर था दोनों के व्यक्तित्व में!

फिर यह पुस्तक कैसी? जो भी हो, वैसी तो नहीं होगी जैसी हमीद ने दी थी। तब तक भारतीयजी स्वयं बोल पड़े, "मेरे पास इस पुस्तक की एक ही प्रति रह गई है। इसमें पैंतालीस प्रकार से बम बनाने की विधि लिखी है।" मैंने फौरन पुस्तक उलटकर देखी। लेखक की जगह सावरकर का नाम लिखा था।

"यह वही सावरकर हैं न, हिंदू महासभावाले?" मेरे मुँह से अनायास ही निकल पड़ा।

"हिंदू महासभावाले नहीं, वीर सावरकर कहो, क्रांतिकारी सावरकर।" मुझे लगा, जैसे मैंने कोई नाजुक तार छू दिया। वे एकदम झनझना उठे, "इस देश में न कोई हिंदू है, न कोई मुसलमान। केवल गुलाम हैं। सबके सब गुलाम हैं और गुलामों का कोई संप्रदाय नहीं होता। महज एक धर्म होता है—आजादी के लिए लड़ना, माँ की बेड़ियाँ काटना।" वह इतने आवेश में और जोर-जोर से बोलने लगे थे कि खाना बनाना छोड़कर दानिस की माँ दौड़ी हुई आईं—"अरे, जरा धीरे बोलिए, सन्नाटे में आवाज बहुत दूर तक जाती है।"

भारतीयजी एकदम सकपका गए—"मैं भूल गया कि मेरी आवाज भी गुलाम है।" उनके स्वर की तेजी मुसकराहट में बदलकर हमारे अधरों को छूती हुई निकल गई।

दानिस की माँ बूढ़ी थीं। मेरे कंधे पर हाथ धरे बगल में खड़ी थीं। दरवाजे के बाहर से अपनी आवाज में वह जितनी कर्कश जान पड़ीं, स्पर्श से उतनी ही ममतामयी। उनकी आँखों में इतना प्यार था कि चलते समय मेरी श्रद्धा स्वयं उनके चरणों में झुकने लगी। वे बीच में ही रोकते हुए बोलीं, "बस-बस! तुम दानिस के इतने अच्छे दोस्त हो, पर कभी आए नहीं?"

"क्या आता, माँ?" मैंने धीरे से कहा, "दरवाजा बंद रहता और मैं बाहर ही खड़ा रह जाता।" एक सामूहिक खिलखिलाहट उस सुनसान में तैर गई।

"नहीं, नहीं। अब ऐसा नहीं होगा।" अम्मीजान ने मुसकराते हुए कहा, "इसे भी अपना घर ही समझना।"

मैं चल पड़ा। द्वार के बाहर आकर नमस्कार करने के लिए फिर एक बार मुड़ा। सलमा से अचानक नजर टकराई। उस अँधेरे में भी एक रोशनी थी उन आँखों में। एक कशिश थी, जो कह रही थी, 'जरूर आना, मुझे भी अपनी चंपो समझना।'

□

## : नौ :

इस बीच बाल कल्याण समिति की कई बैठकें हो चुकी थीं। अनाथालय के लिए लहुराबीर से थोड़ा हटकर एक मकान भी ले लिया गया। तमाशा यह कि वह मकान भी लाला जगजीवन दास के बगीचे के निकट ही पड़ता था। रानी बहू ने अनाथालय की देख-रेख का बहुत कुछ काम दानिस को सौंप रखा था। वह दिन भर उसी में लगा रहता था। अनाथालय के एक छोटे कमरे में उसने अपना ऑफिस बनाया था। बहुधा रात को भी वह वहीं रह जाता था। इससे उसकी सुराजी गतिविधि कुछ धीमी पड़ गई थी। क्योंकि रानी बहू की स्पष्ट हिदायत थी कि हमारी संस्था विशुद्ध रूप से सामाजिक है। राजनीति से उसका कोई वास्ता नहीं। किसी भी राजनीति का केंद्र उनका अनाथालय बने, यह उन्हें स्वीकार नहीं था।

यद्यपि वैचारिक दृष्टि से दानिस का रानी बहू से मतभेद था। वह हर प्रकार की सामाजिक बुराई का कारण राजनीतिक गुलामी को मानता था। उसकी दृष्टि में राजनीति से अलग कुछ भी नहीं था। फिर भी, उसने मन में एक अलिखित समझौता कर लिया कि अनाथालय की चहारदीवारी के भीतर वह राजनीति को आने नहीं देगा।

यह वही बगीचा था, जहाँ से लाला अपने सारे अनैतिक काम चलाता था। अब दानिस के निकट आ जाने से बाजार ठंडा पड़ गया था। अब औरतों को भी यहाँ रख नहीं पाता था। लाला समझने लगा था कि यदि यही हालत रही तो जल्दी ही हमारा बाजा बज जाएगा। एक दिन वह दानिस से मिलने चला आया।

गरमी की शाम तपकर ठंडी पड़ चुकी थी।

दानिस फाइल ठीक कर रहा था। लाला को अचानक आया देखकर उसने कागज ज्यों-का-त्यों लपेटकर टेबल में डाल लिया।

''लगता है, मेरे आने से तुम्हें परेशानी हुई!'' लाला मुसकराते हुए बोला।

''नहीं, नहीं, ऐसी कोई बात नहीं है।'' सामान्य शिष्टाचार के बाद दानिस धरातल पर आया—''हाँ, परेशानी तो होती ही है। अचानक जब कोई बड़ा आदमी आ

धमकता है तब परेशानी की बात हो जाती है।''

''तुमसे बातों में कोई जीत नहीं सकता, दानिस!'' लाला हँसते हुए बोला। फिर लगा उसकी तारीफ के पुल बाँधने। प्रशंसा से देवता भी खुश हो जाते हैं, फिर आदमी की औकात ही क्या! दानिस भी कुछ प्रसन्न तो हुआ ही, फिर भी वह सोचता रहा कि आज सूरज किधर उगा है? आखिर, मेरे प्रति लाला की धारणा में यह बदलाव कैसा?

अनाथालय के लॉन में टहलते हुए लाला इधर-उधर की बातें करता रहा—लड़ाई की, सरकार की और फिर घूम-फिरकर सुभाष बाबू पर आ गया—''दानिस, तुम ठीक कहते थे। वह भी गजब का आदमी निकला। देखो, काबुल होता हुआ जाकर हिटलर से मिल गया। अब वह भारत को आजाद कराकर ही दम लेगा।''

लाला दानिस की कमजोरी जानता था। यह जानता था कि सुभाष बाबू के सहारे ही उसके निकट पहुँचा जा सकता है। इसके पीछे भी उसकी कूटनीति थी। वह दानिस को मिलाना चाहता था, क्योंकि दानिस ही मनोहर की हत्या के मामले में पैरवी कर रहा था। पुलिस तो ढीली पड़ गई थी। लाला को यह भी मालूम था कि दानिस ने बहुत सारे ऐसे तथ्यों का पता पा लिया है, जिनके प्रकाश में आते ही नए गुल खिल सकते हैं।

सुना है, लाला उस लड़के के गाँव भी गया था, जिसे अपाहिज बनाकर भीख मँगाई जा रही थी। उसने कुछ दे-लेकर उस लड़के के घरवालों को भी पटा लिया था। महज एक दानिस ही उसकी राह का काँटा था। अब उसके सामने दो ही रास्ते थे—या तो काँटे को उखाड़कर फेंक दिया जाए या उसे इतना सहलाया जाए कि वह अपनी चुभन ही खो दे।

पहला रास्ता खतरनाक था। वह दानिस से सीधी लड़ाई लेने के पक्ष में नहीं था, क्योंकि उसके पीछे एक जन-शक्ति थी सुराजियों की। उससे टकराने का मतलब था—स्वयं को उधेड़ देना। लाला इसके लिए तैयार नहीं था। जहाँ जरा सा भी खुला कि लाला नंगा हो जाएगा, एकदम नंगा। नकाब हटते ही उसका असली चेहरा जनता देख लेगी। वह बहुत डरता था, दानिस से नहीं वरन् अपने ही चेहरे से। फिर क्यों नहीं काँटे को ऐसा सहलाया जाए कि वह फूल हो जाए।

बातों-ही-बातों में शाम डूबती चली गई, पर उसने अपनी मनशा जाहिर नहीं की। चलते समय बस इतना ही कहा, ''तुम्हें अचंभा हुआ होगा कि मैं अचानक तुम्हारे यहाँ चला आया; पर कोई विशेष बात नहीं है। तुम इतने दिनों से आते-जाते हो, पर मेरे बगीचे में कभी नहीं आए। मैंने सोचा कि आज मैं तुम्हारे यहाँ क्यों न चलूँ।'' उसने मुसकराते हुए दानिस की ओर देखा, फिर बड़े भाव से बोला, ''मुकदमा अपनी जगह है, इन्क्वायरी अपनी जगह है और हमारे-तुम्हारे संबंध अपनी जगह हैं।'' निश्चित ही लाला से संबंधित अतीत की अनेक कटु-तिक्त तसवीरें दानिस के मन में उभरीं। वह

उन्हें देखता और सोचता रह गया।

उस दिन से दानिस और लाला के नए संबंध की शुरुआत हुई। बातचीत शुरू हुई, आना-जाना शुरू हुआ। औपचारिकता ऊपर से ओढ़ ली गई, भीतर से कतरनी चलती रही। जहाँ भी पुलिस ढीली पड़ती, केस दबता नजर आता, दानिस बाल कल्याण समिति की ओर से कलक्टर से मिलकर एक नई दरख्वास्त लगा देता और फिर मामला 'सरे नौ' से शुरू हो जाता।

कुछ ही दिनों के बाद लाला सोचने लगा कि दानिस के लिए आने-जाने का रास्ता खोलकर उसने अच्छा नहीं किया। वह लाला की गैर-हाजिरी में भी बगीचे में चला जाता था। नौकरों से मिलता था और बातों के क्रम में कुछ-न-कुछ उनसे उगलवा ही लेता था। और जहाँ एक तथ्य मालूम हुआ, एक नई दरख्वास्त कलक्टर के दफ्तर में हाजिर।

उसकी नाक में दम हो गया था। लाला आजिज आ गया था। एक दिन तो उसने कई आदमियों के सामने ही दानिस से कहा, "हमने दाई को पेट दिखाकर अच्छा नहीं किया।"

"हाँ, नाजायज पेट कभी दाई को दिखाना नहीं चाहिए।" दानिस ने नहले पर दहला मारा और हँस पड़ा। बात आई-गई और खत्म हो गई।

दो ही चार दिनों बाद यह पता चला कि लाला ने अपने नौकरों को हिदायत दे दी है कि कोई भी दानिस से बात न करे। यदि वह मेरी गैर-हाजिरी में कभी बगीचे में आना भी चाहे तो फाटक न खोला जाए।

नए संबंधों का खुला हुआ फाटक अब बहुधा बंद रहने लगा।

□

रात उतर आई थी। माँ भीतर खाना बना रही थीं। पियारी और मैं वहीं बैठे थे। झूम-झूमकर आषाढ़ के पहले बादल टिन की सायबान पर जल-तरंग बजा रहे थे। मौसम में पहली बार इसका एहसास हो रहा था कि तपी हुई धरती में कितनी सुगंध होती है। अचानक नीचे का दरवाजा किसी ने खटखटाया।

माँ ने खटखटाहट से कुछ अंदाज लगाया और एक वितृष्णा भरी दृष्टि पियारी पर फेंकती हुई बोलीं, "लगता है, तुम्हारा ही कोई यार-दोस्त है।" माँ को पियारी का रहना उतना बुरा नहीं लगता था जितना उसके दोस्तों का आना। यदि वह जानतीं कि यह क्रम धीरे-धीरे बढ़ता जाएगा तो वह कभी उसे शरण न देतीं, पर अब तो ढोल गले पड़ चुका था।

पियारी भी माँ के व्यंग्य-बाण ही नहीं, झिड़कियाँ भी सहती और मौन रह जाती थी। इस समय भी वह चुपचाप उठकर नीचे आई। मेरा अनुमान ठीक निकला। वह

दानिस ही था, किंतु उसके साथ एक औरत और थी। वेशभूषा और आकृति से पहाड़ी मालूम होती थी। मैंने ऊपर से ही देखा। नीचे जाना चाहता था, पर माँ की वर्जना सुनाई पड़ी—"पहली बरसात में भीगना मत, फोड़े निकल आएँगे।"

मैं रुक गया, पर पियारी नहीं लौटी। लगा कि कोई गंभीर मंत्रणा हो रही है। मेरा मन रह-रहकर जाने को होता था। दानिस, मेरा दोस्त! क्या सोचेगा? मैं बरसात में आया और उसने नीचे तक आने की औपचारिकता नहीं बरती। पर क्या करता? माँ की भभकती आँखों ने मुझे बाँध रखा था।

काफी देर हो गई। अब जिज्ञासा ने माँ का भी स्पर्श किया। उन्होंने चूल्हे पर से खिचड़ी का बटुआ उतारा और झोंके से चल पड़ीं। पीछे-पीछे लालटेन लेकर मैं भी चला।

सीढ़ी उतरते समय पियारी की आवाज सुनाई पड़ी—"लगता है, तुम्हारी चाची आ रही हैं। अब तुम्हीं कहो, मेरी तो हिम्मत नहीं।"

माँ तो जैसे सन्न रह गईं। दानिस के आदाब का जवाब दिए बिना ही वह झुँझलाईं—"यह कौन है जी?"

"एक नेपालिन है, चाची।"

"वह तो मैं देख ही रही हूँ!"

माँ की आवाज से दानिस एकदम सकपका गया। निश्चित ही माँ से उसे ऐसे व्यवहार की कल्पना नहीं थी।

फिर भी उसने अपना साहस बटोरा—"आफत की मारी है। मैं चाहता था कि एक रात आपके यहाँ शरण मिल जाती।"

"यह कोई अनाथालय है क्या?" माँ झुँझलाईं।

"अनाथालय में रखना होता तब तो मैं रख ही लेता।" दानिस सायास मुसकराया—"मैं तो इसे घर में रखने लाया हूँ।"

माँ कुछ सोचने लगीं। दानिस ने बताया कि "इस नेपाली औरत को एक अनजान आदमी नौकरी देने के बहाने स्टेशन से लाया है। तमाशा यह कि वह खुद लेकर नहीं आया। उसने एक कागज पर लिखकर लाला के बगीचे का पता दे दिया और खुद गायब हो गया। यह औरत वह कागज लेकर हमारे अनाथालय में चली आई। तब मेरी समझ में बात आई।"

"क्या आई?" माँ का स्वर झुँझलाहट से भरा था।

"यही कि यह औरत भी उसी गिरोह की गिरफ्त में आ गई है।"

"यह तुम कैसे कह सकते हो? क्या लाला को किसी नौकर की जरूरत नहीं पड़ सकती?" माँ की भंगिमा बदली—"तुमने एक धारणा बना ली है, दानिस! अब

लाला कोई सही काम करेगा, फिर भी वह तुम्हें खराब मालूम पड़ेगा।''

''आप विश्वास कीजिए चाची, लाला कोई सही काम कर ही नहीं सकता।'' दानिस बड़ी दृढ़ता से बोलता रहा, ''मेरे पास इतने तथ्य इकट्ठे हो गए हैं, जिनके आधार पर मैं कह सकता हूँ कि लाला आदमी नहीं, नर-पिशाच है।'' फिर उसने विस्तार से तर्क दिया कि यदि उसे नौकर रखना ही था तो उस आदमी को अंत तक साथ ले आना चाहिए था। केवल पता देकर इसलिए उसे छोड़ दिया कि यदि यह कहीं पकड़ी जाए तो लाला तो साफ इनकार कर ही देगा, उस आदमी के संबंध में भी यह कुछ न बता सकेगी। आप पूछकर देखिए न!''

माँ ने उससे पूछा नहीं, पर वह यह अवश्य बोलीं, ''तो तुम क्या समझते हो, जब उस आदमी ने पुरजा देकर छोड़ दिया तब क्या उसने इसपर दृष्टि नहीं रखी होगी?''

''अवश्य रखी होगी।''

''तब तो लोग यह भी जानते होंगे कि वह तुम्हारे ही साथ है!''

''जाना करें। मैं कोई गलत कार्य थोड़े ही कर रहा हूँ। मैं तो एक अबोध युवती को दुष्टों के जाल में न फँसने देने की चेष्टा में हूँ। नहीं तो यह पिशाच पता नहीं इससे कौन-कौन से 'करम' कराएँगे!''

माँ सोचने लगीं। दानिस की बात अब उनके मन में बैठने लगी थी।

दानिस ने भी अपना आखिरी तीर मारा—''मैं तो इसे अपने ही घर ले जाता, पर ये नेपाली लोग धर्म के मामले में बड़े कट्टर होते हैं। पता नहीं, यह हमारे यहाँ का पानी भी पीना पसंद करती या नहीं। फिर और किसी के यहाँ रखना भी खतरे से खाली नहीं। औरत तो आबेखाँ (एक प्रकार का झीना सफेद कपड़ा) होती है, जरा भी कुछ हुआ कि धब्बा लगा! फिर, एक रात का ही तो सवाल है। सवेरा होते ही मैं इसे पुलिस के हवाले करूँगा।''

''नहीं-नहीं, पुलिस नहीं।'' वह युवती पुलिस का नाम सुनते ही काँप उठी। वह हिंदी समझ और बोल नहीं पा रही थी, फिर भी उसने कहा, ''हम नौकरी, काम चाहता है, पुलिस नहीं।''

एक रात के लिए दानिस का प्रस्ताव स्वीकार कर लिया गया। वह रख ली गई।

इस पूरे संदर्भ में मैं मात्र एक द्रष्टा था। मैं सोच रहा था कि दानिस क्या सोचेगा कि मैं उसके घर आया हूँ और वह बोल भी नहीं रहा है, जबकि उसने मुझे कई बार देखा भी। वह मेरी विवशता का अनुमान तो लगा नहीं पाया होगा।

किंतु जब माँ ने दानिस को द्वार के बाहर किया तो मैं भी एक झटके से बाहर आया। हमारे नमस्कार का उत्तर उसने मुसकराकर दिया और चल पड़ा। पानी रुक चुका

था। उस गाढ़े अँधेरे में एक काले धब्बे-सा दूर कोई व्यक्ति दिखाई दिया, जो हमें देखते ही साइकिल से फुर्र हो गया; पर एक संदेह का बीज हमारे मन में छोड़ता गया।

वह नेपाली औरत चुपचाप सायबान के एक किनारे बैठ गई। किसी से बोले भी तो क्या बोले? हम लोगों के साथ ही माँ ने एक थाली में खिचड़ी उसकी ओर भी बढ़ाई।

''नहीं, हम ब्राह्मण हैं, बजई।'' उसने नहीं खाया। यद्यपि वह भूखी थी। उसकी थकावट से साफ जाहिर हो रहा था। तब माँ ने उसे 'गुड़' और 'सतुवा' खाने को दिया। सूखते धान पर पानी पड़ गया। वह इतनी प्रसन्न थी मानो षड्रस व्यंजन का भोग कर रही हो।

अभी सवेरा नहीं हुआ था। कुछ ही समय पहले 'राम-राम' कहता हुआ मँगरू गली से गुजरा था। वह रोज इसी समय गंगा-स्नान करने जाता है और हम समझ जाते थे कि पाँच बज गया है। अभी पौ फटने में देर थी कि लाला खुद आ धमका। उसका आना अप्रत्याशित अवश्य था, पर संदर्भहीन नहीं। इससे आश्चर्य नहीं हुआ। हाँ, आश्चर्य था तो केवल इस बात का कि वह अकेले आया है। किंतु यह भी एक भ्रम ही था।

माँ उससे बड़ी सज्जनता से मिलीं। लाला बोला, ''मेरी नौकरानी आपके यहाँ आ गई है। यदि आप दे दें तो उसे लेता जाऊँ।''

माँ कुछ बोलीं नहीं, केवल उसका मुँह देखती रहीं।

''अच्छा हुआ, जो दानिस आपके यहाँ पहुँचा गया। बेचारी नेपालिन है। पहली बार बनारस आई है। यहाँ के गली-कूचे से भी अनजान। भाषा भी नहीं जानती। किसी से कुछ कहना चाहती भी तो कैसे कहती?'' लाला नाटकीय मुद्रा में कहता गया, ''यह तो कहो, वह किसी बदमाश के हाथ में नहीं पड़ी!''

माँ ने समझ लिया कि लाला सबकुछ जानता है। अब व्यर्थ के विवाद में पड़ना ठीक नहीं। उन्होंने अब कुछ कहना और सुनना उचित नहीं समझा। वह चुपचाप ऊपर आईं और उस युवती को ले जाकर सौंपते हुए बोलीं, ''लो, यह तुम्हारे मालिक हैं।''

लाला मुसकराया और धन्यवाद देकर चलता बना।

मैंने खिड़की से झाँककर देखा। वह लाला के पीछे पालतू गाय की तरह चली जा रही थी। बीरू के चबूतरे के पास सोमारू कुछ लोगों के साथ खड़ा था। आगे बढ़ने पर वह भी लाला के साथ हो लिया।

मैंने जब यह बात सुनाई तो माँ और पियारी दोनों सहम उठीं।

''दानिस को अब लाला के पीछे बहुत नहीं पड़ना चाहिए। वह तो पतित है ही, पता नहीं क्या कर डाले!'' माँ बोलीं।

''पर डरने से कब तक काम चलेगा? इन नीचों का भंडाफोड़ तो होना ही

चाहिए।'' इतनी देर से चुप पियारी अचानक बोल पड़ी।

''क्या पूरे समाज को ठीक करने का ठीका तुम्हीं ने ले रखा है?'' माँ भभकीं और एक क्षण रुकने के बाद उन्होंने मुझे सावधान करते हुए कहा, ''देखो, अब दानिस से कोई विशेष वास्ता मत रखना। तुमको इस सबसे क्या लेना-देना है!''

□

किंतु दानिस से वास्ता टूटनेवाला कहाँ था? फर्क बस इतना पड़ा कि अब मैं माँ से बहुत सी बातें छिपाने लगा। मेरी बाल-सुलभ सहजता लुप्त होने लगी, क्योंकि मैं बड़ा हो गया था। मैंने ज्ञान का फल चख लिया था। छल-कपट, दुराव-छिपाव आदि समय के सहयात्री होकर मुझमें विकसित होने लगे थे। मैंने अनुभव किया कि वक्त की एक पारदर्शक दीवार हमारे और चंपो के बीच में उठ आई है। हम एक-दूसरे को देखते थे, मुसकराते थे, पर छू नहीं पाते थे। केवल भावनाएँ ही लिपटकर रह जाती थीं और कभी-कभी तो हमारी आवाजें भी उस दीवार से टकराकर लौट आती थीं।

किंतु दानिस के निकट मैं चलता चला जा रहा था। हम दोनों के बीच कोई अवरोध नहीं था, यदि थीं तो माँ, उनका प्रेम, उनका ममत्व, उनका वह टूटा हुआ सपना, जिसमें स्वराज्य की लड़ाई उन्हें ताश के घर की तरह दिखाई देती थी। वह इन सुराजियों को अपने लड़के का भविष्य कभी सौंपने को तैयार नहीं थीं।

दूसरी ओर, देश की समझ में परिवर्तन आ गया था। लोगों के विचार से अंग्रेज लड़ाई में ऐसे फँस गए थे कि वे भारत को अधिक दिनों तक गुलाम नहीं रख सकते थे। राजनीतिक क्षितिज रंग ला रहा था। कुछ लोग इसे भाँप रहे थे। अनेक अमन सभाइयों ने पाला बदलना आरंभ कर दिया था। यहाँ तक कि छोटे सरकार के सिर पर भी गांधी टोपी सवार हो गई थी।

माँ के भग्न सपनों के भीतर से ही मेरा सपना जन्म ले रहा था। दानिस अब मेरे घर नहीं आता था, पर मेरी-उसकी मुलाकात रोज ही हो जाती थी। कभी-कभी तो दिन में कई बार। उसी ने आज मुझे बताया कि रात नौ बजे बर्लिन रेडियो से सुभाष बाबू बोलेंगे। यद्यपि सरकार ने बर्लिन रेडियो सुनना अपराध घोषित कर दिया था, फिर भी लोग छिपाकर सुनते थे। उन दिनों रेडियो भी कितने लोगों के पास थे? मात्र दो-चार रईसों के यहाँ। दानिस ने दारानगर के किन्हीं रामानदजी के यहाँ सुनने की व्यवस्था कर ली थी।

मेरे लिए समस्या थी। यह तो निश्चित था कि रेडियो की अंग्रेजी मेरे पल्ले नहीं पड़ेगी, फिर भी सुभाष बाबू को सुनने की प्रबल इच्छा थी। मैंने एक बार बहुत पहले उन्हें टाउनहॉल में सुना था, वह भी हिंदी में। आवाज तो पहचान ही लूँगा। समझ में आए, चाहे न आए। पर चला कैसे जाएगा? साढ़े आठ बजे दानिस ने मुझे बुलाया है।

माँ भला क्यों जाने देंगी! निश्चित ही वह अनुमति माँगने पर बिगड़ पड़ेंगी। एक बात हो सकती है, मैं क्यों नहीं सुमेर चाचा से कहूँ? मुझे चाचा के रास्ते अपनी मंजिल कुछ आसान लगी।

मैंने चाचा से सीधे-सीधे नहीं कहा, थोड़ी बुद्धि से काम लिया।

शाम को मैं उसकी दुकान पर पहुँच गया। यह उसकी दुकानदारी का वक्त था। अपनी आदत के अनुसार वह हर ग्राहक से कुछ बातें अवश्य करता था। मामूली हाल-चाल, लड़ाई की बातें, महँगाई की चर्चा और बीच-बीच में सुराजियों की हरकतें उसकी बातों के नपे-तुले विषय थे। मनोहर की मृत्यु के बाद बाल कल्याण समिति पर भी चर्चा हो जाती। आज भी इसी संदर्भ में लाला और दानिस का नाम आया। दानिस का नाम आते ही उसकी आँखें मेरी ओर मुड़ीं और फिर मुझे छूती हुई ग्राहकों की ओर चली गईं—''अब तो दानिस और लाला में ठन गई है। देखो, कौन किसको पस्त करता है।''

''पर लाला है पैसेवाला आदमी, वह कुछ भी करा सकता है।'' पीपा बीड़ी फूँकते हुए बोला।

वह अभी-अभी मिट्टी के तेल का कनस्तर व सीढ़ी लेकर आया था और ऐसे इतमीनान से बैठा, गोया घंटों की बैठकी लगाएगा। मैं चाहता था कि वह हटे और मैं अपनी बात कहूँ, पर बात-बात में बात निकलती रही। धीरे-धीरे सात बजने को आया। अब तो माँ भी कोठी से लौटती होंगी, तब सब गुड़-गोबर हो जाएगा।

मैंने थोड़ा साहस किया। भीतरी दरवाजे से चाचा के पास पहुँचा और उसके कान में धीरे से बोला, ''चाचा, मैं जा रहा हूँ। दस बजे तक लौटूँगा। माँ आएँगी तो उनसे कह दीजिएगा कि घबराएँ नहीं।'' फिर मैंने चाचा को धीरे-धीरे सारी बातें बता दीं।

''तब तुम माँ से ही क्यों नहीं पूछकर जाते?''

''माँ जाने नहीं देंगी।'' फिर मैंने ऐसी भंगिमा बनाई कि चाचा समझ गया कि चाहे जो भी हो, मैं जाऊँगा जरूर। वह कुछ बोला नहीं। मैं भीतर चला गया। चाची सूप से दुकान के लिए धनियाँ पछोर रही थी।

''अरे, सँझवाती देकर पछोर कुलच्छनी!'' यह आवाज ऊपर से शायद मंतोन्ना दादी की आई थी। वह भी गजब की बुढ़िया थी, आगे नाथ न पीछे पगहा। पर सारे मुहल्ले का परिवार उसका परिवार था। हरेक को वह बरजती ही रहती थी।

चाची ने पछोरना छोड़ दिया। चंपो पहले से ही लालटेन में तेल भर रही थी। उसने मुझे नहीं देखा। मैं उसके कान के पास आकर जोर से चिल्लाया, ''नमस्कार!''

वह एकदम चौंक पड़ी।

''तेरा लड़कपन कभी नहीं जाएगा, जग्गू।'' चाची बोली और मैं भाग चला।

□

जब मैंने पहली बार रेडियो से सुभाष बाबू को सुना था, गजब की अनुभूति हुई थी। हजारों मील दूर से आती आवाज हमें छूकर जैसे साकार हो उठी थी। लग रहा था, सुभाष बाबू बिलकुल हमारे सामने बोल रहे थे। बीच-बीच में आती हुई खड़खड़ाहट को दानिस बता रहा था कि वह ब्रिटिश वैज्ञानिकों की ओर से जान-बूझकर पैदा किया गया अवरोध था।

यह अवसर फिर मुझे नहीं मिला। उस दिन भी रामानंदजी के यहाँ मुझे जो उपेक्षा मिली, उसकी कल्पना भी नहीं थी। रेडियो के चारों ओर घर के लोग बैठे थे। बाहर के दरवाजे बंद कर दिए गए थे। उसी के पास ही जमीन पर हम बैठा दिए गए थे। हमारे ही बगल में जूते और चप्पल हमारी हैसियत का बोध करा रहे थे। हमारी अस्मिता सामंती व्यवस्था के कूड़ेदान में पड़ी चुपचाप सुभाष बाबू को सुनती और धन्य होती रही, किंतु फिर कभी यहाँ न आने का उसने निश्चय कर लिया था।

निश्चित रूप से माँ इस घटना पर दुःखी थीं, पर वह कुछ बोलीं नहीं। लगता है, उनकी छाया से गंभीर मंत्रणा हुई थी और उन्होंने समझ लिया था कि जिस रास्ते को मैं सदा बंद करती रही, नियति की अदृश्य डोर उधर ही जग्गू को खींचे लिये चली जा रही है, तब मैं क्या कर सकती हूँ? उन्होंने परिस्थितियों से समझौता करने की मानसिकता बना ली थी।

दूसरे दिन सवेरे-सवेरे मैं अपने साथी लक्ष्मी के घर गया। उससे मुझे भूगोल की एक किताब उधार लेनी थी। उन दिनों वह मृत्युंजय महादेव के पीछे ही रहता था। मंगलवार था। लौटते समय हनुमानजी ने कृपा कर अपनी याद दिलाई और मैं मंदिर में हाजिर हुआ। लाला पूजा कर रहा था। उसने मुझे देखा नहीं, लेकिन उसका वह पुराना लँगड़ा नौकर मुझे देखते ही मुसकराया। मैंने सस्वर 'हनुमान चालीसा' का पाठ आरंभ किया। मुझे सुनते ही लाला हड़बड़ाया। उसके लिए मेरी उपस्थिति अप्रत्याशित थी। उसने कितनी जल्दी पूजा खत्म की, मैं कह नहीं सकता अपनी डोलची छोड़कर वह कुएँ की ओर चला गया। मेरा नमस्कार भी वह अनदेखा करता गया।

मैंने पाठ खत्म किया, परिक्रमा समाप्त की। तब तक वह नहीं आया। इतनी देर तो वह कुएँ के पीछे की मूर्तियों की पूजा में कभी नहीं लगाता था। अवश्य ही वह मुझसे कतरा रहा है। जो लाला कभी मेरे साथ स्वर में स्वर मिलाता था, पाठ करता था, प्रसाद देता था और अंत में दूसरे दिन फिर मिलने की उम्मीद भी, आज वह इतना कटा-कटा क्यों है?

थोड़ी देर बाद वह लँगड़ा आता दिखाई दिया, शायद डोलची ले जाने के लिए आ रहा था।

"लाला कहाँ हैं?" मैंने पूछा।

"कुएँ के पास खड़े हैं।"

"क्यों, इधर नहीं आएँगे?"

"नहीं।" उसकी कुटिल मुसकराहट एक बार फिर झलकी—"अब वह आप लोगों से दूर ही रहना चाहते हैं।"

"लेकिन क्यों?" मैंने कहा, "जाकर कह दो कि मैं डोलची नहीं दूँगा।"

थोड़ी देर बाद लाला आ गया।

"कहिए लालाजी, आज प्रसाद दिए बिना ही चले जाएँगे?"

"नहीं-नहीं, बेटा! जरा जल्दी में था।" गिरगिट ने तुरंत रंग बदला, "तुम्हें नहीं दूँगा तो किसे दूँगा!" और दाँत निपोरते हुए उसने केले, लड्डू और मुट्ठी भर बताशे देकर जान छुड़ाई।

"क्यों लालाजी, वह नेपालिन नौकरानी तो अच्छी तरह है न?" चलते समय मैंने बड़े सहज भाव से पूछा था। किंतु उसका चेहरा जैसे फक पड़ गया। जरूर दाल में काला है।

"हाँ-हाँ, सबकुछ ठीक है।" वह कहता चला गया।

उसका नौकर मुड़-मुड़कर मुझे देखता और मुसकराता रहा, मानो वह कहना चाह रहा हो—'देखो, होशियार रहना। ऐसा पलटकर डसेगा कि लहर नहीं आएगी।'

□

आज अध्यापकों के वेतन का दिन था, इसलिए खाने की छुट्टी के समय ही पूरी छुट्टी हो गई थी, क्योंकि अपनी तनख्वाह लेने उन्हें चुंगी कचहरी जाना पड़ता था। सावन का आखिरी मंगल होने के कारण इसे दुर्गाजी के मेले की छुट्टी उद्घोषित कर दी गई।

घंटों से तेज बारिश हो रही थी। घटा झकझोर-झकझोरकर बरस रही थी। मेरे स्कूल के सामने घुटनों पानी लग गया था। कुछ बाहरी लोग भी वर्षा से बचने के लिए स्कूल के बारजे में आ गए थे। उन्हीं में साइकिल लिये दानिस भी था। शायद वह अनाथालय से लौटा था। मैंने उसे देखा नहीं।

मेरे निकलते ही उसने खुद आवाज लगाई, "कहाँ चले?"

"आज मेला देखने की छुट्टी हो गई।"

"तो इस बारिश में ही मेला देखोगे?" उसने मुझे रोक लिया। तय यह हुआ कि इसी साइकिल से हम दोनों मेला देखने चलेंगे और लौट आएँगे। मुश्किल से घंटा भर लगेगा। समय से घर भी पहुँच जाऊँगा। हमें क्या मालूम था कि हमारी छाया में ही एक षड्यंत्र जन्म ले रहा है।

हम लोगों के पीछे खड़े आदमी के पास भी साइकिल थी। वह अचानक बारिश में ही चल पड़ा। दानिस ने उसे रोका भी, पर यह कहता हुआ कि बगीचे में लाला का कमरा वह भूलकर खुला ही छोड़ आया है, वह चला गया। बाद में दानिस ने बताया कि लाला का यह खास आदमी है, उसके बगीचे का इंचार्ज। आजकल यह मेरा दोस्त हो गया है। फिर वह ऐसा मुसकराया जैसे लाला की हर पोल-पट्टी उसके हाथ में हो।

"लोगों का खयाल है कि वह ऐसा डसेगा कि लहर नहीं आएगी?" मंदिर में कही गई लाला के लँगड़े नौकर की बात मैंने दोहराई।

दानिस हँस पड़ा—"वह स्साला क्या करेगा? देखना, उसे जेल की हवा न खिलाऊँ तो दानिस नाम नहीं।"

आशंकाओं से टकराता दानिस का उत्साह बारिश के थमने की प्रतीक्षा में था। लगभग आधे घंटे बाद ही बूँदी टूटी और हम चले पड़े। मुड़कट्टा बाबा के पास पहुँचते-पहुँचते भीड़ इतनी बढ़ चुकी थी कि साइकिल से चलना दुश्वार हो गया। कुछ और बढ़ने के बाद पुलिस ने भी पैदल चलने के लिए विवश कर दिया। अब साइकिल स्वयं हमारे लिए भार हो गई।

थोड़ी देर बाद ही दो-तीन लोगों का लट्ठ लिये एक झुंड बगल से निकला। इसमें से एक को साइकिल का अगला पहिया लगा या वह जान-बूझकर उससे टकराया, कह नहीं सकता। इतने पर ही सबके सब गाली-गलौज पर उतर आए।

"अंधा है क्या? देखकर नहीं चलता।" एक बोला।

"भीड़ में भी साला साइकिल घुसेड़े जा रहा है।" दूसरे ने कहा।

तीसरा तो चार कदम और आगे बढ़ गया—"यदि घुसेड़ना ही था तो अपनी माँ···" जैसे लड़ने पर आमादा हो।

दानिस ने शीघ्र ही परिस्थिति की गंभीरता का अनुमान लगा लिया और जरा भी उत्तेजित नहीं हुआ। उसने समझ लिया कि लफंगों से पाला पड़ गया है। वह माफी माँगता हुआ एक किनारे दब गया। सब घूरते हुए बाढ़ में बह रहे झाड़-झंखाड़ की तरह भीड़ में आगे निकल गए।

फिर उसने साइकिल एक स्टैंड पर खड़ी कर दी। कुछ समय तक गंभीर रहा, पर कोई भी स्थिति उससे अधिक चिपकती न थी। विचित्र व्यक्तित्व था, शिवलिंग की तरह। मक्खन चढ़ाया जाए तो वैसे ही और यदि गोबर भी पड़े तो भी ज्यों-का-त्यों खड़ा रहे। दुर्गा कुंड तक आते-आते वह बिलकुल प्रकृतिस्थ हो गया था। उसने 'नानखटाई' खरीदी और खाई गई। बंबे पर पानी पीने के बाद वह बोला, "तुम दुर्गाजी का दर्शन करोगे न? जाओ, मैं तुम्हारा बस्ता लेकर यहीं खड़ा रहूँगा।"

"तुम भी क्यों नहीं चलते?" मैंने कहा।

"मैं मंदिर में कैसे जा सकता हूँ?"

"कौन जानता है कि तुम मुसलमान हो?"

"कोई जाने चाहे न जाने, मैं खुद तो जानता हूँ।" वह हँस पड़ा।

उसे मंदिर से क्या लेना-देना? वह तो मेला देखने आया था।

मैं मंदिर में जाने की पंक्ति में खड़ा हो गया और वह मेरा बस्ता लेकर उधर बढ़ा जिधर जादू दिखानेवालों का खेमा था। द्वार में प्रविष्ट होने तक हम दोनों एक-दूसरे को देखते रहे।

भीड़ काफी थी। पुलिस का प्रबंध ठीक होने पर भी दर्शन करने में काफी समय लग गया। अचानक एक अजीब किस्म की सुगबुगाहट भीतर तक तैर गई। लगा, बाहर कुछ हो गया है। शीघ्र ही निकला। देखा, एक हंगामा खड़ा है। एक औरत दानिस को गालियाँ दिए जा रही है। वह भीड़ से घिर गया है और कुछ लोग उससे उलझ पड़े हैं।

औरत कह रही थी, "यह बदचलन है, लुच्चा है, लफंगा है। इसने भीड़ में मेरा हाथ पकड़ा।"

दानिस का आरोप था कि औरत गिरहकट है। यह मेरे जेब में हाथ डाल रही थी।

"अबे साले, डाल रही थी न, डाला तो नहीं था!" भीड़ में से ही एक आवाज पत्थर की तरह मारी गई, "और मान लो, डाल रही थी तो तुम चिल्लाते, पुलिस बुलाते। इसका हाथ तुमने क्यों पकड़ लिया?"

"अरे, साले ने और कहीं भी हाथ लगाया होगा!"

मैंने देखा, लट्ठबाजों का वही गिरोह आ धमका है—"दे कमीने को चार हाथ। स्साला खद्दर पहनकर गांधीजी को भी बदनाम कर रहा है।" तब तक तड़ातड़ दो-चार हाथ दानिस पर पड़ ही तो गए। मैं एकदम घबरा गया। अकेला कर क्या सकता था? मैं चिल्लाया, पर सुननेवाला कौन था? वह एक ऐसा संदर्भ था, जिसमें आदमी चाहे जितना सत्य कहे, पर बात औरत की ही मानी जाती है।

दानिस बुरी तरह फँस गया था। अब पुलिस भी आ गई थी। उसने किसी तरह भीड़ से उसे अलग किया। औरत अब भी चिल्लाए जा रही थी। लट्ठबाज कह रहे थे—"इस साले को थाने पर ले चलो।" दानिस चलने को तैयार था, पर उसका कहना था कि असली गुनाह तो औरत का है, उसे भी थाने पर ले चलना चाहिए।

"औरत की एक इज्जत होती है! क्यों जाएगी वह थाने पर?" लट्ठबाजों में से एक बोला।

"क्योंकि वह गिरहकट है, बदमाश है!" दानिस चीखा।

इतना सुनते ही पुलिस के रहते हुए भी एक आदमी ने उसपर हाथ चला ही

दिया—"साला एक भली औरत को बदमाश कहता है!"

यह घूँसा दानिस के चेहरे पर था। लड़खड़ाते हुए उसने भी दो-चार हाथ चलाए। पुलिस ने फिर इस गुत्थमगुत्थे को सँभाला।

जीवन में मैं इतना लाचार कभी नहीं हुआ था। मैं जानता था कि दानिस बेकसूर है, पर कुछ कर नहीं सकता था। मेरी चीख-चिल्लाहट उम्र के पिंजरे में बंद एक असमर्थ सिंह शावक की भाँति दहाड़ मारती रह गई।

"लगता है, यह औरत बदमाश है।" मेरे पीछे से आवाज आई।

अचानक अँधेरे में एक किरण चमकी। मैंने पीछे देखा, दो-तीन व्यक्ति आपस में बातें कर रहे थे।

"भला कोई भली औरत इस निर्लज्जता से कह सकती थी!" दूसरे ने उसका समर्थन किया।

"यदि भले घर की औरत होती तो हाथ पकड़ने पर भी वह मुँह नीचे किए चली जाती।" तीसरा बोला।

मुझे लगा कि ये लोग यूनिवर्सिटी में पढ़नेवाले हैं। डूबते को तिनके का सहारा मिला। मैं घबराया हुआ उनसे बोला, "सचमुच, दानिस निर्दोष है। आप लोग क्यों नहीं बीच-बचाव करते?"

'दानिस' नाम सुनते ही जैसे उनकी सहानुभूति अंगारे पड़ गए—"यह मुसलमान है क्या? तब दर्शन करने क्यों आया?"

मैंने कुछ शब्दों से और कुछ संकेतों से उसे समझाने की कोशिश की, "प्लीज, मदद कीजिए, वह बेगुनाह है।" मेरे अनुनय-विनय का इतना तो असर हुआ ही कि उनमें से एक आगे बढ़ा—"अच्छा, तो यहाँ रमझेला मचाने से कोई फायदा नहीं। इन दोनों को थाने ले चलिए।"

"औरत थाने नहीं जाएगी।" लट्‌ठबाजों में से एक बोला, "बेचारी बेइज्जत भी की जाए और थाने पर भी ले जाई जाए। यह कहाँ का न्याय है?"

"तो न्याय के ठीकेदार आप ही लोग हैं?"

"तुम कौन हो जी बीच में बोलनेवाले?" उसकी जबान बदली, "बड़ा बनल हउवा न्याव करै वाला। जा-जा, आपन काम देखऽ।" लट्‌ठ पटकते हुए बनारसी ढंग से वह बोला।

अब इनमें से दूसरे व्यक्ति ने पहले व्यक्ति के कान में कहा, "काशीनाथ, व्यर्थ इस झमेले में मत पड़ो। देखते नहीं हो, ये बनारस के छँटे हुए गुंडे हैं। और इतना होने पर भी पुलिस तमाशबीन की तरह खड़ी है।" इसके बाद उसने पुलिस को संबोधित करते हुए कहा, "आपके मन में जो आए, वह कीजिए, पर यहाँ से मजमा हटाइए।"

मौसम ने भी हमारा साथ दिया। बूँदें पड़ने लगीं। दानिस को लेकर पुलिस भेलूपुर थाने की ओर बढ़ी। वह औरत खिसक गई। लट्‌ठबाज भी तीन तेरह हो गए, किंतु यूनिवर्सिटी के लड़के अब भी मेरे साथ थे। उन्हें भान हो चला था कि यह किसी अदृश्य जाल में फँसाया जा रहा है। उन्होंने कई बार पुलिस से आग्रह भी किया, "अरे यार, जाने दो, वे सब भी चले गए हैं। इस बेचारे को भी छोड़ दो।"

"अरे वाह रे, कैसे छोड़ दूँ? इतना बड़ा हंगामा हो गया है। यदि मेले के इंचार्ज दारोगाजी को मालूम हुआ तो वे यही सोचेंगे कि कुछ ले-देकर छोड़ दिया गया होगा!"

"तब आप लोगों ने उस औरत को क्यों छोड़ दिया?" अब मैं बोला।

उस पुलिसवाले ने ऐसे आँखें तरेरीं गोया खा जाएगा।

"औरत को पकड़कर क्या यही हंगामा थाने पर भी करवाता?" उसने कहा।

अब मैं चुप हो गया। यूनिवर्सिटी के लड़कों में से एक ने मुझे अपने पास बुलाया और समझाया, "इस समय कुछ कहना-सुनना बेकार है। साफ मालूम होता है कि पुलिस मिली हुई है। तुम जल्दी से अपने किसी परिचित को बुला सको तो अच्छा हो।"

मेरे सामने रामकिशुन के अतिरिक्त कोई दूसरा नहीं था। मैं दानिस से ही साइकिल की चाभी और पास लेकर साइकिल स्टैंड की ओर दौड़ा।

पुलिस दानिस को थाने पर ले चली।

मैं काफी घबरा गया था। मेरे जीवन में इस प्रकार की परिस्थिति पहले-पहल आई थी। मैं अपना बस्ता सुमेर चाचा के यहाँ फेंककर रामकिशुन के घर की ओर बढ़ा। मेरी व्यग्रता से चाचा भी घबराया। वह बहुत कुछ जानना चाहता था, पर अभी आने का आश्वासन देकर मैं चलता बना।

पता चला, रामकिशुन घर पर नहीं है। मेरे प्रयत्न किनारा छूते-छूते पुनः डूबने लगे। आज कोई मीटिंग भी नहीं है, फिर वह इस समय किधर गया? उसके घर के लोग भी बताने में असमर्थ थे। बहुधा संध्या को वह कंपनी बाग या टाउन हॉल में जाता था और कुछ लोगों के बीच बैठकर 'सुराजी बहस' छेड़ देता था, किंतु आज उसकी भी संभावना नहीं थी, क्योंकि रुक-रुककर सवेरे से ही बारिश हो रही थी।

अब क्या करूँ? ऐसा न हो कि दानिस को हवालात में बंद कर दिया जाए। लोग क्या कहेंगे? अपनी असफलता में व्यग्रता और अधिक व्यग्र हो जाती है। तब किसी निष्कर्ष पर पहुँचना कठिन हो जाता है। कोई रास्ता तो निकालना ही पड़ेगा। क्यों नहीं मैं सुमेर चाचा को ही ले चलूँ?

मैंने अपनी साइकिल मोड़ी। यद्यपि मुझे विश्वास नहीं था कि सुमेर चाचा चलेगा, फिर भी मैंने उससे सारी बातें बताईं। इस समय उसके यहाँ ग्राहक भी नहीं थे। चंपो दुकान के भीतर बैठकर मसाले की पुड़िया बना रही थी। वह मुझे भीगा और लथपथ

देखती और सुनती रही। चाचा ने भी बड़ी गंभीरता से सुना और एक नितांत अनुभवी की तरह गंभीर वाणी में बोला, ''मैंने तुमसे कहा था न कि अब दानिस का साथ मत करना। देखो, आगे क्या होता है!'' उसकी आवाज इतनी रूखी थी कि मुझे और कुछ कहने का साहस ही नहीं हुआ।

कुछ देर बाद मैंने धीरे से कहा, ''अब किसे ले जाऊँ? रामकिशुन चाचा तो मिले नहीं।''

''वह तो अभी ही दिखाई दिया था।'' चाचा मसाले की पुड़िया बाँधते हुए बोला।

मुझे आश्चर्य था कि कितनी बड़ी घटना घटी थी और चाचा प्रकृतिस्थ था। जरा भी व्यग्र नहीं, जरा भी जिज्ञासु नहीं। जितना बताया उतना सुन लिया। ऐसा स्थिति-निरपेक्ष चाचा रह जाएगा, मुझे विश्वास नहीं था।

''हो सकता है कि वह तुम्हारे ही घर गया हो, क्योंकि पियारी को पूछ रहा था।'' उसने बड़े सामान्य ढंग से कहा, ''रामकिशुन मिले तो उसे जरूर भेज दो, पर मेरी बात मानो, तुम इस झंझट में मत पड़ो। उसने एक बड़े बीहड़ आदमी से रार मोल ले ली है।''

अब लाला का संपूर्ण व्यक्तित्व काले नाग-सा फुफकारता मेरे सामने खड़ा हो गया। मैं एकदम अपने घर की ओर भागा। आशंका ठीक निकली। रामकिशुन यहीं था। वह पियारी के साथ रानी बहू के यहाँ जाने की योजना बना रहा था। शायद कोई मीटिंग थी।

''उस नीच ने आखिर षड्यंत्र रच ही दिया!'' मेरी सारी बातें सुनने के बाद रामकिशुन की पहली प्रतिक्रिया थी। उसने दानिस की साइकिल से ही जाने का विचार किया। जब पियारी ने भी चलने की इच्छा व्यक्त की तब तय हुआ कि इक्के से ही चला जाए। रिक्शे उन दिनों नहीं थे।

जब इक्के से ही चलना था तब मैं भी ताला लगा चल पड़ा। सोचा, ताली सुमेर चाचा के यहाँ देने जाऊँगा तो वह रोक लेगा, अतएव मैं सड़क पर यह कहते हुए भागा कि आप लोग चाचा के यहाँ चाभी रखकर आइए, मैं इक्का ठीक कर रहा हूँ।

थाने के बाहर कोई भीड़ नहीं थी। यों तो मेले का दिन था ही, दो-चार आदमी खड़े अवश्य थे।

''लगता है, वह छोड़ दिया गया।'' पियारी बोली।

रामकिशुन मुसकराया। उसकी मुसकराहट मानो कह रही हो, 'ऐसा नहीं हो सकता। लाला कच्चे सूत का जाल नहीं बीनता।'

इक्के से उतरते ही भीतर से फूटा एक अट्टहास हमें तीर की तरह चुभा। अरे,

यह तो लाला ही है। किंतु उसे कैसे मालूम? और वह थाने पर कैसे चला आया? अवश्य इसमें रहस्य है। उस रहस्य का बिंदु मेरे मानस में बढ़कर एक विशाल परिधि का रूप लेने लगा।

"लीजिए, लीजिए"अब ये लोग आ गए। सारी बातें स्पष्ट हो जाएँगी, दारोगाजी।" हम लोगों को देखते ही लाला बोल पड़ा।

"आप यहाँ कैसे, लालाजी?" छूटते ही रामकिशुन ने पूछा।

"क्यों भइया, मेरा आना क्या गुनाह हो गया?" एक विष से भरी मुसकराहट उसके अधरों से छूटी—"अरे, दुर्गाजी का दर्शन करने जा रहा था। पता चला कि दानिस बेचारा फँस गया है। पैरवी में चला आया। पड़ोसी जो ठहरा। न सौ गोती, न एक पड़ोसी।" फिर वह 'हो-हो' कर हँसने लगा। हमें लगा कि वह डंक पर डंक मारे जा रहा है। पड़ोसीवाली बात भी उसने अनाथालय और बगीचे के संदर्भ में कही है। हम सभी समझ रहे थे, पर जवाब देने की स्थिति में नहीं थे।

रामकिशुन ने विस्तार से बातें आरंभ कीं। दारोगा ने बताया कि "दफा २९४ में हमने चालान किया है।"

"यह २९४ दफा क्या है?"

"यही छेड़छाड़ करने, औरतों पर आवाजकशी करने आदि का मामला।" लाला बीच में ही बोल पड़ा।

यह कितना बुरा लगा, सो क्या बताऊँ? सवाल किससे किया गया था और जवाब कौन दे रहा था। फिर भी रामकिशुन कुछ नहीं बोला। उसने दारोगाजी को ही संबोधित करते हुए पूछा, "आप क्या समझते हैं कि यह आदमी ऐसा होगा?"

"यही तो मैं भी पूछना चाहता था।" लाला फिर बोला।

"यह ऐसा होगा या नहीं होगा, इसपर निर्णय देना हमारा काम नहीं है। इसपर विचार तो कोर्ट में होगा।" दारोगा ने कहा, "हमें तो महज ड्यूटी पर तैनात अपने कांस्टेबल की रिपोर्ट पर काररवाई करनी है।"

"क्या हम वह रिपोर्ट देख सकते हैं?"

"जरूर।"

दारोगा ने रिपोर्ट दिखाई। रामकिशुन पढ़ने लगा। मैंने खिड़की के पास एक स्टूल पर बैठे हुए दानिस को देखा। वह इतना निरीह, इतना बेबस, इतना लाचार कभी नहीं था। अंधड़ में बुझे हुए दीप की तरह वह रह-रहकर धुआँ छोड़ रहा था। चुप था, किंतु जब लाला ने पुनः व्यंग्य करते हुए कहा कि यह बेचारा सुराजी है। गांधीजी का चेला है। यह कभी ऐसी हरकत कर नहीं सकता, तब उसका ज्वालामुखी फूट पड़ा—"चुप, कमीने कहीं के! मैं सब जानता हूँ। यह सारी हरकत तेरी ही है और तू चला है हिमायत

करने!'' दानिस स्टूल से उठकर खड़ा हो गया था। उसके होंठ काँप रहे थे। आवाज इतनी तेज थी कि बाहर के कुछ कांस्टेबल भीतर चले आए थे।

''देखिए साहब, यहाँ पर भी जब आप गुंडई पर आमादा हैं तब भीड़ में जो कुछ किया होगा, उसका तो ईश्वर ही मालिक है।'' दारोगा गरम हुआ—''मैं कुछ नहीं जानता, यदि यहाँ जरा भी शरारत हुई तो मैं सबको १०७ में बंद कर दूँगा!''

हम सब चुप ही थे। दानिस भीतर-ही-भीतर सुलगता रहा। दारोगा फिर बोला, ''ये बेचारे तो आपकी जमानत की बात कर रहे थे और आपने इन्हीं को गालियाँ देनी शुरू कर दीं।''

''यदि आप लोगों को मेरी जरूरत नहीं हो तो हम जा रहे हैं।'' लाला ताव खा गया और यह कहते हुए निकला कि हम तो चले थे जस करने और हो गया अपजस। जाते-जाते उसने एक बार फिर दानिस को देखा। उसकी दृष्टि विजय के उन्माद से बोझिल थी।

''लेकिन साहब, अन्याय सहने की भी एक सीमा होती है। दानिस के साथ अन्याय हो रहा है। उसका उबल पड़ना अस्वाभाविक नहीं।'' पियारी ने कहा।

''ई देखऽ ई! इ पियरिऔ अंग्रेजी बूकत हौ।'' सुरती ठोंकता एक बूढ़ा दीवान बाहर से बोल पड़ा।

''ई कउन पियरिया हौ रे?''

''अरे, वही चंदरवाली।''

फिर एक ऐसी हँसी छूटी कि हम सब बुझ गए। हमारी सारी तेजस्विता राख में मिल गई। पियारी ने कनखियों से देखा, यह दीवान तो कोतवाली में भी रह चुका है। उसकी आँखें उधर से लौट आईं और ऐसी झुकीं कि उठने का नाम नहीं लिया।

एक लाचार आदमी के सामने दया की भीख माँगने के सिवा और कोई चारा नहीं होता। रामकिशुन की मुद्रा बदली। इसका स्वर अत्यधिक विनम्र हो गया। उसने आग्रह किया कि आप मदद कीजिए। एक सज्जन आदमी बेगुनाह फँस रहा है।

दारोगा हँसा—''किसी के कपाल पर सज्जनता और असज्जनता लिखी नहीं रहती। फिर इनका बयान भी बड़ा विचित्र है। इनका कहना है कि उसने मेरी जेब में हाथ डाला। साथ ही ये यह भी कहते हैं कि उस जेब में कुछ नहीं। अब सवाल यह उठता है कि यदि कुछ नहीं था तो वह हाथ क्यों डालती? लेकिन उसका हाथ पकड़ना यह भी स्वीकार करते हैं, और यही उसका आरोप है।''

''इसका मतलब है कि यदि यह झूठ बोलता कि मेरी जेब में पैसा था तो शायद यह आपकी निगाह में गुनहगार न होता!'' रामकिशुन मुसकराया—''इसका सारा अपराध तो सत्य बोलने का है।''

फिर धीरे-धीरे रामकिशुन ने अपना व दानिस का विस्तार से परिचय कराया और यह भी बताया कि निश्चित रूप से दानिस को फँसाने और बदनाम करने के लिए षड्यंत्र रचा गया है।

दारोगा का कान किधर था, यह तो नहीं कह सकता; पर उसकी आँखें पियारी पर एकदम गड़ी थीं, जैसे वह अपनी निगाह से उसे टटोल रहा हो। बात खत्म होते ही उसने पूछा, "आपका परिचय?"

"यह पियारी देवी, हमारी महिला विंग की सक्रिय सदस्या, समाज-सेविका।" रामकिशुन मुसकराया, "कई बार तो पिकेटिंग करते समय आप लोगों का सामना कर चुकी हैं।"

इतना सुनते ही बाहर से फिर खिलखिलाहट आई। पियारी का चेहरा फक होता गया। मनुष्य हर परिस्थितियों से मुक्त हो सकता है, पर उसका इतिहास कभी उसका पीछा नहीं छोड़ता। इस समय पियारी का इतिहास ही उसपर खिलखिला रहा था। वह तिलमिलाकर रह जा रही थी।

बड़े अनुनय-विनय के बाद दारोगा जमानत करने पर राजी हो गया। किंतु जब रामकिशुन ने जमानत के लिए अर्जी देने की बात कही तब उसने बताया कि जमानत की दरख्वास्त तो लाला जगजीवन दास ही दे चुके हैं। आपकी दरख्वास्त की कोई जरूरत नहीं।...और फिर, लालाजी शहर के मानिंद आदमी हैं। हम सब उन्हें जानते हैं। उनकी जमानत की वकत है। दारोगा क्षण भर के लिए रुका—"हम मानते हैं कि आप भले आदमी हैं, पर हम जानते नहीं।"

दानिस के चेहरे पर फिर ललाई उभरने लगी। लगा कि वह उठकर कह देगा कि मैं लाला की अर्जी पर रिहा होना नहीं चाहता; लेकिन रामकिशुन की आँखों ने उससे कुछ कहा और उसके अहं के कछुए ने हाथ-पाँव सिकोड़ लिये।

कैसी विडंबना थी कि पुलिस के लिए हम अनजान थे और लाला जानदार। उसी की अर्जी पर दानिस रिहा हुआ।

एक हारे हुए जुआरी की तरह हम थाने से निकले। तब भी आसमान पसीज रहा था। अँधेरा बढ़ चला था। भीड़ अभी भी मेले में जा रही थी, पर उसका कोलाहल हजारों विषधरों की तरह हमें फुफकारता रहा। पियारी का इतिहास खिलखिलाता हुआ उसके पीछे चलता रहा।

☐

'मेले में छेड़खानी करते हुए एक युवक पकड़ा गया'—'काशी समाचार' की यह हेडिंग जंगल की आग बन चुकी थी। यद्यपि समाचार में कहीं भी दानिस का नाम नहीं था, फिर भी पता नहीं कैसे लोग उसी को समझ रहे थे। हर जबान पर उसकी चर्चा थी।

आज शाम को कोठी से लौटते ही माँ ने चेतावनी दी, ''यदि तुमने दानिस से वास्ता रखा तो मुझसे बुरा कोई नहीं होगा।''

माँ की मुद्रा से स्पष्ट लगा कि रानी बहू से अवश्य ही इस संदर्भ में कोई बात हुई है।

मैं उस समय कुछ नहीं बोला। लोहे को ठंडा हो जाने देना चाहता था। पियारी भी चुप ही रही। रात को खाना खाते समय हमने उसे हर बात समझाई। पियारी ने भी मेरा साथ दिया, ''दानिस निर्दोष है। लाला ने ही उसे फँसा दिया है।''

''और उसका कहना है कि मैंने ही उसकी जमानत ली है, वरना वह अदालत में बंद हो जाता।'' माँ बोलीं। उसने बताया कि लाला कोठी में आया था। उसने सारी बातें छोटे सरकार से कही हैं। रानी बहू भी सोचने लगी हैं कि बाल कल्याण समिति से अब दानिस को संबंधित नहीं रखना चाहिए।

''तो क्या उन्हें विश्वास हो गया है कि दानिस ऐसा है?'' पियारी बोली।

''विश्वास तो उन्हें भी नहीं है और हमें भी नहीं, पर एक लांछित व्यक्ति को रखकर संस्था को बदनाम करने से फायदा?''

अब कोई क्या कहता? पर पियारी बोल पड़ी, ''आज बेचारा फँस गया है। कोई कुछ भी कह ले, पर देखिएगा, वह कचहरी से बेदाग छूटेगा। न कोई गवाही है और न कोई सबूत। पुलिस झूठ ही किसी को फँसा दे तो क्या वह अपराधी हो जाएगा?''

माँ सोचती रहीं, फिर बड़ी गंभीरता से बोलीं, ''लांछन तलवार का वह घाव है पियारी, जो अच्छा होने पर भी अपना दाग तो छोड़ ही जाता है और दुनिया फिर दाग को ही देखती रहती है।''

पियारी को लगा कि उसके सारे दाग उसकी आँखों के सामने नाचने लगे हैं। दुनिया की हजारों आँखें उसी को घूर रही हैं। अब वह दानिस के पक्ष में बोलने की स्थिति में नहीं थी।

रात को जब हम सोने गए, बारिश फिर तेज होने लगी थी।

यों जब भी मैं लेटता था, नींद मुझे धर दबोचती थी; पर आज वह आँखों में नहीं थी। सामने था दाँत पीसता हुआ लाला का नौकर—'मैंने कहा था न कि ऐसा काटेगा कि लहर नहीं आएगी। इस कमीने का जब तक फन नहीं कुचला जाएगा, यह अपनी आदत से बाज नहीं आएगा।' वह किटकिटाता रहा और बँधे हुए बेबस कुत्ते की तरह गुर्राता रहा। हवा का तेज झोंका आया। दरवाजे के पंख फड़फड़ाए और मेरा चिंतन-क्रम टूटा। पियारी के खर्राटे सुनाई पड़ने लगे। मैंने देखा, माँ भी सो गई हैं; पर नींद अब भी मुझसे दूर थी।

अचानक बिजली चमकी और लगा कि लाला हम पर हँस रहा है—'मामूली

कंकड़ होकर चले थे चट्टान से टकराने, हा-हा-हा!' फिर बिजली चमकी—'जब तक ऊँट पहाड़ नहीं चढ़ता, बड़ा बलबलाता है। पेट में डाल दूँगा तुम्हारी ये बलबलाहटें।' लाला की आँखों से चिनगारियाँ छूटती रहीं, बाहर बरसात होती रही। सायबान खड़खड़ाता रहा। माँ सोती रहीं। पियारी खर्राटे भरती रही।...कि लाला बोलता जा रहा था—'अभी क्या देखते हो? अभी तो महज शुरुआत है। सँभल जाओ, वरना नाबदान के कीड़े बना दिए जाओगे। बिलबिलाते हुए कीड़े! देखते हो इन कीड़ों को?' फिर बहुत सारे अपाहिज बच्चों ने मुझे घेर लिया। किसी की आँखें फूटी हैं, कोई हाथ का लूला है, कोई लँगड़ा है।...एक पैसा दो, बाबू! बाबू पैसा देता है। इनकी अभाव से भरी हथेलियों पर गोल-गोल ताँबे के पैसे जो उड़ते हुए सीधे लाला की जेब में चले जाते हैं।...फिर बिजली चमकती है और लाला के अट्टहास की अनुगूँज बहुत देर तक काँपती रह जाती है।

वे अपाहिज बच्चे मुझे घेरे रहते हैं। उनकी चीखें बढ़ती जा रही हैं। कान फटने लगता है। मुझे बचाओ, इस नर-पिशाच से मुझे बचाओ! यह मेरा खून चूसे जा रहा है। हम चूँ तक नहीं कर सकते। हमें अपने जाल से निकलने नहीं देता। हमें दागता है, जलाता है; पर मरने नहीं देता। हम मरने के लिए भी आजाद नहीं हैं और आजादी के सपने देख रहे हैं। फिर यह सारी चीजें दो बड़े दहकते सलाखों में बदल जाती हैं और धीरे-धीरे मेरी आँखों की ओर बढ़ती हैं। अरे, यह क्या हो रहा है? मैं एकदम घबरा जाता हूँ और चीखने लगता हूँ।

माँ हड़बड़ाकर उठती हैं—"क्या बात है, बेटा?" वह घबराई हुई मुझे अपने सीने से लगाकर पूछती हैं। अब मुझे लगता है कि यह सब झूठ था, वहम था। मेरे अवचेतन में बैठी लाला के नर-पिशाच रूप की भयंकरता ही मुझे ग्रस रही थी। पर मैं चुप था। माँ बार-बार पूछे जा रही थीं।

"मुझे डर लग रहा था।"

"किस बात का डर? बोलो, किस बात का डर? क्या कोई सपना देख रहे थे?"

"हाँ।" मैंने बिलकुल उनके सीने से चिपकते हुए कहा, "मुझे लग रहा था कि एक बड़ा दैत्य मेरा खून चूसने आ रहा है।"

मैंने बात बदल दी, क्योंकि पता नहीं क्यों मैं इस समय सत्य बोलने के पक्ष में नहीं था।

माँ सहम गई थीं, फिर भी उन्होंने ढाढ़स बँधाया, "कोई बात नहीं। सीने पर हाथ रखकर सोने से ऐसे ही भयानक स्वप्न आते हैं। अच्छा, अब सो जाओ।" उन्होंने मुझे अपनी छाती से लगाते हुए कहा।

किंतु पियारी की नींद इतने पर भी नहीं टूटी थी। वह अब भी खर्राटे भर रही

थी। इतनी बड़ी घटना के बाद भी उसकी नींद ऐसी गहरी? सोचता हूँ, संघर्ष से जूझते-जूझते एक स्थिति ऐसी आती है कि आदमी संघर्ष में जीने लगता है। पियारी भी कुछ ऐसी ही जी रही थी। मैंने करवट बदलकर उसका हाथ छुआ, देखें, अब भी जागती है कि नहीं; पर वह नहीं जागी। हाँ, माँ ने अवश्य पूछा, ''क्या अब भी डर रहे हो, बेटा? मन में 'हनुमान चालीसा' का पाठ करो।''

'हनुमान चालीसा' के पाठ से लाला ऐसा जुड़ा था कि 'भूत-पिसाच निकट नहिं आवैं' कहते-कहते वह खुद मेरे सामने आकर खड़ा हो गया; पर माँ ने अपने से ऐसा चिपका रखा था कि नींद आ गई।

दूसरे दिन मैं देर तक सोता रहा। जब उठा, माँ की पूजा खत्म होने को थी। आरती की घंटी बज रही थी—''कर्पूर गौरं करुणावतारम्…।''

मैं उठते ही आरती में शामिल हो गया। ऐसा मुझे बचपन से सिखाया गया था कि कहीं भी रहो, आरती के समय जरूर आकर खड़े हो जाओ। हाथ जोड़कर स्वर में स्वर मिलाओ।

पिताजी कहा करते थे कि आरती के समय उपस्थित होने और आरती का प्रसाद लेने से जीवन-ज्योति को बल मिलता है। फिर उसकी जीवन-ज्योति तो असमय में ही बुझ गई थी। क्यों? सबको प्रसाद बाँटनेवाले के पल्ले कुछ नहीं रह जाता क्या?

आरती के समय ही माँ ने मुझे कई बार देखा। उनकी दृष्टि में कुछ जरूर था, जिसे मैं पढ़ नहीं पाया। बगल में पियारी भी चुपचाप खड़ी थी। आरती देने के बाद माँ ने प्रसाद दिया—बरफी का एक टुकड़ा और मैंने 'गप' से उसे मुँह में डाल लिया।

''छिह, बिना मुँह साफ किए खा लेने की तुम्हारी यह गंदी आदत कभी जाएगी नहीं।'' वह धिक्कारते हुए बोलीं। कदाचित् उन्होंने मेरी विवशता नहीं समझी। हथेली पर बरफी का टुकड़ा पड़ा रहे और मुँह खुले नहीं। भीतर-ही-भीतर पानी भरता रहे। यह कैसे हो सकता है? शायद माँ कभी बच्ची नहीं थीं।

थोड़ी देर बाद मुझे बताया गया कि दानिस आया था, वह अपनी किताब माँग रहा था।

''वही, जिसमें बम बनाने का तरीका लिखा है।'' वह बोलीं।

अब मुझे माँ की उस दृष्टि की भाषा का अर्थ कुछ-कुछ समझ में आने लगा था।

माँ के हटते ही मैंने ठाकुर के सिंहासन के पीछे हाथ डाला, पर पुस्तक वहाँ नहीं थी। मैंने यहीं तो उसे छिपाकर रखा था। मैंने बार-बार टटोलना आरंभ किया। मेरा प्रयत्न चलता रहा। माँ ने देख लिया।

''किताब दे दी गई है।'' बड़ी रुक्षता से वह बोलीं।

मेरा साहस नहीं हुआ कि मैं पूछूँ कि आपको कैसे पता चला कि वह यहीं है?

मैं चुपचाप बस्ता खोलकर स्कूल का काम करने लगा।

कोठी जाते समय माँ मेरे पास आईं—"तुमने ठाकुर के सिंहासन के पीछे हमीद की भी किताब छिपाई थी और आज दानिस की भी!" माँ बोलीं। बात बहुत पुरानी थी, फिर भी माँ को याद थी। मेरी आँखों के सामने दोनों किताबें आकर खड़ी हो गईं। एक से दुर्गंध उठ रही थी और दूसरे से सुगंध। एक में नाबदान की गंदगी थी और दूसरे में यज्ञकुंड की प्रज्वलित अग्नि।

सोचता हूँ, कितना सार्थक था उन दोनों का छिपाना! सिंहासन चाहे ठाकुर का हो या किसी और का, वह अच्छी-बुरी हर चीज को छिपा लेता है।

"तुम मुझसे भी छिपाते हो, यह अच्छा नहीं है। छिपाने से अच्छी चीज भी बुरी हो जाती है।" माँ बोलीं, "देखो, गांधीजी अपने माता-पिता से कुछ भी नहीं छिपाते थे। सब बता देते थे।" उन्होंने मुझे बताया और फिर दोहराया कि मुझे विश्वास है कि तुम एक अच्छे लड़के की तरह मेरा कहना मानोगे और दानिस का साथ छोड़ दोगे।

धूप तेज निकल आई थी। युद्ध में मरे विशाल राक्षसों की तरह फटे बादलों के टुकड़े आसमान में पड़े थे।

□

दानिस के आने पर उस दिन मुझे जगाया नहीं गया। उससे कहा गया कि रात को जग्गू ने भयानक सपना देखा था, फिर उसे नींद नहीं आई। अभी-अभी तो सोया है। दानिस ने मुझे जगाने के लिए कहा भी नहीं, पर वह समझ गया कि लोग जग्गू को अब मुझसे मिलने देना नहीं चाहते। फिर दो-चार दिनों तक वह मुझसे मिला नहीं, मैं भी उसके यहाँ नहीं गया। बाजार-हाट में भी वह दिखाई नहीं दिया। ऐसा लगा जैसे वह बनारस में ही न हो।

दिन डूब गया था। स्कूल से छूटने में कुछ देर हो गई थी। मास्टर साहब छुट्टी के बाद भी पढ़ाते थे। मिडिल की पढ़ाई थी। हम अपने साथियों के साथ बातें करते घर लौट रहे थे।

कबीरचौरा अस्पताल के पास आते-आते दानिस के पुकारने की आवाज सुनाई। मैंने देखा, बिजली के खंभे के बगल में कूड़ेदान के पास वह बड़ी गंभीर मुद्रा में खड़ा है—जीवित मूर्ति की तरह। एक सुखद आश्चर्य! मैं साथियों को छोड़कर तेजी से उसकी ओर लपका।

"क्यों, मुझे छूकर तुम भागना चाहते हो क्या?"

यह क्या कह रहा है दानिस? कभी तो ऐसे नहीं बोलता था। मैं उसका मुँह देखता रह गया।

"हर आदमी अब मुझसे दूर होता जा रहा है। मुझे विश्वास नहीं था कि तुम मेरे बुलाने पर आ जाओगे।"

"क्यों?"

"क्योंकि मैं लफंगा हूँ, बदमाश हूँ। एक लफंगे और बदमाश के पास शरीफ लोग नहीं फटकते।"

"पर, मैं तो ऐसा नहीं मानता।"

"तुम मानो, चाहे मत मानो; किंतु दुनिया तो मानती है। दुनिया तुमसे बहुत बड़ी है। दुनिया तुमसे बहुत समझदार है। तुम्हारे पास महज दो आँखें हैं, दुनिया करोड़ों आँखों से मुझे देखती है और वह इसी निष्कर्ष पर पहुँची है कि मैं लफंगा हूँ, बदचलन और बदमाश हूँ।" वह बड़बड़ाता रहा।

शब्द उबाल खाकर छलकते रहे। मैं चुपचाप उसे सुनता गया। जब वह पूरी तरह उबल चुका और धीरे-धीरे धरातल पर आया तब उसने बताया कि वह कितना बदनाम हो चुका है। हर आदमी उसपर हँसता है, व्यंग्य करता है। लोग उसे सफेदपोश गुंडा समझते हैं।

"क्या मैं तुम्हें गुंडे की तरह नहीं लगता?"

मैंने नकारात्मक ढंग से सिर हिलाया। मैंने चोर दरवाजे से उसके हृदय में झाँका। वहाँ एक ज्वालामुखी फूट चुका था। लावा उसके मुख से निकल रहा था, "अब मैंने खद्दर के कपड़े उतारकर रख दिए हैं।"

सचमुच आज वह मिल के कपड़े की हाफ पैंट और भगत कॉलर की हाफ कमीज पहने था। यदि वह वैसी कैप लगा लेता तो निश्चित ही शहीद भगतसिंह का भाई लगता!

"किंतु इसमें खद्दर का क्या दोष, जो तुमने उसे उतारकर फेंक दिया?" मैंने पूछा।

"उसमें उसका कोई दोष नहीं, दोषी तो मैं हूँ। मैं अपने कलंक से उसे कलंकित होने देना नहीं चाहता।" उसने कहा।

यदि आज की स्थिति होती तो मैं धड़ल्ले से कहता कि खद्दर कभी कलंकित नहीं होता, बल्कि बड़े-से-बड़ा कलंक वह स्वयं अपनी छाया में पाल सकता है; किंतु उस समय मैं चुप ही रह गया।

उसने यह भी बताया कि "उस दिन जब मैं तुम्हारे घर गया था, बीरू के कुएँ पर पानी भरती औरतें मुझे देखकर एकदम सहम गई थीं, जैसे बकरियों के झुंड की ओर कोई जंगली भेड़िया आ रहा हो। मैंने उनकी ओर देखा भी नहीं, किंतु उन सबने मुँह फेर लिये थे।"

वह मेरी माँ से भी खुश नहीं था—"उस दिन चाची ने भी ऐसी बेरुखाई बरती कि क्या बताऊँ! दरवाजे के बाहर तो खड़े-खड़े बातें कीं और पता नहीं कहाँ से खोज-खाजकर किताब ले आईं और देती हुई बोलीं, 'अच्छा, इस समय जाओ। मुझे जल्दी है।' फिर किवाड़ बंद कर लिये। इसके बाद भी मैं कई क्षणों तक हतप्रभ खड़ा रहा।

"अब मैं अपनों का भी अपना नहीं रह गया।" इतना कहकर उसने जेब से एक पत्र निकाला और मुझे दिया।

मैं उसी समय उसे खोलकर पढ़ना चाहता था।

"इसे तुम अपने पास रखो, फिर कभी पढ़ना।" उसका स्वर बदला, "मैं तुमसे मिलना ही चाहता था, क्योंकि मैं आज-कल में बनारस छोड़ रहा हूँ।"

"क्यों?"

"क्योंकि अब इस शहर में या तो मैं रहूँगा या लाला रहेगा।" उसके स्वर में कुछ और गरमी आई। "उस स्साले का जब तक खात्मा नहीं कर दूँगा जग्गू, तब तक मैं दम नहीं लूँगा। उसने मुझे कहीं का नहीं छोड़ा।" वह क्रोध से काँपता रहा।

मान्यताएँ बदलती हैं, पर इतनी जल्दी नहीं। गुलामी को हर बुराई की जड़ समझनेवाले दानिस की मान्यता बदल चुकी है। उसकी दृष्टि में अब लाला सब बुराइयों की जड़ है। वह उसकी शक्ति और सामर्थ्य से भी चकित था। इतनी मामूली सी घटना और कितनी जल्दी उसने तिल का ताड़ बना दिया। आज जाने-अनजाने शहर के अनेक लोग उसपर थू-थू कर रहे हैं।

चारों ओर से तिरस्कृत होकर दानिस का अहं फुफकारने लगा था। उसका वश चलता तो वह लाला को कच्चा ही चबा जाता; पर कितना विवश है! एक अदने से व्यक्तित्व का विषाक्त धुआँ बढ़ते-बढ़ते एक विशाल राक्षस का रूप ले चुका था। आज लाला सहस्रबाहु होकर उसके मानस के समक्ष आ रहा था, जिसकी हजारों भुजाएँ अनीति और अत्याचार में रत हैं, जिसकी एक भुजा वह काटता है तो दूसरी और बड़ी होती जाती है।

चिंतन का यह क्रम रह-रहकर उसे उद्वेलित कर देता है।

सचमुच, मैंने दानिस को कभी इतना उद्विग्न नहीं देखा था। वह रह-रहकर आवेश में आ जाता था, जैसे अभी ही वह कुछ कर बैठने के लिए उतावला हो।

मैंने उसे अधिक रोकना ठीक नहीं समझा। मैंने पत्र के संदर्भ में कहा, "अच्छी बात है। मैं इसे पढ़कर लौटा दूँगा।" और नमस्कार कर चलने को हुआ।

"नहीं-नहीं, मैंने इसे लौटाने के लिए नहीं वरन् तुम्हें अपने पास रखने के लिए दिया है।" उसकी आवाज भीगने लगी थी, "यह मेरे चरित्र का प्रमाण-पत्र है, जग्गू। यह तुम्हें मेरी याद दिलाता रहेगा।"

यह क्या कह रहा है दानिस? क्या वह मुझसे एक लंबी विदाई ले रहा है? अपनी सीमा से छूटकर पागलपन की गर्त में गिर पड़ना भावुकता की पुरानी बीमारी है। कहीं वह इस बीमारी की पकड़ में तो नहीं आ गया? हे भगवान्! यह कहीं कुछ कर तो नहीं डालेगा? पर मैं कुछ बोल नहीं पाया, महज उसे देखता रह गया।

"क्या देख रहे हो? जीवन में कुछ ऐसे भी क्षण आते हैं, जब कठोर निर्णय लेना ही पड़ता है।" उसने कहा और बड़े झटके से चला गया।

यद्यपि मैं घर की ओर लौट रहा था, पर अब भी उसकी उखड़ी-उखड़ी बातों की अनुगूँज मेरे मस्तिष्क में थी। एक अबूझ पहेली की तरह दानिस मुझ पर छाया था। उसी मानसिकता में उलझा हुआ मैं घर पहुँचा।

दीया जल चुका था। माँ अभी नहीं आई थीं। पियारी थी। लगता है, अभी-अभी आई थी। वह साड़ी बदल रही थी। उसके पास खादी की एक ही साड़ी थी। घर में आते ही वह मिल की धोती पहन लेती थी, जैसे ड्यूटी से लौटने के बाद लोग यूनिफॉर्म बदलते हैं।

मैं ढिबरी की रोशनी में पत्र पढ़ने लगा कि पियारी बोल पड़ी, "क्या पढ़ रहा है रे? खाना नहीं खाएगा क्या?"

"खाता हूँ।" कहकर भी मैं पढ़ने में ही लगा रहा।

पियारी आकर मेरे पीछे खड़ी हो गई। वह पढ़ना नहीं जानती थी, फिर भी समझ गई कि यह कोई चिट्ठी है। लिफाफा देखकर मजमून भाप लेनेवाली उसकी बुद्धि ने बहुत कुछ जान लिया। अब छिपाने से कोई लाभ भी नहीं था। मैंने उसे सारी बातें बता दीं और उससे वचन ले लिया कि वह माँ को नहीं बताएगी।

"बताऊँगी तो नहीं, पर यह बात यदि फूट गई तो माँ का विश्वास मुझ पर से उठ जाएगा।" वह बोली, "और वह यह भी विश्वास करने लगेंगी कि मेरे लड़के को यह विश्वास में करने में लगी है। मैं यह कलंक लेना नहीं चाहती।"

"कलंक कहीं कोई जानकर लेता है!" मुझे हँसी आ गई। फिर मैंने चुपचाप उसे मोड़कर जेब में रख लिया।

किंतु उसकी जिज्ञासा मौन रहने के पक्ष में नहीं थी—"तो पढ़ता क्यों नहीं?" वह बोली।

"जब तू चिट्ठी छिपाने में संकोच कर रही है तब चिट्ठी की बात कैसे छिपाएगी?"

"जैसे चिट्ठी छिपाऊँगी।" वह मुसकरा पड़ी।

और मैं चिट्ठी पढ़ने लगा—

प्रिय अब्दुल दानिस,

हम आपके कार्य से बहुत ही प्रभावित हैं। निस्संदेह, आपने हमारी संस्था बाल कल्याण समिति के लिए जिस समर्पण की भावना से काम किया, वह प्रशंसनीय है। किंतु हम सबके दुर्भाग्य से कुछ संदर्भ आपसे अचानक जुड़ गए हैं कि अब आपका हमारी संस्था से संलग्न रहना संस्था के हित में नहीं है।

हम सब जानते हैं कि आपका चरित्र उज्ज्वल है, फिर भी आपकी एक ऐसी छवि समाज में बन गई है, जिसके रहते आपको संस्था से संबद्ध रखना उचित नहीं हो पा रहा है। विश्वास है कि आप स्वयं अब बाल कल्याण समिति से संबंध-विच्छेद कर लेंगे और अन्यथा नहीं लेंगे।

शुभ कामनाओं सहित—

आपकी

कमला देवी

रानी बहू का ही नाम कमला देवी था।

यह पत्र बाकायदे संस्था के पैड पर टाइप किया हुआ था। यों हाथ से भी लिखकर दिया जा सकता था, पर टाइप कर इसकी औपचारिक गंभीरता बढ़ा दी गई थी। निश्चित रूप से इसकी कई प्रतिलिपियाँ बनाई गई होंगी। हो सकता है और जगह भी भेजी गई हों।

किंतु माँ के आते ही पत्र सिकुड़कर मेरी पैंट की जेब में दुबक गया। पर दानिस अब भी मेरे सामने था। मानो वह मुझसे पूछ रहा था—देखा, मेरा चरित्र कितना उज्ज्वल है! कुछ संदर्भ जरूर मुझसे जुड़ गए हैं, जिसकी वजह से मेरा किसी संस्था से संबद्ध रहना उचित नहीं, तुमसे भी संबद्ध रहना उचित नहीं, तब इस शहर से संबद्ध रहना क्या उचित है? क्यों नहीं मैं उन संदर्भों से ही छुटकारा पा लूँ? पर क्या हो सकता है? क्या इसकी कोई दवा है? यह कोई रोग तो नहीं, जो इसकी दवा हो सके। चरित्र पर लगा दाग तो महज दाग है, दाग।

□

बादल और हवा से अठखेलियाँ करता यह बरसाती रात का प्रथम प्रहर जरा अधिक सुहावना था, क्योंकि वर्षा बिलकुल नहीं हो रही थी। हम लोग खपरैल के बाहर खा-पीकर सोने की मुद्रा में पड़े थे। मँगरू की बैठक में हो रही रामायण की धुन करताल की झनकार पर तैर रही थी।

कुछ ही देर बाद बगल के रामनाथ के घर में ढोल खनकने लगा। सोहर गाया जाने लगा।

"आज कितने दिनों का हुआ जी कुमारी का पोता?" माँ ने पियारी से पूछा।

"आज छठा दिन है दीदी, बुलावा तो आया था।"

"देखो, उस दिन भी न जा सकी और आज भी नहीं गई।" माँ कुछ सोचने लगीं—"उस दिन बेचारी पीरा उठते ही आई थी और मैं नहीं गई। क्या सोचती होगी!"

पियारी चुप थी। उसके मौन के पीछे एक रहस्य था, एक अनकही कहानी थी, नहीं तो पड़ोस में छठी पूजी जा रही हो, गाना-बजाना हो और पियारी न पहुँचे! यह कैसे संभव है? ढोल ठमकते ही गुनगुनानेवाली पियारी के कंठ में स्वर नहीं, कितना आश्चर्य!

बात यह थी कि रामनाथ हमारा नया पड़ोसी था। किसी प्रेस में कंपोजीटर था। उसका लड़का गंगाराम भी उसी के साथ उसी प्रेस में जाता था। अभी मुहल्लेवालों से उसकी रफ्त-जब्त नहीं थी और न किसी से व्यवहार ही बनाया था, बस, काम से काम रखता था। पर उसकी औरत कुमारी ज्यादा 'सोशल' थी। इतने कम समय में ही वह मुहल्ले के अनेक घरों में संपर्क की डोर फैला चुकी थी। उसका स्वभाव ही कुछ ऐसा था : हर एक की सेवा के लिए तत्पर। आप बुलाइए, चाहे न बुलाइए, उसे पता भर चल जाए कि मेरी जरूरत है, बस हाजिर हो जाती थी। जाति की गोड़ होते हुए भी न तो उसने अपनी जाति का रंग पाया था, न रूप और न बातचीत का सलीका ही। किसी ने कभी उसके सिर से साड़ी सरकती नहीं देखी। हमेशा 'अँचरा' सँभाले हुए वह ऊँची जाति की बहुओं की गरिमा ओढ़े रहती थी।

वह माँ को बहुत चाहती थी। वह मेरे घर अकसर आ जाया करती थी, पर पियारी से कटी-कटी रहती थी। उसके आते ही पियारी भी हट-बढ़ जाती थी।

इस दुराव के मूल में जाने की मैंने कभी चेष्टा नहीं की और न कभी आवश्यकता ही पड़ी, पर बात धीरे-धीरे खुल गई।

एक दिन गंगाराम ने सुमेर चाचा की ही दुकान पर पूछ दिया, "यह पियारी तुम्हारे यहाँ कैसे रहती है?"

मैं क्या कहता कि वह कैसे रहती है?

"तुम लोग तो बड़े सभ्य हो, पर यह तो चुड़ैल है।" इतने धड़ल्ले से और ऐसे बेलौस होकर बोला कि मैं तो उसका मुँह देखता रह गया। मेरी प्रतिक्रिया-शून्य मुद्रा उसे कुछ बोझिल जान पड़ी और वह उस समय कुछ न कह सका।

बाद में पता चला कि अवसानगंज के राजा के महल के बाहरी ओर, जहाँ ठठेरे रहते हैं, वहीं पहले पियारी रहती थी। उसी की बगलवाली कोठरी रामनाथ की थी।

रामनाथ राजा साहब का बड़ा पुराना किराएदार था। यही समझिए कि जब उस कोठरी में आया था तब गंगाराम पैदा नहीं हुआ था। उसका अस्तित्व कुमारी के गर्भ में सुगबुगाने अवश्य लगा था। उसी कोठरी के बगल में एक ठठेरा था—मैकू। उसी मैकू ठठेरे का दोस्त था चंदर।

बहुत दिनों तक दोस्ती चली, फिर पता नहीं क्या हुआ कि चंदर और मैकू में ठन गई। वर्षों पुरानी दोस्ती अखाड़ों और अड्डों से उतरकर सड़क पर चली आई और एक दिन दिन-दहाड़े सारा माल-असबाब फेंककर चंदर ने मैकू की कोठरी पर कब्जा कर लिया। और बोला, 'साले, अब दिखाई पड़ेगा तो गले पर गँड़ासा तौल दूँगा।'

मैकू भी एक चकमक पत्थर ही था, जो चोट खाकर महज चिनगारियाँ उगलता था, पर जल नहीं पाता था। अंत में चंदर के प्रहार से वह पत्थर भी चूर हो गया। फिर ऐसा अदृश्य हुआ मैकू कि आज तक उसका पता नहीं चला।

यह पियारी उसी मैकू की विवाहिता थी। कहते हैं, चंदर ने मैकू से दोस्ती इसी पियारी पर डोरा डालने की नीयत से बढ़ाई थी। शायद मैकू भी इसे जानता था, फिर भी वह पियारी को रोक नहीं पाया। बिजली को बाँधना उसके सामर्थ्य के बाहर था। और अंत में मैकू बादल की तरह उड़ गया और रह गई उसकी बिजली, चंदर से खुलकर खेलने के लिए।

खँड़हर में उगे धतूरे के फूल की तरह मादक पियारी का व्यक्तित्व उस समय अजीब गंध बिखेरने लगा था और कुछ दिनों बाद तो वह एकदम 'बस्साने' लगी थी। धीरे-धीरे ऐसी परिस्थिति भी आई, जिसने उन दोनों को सड़क की उस कोठरी से हटाकर मध्यमेश्वर की उन गलियों में चले जाने के लिए मजबूर किया। यहाँ भी उनकी कारगुजारी शीघ्र ही अपनी पहचान बना गई। दोनों के रिश्ते के बारे में लोगों को कहने को कुछ नहीं था, पर समझने को बहुत कुछ था।

यह पियारी का पुराना इतिहास है, जो आज भी उसका पीछा नहीं छोड़ता और जो उसे देखते ही गंगाराम के परिवार की सिकुड़ी हुई नाक पर उभर आता है। वे नहीं समझते कि आदमी एक परिवर्तनशील प्राणी है। वह मरने के पहले भी कई बार मरता है। यह उनकी समझ के बाहर थी कि वह पियारी अब मर चुकी है, केवल रंग-रूप और चोला भर रह गया है।

शायद इसीलिए कुमारी बहुत कम मेरे घर आती है और यदि आती भी है तो बस माँ से बातें करती है, वह पियारी की तरफ ताकती भी नहीं। बहुधा पियारी भी उसका सामना करने से कतराती है।

पर वह कब तक अपने को रोकती। 'ललन आज पलना चढ़े' सोहर की आती पंक्तियाँ उसके गले से टकराकर तेवर बदलने लगीं। अपनी आदत के अनुसार वह गुनगुनाते-गुनगुनाते कुछ तेज गाने लगी।

"यदि तुम्हें गाने का ही इतना शौक है तो उसके यहाँ ही चली जाती।" माँ बोलीं, "बेचारी ने दो बार कहा था, पर मैं न जा सकी।"

"किंतु मुझे तो एक बार भी नहीं बुलाया था, मैं कैसे जाती?"

''हो सकता है, तुम्हें जानती न हो।'' माँ ने कहा।

पियारी की पुरानी कहानी उसके कानों में नहीं पड़ी थी। उसे क्या मालूम कि कभी-कभी बहुत अधिक जानना भी न जानने जैसा हो जाता है।

किंतु इसके एक दिन बाद ही सवेरे कुमारी दौड़ी हुई आई। वह घबराई-घबराई-सी थी। उसने माँ से कहा, ''टिंचर आयोडीन तो नहीं होगा?''

''क्यों, क्या बात है?''

''बच्चे की तबीयत ठीक नहीं है।'' वह बोली, ''उसकी ठोढ़ी पक आई है। आज वह दूध भी नहीं पी रहा है और रह-रहकर चिहुँक उठता है।''

माँ स्तब्ध रह गईं। उनकी आकृति पर भय और आशंका के भाव खिंचने लगे। उन्होंने कहा, ''टिंचर आयोडीन तो नहीं है, ठाकुर का चंदन घिसकर देती हूँ, ठोंढ़ी में लगा दो। और किसी दाई को लाकर जरूर दिखाओ। ऐसा न हो कि 'जमुआ' पकड़ रहा हो।''

जमुआ का नाम लेते ही कुमारी भी गंभीर हो गई।

''तब दाई क्या करेगी?'' वह बोली, ''अब तो फूलपुर का ओझा बुलाना होगा।''

उस समय मैं जमुआ समझता नहीं था। लोगों की दृष्टि में यह भयंकर प्रेतबाधा थी, जिससे मुक्ति विरले ही ओझा दिला सकते हैं, किंतु माँ इसे रोग समझती थीं। बाद में पता चला कि माँ के मेरे पूर्व के दो बच्चे इस रोग में मर चुके हैं। इसी से वह इसकी भयंकरता से वाकिफ थीं। उन्होंने कुमारी को समझाया कि झाड़-फूँक कराना चाहती हो तो कराओ, पर किसी दाई या डॉक्टर को जरूर दिखाओ।

उसकी असमर्थता और अशक्यता देखकर माँ ने पियारी को बुलाया, जो उसके आते ही नीचे चली गई थी।

''देखो, तुम आशा दाई को ला सकती हो? लगता है, उसके पोते को धनुषटंकार हो गया है।''

पियारी चुप थी। वह 'हाँ' या 'नहीं' कुछ भी कहने की स्थिति में नहीं थी। पियारी के संकोच का माँ ने अनुमान लगा लिया। वह बोल पड़ी, ''चुप क्या हो? जल्दी करो, वह अभी अपने दवाखाने में नहीं गई होगी, घर पर ही होगी।''

''चलो बहन, अभी लेकर आती हूँ।'' पियारी ने कहा और कुमारी चंदन लेकर चली गई।

मैं देखता रह गया। पियारी और कुमारी के दुराव की लंबी खाई को एक नवजात शिशु की निकट खड़ी मौत ने कितनी आसानी से पाट दिया।

☐

# : दस :

यदि मैं भूल नहीं करता तो सन् १९४१ की फरवरी बीत रही थी।

रानी बहू के साथ माँ और पियारी इलाहाबाद गई थीं, क्योंकि उस साल कुंभ लगा था और गांधीजी कमला नेहरू अस्पताल का शिलान्यास भी करने वाले थे। वसंत पंचमी का स्नान भी होगा और गांधीजी के दर्शन भी। उस समय गांधीजी के प्रति भी क्या भावना थी! उन्हें देखने के लिए जन-समुद्र उमड़ पड़ता था। गांधीजी को देखने का मतलब था—भगवान् को देखना।

किंतु माँ के लिए मुख्य आकर्षण कुंभ ही था। उनके चले जाने के बाद सुमेर चाचा के सिवा मैं कहाँ रह सकता था। पर इस बार मुझे रखने में चाची में वह ललक नहीं थी। सोचता हूँ, मेरे प्रति उसका प्रेम भी तो कम नहीं हुआ था, फिर क्या बात थी?

आखिर एक रविवार होगा और एक वसंत पंचमी। तीसरे दिन तो माँ आ ही जाएँगी। चाची ने शर्त रखी कि छुट्टियों के दिनों में तुम्हें घर पर ही रहना होगा।

मिडिल स्कूल के अध्यापक छुट्टियों में भी पढ़ने के लिए बुलाते थे। चाची को इसमें कोई आपत्ति नहीं थी। वह तो मेरे पाठ्येतर क्रिया-कलापों से डरती थी। चाचा भी इसी मत का था, पर वह समझता था कि वातावरण के परिवर्तन के प्रभाव से नई पौध मुक्त नहीं रह सकती।

दिन भर तो इधर-उधर में कट गया, पर रात को चाचा के यहाँ रहने का वास्तविक एहसास हुआ। जैसा आप जानते हैं, दुकान के अतिरिक्त ले-दे के वहाँ एक ही कोठरी और थी। रात में सोने के लिए बोरे में पुआल भरकर एक बड़ा सा गद्दा जैसा बनाया गया था। वही जमीन पर बिछा दिया गया और हम सब उसी पर एक बड़ी रजाई और कंबल में दुबक गए। किनारे चाचा सोया था, उसकी बगल में मैं; दोनों रजाई में। मेरी बगल में चाची और चाची के बगल में चंपो; दोनों कंबल में। मैं अनुभव कर रहा था कि सोने के इस क्रम के संबंध में बड़ी सजगता बरती गई है। यद्यपि आज से चार-पाँच वर्ष पूर्व भी जाड़ा था, पर ऐसी सजगता नहीं थी। आज तो पास-पास रहने पर भी

काफी दूरी थी।

''चंपो, जरा उठकर दीया तो बुझा दे।'' चाची ने कहा, ''दरवाजा मत बंद करना, घुटन हो जाती है।''

''यदि रात को बिल्ली आई तो?'' चंपो बोली।

''तो वह तेरी माँ का मुँह चाटेगी।'' चाचा हँसते हुए बोला।

फिर भी चंपो ने दरवाजा बंद नहीं किया। उसने दीया अवश्य बुझा दिया, किंतु बुझाते हुए उसकी आँखें मुझसे टकराईं। उस अँधेरे में भी मुझे लगा कि वे आँखें अब भी मुझे देखती हुई मेरे पास चली आ रही हैं। यद्यपि चंपो और मेरे बीच में चाची एक बड़ी दीवार की तरह थी, जिसे पार करने की असमर्थता तन ने अवश्य अनुभव की थी, पर मन के पास ऐसी कोई लाचारी नहीं थी।

मन की सक्रियता इंद्रियों के अन्य दरवाजे लगभग बंद कर देती है। शायद इसीलिए मैं चुप भी था और मेरी आँखें भी मुँदने लगी थीं।

''सो गए क्या, जग्गू?'' चाचा की आवाज ने मुझे झकझोरा।

''नहीं तो!''

''तब चुप क्यों हो?''

''नींद आ रही है।'' मैं इसके सिवा और क्या कहता?

''नींद आ रही है! पर मैं तो बिना कहानी सुने नहीं सोता।'' चाचा की आवाज मुसकरा उठी।

''हाँ, तू तऽ छट्टूला हउवऽ न। जब तलक परियन क कहनी न होई तब तलक कइसे सुतबऽ!'' चाची बोली।

''भइया, दिल त लड़कनै जइसन हौ, परियन क कहानी के साथ ही सूतै जानय लऽ।'' चाचा हँसा।

चाची कुछ बोली नहीं, पर कुछ बुदबुदाई जरूर। इसके बाद सब अप्रत्याशित रूप से मौन हो गए। मैं उस सन्नाटे को भोगने लगा।

चाचा धीरे से उठकर बाहर गया। शायद पेशाब करने गया होगा, क्योंकि वह थोड़ी देर बाद ही लौट आया। उसने दोनों दरवाजे बड़े इतमीनान से बंद किए। फिर लगा कि वह खड़ा है। शायद पैर से चाची का पैर दबाया और फिर आकर चुपचाप सो गया।

मेरी चेतना इस संदर्भ से दूर थी; किंतु शीघ्र ही मैंने अनुभव किया कि चाची कंबल से धीरे से निकली और दरवाजा खोलकर बाहर गई। जब भीतर आई तो उसने दोनों दरवाजे अच्छी तरह खोल दिए।

''किवाड़ी बंद कर दो और सुनो।'' चाचा बोला, जैसे वह चाची को पास बुला रहा हो।

"शरम नहीं आती, लड़के जाग रहे होंगे!" चाची दबी जबान बोली।

"नहीं! सो गए हैं।"

"आज जाने दो।"

"अजी, चुप भी तो रहो।" इतना कहकर उसने चाची का हाथ पकड़ लिया। मैं आँखें बंद कर उस अँधेरे में भी कनखियों से देखता रहा। चाची ने किवाड़ बंद किए और दीवार की ओर चाचा के बगल में चली गई।

मुझे अजीब धड़कन होने लगी। चाचा ने यह देखने के लिए कि मैं जाग रहा हूँ या सो गया हूँ, मेरे ऊपर हाथ रखा। मैं और जोर-जोर से बनावटी खर्राटे भरने लगा।

मैंने पहली बार अनुभव किया कि नींद का अभिनय नींद की संभावना को भी निगल जाता है। अब मैं आवश्यकता से अधिक जागने लगा था। यही मेरी सबसे बड़ी मुसीबत थी। मेरी रजाई भी चाचा की ओर खिंच गई थी। विवश होकर मैंने करवट बदल ली और कंबल के नीचे आ गया।

अब दीवार नदारद थी। मेरा हाथ चंपो के हाथ पर पड़ा। उसने मेरी हथेली दबाई। 'अरे, यह तो चंपो भी जाग रही है।' मेरे शरीर में एक सनसनाहट दौड़ गई। मेरा हाथ कब चंपो के बदन पर गया, कह नहीं सकता। पर वह अचानक बड़ी जोर से चीख पड़ी।

"क्या हुआ? क्या हुआ?" कहती हुई चाची एकदम उछल पड़ी और हमें डाकती हुई अपनी जगह पर चली आई।

"मेरे हाथ में किसी जानवर ने काटा है!" चंपो बोली। उसकी आवाज भर्राई और सहमी थी।

"लगता है, बिल्ली ने काटा होगा!" जम्हाई लेता हुआ चाचा बोला, जैसे वह गहरी नींद में रहा हो और अब भी नींद उसे चाँपे जा रही हो।

"दरवाजा तो बंद था, बिल्ली कैसे आएगी?" चाची यह वाक्य पूरा बोल नहीं पाई और चुप हो गई, मानो किसी ने उससे कहा हो कि यह सब झूठ है। दरवाजा तो पहले खुला था, बाद में बंद किया गया है।

चाची ने उठकर दीया जलाया और चंपो का दाहिना हाथ देखने लगी। पर मैंने तो उसका बायाँ हाथ पकड़ा था। फिर उसने कहा कि किसी जानवर ने काटा है। क्या वह मुझे जानवर कह सकती है? क्या सचमुच मेरी वृत्ति जानवरों जैसी हो गई थी? ...पर ऐसा तो मैंने कई बार किया है। जब भी मैं उसके बदन का कोई भी भाग छूता तो वह 'धुत' कहकर मेरा हाथ झटक देती थी; पर कभी जानवर नहीं कहती थी। इस बार तो उसने मेरी हथेली को खुद भी दबाया था। मैं सोचता रहा।

क्या सचमुच उसकी अँगुली को किसी जानवर ने काटा था? चाची गौर से

देखती रही। कहीं से खून नहीं बह रहा था और न कहीं दाँत का निशान ही था।

"लगता है, तू डर गई है।" चाची बोली।

चंपो चुप थी। उसकी आँखें एकटक चाची को देख रही थीं, मानो अब भी उसका कलेजा धड़क रहा था।

चाची पुन: चंपो की बगल में लेट गई। उसने रात भर दीया जलते रहने देने का निश्चय किया, पर चाचा उसके पक्ष में नहीं था। उसका कहना था कि व्यर्थ में मिट्टी का तेल बरबाद करने से क्या फायदा? तब चाची एकदम उबल पड़ी, "लड़की डरी जा रही है और तुम्हें मिट्टी के तेल की सूझती है!"

चाचा दीवार की ओर करवट बदलकर दुबक गया और ऐसा सन्न हुआ गोया मर गया हो।

□

सवेरे-सवेरे मुहल्ले में एक हंगामा उठ खड़ा हुआ था। लोग मध्यमेश्वर मंदिर के पीछे भैंस के बाड़े में भागे जा रहे थे। मैंने देखा कि चाचा दुकान के बाहर खड़ा बातें कर रहा है। पता चला कि मुँहअँधेरे ही छापा पड़ा है। कोई दूसरी स्थिति होती तो मैं किसी-न-किसी बहाने भागकर वहाँ जरूर जाता, पर चाची से डर था, उसने मुझे रखने के पहले ही संकल्प करा लिया था। मैं केवल द्वार पर खड़ा होकर उधर जाते लोगों को देख रहा था।

सिताऊ ने लौटकर चाचा को बताया कि बड़ा सामान मिला है। घास के घी से असली घी बनाया जा रहा था।

"राम-राम, ऐसी मिलावट! जो खाएगा, उसका पेट जरूर खराब हो जाएगा।" चाचा बोला।

"अरे, वह मर भी सकता है।" सिताऊ के चेहरे पर खिन्नता की रेखाएँ उभरीं। फिर वह नहीं रुका। उसके खुमचा उठाने का समय हो गया था। चलता बना।

चाचा विचित्र आदमी था। वह किसी भी आग के निकट जाने के पहले धुएँ को तौलता था। अच्छी तरह जानकारी हासिल करने के बाद ही कदम बढ़ाता था। उसके चलते मुझे मौका मिला। मैं भी साथ हो लिया।

मैंने देखा, बड़ी-बड़ी कड़ाही और घी के खाली-भरे टिन पुलिस ले जा रही है। लोग आपस में बातें कर रहे हैं कि यहाँ घासवाला विलायती घी लाया जाता है और उसे दूध में मिलाकर दही जमाया जाता है, फिर उससे मक्खन और फिर घी निकाला जाता है। एकदम असली घी जैसी महक आ जाती है। पर जब आग पर चढ़ाया जाता है, कलई खुल जाती है।

उस समय मैं नहीं जानता था कि यह घास का घी क्या होता है? चाचा ही एक

आदमी से बता रहा था कि यह एक प्रकार का जमा हुआ वनस्पति का तेल होता है, जो सात आने सेर मिलता है।

''तुम इसे नहीं बेचते क्या, सुमेर भैया?'' पीछे से आवाज आई।

हम लोगों ने मुड़कर देखा। एक कंधे पर बाँस की छोटी सीढ़ी और दूसरे हाथ में मिट्टी के तेल का कनस्तर लटकाए पीपा मुसकरा रहा था। वह सवेरे-सवेरे अपने काम पर निकला था। म्युनिसिपैलिटी के लैंप बुझाता इधर आ गया और तमाशा देखने चाचा के पास ही रुका।

''नहीं भैया, मैं ऐसा घी नहीं बेचता। हाँ, मिट्टी का तेल जरूर बेचता हूँ। वह भी आप ऐसे लोगों की कृपा से।'' चाचा बोला।

पीपा कटकर रह गया।

जब सारा सामान चला गया, तब बाद में पुलिस सोमारू को पकड़कर ले चली। 'अरे सोमारू भी इससे संबंधित है?' मुझे अचंभा जैसा हुआ। वह ज्यों ही मेरी बगल से निकला, मुझे देखकर बोल पड़ा, ''कहिए, आपके दोस्त दानिस कहाँ हैं?'' वह ऐसे ऐंठते हुए चुनौती भरे स्वर में बोला कि मैं ही नहीं, वहाँ खड़े सभी लोग सहम-से गए।

मेरे 'नहीं मालूम' कहने पर भी वह मुसकराया, जैसे वह बहुत कुछ जानता है।

उसके आगे बढ़ने पर चाचा ने मुझे घूरकर देखा, पर कुछ बोला नहीं, मानो उसकी आँखें कह रही थीं कि 'दानिस से दोस्ती करके तुमने बड़ी भूल की है। उसकी ओर बढ़ती लपटें तुम्हारी ओर भी लपक सकती हैं।'

भीड़ छँट चुकी थी।

''क्यों सुमेर भैया, कोतवाली की ओर चलोगे?'' रमजान ने पूछा।

''नहीं भैया, वहाँ जाकर क्या करूँगा? दुकान खोलने का 'बखत' हो रहा है।''

''अरे यार, अभी से खोलकर क्या करोगे? जरा कम कमाया करो! ढाई तो मुरगी हो और हाय-हाय इतनी!''

''रोजी रहेगी, तभी रोजा खोलने की नौबत आएगी।'' चाचा बोला तो जरूर, पर रमजान के पीछे-पीछे चल भी पड़ा।

किंतु कोतवाली पर बहुत से लोग नहीं थे। कुछ थोड़े से लोग दूर से तमाशा देख रहे थे।

''लोग अंग्रेजों को दोष देते हैं, क्या यह कर्म अंग्रेज ही कर रहे थे?'' एक अनजान व्यक्ति ने कहा तो चाचा से, पर जवाब दूसरे व्यक्ति ने दिया, ''अंग्रेज क्यों नहीं दोषी हैं? आखिर उन्होंने घास का घी बनाया ही क्यों? न रहता बाँस और न बजती बाँसुरी। जब स्साले घास का घी बनाएँगे तो लोग मिलावट करेंगे ही।''

''घास से घी बनाना तो वैज्ञानिक चमत्कार है; पर उससे मिलावट करना

बेईमानी है, घोर अन्याय है।'' कुछ सोचकर उसने पहले व्यक्ति को संबोधित करते हुए कहा, ''आप तो ऐसा कहते हैं जैसे तलवार बनानेवाला ही दोषी है, उससे हत्या करनेवाला नहीं!''

''बात तो ठीक ही है। तलवार चाहे लोहे की हो या कागज की, हत्या की भावना उससे लिपटी रहती है। इसीलिए हिंसा का मूल दोषी तो तलवार बनानेवाला ही है। वैसे ही मिलावट का मूल दोषी घास का घी बनानेवाला अंग्रेज है।'' वह व्यक्ति थोड़े आवेश में आया—''स्साला, खुद खाता है मक्खन-रोटी और हमें खिलाता है घास का घी।''

पहला व्यक्ति चुप हो गया। बात कुछ ऐसी थी कि हमारी बढ़ती हुई राष्ट्रीयता को हर बात में अंग्रेजों का दोष ही दिखाई देता था। हमारे सोचने की पद्धति कुछ ऐसी हो गई थी कि हम अपनी हर कमी का कारण गुलामी मानने लगे थे।

चाचा भी वहाँ से खिसक चला, क्योंकि जहाँ अंग्रेजों की खुली आलोचना होती थी, चाचा वहाँ नहीं रहता था। और फिर, कोतवाली के कंपाउंड में ऐसी स्थिति में रहना, उसका तो सवाल ही नहीं। उसे कुछ ऐसा भी लगा, वह यहाँ व्यर्थ ही चला आया है।

चाचा के मुड़ते ही मैं भी मुड़ चला। किंतु इसी समय कोतवाली से निकलता एक गोरा-सा आदमी दिखाई दिया। वह चश्मा लगाए था। 'ओ, इसको तो मैंने कहीं देखा है।' मैंने अपने दिमाग पर जोर डाला और उस आदमी की आकृति पर नरेंद्र बहादुर का चेहरा एकदम फिट हो गया। फिर तो यशोदा भी आँखों के सामने नाचने लगी और याद हो आया दोनों के मिलकर नेपाली औरतों के बेचने का अवैध व्यापार।

वहाँ सोमारू मिला था और यहाँ नरेंद्र बहादुर। जरूर इस कांड से लाला का भी संबंध होगा।

यद्यपि कोतवाली के बाहर से कुछ भी अनुमान नहीं लग रहा था। मामला एकदम ठंडा था। आपसी बातों के अलावा कोई ऐसी बात नहीं थी, जिससे कुछ विशेष ज्ञात होता। कुछ लोग भीतर से आ रही इक्का-दुक्का पुलिस से कुछ जानने की नीयत से बातें कर रहे थे; किंतु वे भी अंदाज नहीं लगा पाए कि हाँड़ी में क्या पक रहा है?

मैं लौट तो रहा था चाचा के साथ, पर मेरा मन वहीं छूट गया था। मैदागिन तालाब के निकट आते-आते मैंने एक रास्ता निकाल लिया—''इतनी दूर आ गया हूँ, यदि आप कहें तो एक लड़के के यहाँ से भूगोल की कॉपी लेता आऊँ। बहुत जरूरी है।''

चाचा ने एक तेज निगाह मुझ पर डाली। मुझे टटोला और फिर बोला, ''अच्छा जाओ, पर कॉपी लेकर सीधे घर आना।''

मैंने सिर हिलाकर स्वीकार किया और सीधे कोतवाली की ओर भागा।

अब मैं स्वतंत्र था। धड़धड़ाता हुआ कोतवाली भवन के निकट पहुँच गया। झाँककर देखा, लाला वहाँ कुरसी पर बैठा था और सोमारू जमीन पर। कई लोग उसे घेरकर खड़े थे। लाला ने अपनी गांधी टोपी उतारकर इंस्पेक्टर साहब के सामने टेबल पर रख दी थी और कहीं फोन कर रहा था। किसको कर रहा था, पता नहीं। पर बार-बार 'हुजूर-हुजूर' कह रहा था। आवाज से लग रहा था कि वह काफी परेशान है। फरवरी के महीने में भी उसके माथे पर पसीना चुकचुका आया था।

अंत में उसने एक लंबी साँस लेकर टेलीफोन रख दिया—"अब बताइए, मैं क्या करूँ? कलक्टर साहब भी तो नहीं मिल रहे हैं।"

"पर वह तो बनारस में ही हैं।" इंस्पेक्टर बोला।

"इन सुराजी स्सालों ने मेरे खिलाफ उनका भी दिमाग खराब कर दिया है!" लाला सिर पर हाथ रखते हुए बड़बड़ाया।

"तभी लगता है, वह आपसे बात करना नहीं चाहते। मामला ऊपर से है, लालाजी। इस बार हम लोग कुछ नहीं कर सकेंगे।" इंस्पेक्टर बोला।

"पर इस केस में तो मैं बे-गुनाह बे-लज्जत पकड़ा जा रहा हूँ!" इस बार लाला ने पीने के लिए पानी माँगा। सिपाही के हाथ से गिलास पकड़ते हुए उसने एक रुपया उसे थमाना चाहा।

"इसे आप अपनी जेब में रख लीजिए।" रुपया देते देखकर इंस्पेक्टर बोल पड़ा और बड़े रहस्यमय ढंग से मुसकराया।

पर वाह रे लाला! तेरा भी कोई जवाब नहीं। उसने छूटते ही कहा, "मैं तो पान लाने के लिए रुपया दे रहा था।" इन गंभीर क्षणों में भी उसकी बुद्धि ने साथ नहीं छोड़ा।

"मेरा गुनाह बस एक है कि इस शहर में वनस्पति तेल का एकमात्र मैं ही डीलर हूँ। वरना इस केस से मेरा क्या वास्ता?"

"और उस बनावटी घी के सारे टिन भी तो आपकी आढ़त में ही रखे पाए गए!"

"हाँ, यही तो गलती हुई।" लाला फिर सोच में पड़ गया—"स्साले मुनीम ने न धोखा दिया।" फिर अपने साथियों की ओर देखकर बोला, "देखो, कमीना हम लोगों का गला फँसाकर गायब हो गया।"

फिर उसने अपनी मुद्रा बदली और भारी स्वर में बोला, "अच्छा हुजूर, यदि मेरा मुनीम स्वीकार कर ले कि यह सब हमारी ही गलती है, तब क्या होगा?"

"यह तो बाद की बात है कि 'बरडेन ऑफ क्राइम' किस पर जाता है! इस समय तो आपको जमानत करानी ही पड़ेगी।"

"तब आप क्यों नहीं जमानत कर लेते, सरकार?"

"यह सब हमारे हाथ के बाहर है, लालाजी।" इंस्पेक्टर बोला।

लाला बड़ी कातर दृष्टि से देखता रहा।

"आप विश्वास कीजिए लालाजी, अब थाने से कुछ नहीं हो सकेगा। मामला बड़ा संगीन है। इसपर बहुतों की नजर है।" इंस्पेक्टर निसार अहमद की आवाज में गंभीरता से अधिक आतंक था, "जमानत के लिए आपको कचहरी की शरण लेनी ही होगी।"

"पर कचहरी आज बंद है।"

"तब हम क्या करें? हम तो गिरफ्तार करेंगे ही।"

"तो क्या आप इसी समय गिरफ्तार कर लेंगे?" अब तो लगा कि लाला रो देगा।

"करना तो इसी समय चाहिए।"

"पर सरकार, अभी तो मैंने कुल्ला-दातून भी नहीं किया है, पूजा-पाठ भी नहीं किया है। हुजूर, कुछ तो समय दे दीजिए।"

"और फिर आप पकड़ में नहीं आए तो? तब तो हमारे मुख में कालिख पुत जाएगी। लोग कहेंगे कि कोतवाली में हाजिर होकर भी लाला ने ऐसे चाँदी के जूते लगाए कि पुलिस कुछ नहीं कर सकी।"

"नहीं हुजूर, ऐसी क्या बात है!" लाला गिड़गिड़ाया, "आपकी इज्जत हमारी इज्जत है, सरकार। आप हमें एक घंटे का समय दे दीजिए। मैं आपका बड़ा एहसान मानूँगा, दारोगा साहब। आप यकीन कीजिए, मैं खुद चला आऊँगा।" इतना कहते हुए वह उठ खड़ा हुआ और किसी प्रकार के उत्तर की प्रतीक्षा किए बिना ही हाथ जोड़ता और 'हें-हें' करता चल पड़ा। चलते समय जल्दी में उसने अपनी टोपी भी छोड़ दी।

मैं खिड़की से हटा। मेरे भीतर बैठा दानिस बार-बार मुझसे कहने लगा, 'जल्दी कर। चला जा कोतवाली के भीतर और दारोगा साहब से कह, लाला के लिए यदि मेरी जमानत कबूल हो तो मैं हाजिर हूँ।' निश्चित है, मेरा मन ही किसी पिछले संदर्भ में मुझसे कह रहा था; पर मुझमें साहस नहीं था और न परिस्थिति ही ऐसी थी। फिर भी, फाटक तक पहुँचते-पहुँचते मैं दौड़कर उसके सामने आ गया था। नंगे सिर लाला बड़ा विचित्र लग रहा था।

वह मुझे देखते ही सकपकाया, पर मैंने बड़ी अदा से उसे नमस्कार किया। कितना अर्थपूर्ण था मेरा वह नमस्कार। उसने समझा तो जरूर होगा, पर मुसकराहट से वह खुद को ढाके रहा—"अरे जग्गू, तू यहाँ कैसे?"

"अपने एक दोस्त के यहाँ भूगोल की कॉपी लेने जा रहा था। आपको नंगे सिर

देखा तो चला आया।''

''क्या कहा, नंगे सिर!'' उसका हाथ अपने सिर पर गया—''अरे, टोपी तो भूल ही गया, खैर जाने दो। इसी को कहते हैं होम करते हुए हाथ का जलना।'' अब वह सँभल चुका था। बड़े ढंग से बोलता गया, ''देखो न, आज भी मैंने एक मुसीबत मोल ले ही ली। साले नाजायज काम करेंगे, फँसेंगे और गले पड़ेंगे मेरे। पर क्या करूँ, यदि उन कमीनों की जमानत न लूँ तो उनके घरों में चूल्हे न जलें, बच्चे भूखों मर जाए।''

मन में आवाज उठी कि वाह रे लाला! जब हजार धूर्त मरे होंगे तब तू पैदा हुआ होगा।

लाला ने चलते-चलते ही पूछा, ''दानिस कहाँ है?''

वह तो बहुत दिनों से नहीं मिला।

''नहीं मिला!'' लाला मुसकराया, मानो उसकी मुसकराहट कह रही हो कि 'आग लगाकर जमालो दूर खड़ी।'

घर आते ही चंपो द्वार पर खड़ी मिली। उसने जिज्ञासा की, ''क्या बात थी?''

''मैं तुम्हें नहीं बताऊँगा।''

''क्यों?'' वह मुसकराई।

''क्योंकि तू भी मुझसे बहुत सी बातें छिपाती है।'' मैंने कहा, पर साथ ही पूछ भी बैठा, ''अच्छा बता, कल रात तू क्यों चिल्लाई थी?''

वह कुछ नहीं बोली।

''तुझे सचमुच किसी जानवर ने काटा था?''

वह मुसकराई।

''मैंने तुझे छुआ था, इसलिए चिल्लाई थी?''

वह चुप थी। उसकी आँखें नीची थीं।

''बोलती क्यों नहीं? चुप क्यों है?''

उसकी संपूर्ण लज्जा मुसकराहट में उभर पड़ी और वह 'नहीं' कहती हुई भाग गई।

मैं उस समय कुछ समझ नहीं पाया। मेरी जिज्ञासा जोर मारती रही और शाम होते-होते कुछ शब्दों से और कुछ संकेतों से कई बार में चंपो ने बताया कि तुम्हारे छूने से मैं नहीं चिल्लाई थी, वरन् मेरी माँ को पिताजी ने अपनी ओर खींच लिया था, इसलिए चिल्लाई थी।

''इसमें चिल्लाने की क्या बात थी?''

''क्योंकि तू जाग रहा था। मुझे लगा कि तू क्या सोचेगा! मैं एकदम घबरा गई।''

''और यदि मैं न जागता तो?''

“तो जानवर न आता।” वह हँसने लगी।

□

दूसरे दिन अखबारों में छापा पड़ने का समाचार छपा था। उसमें बताया गया था कि वनस्पति तेल को खौलते दूध में मिलाया जाता था, फिर बड़े-बड़े नाँदों में उसका दही जमा दिया जाता था। उसी के मक्खन से घी निकाला जाता था। देखकर इस घी और असली घी में फर्क करना बड़ा कठिन था।

समाचार बड़े विस्तार से छपा था। जब्त किए गए सामानों की सूची तक प्रकाशित की गई थी; पर आश्चर्य है कि लाला का कहीं नाम तक नहीं था। अंत में इतना अवश्य लिखा था—‘कहते हैं कि इस सारे कुकृत्य के पीछे शहर के एक सम्मानित सफेदपोश का हाथ है। पुलिस उसकी तलाश में लगी है।’

अजीब है यह सामाजिक व्यवस्था, जिसमें लाला विषाक्त धुएँ के पहाड़-सा बना है और मौका पड़ते ही अलादीन के चिराग-सा गायब हो जाता है।

“देखलऽ सारे क पता नाहीं हौ।” दुकान पर आते ही सिताऊ चाचा से बोला।

“पर वह तो थाने में ही था!” चाचा ने कहा।

“अरे, कुछ पूज देहले होई। चाँदी क जूती का नाहीं करा सकलऽ!”

चाचा कुछ नहीं बोला, बल्कि मुझे बातों में रस लेता देखकर डाँट बैठा, “आज स्कूल नहीं जाएगा क्या? चल, तैयारी कर।”

मैं वहाँ से हट आया। चंपो की जिज्ञासा अभी शांत नहीं हुई थी। मैंने तो उसे कुछ नहीं बताया था, पर उसने सुन बहुत कुछ लिया था। मुझे तो केवल उसकी जानकारी की खाली जगहों को भरना था। सारी बातें सुनते ही जैसे वह काँप उठी।

“अब दानिस का भगवान् ही भला करें।”

“क्यों?”

“यह लाला उसे जिंदा नहीं छोड़ेगा।”

“वह बनारस में है ही नहीं, तब स्साला क्या करेगा!” मैंने कहा।

“तुम्हें कैसे मालूम कि वह बनारस में नहीं है?”

“सुना है।”

“सुना है कि तुम सब जानते हो? मैंने कितनी बार कहा कि उससे वास्ता मत रखो, पर तुम मानते नहीं हो।” वह और अधिक गंभीर हो गई, “अब मैं खुद तुमसे वास्ता नहीं रखूँगी।”

“सच!” मैं मुसकराया—“मेरा कहाँ उससे वास्ता है? अब तो मैं उसके घर जाता तक नहीं। बेचारी अम्मी और सलमा क्या सोचती होंगी कि बनता था बड़ा जिगरी दोस्त और एक दिन भी खबर लेने नहीं आया।”

"तब तुम जाते क्यों नहीं खबर लेने? डाल दो भाड़ में अपना सिर, मुझे क्या लेना-देना है!" उसने कहा और गाल फुला लिये।

मुझे लगा कि वह ऊपर से ही नहीं, भीतर से भी नाराज है। मैं चुपचाप बस्ता ठीक करने लगा। फिर पता नहीं वह क्या सोचकर बोल पड़ी, "यह सलमा कौन है?"

"दानिस की बहन।"

"क्या उम्र होगी?"

"मुझसे कुछ छोटी होगी। यही समझो, मदरसे की चौथी जमात में पढ़ती है।"

फिर तो वह मुझे ऐसे देखने लगी जैसे मैं कोई पराया हूँ। शायद वह कुछ और कहती, पर इसी बीच चाची ने उसे बुला दिया।

शाम की घटना से तो मैं चमत्कृत रह गया।

स्कूल से चला आ रहा था कि मेरी बगल से एक बंद बग्घी निकली। मेरे पास आते-आते उसकी चाल धीमी हो गई।

"जग्गू, आ जाओ। मैं तुम्हें मैदागिन पर छोड़ दूँगा।" आवाज जानी-पहचानी सी लगी।

मैं भौचक्का रह गया। मैंने आगे-पीछे देखा। आगे ऊपर बैठे दोनों चालकों को भी मैं नहीं पहचानता था और पीछे खड़े साफा बाँधे व्यक्तियों को भी नहीं।

तब तक बग्घी लगभग रुक चुकी थी और उसका थोड़ा सा दरवाजा खोलकर लाला मुसकराते हुए झाँक रहा था, "आ जाओ, आ जाओ। कहता हूँ न मैदागिन पर छोड़ दूँगा।"

मेरा कलेज धक से करके रह गया। 'अरे, जिसे पुलिस खोज रही है, वह लाला तो यही है!' वह बराबर बुलाता जा रहा था।

न जाने की इच्छा होते हुए भी मैं 'न' नहीं कर सका। और किस मानसिकता में मैं भीतर चला गया, क्या बताऊँ?

मेरे भीतर जाते ही उसने फिर दरवाजा बंद कर लिया और बगल में लगे एक तार को खींचा। मैंने अनुभव किया कि बाहर घंटी बजी और बग्घी चल पड़ी। लाला की बगल में बैठी यशोदा मुसकराती हुई पान चबा रही थी।

मुझे लगा कि मैं किसी गतिशील डब्बे में कैद कर लिया गया हूँ। अनेक प्रकार की आशंकाओं में मैं डूबने-उतराने लगा। ऐसा तो नहीं कि लाला गाड़ी ही न रोके, तब मैं क्या करूँगा? और मैदागिन पर तो पुलिस रहती है, फिर लाला द्वार खोलेगा ही क्यों? मैं ज्यों-ज्यों सोचता, मेरी घबराहट बढ़ती जाती; पर मैं यह दिखाना भी नहीं चाहता था कि मैं घबरा रहा हूँ। मैंने 'धड़' से अपना बस्ता खोला और उसमें कुछ खोजने लगा।

"क्या बात है? बड़े घबराए हुए नजर आ रहे हो?" लाला बोला।

"कुछ नहीं। लगता है, एक किताब भूल आया हूँ।" मैंने कहा।

"इसमें घबराने की क्या बात है? अरे, भूल गए तो भूल गए।" लाला ने कहा, "यही न कि माँ बिगड़ेंगी। मुझसे पैसा ले लेना और नई खरीद लेना।"

"बड़े बने हैं पैसे देनेवाले!" यशोदा अजीब ढंग से इठलाई—"अरे, यही ताव है तो दे दो इस समय। बेचारे को बैठा भी लिया और किताब भी खोवा दी।"

"मैंने कहाँ खोवाई, तुम तो झूठे ही ताव खाए जा रही हो!" लाला ने उसे एक विशेष दृष्टि से मुसकराते हुए देखा और जेब से निकालकर एक-एक के नोट की नई गड्डी मेरी ओर बढ़ा दी—"लो, जितने की किताब हो उतना निकाल लो।"

उन दिनों एक का नोट नया-नया चला था। उसके नएपन का आकर्षण मेरी दृष्टि को उलझा बैठा।

"ले लो, ले लो।" वह फिर बोला। पर मेरा मन कह रहा था कि हाथ मत बढ़ाना, वरना तुम्हें लाला ऐसा चिपका लेगा कि तुम जिंदगी भर उससे छूट नहीं पाओगे।

"नहीं, कोई बात नहीं।" मैंने पुनः स्वयं को सँभाला, "लगता है, किताब मास्टर साहब के पास ही छूट गई है। कल मिल जाएगी।"

लाला गंभीर हो गया। बिना कुछ कहे-सुने उसने नोट जेब में डाल लिये। उसके चेहरे से ऐसा लगा जैसे वह एक दाँव खा गया हो।

बार-बार मैं लाला को देखता रहा। उसकी आकृति पर कोई तनाव नहीं, जरा भी व्यग्रता नहीं। मालूम पड़ता था कि यह वही लाला है, जिसके बारे में छपा है कि पुलिस बड़ी सरगर्मी से तलाश रही है।

"आजकल तुम्हारा दोस्त कहाँ है?" उसने पूछा।

जानकर भी अनजान बननेवाली मेरी मुद्रा प्रश्नवाचक हो गई।

"मेरा मतलब दानिस से है।" लाला ने स्पष्ट किया।

"मुझे नहीं मालूम।" मैं ऐसे झटके से बोला जैसे मेरा उससे कोई वास्ता ही न हो—"वह तो बहुत दिनों से दिखाई नहीं दिया। लगता है, कहीं चला गया है।"

"कहीं चला गया है!" वह जोर से हँसा। कितना विद्रूप था वह अट्टहास! फिर उसने अपनी गद्दी की बगल से एक झोला और उसमें से एक कमीज निकाल कर दिखाई। अरे, यह तो दानिस की ही है। मैं सन्न रह गया। लाला को यह कमीज कहाँ से मिली? ऐसा तो नहीं कि उसके कपड़े उतरवाकर उसकी हत्या कर दी हो, लाश को रफा-दफा कर दिया गया हो? अब उसकी कोई शिनाख्त भी पुलिस को नहीं मिलेगी।

मैं एकदम घबरा गया। दानिस मेरी आँखों के सामने नाचने लगा था। मेरा मन जैसे उससे बोल बैठा, 'मैंने कहा था न कि लाला कुछ भी करा सकता है।'

"इसे पहचानते हो न?" उसने पूछा।

मैंने 'हाँ' कहने के स्थान पर अपना सिर हिलाया।

"अभी तक तो वह बनारस में ही है। पर अब वह नहीं रहेगा।" उसकी त्योरियाँ चढ़ गई थीं।

मेरी बढ़ती हुई व्यग्रता मस्तक पर पसीना बन चुकचुका आई। 'तो क्या मैं कह दूँ कि अब उससे मेरा कोई वास्ता नहीं है?' मैं सोचने लगा—'हर व्यक्ति ने मुझे रोका, फिर भी मैं उससे अपना संबंध तोड़ नहीं पाया। अवश्य ही किसी अदृश्य डोर ने हमें बाँध रखा है। क्या लाला इसे नहीं जानता होगा? फिर मैं कैसे कहूँ कि उससे मेरा कोई वास्ता नहीं है? और यदि कहूँ भी तो यह विश्वास क्यों करेगा?' मेरा अंतर्मंथन मेरे अधरों पर चिपक गया था। मैं कुछ बोलने की स्थिति में नहीं था।

लाला मुझे एकटक देखता रहा, जैसे उसकी दृष्टि चुभती हुई मेरे भीतर से कुछ खोज निकालना चाहती हो। मेरी घबराहट बढ़ती गई, बढ़ती गई। स्थिति ऐसी आ गई थी कि यदि दरवाजा खुला होता तो मैं अपना बस्ता छोड़कर भाग जाता।

मैंने बगल के सूराख से देखा। बग्घी अब 'आज' कार्यालय के पास आ गई थी। यदि मैं नहीं उतरा तो निश्चित रूप से चेतना खो दूँगा। तब तक मुझे लोहटिया से गणेशजी के मंदिर की ओर जाता हुआ 'करेजवा तर' वाला दिखाई दिया। वह उस समय का बहुचर्चित चरित्र था। केसरिया मक्खन बेचता था। केसरिया धोती पहनता था और कंधे पर गमछा भी केसरिया ही। हर मौसम में शरीर पर वसंत चिपकाए रहनेवाला वह अद्भुत व्यक्तित्व था।

वह हनुमानजी की तरह एक हाथ में पहाड़ की जगह रजतवर्णी थाली में चाँदी के वरक से ढँका हुआ केसरिया मक्खन बड़े करीने से जमाए रहता तथा दूसरे हाथ में रहता गदा की जगह ताड़ का एक छोटा नफीस पंखा। और जब हनुमानजी की ही तरह वह पंखे को भाँजता हुआ अपनी अदा से कहता, 'ले करेजवा तर।' तब वह सभी के आकर्षण का केंद्र बन जाता। हम बच्चे तो उसे घेर लेते। सुमेर चाचा की दुकान पर कभी-कभी वह भी आता था। यहीं से मेरा-उसका हलका सा परिचय था।

वह मुझ जैसे डूबते को तिनका बन गया। मैं उसे देखते ही 'चाचा, चाचा' चिल्ला पड़ा और बड़े जोर से दरवाजे को आगे की ओर ढकेला। द्वार खुल गया।

"क्या बात है जी, क्या बात है?" लाला ने मुझे रोकना चाहा। पर मैं तो अब कूद पड़ने की स्थिति में था। निदान उसने तार खींचा। बाहर घंटी बजी और बग्घी रुक गई।

मैं बस्ता लेकर एकदम कूद पड़ा और उस 'करेजवा तर' की ओर दौड़ा। उस भयभीत स्थिति में भी मैंने पीछे मुड़कर देखा—बग्घी का द्वार बंद करते हुए लाला मुसकरा रहा था।

उसके निकट पहुँचने पर भी मैं हाँफ रहा था।

"का बात हौ, बेटा?" उसने पूछा।

मैंने बताया कि एक आदमी मुझे बग्घी में बंद कर लिये जा रहा था।

"तब तोके पहिले से ही चिल्लाए के चाही। देइत दुइ हाथ। सारे क करेजा तर हो जात।" उसने अपनी अदा में ही कहा और पूछ बैठा, "तू ओके चीन्हलऽ कि नाहीं?"

अब मैं क्या कहता? बात न बढ़ने के लिए मैंने नकारात्मक ढंग से सिर हिला दिया। वह गंभीर हुआ—"तब तू काहे के गाड़ी पर चढ़लऽ?"

"अब कान पकड़ऽ कि ऐसन गलती न करब।"

इसके बाद वह मुझे पहुँचाने को भी तैयार था; पर मेरे आश्वस्त करने पर कि मैं सीधे घर चला जाऊँगा, उसने मुझे छोड़ा।

□

माँ आ गई थीं। इस बार मैं हमेशा की तरह उससे लिपटा नहीं, क्योंकि राख से ढकी आग की भाँति मेरी व्यग्रता भीतर-ही-भीतर सुलग रही थी। माँ ने स्वयं मुझे अपने से लिपटा लिया।

"आज इतना उदास क्यों है, जग्गू?" उन्होंने पूछा।

"नहीं, कोई बात नहीं है।" मैंने कहा।

"लगता है, यह हम लोगों से नाराज है।" पियारी बोली, "हम लोग जो इसे ले नहीं गए।"

इसके बाद माँ ने कुंभ की अपार भीड़ और उसकी परेशानियों का विस्तृत वर्णन किया—"गाड़ी में तो तिल रखने की भी जगह नहीं थी। किसी तरह खड़े-खड़े अठारह घंटे में प्रयाग से बनारस आए। रानी बहू को तो जैसे 'हौल दिल' हो गया। वह रास्ते भर कै करती रहीं।"

"तब उन्हें फर्स्ट क्लास में क्यों नहीं बैठा दिया?"

"उनमें साहब लोग थे।" उन दिनों जिस डब्बे में एक भी अंग्रेज बैठा रहता था, उसमें किसी भी देशवासी को चढ़ने नहीं दिया जाता था, भले ही वह फर्स्ट क्लास का टिकट लिये हो।

माँ के अनुसार, फर्स्ट क्लास को छोड़कर शेष तीनों श्रेणियों में यात्री खचा-खच भरे थे (उन दिनों ट्रेनों में चार श्रेणियाँ होती थीं)।

"कुछ लोग तो इस शीत में डब्बे की छत पर ही बैठकर आए। पर ये सुराजी भी बड़े विचित्र हैं। उन्होंने सारा अनुशासन ही तोड़ दिया था।" माँ ने बताया, "वे कहते हैं कि गरीब-अमीर तो अंग्रेजों ने बनाए हैं। हमारे आजाद भारत में न कोई गरीब होगा और

न कोई अमीर। सब बराबर होंगे। और गाड़ियों में एक ही श्रेणी होगी। बस लहकाने भर की देर थी। इस देश की जनता तो भेड़ है और भेड़ जहाँ जगह पाई, घुस गई।''

मेरे मन में आया कि पूछूँ—'तब वह फर्स्ट क्लास में क्यों नहीं घुसीं?' पर पियारी खुद बोल पड़ी, ''जीजी, जब कहीं जगह नहीं मिल रही थी तो मेरे मन में आया क्यों नहीं, हम लोग साहब के डब्बे में ही घुस चलें।''

''जरा घुसकर देखा तो होता!'' माँ बोलीं, ''धक्के मारकर निकाल दी जाती।''

''धक्के मारकर?'' पियारी जरा आवेश में आई—''क्या मजाल थी कि कोई बदन में हाथ लगा देता। उसकी आँखें निकाल लेती।''

''इस खयाल में मत रहना।'' माँ ने आगाह किया, ''अंग्रेजों के डब्बे में गोरे सैनिक चलते हैं। बस, सीधे गोली मारते हैं।''

पियारी और माँ में इसी प्रकार की व्यर्थ बहस छिड़ी थी। मैं सुनता हुआ भी कुछ सुन नहीं पाया। मेरे सामने तो दानिस की कमीज थी—एक चीखती हुई कमीज, हाहाकार करती कमीज!

मेरी मुद्रा तो उस समय टूटी जब माँ ने कुंभ का जल मेरे ऊपर छिड़का और बोलीं, ''जब हम बड़े लोग उस भीड़ में पिसे जा रहे थे तब तुम्हारे ऐसे बच्चों का ठिकाना ही क्या!''

''तो क्या बच्चों के लिए कुंभ नहीं होता?''

''नहीं।'' माँ ने कहा, ''ज्यों-ज्यों अवस्था बढ़ती जाती है, हम कुंभ की आवश्यकता के निकट पहुँचते जाते हैं।''

मुझे माँ का यह वाक्य समझ में नहीं आया और न उन्होंने समझने के लिए कहा ही था। शायद इसीलिए वह कहने के बाद मुसकराने लगीं। पर मेरे सामने तो दानिस की कमीज थी, चीखती हुई कमीज!

बाहरी दुनिया से अलग होना चिंतन की एक प्रक्रिया है, पर उसे छिपाने की कोशिश परिस्थितिजन्य विवशता है। सचमुच, मैं इस समय ऐसी ही विवशता का शिकार था। मैं इतिहास की पुस्तक खोलकर चुपचाप पढ़ने लगा, पर पंक्ति आगे बढ़ नहीं रही थी। मुझे तो शिवाजी के चेहरे से चिपकी दानिस की तसवीर दिखाई दे रही थी। उसकी बड़ी-बड़ी आँखें मानो मुझसे पूछ रही थीं कि मेरी कमीज तो तुमने देख ली, अब तुम क्या कर रहे हो?

मैं किताब में आँखें गड़ाए रहा। पता नहीं कब माँ कुंभ का जल और प्रसाद लेकर सुमेर चाचा के यहाँ चली गईं।

संध्या डूबने लगी थी। पियारी ने ढिबरी जलाई। उसने मुझसे कहा भी, पर मैंने नहीं सुना। अंत में उसकी आवाज ने मुझे पुनः झकझोरा, ''क्या बात है कि इतने गुमसुम

बैठे हो?''

अब मैंने उसकी ओर देखा। मेरी आँखें भर आईं। बिना किसी भूमिका के एकदम बोल पड़ा, ''लगता है, दानिस मारा गया।'' माँ से अधिक मैं पियारी के सामने खुलता था।

वह सुनते ही अवाक् रह गई। फिर मैंने उसे विस्तार से सारी घटना कह सुनाई।

''ऐसा भी हो सकता है कि लाला ने उसे कहीं छिपा दिया हो; पर है बड़ी गंभीर बात।'' चिंता में वह डूब गई।

फिर मेरे बच निकलने पर उसने भगवान् को अनेक धन्यवाद दिए—''देखो, अब कभी भी उसके कहने में मत आना। लाला कुछ भी कर सकता है।''

कुछ क्षणों तक एक घुटन भरी चुप्पी हमें घेरे रही।

''तुम तो उसका घर जानते हो?'' वह बोली।

''जानता तो हूँ।'' पर मैं जाना नहीं चाहता था। उससे मिलने का मतलब था—खूँखार जानवरों के जंगल से गुजरना, दूसरे माँ का भय।

''यदि तुम जा सकते हो तो गली-गली चले जाओ। उसके घर से कुछ-न-कुछ तो पता जरूर लग जाएगा।''

मैंने देखा, पियारी व्यग्र हो उठी है।

''यदि माँ पूछेंगी तो?''

''तो कह दूँगी कि कहीं किताब लेने गया है।'' उसने कहा।

सोचता हूँ, कितना विचित्र था यह बहाना, जो हर परिस्थिति में काम आता था। हर झूठ पर बस एक ही चादर ओढ़ाई जाती थी। और कभी वह फट गई तो क्या होगा? झूठ का खुलना और सत्य का छिपा रहना दोनों असह्य होता है।

मैं चल पड़ा। जाड़े की सुनसान गलियों से गुजरता कितनी जल्दी उसके घर पहुँचा, सो कैसे बताऊँ?

मैंने दस्तक दी, पर कोई प्रतिक्रिया नहीं, कोई आहट नहीं। बंद मुर्दाघर-सा सन्नाटा। 'कहाँ चले गए सबके सब?' मैं सोचता कुछ समय तक खड़ा रहा। अचानक दरवाजे की दराज से लगा कि एक मद्धिम रोशनी दाएँ से बाएँ की ओर रेंग गई। मैंने फिर दस्तक दी।

''कौन?'' एक भर्राई-सी आवाज सुनाई पड़ी।

''मैं हूँ अम्मीजान, जग्गू।'' मैंने धड़ से अपना परिचय दिया।

उसने दरवाजा खोला और मुझे भीतर करके फिर बंद कर लिया। हर बार तो वह मुझे देखकर प्रसन्न हो जाती थी, पर इस बार कुछ नहीं बोली। मैंने दोबारा सलाम किया तब उसने बड़ी बेरुखाई से कहा, ''इतने दिनों बाद अब अम्मीजान की सुधि आई है। मेरे

लिए तो दानिस की तरह तुम भी मर चुके थे।''

'मरना' शब्द हथौड़े की भाँति एक बार फिर मेरे दिमाग पर 'धम' से बैठा और सारा शरीर झनझनाकर रह गया। दानिस की कमीज फिर मेरी आँखों के सामने फड़फड़ाने लगी।

तब तक सलमा मुसकराती हुई मेरे पास आ चुकी थी और मेरा हाथ पकड़कर बाईं ओर ले चलते हुए बोली, ''क्या सोचने लगे? आज अम्मीजान भैया पर गुस्सा हैं। इसलिए वह तुमसे ऐसे बोली हैं।''

''भैया कहाँ है?'' मैंने पूछा।

उसने बाईं ओर की कोठरी की ओर इशारा किया।

एक रोता हुआ दीया ताख पर जल रहा था और दानिस कंबल ओढ़े बड़ी गंभीर मुद्रा में लेटा था। कोई बात जरूर है, वरना वह इतना खामोश और स्थिर न रहता।

''कैसे चले, जग्गू?'' उसने ऐसे पूछा जैसे किसी पुरानी दोस्ती का नया संस्करण कर रहा हो।

''तुम्हें देखने चला आया।'' मैंने भी वैसी ही गंभीरता से कहा।

''मुझे देखने! तो देख लो मुझे।'' इतना कहते हुए उसने कंबल हटा दिया, ''बिलकुल साबुत हूँ। अभी कहीं से टूटा नहीं हूँ।'' वह बोला।

''हाँ, दिखाई तो ऐसे ही देते हो।'' मैंने कहा। पर वह आज मुझे कुछ अजीब सा लग रहा था।

''मैं भीतर से भी नहीं टूटा हूँ, पर अब तोड़ा जा रहा हूँ।'' इतना कहते हुए उसने अपनी बगल में मुझे बैठा लिया और संक्षेप में बताया कि ''माँ अब इस रास्ते से अलग हट जाने के लिए कहती है—तुम्हीं ने लोगों को ठीक करने का ठेका ले रखा है। तुम्हारे ही बल पर हिंदुस्तान आजाद हो जाएगा। अरे, छोड़ो यह झमेले-झंझट का काम। नौकरी-चाकरी करो और चैन की रोटी खाओ।''

मैं चुपचाप सुनता जा रहा था।

कल फैजाबाद से मामूजान आए थे। वे 'निकाह' की बात कर रहे थे, तब से इस बूढ़ी का और भी दिमाग खराब हो गया। वह कहने लगी कि मैं पकाकर खिलाने के लिए कब तक जिंदा रहूँगी?''

''तब तुमने क्या सोचा?''

उसने अब सलमा की ओर देखा—''तू यहाँ खड़ी-खड़ी क्या कर रही है? जा, जग्गू भैया के लिए थोड़ा सा गरम दूध तो ले आ।''

उसने सलमा को बहाने से हटा दिया। मैंने यह भी अनुभव किया कि उसका तनाव कुछ ढीला पड़ गया है।

"मुझे जो सोचना था, वह तो सोच चुका हूँ। मैं बार-बार अपना निश्चय नहीं बदलता।"

"फिर माँ की बात नहीं मानोगे?"

"किस माँ की बात मानूँ? इस माँ की या भारत माँ की?" दानिस पुनः गंभीर हुआ, "माँ मुझे कभी इतना हरकती नहीं थी, पर इधर लाला ने नाक में दम कर दी है। खुले तौर पर नहीं, पर उसने छिपे तौर पर धमकाना भी शुरू कर दिया है। सलमा बता रही थी कि एक दिन एक अनजान आदमी आया था और माँ से ऐसी ही उलटी-सीधी बातें कर रहा था। तभी से यह घर के बाहर निकलने तक नहीं देती। यदि कोई मिलने आता भी है तो उसे इधर-उधर की पढ़ा देती है और यदि वह बहुत पूछता है तो उससे निहायत उखड़े तरीके से कहती है—जानें कहाँ बिला गया है!"

इसी सिलसिले में मैंने भी कहा, "मैं भी समझता था कि तुम मर गए हो या मार डाले गए हो!"

वह आश्चर्य से मेरा मुँह देखता रह गया। "यदि ऐसा होता तो तुम्हें पता न चलता!"

"पता चला है, तभी न दौड़ा आया हूँ।" फिर मैंने उसे लाला की सारी बातें विस्तार से बता दीं और कहा, "वह तुम्हारी कमीज दिखाते हुए बड़े भाव से बोला था—इसे पहचानते हो न? अब तक तो तुम्हारा दोस्त बनारस में ही है, पर अब नहीं रह सकेगा।"

इतना सुनते ही वह होंठ चबाने लगा—"स्साला, कमीना! उसकी क्या मजाल है जो मुझे नहीं रहने देगा!" उसने फिर मेरे चेहरे की ओर देखा—"उसकी बात सुनते ही तो तुम डर गए होगे?"

"हाँ, डरा तो जरूर।"

वह हँस पड़ा। उसने मेरा कंधा हिलाते हुए बड़े विश्वास से कहा, "अरे पगले, जिंदगी और मौत अल्लाह के सिवा और किसी के हाथ में नहीं है। जब तक उसकी मेहरबानी है, कोई बाल भी बाँका नहीं कर सकता।" फिर उसने वह पंक्ति दोहराई, जिसे मास्टर बद्री प्रसाद बहुधा कहा करते थे—

"जाको राखै साइयाँ, मार न सकिहैं कोय।
बाल न बाँका कर सकै, सब जग बैरी होय॥"

मैंने अनुभव किया कि दानिस के पास एक दृढ़ विश्वास है—जीने का विश्वास, अपने लक्ष्य तक पहुँचने का विश्वास। यही विश्वास उसकी जिंदगी और शक्ति दोनों है। फिर भला मैं उसपर प्रहार क्यों करता?

हाँ, वह कमीज लाला के पास कैसे आई, यह बात तो रह ही गई थी। इसके

संदर्भ में उसने जो कुछ बताया, वह कम रोमांचक नहीं था।

उसने बताया, उस दिन रानी बहू अनाथालय में आई थीं। मैं उनसे मिलने चला गया था। जब निकला तो शाम हो गई थी। सामने लाला के बगीचे से उसका नौकर पंडित आता दिखाई दिया। बड़े प्रेम से नमस्कार किया और ऐसी आवभगत की कि क्या बताऊँ। वह भीतर बगीचे में ले गया, बैठाया। मुझे क्या मालूम था कि बगल के कमरे में लाला भी उपस्थित है। थोड़ी देर में वह मेरे पास चला आया। उसने भी मेहमानदारी की हद कर दी। जलपान मँगवाया और हमेशा की तरह नाटकीय ढंग से बोला, 'भाई देखो, राजनीतिक दाँव-पेच और मुकदमेबाजी तो अपनी जगह है और झगड़ा भी एक-न-एक दिन खत्म होगा ही, पर यह संबंध कहाँ खत्म होने का!'

"बात चल ही रही थी कि मुझे नींद आने लगी। लगता है कि खाने में ही उसने कोई चीज दे दी थी। मैं कब सो गया, पता नहीं। जब आँखें खुलीं तब अनुभव किया कि मैं बिस्तर पर पड़ा हूँ। मेरे ऊपर रजाई है और है बंद अँधेरा घुप्प कमरा। खिड़की भी बंद है। अब मेरा होश दुरुस्त होने लगा। आँखें अब भी झपी जा रही थीं। मैं किसी तरह उठा। देखा, दरवाजा भी बाहर से बंद है। अब क्या करता? रात कितनी गई, इसका भी पता नहीं।

"फिर मैं टटोलता हुआ खिड़की के पास आया। वह बाहर सड़क की ओर पड़ती थी। उसपर भी ताला पड़ा था। मैंने पहले ताले को पकड़कर दो-एक बार हिलाया। उसकी औकात आजमाई। लगा कि एक झटके में मुँह बा देगा; पर इससे क्या फायदा? इतनी आहट जरूर लग गई कि सड़क पर आमद-रफ्त जारी है। अभी रात अधिक नहीं गई है।"

इसी बीच सलमा दूध लेकर आ चुकी थी। मुझे गिलास थमाकर खड़ी हो गई। दानिस झिझका—"मैंने दस बार कहा है कि जब मैं किसी से बातें करूँ तब तू यहाँ मत रहा कर, पर तू मानती ही नहीं।"

सलमा चली गई। दूध का गिलास गरम था। मैंने बगल में रख दिया। मेरी जिज्ञासा दानिस को सुनने लगी—

"फिर मैंने जोर से दरवाजा भड़भड़ाया। पहले तो कोई नहीं बोला, पर जब यह भान हो गया कि मैं भड़भड़ाते-भड़भड़ाते दरवाजा तोड़ दूँगा तब पंडित ने उसे खोल दिया। 'मुझे बंद क्यों कर दिया था?' खुलते ही मैंने उससे पूछा।

" 'आप सो गए थे। लालाजी ने कहा कि इन्हें भीतर सुला दो।' वह बोला।

" 'तो क्या दरवाजा बंद करने के लिए लालाजी ने कहा था?'

"उसके मुँह से 'हाँ' निकल गया और मेरे कान खड़े हो गए। मैंने उसी क्षण निर्णय लिया कि यहाँ से किसी प्रकार निकल चलना चाहिए।

“ ‘मुझे बड़ी तेज हाजत मालूम हो रही है।’ मैंने कहा।

“ ‘पेशाबखाने की ही बगल में व्यवस्था है, चले जाइए।’ उसने कहा।

“ ‘मैं अँधेरे में उधर नहीं जाऊँगा। सामने मैदान के बगल के खेत में चला जाता हूँ।’ मैंने कहा और बिना किसी उत्तर की प्रतीक्षा किए अपनी कमीज उतार कर सामने के बिस्तर पर फेंकी, जिससे उसे किसी प्रकार का संदेह न हो और पाजामा सरकाता भाग चला।”

मैं ध्यानावस्थित था, मानो कोई रोमांचक कहानी सुन रहा होऊँ। बगल में बिल्ली आ मेरा दूध पीने लगी थी। मुझे उसका भी भान नहीं था। दानिस ने ही उसे मारकर भगाया—“साली, जब देखो तभी मुँह लगा देती है!” वह बोला पर मैंने कोई प्रतिक्रिया व्यक्त नहीं की। फिर भी मुझे आश्चर्य था कि इतनी सर्दी में वह नंगे बदन कैसे भागा होगा। पर मेरे सामने तो अब भी उसकी फड़फड़ाती कमीज थी।

मैं बोला, “तभी वह कमीज दिखा रहा था।”

“तुम्हें डराने के लिए।” इसके बाद वह कुछ रुका—“उसने कहा था न कि अब तक तो दानिस बनारस में है, पर आगे नहीं रह पाएगा?”

“हाँ।” मैंने स्वीकृति में सिर हिलाया।

“महज इसलिए कि तुम मुझसे कहो और मैं डरकर उसके रास्ते से अलग हो जाऊँ। पर यह नहीं होगा, निश्चित ही नहीं होगा। स्साले को जेल भेजवाकर ही दम लूँगा!” वह आवेश में आया और साथ ही कुछ सोचने भी लगा।

“यह सब करने में लाला की नीयत क्या रही होगी?” मेरी मुख्य जिज्ञासा ने स्वर लिया।

“नीयत तो साफ जाहिर है—या तो मेरी हत्या करवाकर अपना रास्ता साफ करता या मुझसे जबरदस्ती कुछ लिखवा-पढ़वाकर ‘ब्लैकमेल’ करता।”

यद्यपि संदर्भ से मेरी अर्थवत्ता शब्द तक पहुँच चुकी थी, फिर भी मैं ब्लैकमेल का उस समय अर्थ नहीं समझता था।

वह उसी मुद्रा में बोलता रहा, “फिर, भी मेरी कमीज तो उसके हाथ लग ही गई। यह अच्छा नहीं हुआ। उसमें एक रूमाल भी था।” वह सोचने लगा।

“किंतु उसे लेकर वह क्या कर सकता है?” मैंने कहा।

“इतना कमीना है कि वह कुछ भी करा सकता है। नहीं कुछ तो वह पुलिस में रिपोर्ट तो लिखा ही सकता है कि मेरा बहुत सारा सामान गायब हो गया है। यह रूमाल वहाँ गिरा हुआ पाया गया है। और उसी के आधार पर मैं मुकदमे में फँसा दिया जाऊँ।” फिर उसके चेहरे पर एक हलकी मुसकराहट उभरी—“ऐसा वह खुद नहीं करेगा, किसी से कराएगा और खुद हाथ बढ़ाएगा मेरी मदद करने के लिए।” पिछली सारी

घटनाएँ मेरी आँखों के सामने से गुजर गईं।

"और यही नहीं, वह मेरी हत्या भी करवा सकता है।" जैसे वह लाला को बड़ी गहराई से जानता हो—"और गंगा के किनारे मेरी कमीज रखवाकर प्रचारित करा देगा कि नहाने आया था, डूब गया।"

आज पहली बार मुझे इसका एहसास हुआ कि लाला किस सीमा तक जा सकता है और दानिस कहाँ तक सोच सकता है। अब मेरी आँखों के सामने थी घाट की सीढ़ियों पर मुँह बाए पड़ी महज उसकी कमीज।

□□□